나는 괴이 너는 괴물

BOKU WA BAKEMONO KIMI WA KAIBUTSU

ⓒ SHIRAI TOMOYUKI, 2024
All rights reserved.
Original Japanese edition published by Kobunsha Co., Ltd.
Korean translation rights arranged with Kobunsha Co., Ltd.
through JM Contents Agency Co., Seoul.

이 책의 한국어판 저작권은 JMCA를 통한 저작권사와의 독점 계약으로
내친구의서재에 있습니다.
저작권법에 의해 한국 내에서 보호를 받는 저작물이므로 무단전재와 복제를 금합니다.

너는 괴물 나는 괴이

きみは怪物 ぼくは化け物

시라이 도모유키 소설 | 구수영 옮김

차례

최초의 사건 ⋯⋯ 005

큰 손의 악마 ⋯⋯ 085

나나코 안에서 죽은 남자 ⋯⋯ 161

모틸리언의 손목 ⋯⋯ 259

천사와 괴물 ⋯⋯ 339

최초의 사건

3월 1일 오후 7시경. 고테자키 시 우에베 정 4초메의 한 공원에 아동 3명이 쓰러져 있는 것이 발견됐다. 3명 모두 얼굴과 목에 자상을 입었으며 의식 불명 상태다. 우에베 정에서는 지난달에도 아동이 괴한에게 습격당하는 사건이 발생해 경찰은 순찰을 강화한 상황이었다.

고테자키 신보 온라인(3/1 19:55)

 3월 1일 오후 8시부터 오후 11시 사이, 고테자키 시내에서 잇따라 신고가 접수됐다. 도즈라 정 1초메에서 아동 2명, 우에베 정 2초메에서 1명, 우에베 정 5초메에서 2명 등 총 아동 5명이 병원으로 이송됐다. 아동들은 모두 둔기로 머리를 여러 차례 얻어맞고 끈으로 목이 졸린 상태였다.

 우에베 정 4초메의 공원에 아동 3명이 쓰러진 채 발견된 지 불과 몇 시간밖에 지나지 않았다. 경찰은 아동을 노린 무차별 범행으로 보고 수사하는 한편 시민들에게 각별한 주의를 당부했다.

고테자키 신보 온라인(3/1 23:38)

취재 결과, 3월 1일 밤에 잇따라 습격당한 아동들은 모두 고테자키 초등학교의 같은 반 학생인 것으로 확인됐다.

고테자키 신보 온라인(3/2 5:00)

3월 2일 오전 10시 30분경, 우에베 정 1초메의 고테자키 단지에서 아동 1명이 쓰러져 있는 것이 발견됐다. 아동은 주거동 옥상에서 추락한 것으로 추정되며, 구급대가 현장에서 사망을 확인했다.

시내에서는 1일 밤부터 아동이 습격당하는 사건이 잇따라 발생했으며, 2일 오전 10시까지 병원으로 이송된 아동은 총 11명, 이중 5명의 사망이 확인됐다. 경찰은 지금도 행방이 확인되지 않은 아동이 10명에 이르는 것으로 보고, 학교와 연계해 수색을 계속하고 있다.

고테자키 신보 온라인(3/2 11:13)

*

3월 2일, 오전 8시가 조금 넘은 시각.

고테자키 시 도즈라 정町(일본의 기초자치단체를 구성하는 행정구역 중 하나—옮긴이), 2초메의 어느 민가 처마 밑에서 동일본 TV의 리포터가 소년에게 마이크를 들이댔다.

"이름이 뭔가요?"

"아오노입니다. 아오노 겐이치요."

"겐이치 군은 고테자키 초등학교 5학년 3반 학생이지요?"

"네."

"오늘 학교는?"

"휴교예요."

"겐이치 군은 사건에 대해 어떻게 생각하나요?"

"……."

"아무래도 무서운가요?"

"……무섭지 않아요."

"안 무서워요? 같은 반 친구들이 계속해서 공격당하고 있는데요?"

"무섭지 않아요. 그 녀석이 범인을 찾아낼 거니까요."

"그 녀석?"

"우리 반에는 명탐정이 있거든요."

◆

2011년 1월 10일, 북아프리카 라빌리 공화국의 항구도시 베르그지에서 경찰조직에 대한 항의 시위가 열렸다. 시위대의 요구는 반정부 운동에 연루된 혐의로 경찰에 구금된 물리학자 알리 술레이만 박사를 석방하라는 것이었다. 시위를 주도한 이들은 박사의 제자들이었다.

무장 경찰에 맞서는 젊은이들의 모습이 SNS에서 주목받으며 시위는 곧장 여러 지역으로 확산되었다.

라빌리 공화국의 최고 지도자 가다이 대령은 1969년 무혈 쿠데타로 정권을 장악한 뒤 42년 동안 강권 독재 정치를 이어왔다. 풍부한 석유 자원을 토대로 한 강경한 반서방 외교로 '아프리카의 사자'라고 불리며 한때는 절대적인 지지를 받았으나, 최근 경제가 침체되고 주거비가 치솟으며 민심이 악화되었다. 2005년 국영 TV에서 "1년 안에 모든 시민에게 집을 제공하겠다"라고 선언했지만, 그 후에도 공공 주택 건설 사업에 진전은 없었다. 시민은 가다이를 '이빨 빠진 사자'라고 조롱하며, 독재 정권에 대한 불만을 드러냈다.

1월 15일, 베르그지 경찰은 알리 박사를 석방했지만, 시위의 기세는 꺾이지 않았다. 17일, 젊은이들이 경찰 본부에 침입해 그곳을 점거했다. 위기감을 느낀 가다이는 군과 용병을 파견해 시위대 진압에 나섰고, 곳곳에서 충돌이 벌어졌다. 군이 시민을 탄압하는 영상이 연이어 SNS에 올라왔다. 정권의 핵심 인물들이 차례차례 가다이에게서 등을 돌렸고, 육군 기지에 보관 중이던 무기가 반체제 세력에 유출

되었다. 국민 해방군이 조직되면서 라빌리 공화국은 사실상 내전 상태에 돌입했다.

2월 1일, 유엔 안전보장이사회는 긴급회의를 소집했다. 서방 각국 주도로 시민에 대한 라빌리 정부의 무력행사를 비난하는 결의안을 채택했고, 정부 자산 동결, 정부 고위 관료의 비자 발급 중지 등의 제재도 가해졌다.

국제사회의 후원을 받은 해방군은 동부에서 중부로 전선을 확대해나갔다. 이 지역은 정유 시설이 밀집해 있어 '라빌리의 심장부'라 불린다. 정부는 요충지를 사수하기 위해 공군을 투입, 해방군의 거점에 연이어 공습을 감행했다.

큰 타격을 입은 해방군은 서방에 추가 지원을 요청했다. 18일, 안보리는 긴급회의를 열고 다국적군의 파견을 결의했다.

라빌리군과 다국적군의 전력 차는 명백하다. 42년 동안 이어진 독재 정권도 종식되는가. 많은 시민이 그렇게 생각하던 20일, 가다이가 국영 TV에 그 모습을 드러냈다.

"서구는 십자군 파병을 결의했습니다. 그들의 목적은 라빌리 공화국을 식민지로 삼는 것입니다."

가다이는 몹시 초췌해 보였다. 한때 사람들을 열광케 하던 날카로운 눈빛과 독려하던 말투가 이번만큼은 여유 없는 모습을 더욱 강조했다.

"나라를 사랑하는 제군, 안심해도 좋습니다. 저는 이날을 위해 서구에 맞설 새로운 무기를 준비해두었습니다."

'무기'라는 단어를 말하며 그는 주먹을 들어 올렸다.

"이 무기는 시대의 흐름을 바꿀 것입니다."

아, 또 시작인가.

반체제 세력은 물론, 정권을 지지하던 시민들도 그렇게 생각했다.

또다시 이빨 빠진 사자가 울부짖고 있다고.

1

드디어 기다리고 기다리던 순간이 찾아왔다.

전어가 소풍비를 도난당한 것이다.

지난 겨울방학, 나는 명탐정이 되기로 결심했다.

그날 나는 귤껍질을 벗기며 볼륨을 낮추고 TV를 보고 있었다. 아빠는 아침까지 배달일. 같은 아파트에 사는 같은 반 친구 전어도 파친코에 빠진 아버지가 대신 파친코를 시켜서 바빴기에 나는 혼자서 시간을 보낼 수밖에 없었다.

TV 소리를 낮춘 이유는 소리를 키우면 옆집 아저씨가 벽을 두드리기 때문이다. 이어폰을 쓸 수 있다면 좋겠지만, 전날 바지 주머니에 넣은 채 세탁기에 돌린 탓에 TV에 연결해도 아무 소리도 나오지 않았다.

박력 없는 소리로 〈가라! 붓토비맨〉 방송을 본 후에 하품하며 채널을 돌리자 덥수룩한 흰머리를 7대 3으로 가른 할아버지가 나왔다. 할아버지는 배탈이라도 난 것 같은 창백한 얼굴로 콧구멍을 벌렁거렸다.

"올해도 많은 비극적인 사건이 일어났습니다. 함께 돌아보시죠."

공포 영화 같은 음악과 함께 영상이 흘러나왔다. 올해, 그러니까 2009년에 일어난 사건을 정리한 내용이었다.

나는 깜짝 놀랐다. 일본 경찰은 무척이나 뛰어나기 때문에 이 나라에서는 어른과 아이 모두 안전하게 살아갈 수 있단다. 얼굴이 빨간 경찰 아저씨가 교통안전 교실에서 불과 몇 달 전 그렇게 말하지 않았나. 하지만 흰머리가 덥수룩한 할아버지에 의하면 도쿄에서는 음주운전 차량이 십여 명을 들이받았고, 후쿠시마에서는 부모가 자식에게 독극물을 먹였고, 가나자와에서는 아저씨가 여성을 창고에 가뒀고, 구마모토에서는 괴한이 초등학생을 찔렀다고 한다.

마치 지옥 같다.

내가 아무 생각 없이 붓토비맨을 보는 동안 이 나라에서는 범죄의 폭풍이 몰아치고 있었다.

나는 고타쓰(일본의 난방 기구—옮긴이) 속으로 파고들었다. 몸을 웅크리고 카펫에 뺨을 대고 엎드렸다. 이 나라를 지키려면 어떻게 해야 할까, 머리가 터져라 고민했다.

어느새 새벽이 되어 있었다. 베란다에서 참새가 울었다. 딸깍, 현관문 열리는 소리를 듣고 나는 고타쓰에서 뛰쳐나왔다.

"아빠. 나, 경찰이 될래. 그래서 일본의 나쁜 사람들을 다 감옥에 집어넣을 거야."

아빠는 눈을 두 번 깜빡이더니 말했다.

"료타의 꿈이라면 웬만한 건 다 응원할 생각이지만, 경찰은 안 돼. 절대 허락 못 해."

한쪽 발로 서서 신발을 벗으며 아빠는 "세무서 직원도 마찬가지야"라고 덧붙였다.

"빨리 뭔가 하지 않으면 일본이 나쁜 사람들에게 지배당할 거야."

필사적으로 말하는 내게 아빠는 방석을 정돈하며 말했다.

"그럼 탐정이 되면 되겠네."

무슨 뜻인지 알 수 없었다.

"몰랐어? 탐정은 대단하거든." 아빠는 방석에 누우며 말을 이었다. "두뇌 하나로 어떤 사건이든 해결한단다. 아침부터 밤까지 숨어서 속도위반 단속이나 하며 점수를 따는 놈들이랑은 다르지. 예를 들어……."

그러고는 몇 초간 침묵하더니 잠꼬대처럼 "다음에 이야기하자"라고 말하고 아빠는 코를 골기 시작했다.

나는 즉석밥에 낫토를 얹어 먹은 후, 자전거를 타고 시민

도서관으로 향했다. 도서 검색 컴퓨터에 '탐정'이라고 입력하고 검색된 책들을 찾았다.

한나절 후. 천장 스피커에서 마감 시간을 알리는 노래가 흘러나오기 시작했을 때, 나는 명탐정이 되기로 결심했다.

명탐정은 어떤 사건이든 해결한다. 경찰보다 뛰어나서 작은 단서만으로 범인의 정체나 속임수를 간파한다. 나이도 상관없다. 과거에는 일본에도 소년탐정단이 있었고, 명탐정들이 엄청 활약했다고 한다.

나는 대출 가능한 책을 전부 빌려서 곧장 수련에 돌입했다. 《명탐정 초超난해 사건파일》로 선배 탐정들의 추리를 배우고, 《경천동지 추리 퀴즈》로 사고력과 발상력을 갈고닦고, 《명탐정 입문: 수수께끼를 푸는 것은 바로 너!》로 명탐정의 철칙을 머리에 새겼다. 새해에는 세뱃돈으로 '명탐정의 7대 도구'를 구입했다.

하지만 탐정의 길은 험난했다. 나는 곧장 벽에 부딪혔다.

아무리 기다려도 사건이 일어나지 않았기 때문이다.

수사 요령이나 추리 팁은 어떤 책에나 실려 있었지만, 사건을 만나는 방법은 적혀 있지 않았다. 한밤중까지 상점가를 돌아다녀도 눈에 띄는 것이라고는 이상한 방식으로 뽀뽀하는 아저씨와 아줌마뿐. 봄방학에 메밀 가게에서 나무 밀대가 도난당했을 때는 팔을 휘두르며 힘차게 가게로 뛰어들었지만, 아저씨에게 맞아 양쪽 코에서 피가 났을 뿐이었다.

소년탐정 고바야시는 내 나이쯤에 이미 이십면상을 추적해 아케치 선생에게 칭찬을 받았다는데(에도가와 란포의 《소년탐정단》에 나오는 에피소드—옮긴이). 이러고 있을 때가 아니다. 도대체 내 최초의 사건은 어디에 있을까.

그런 생각을 하던 중에 봄이 오고, 여름이 지나고, 다시 겨울이 왔다.

2월. 사건은 발생했다.

"선생님, 이거 가져왔어요."

전어는 3단으로 접힌 납부 봉투를 펴더니 셀로판테이프를 떼면서 "소풍비예요"라고 말하며 교탁에 올려놓았다.

딩동댕. 기분 좋은 차임이 울렸다. 2월 8일 오후 3시 30분. 고테자키 초등학교 5학년 3반의 종례 시간이 막 끝난 시점이었다.

"지금 장난치는 거냐?"

무뚝뚝하게 봉투를 집고는 안을 들여다본 다라야마 선생님이 봉투를 도로 내밀었다.

"누가 장난치는데요?"

"너지, 누구겠어."

"저요?" 전어가 눈을 크게 떴다. "저는 장난 안 쳤는데요."

"한 대 맞을래?"

다라야마 선생님은 봉투에서 종이를 꺼냈다. 거기에서 나온 것은 수염 난 아저씨가 그려진 천 엔짜리 지폐가 아니라 낯익은 갱지, 즉 지폐 모양으로 찢은 학년 소식지였다.

겨울방학이 끝난 직후인 1월 14일, 우리 5학년은 시치로가타 호수로 얼음낚시를 갔다. 얼음낚시는 말 그대로 꽁꽁 언 호수에 구멍을 뚫어 물고기를 잡는 것이다. 바람이 너무 세게 불어 몸이 찢어질 것 같았지만, 철망에 구워 먹은 빙어는 제법 맛있었다.

이날의 버스비로 1월 중에 한 사람당 천 엔을 학교에 납부하기로 했다.

"내일까지 돈 안 가져오면 내년 수학여행 때 너만 교실에서 자습이다."

계속 돈을 가져오지 않는 전어를 보고 인내심이 바닥난 다라야마 선생님이 어제 종례 시간에 그렇게 경고했다.

하지만.

"이상하네."

봉투에서 나온 갱지를 보고 전어는 고개를 갸웃했다. 다라야마 선생님이 전어의 머리를 손날로 조금 세게 때렸다. 앞자리에 앉은 여자아이들은 "거짓말쟁이", "도둑놈", "범죄자", "뻐드렁니" 하고 전어를 놀려댔다.

전어가 앞머리를 쓸어 넘기자 이마에 고구마색 멍이 보였다. 2교시 체육 수업이 끝날 무렵 8단 높이의 뜀틀을 뛰다가 머리를 부딪힌 흔적이었다.

전어는 바보다. 바보라서 한 치 앞을 내다보지 못한다. 덕분에 말도 안 되게 다치는 일이 있다. 물건을 잃어버리는 일도 잦다.

어제 선생님이 그렇게 강조했음에도 전어는 오늘도 소풍비를 깜빡 잊은 모양이었다. 당황한 전어는 봉투에 학년 소식지를 넣어 선생님을 속이려고 했다…….

교실에 있는 모든 사람이 그렇게 생각했으리라. 단 한 명, 나만 빼고.

내가 신경이 쓰인 것은 그 셀로판테이프였다.

전어는 선생님에게 봉투를 제출하면서 입구를 봉한 테이프를 뜯어냈다. 만약 정말로 학년 소식지를 지폐로 속이려 했다면 스스로 테이프를 떼지 않고 그대로 봉투를 제출했을 것이다. 전어가 테이프를 뜯어낸 것은 거기에 진짜 돈이 들어 있다고 생각했기 때문이다. 즉, 전어는 실제로 소풍비를 봉투에 넣어두었다. 그런데 누군가가 몰래 내용물을 바꿔치기했다.

이것은 절도, 명백한 범죄다. 명탐정의 최초의 사건치고는 피해 금액이 적지만, 지금 그런 사치스러운 말을 할 때는 아니다.

"이거 어쩐담." 전어가 중얼거리며 자리로 돌아왔다. 전어의 자리는 교단에서 바라볼 때 교실 왼쪽 맨 뒤다. 바로 뒤에는 복도로 나가는 문이 있다.

나는 교실을 나가면서 살짝 전어에게 귓속말했다.

"옥상으로 와."

5분 후.

"내가 소풍비를 훔친 범인을 찾아낼게."

나는 선언했다. 붓토비맨의 엔딩처럼 점퍼가 바람에 멋지게 나부꼈다. 전어는 "정말?"이라고 외친 후, 기쁜 듯 체육복 가방을 걷어찼다.

"오늘 있었던 일을 전부 말해줘."

곧바로 참고인 조사를 시작했다. 전어는 고개를 끄덕였다.

"아침에 일어났어. 소시지 빵을 먹고 이를 닦고 소풍비 봉투를 주머니에 넣고 현관을 나섰어."

전어는 반바지 오른쪽 주머니에서 3단으로 접힌 봉투를 꺼냈다.

"어제 아버지가 목욕할 때 지갑에서 천 엔을 꺼내서 봉투 안에 넣어놨거든. 봉투는 까먹지 않게끔 현관에 놓아뒀고."

나는 몇 번인가 전어의 아버지가 경찰관과 함께 파친코 가게에서 나오는 것을 본 적 있다. 전어에게는 천 엔 한 장을 손에 넣는 것조차 힘들었을 것이다.

"그런데 오늘 아침에 지각하고 말았어. 원래는 조회 시간에 선생님께 내려고 했는데 늦어서 못 드렸지. 그래서 종례 시간에 내게 된 거야."

조회 시간에 전어가 없었던 것은 나도 기억하고 있다.

최초의 사건

조회 시간을 알리는 음악이 끝난 후, 선생님이 야스의 책상에 지갑이 놓인 것을 보고 "딱히 필요도 없는데 학교에 돈 가지고 오지 마" 하고 야스를 꾸짖었다. 야스는 불량 학생이다. 역 뒤편에 있는 아파트 단지에 살고, 늘 그곳의 불량배들과 어울린다. 방과 후 상점가의 오락실에라도 갈 생각이었으리라.

선생님은 지갑의 벨크로를 열더니 "우와, 돈 많네?" 하며 리젠트 헤어스타일의 아줌마가 그려진 5천 엔 지폐를 흔들고는 "전어가 훔쳐 가지 않게 조심해" 하고 지갑째 야스의 책상에 던졌다. 겐이치가 킥킥 웃었지만, 정작 당사자인 전어가 자리에 없었기에 교실 분위기는 그다지 달아오르지 않았다.

"왜 지각했는데?"

"왜였지." 전어는 코 밑을 긁적이더니, "아, 맞다!" 하며 뒷주머니에 손을 넣고 2센티미터 길이의 유리 조각을 꺼냈다. "이거. 하수구에 떨어져 있던 걸 발견하고 주워왔어."

전어는 고양이처럼 길가에 떨어진 물건을 주워 모으는 습관이 있다. 유리구슬이나 아크릴 비즈처럼 투명한 것을 좋아하는 듯 언제나 뒷주머니가 빵빵하게 부풀어 있다. 전어라는 별명도 전어 비늘처럼 반짝거리는 것을 좋아한다고 해서 붙은 것이다.

"교실에 도착한 건 1교시 중간쯤이었나. 그 뒤엔 온종일 애들이랑 수업을 들었지. 그리고 종례 시간이 끝난 후에 선생님께 봉투를 가지고 갔는데, 안에 있던 돈이 학년 소식지로 바뀌어 있었어."

나도 기억을 더듬어보았지만 이렇다 할 사건은 떠오르지 않았다.

"봉투는 하루 종일 주머니에 넣고 다닌 거야?"

"응."

팡, 하고 오른쪽 주머니를 두드렸다. 범인은 거기에서 봉투를 꺼냈을 것이다.

"오늘 소풍비 가져온 거, 누군가한테 말했어?"

전어는 "흐음" 하고 이마를 찌푸리더니 말했다.

"케첩한테만 말한 것 같아."

점심시간. 전어가 책상에서 자고 있는데 케첩이 등에 펀치를 날렸다고 한다. "돈 가져왔어?" 하고 책상 속을 들여다보려는 케첩에게 전어는 주머니에서 봉투를 꺼내서 보여주었다. 그러고는 "저리 가" 하고 케첩을 쫓아낸 후 다시 꿈나라로 돌아갔다고 설명했다.

전어도 바보지만, 케첩도 그에 못지않은 바보다. 전어가 조용한 바보라면, 케첩은 시끄러운 바보다. 주목을 끌려고 위험한 짓만 일삼다 보니 항상 옷에 피가 묻어 있다는 것이 케첩이라는 별명의 유래였다.

"봉투 안의 돈도 보여줬어?"

전어는 고개를 저었다.

"봉투만."

나는 3단으로 접힌 봉투를 편 후에 안에서 학년 소식지를 꺼냈다. 지폐 크기에 맞게끔 종이를 세로로 찢어놓은 상태였다. '탐정 7대 도구' 중 1호인 돋보기를 사용해 관찰해봤지만 평범한 갱지에 접힌 자국이 세 개 있을 뿐, 특별한 단서는 찾지 못했다.

나는 참고인 조사를 마치고 집으로 돌아와 노트에 단서를 정리했다.

추리할 재료는 갖춰졌다. 이제 남은 일은 그것을 어떻게 조합하는지다.

아버지는 "뭐 하는 거냐?" 하고 이상한 표정을 지었고, 다라야마 선생님은 "멍 때리지 마" 하고 머리를 두드렸지만, 나는 추리를 멈추지 않았다.

그리고 맞이한 2월 10일. 3교시 국어 시간.

딸깍, 레고 블록이 딱 맞아떨어지는 듯한 감각과 함께 나는 답을 찾아냈다.

점심시간.

"중요한 이야기가 있어."

나는 교단에 서서 교실을 둘러보았다. 창밖은 비가 내리는 중이었다. 덕분에 다들 교실에 남아 있었다. 교탁에는 두 개의 증거품, 봉투와 학년 소식지가 놓여 있었다.

"그저께 젠의 소풍비가 도난당했어. 범인은 이 안에 있어."

나는 놀랐다.

세상에!

명탐정의 추리가 시작되었는데, 5학년 3반에는 아무 일도 일어나지 않았다. 대부분의 녀석들은 수다를 떨고 있었다. 케이시는 노트에 미로를 그렸고, 겐이치와 차오는 대걸레로 하키를 했다.

괜찮다. 관계자들에게 사랑받지 못하는 것도 명탐정의 숙명이다.

나는 크흠, 하고 억지로 헛기침한 후 젠이 봉투의 테이프를 뜯어냈다는 점, 직접 학년 소식지를 넣은 것이라면 테이프를 자신이 뜯어낼 리가 없다는 점을 설명했다.

여전히 반응은 없었다.

교실에서 도망치고 싶다는 마음이 절정에 달했을 때였다.

"어떻게 우리 반에 범인이 있다고 확신하는 건데?"

생각지도 못한 목소리가 들렸다.

교실 오른쪽 뒷자리를 바라보았다. 숀이 목에 건 이어폰을 손가락으로 만지작거렸다.

"누군가가 젠의 봉투에서 돈을 빼갔다고 해도 그게 우리 반 학생의 소행이라고 단정할 순 없잖아?"

숀은 전학생이다. 2학기 초에 고테자키 초등학교로 전학

왔다. 종합건설회사에서 일하는 아버지의 사정으로 도쿄에서 이사 왔다고 했다.

키가 작고 피부도 새하얗지만 전어 같은 왜소한 아이와는 어딘지 분위기가 다르다. 머리카락은 잔물결처럼 곱슬곱슬하고 코도 뾰족한 데다 언제나 달콤한 냄새를 풍긴다. 전형적인 도시 아이 같은 느낌이지만, 그것을 드러내지는 않았다. 반에 녹아들었다고는 말할 수 없지만, 본인도 딱히 신경 쓰지 않는 듯했다. 아니, 오히려 편안하게 느끼는 것처럼 보였다.

슌은 쉬는 시간이 되면 항상 이어폰을 끼고 삽화가 없는 어려워 보이는 책을 읽었다. 그런 슌이 반응을 보였다는 사실에 다들 놀랐으리라. 모두가 슌 쪽을 바라보더니 이어서 나를 바라보았다.

"아니. 범인은 우리 반에 있는 게 틀림없어."

나는 이때다 싶어 목소리를 높였다.

"다른 반 아이들은 그날 전어가 소풍비를 가지고 왔다는 사실을 몰랐어. 하지만 우리 반은 달라. 전날 종례 시간에 선생님이 내일은 꼭 소풍비를 가져오라고 전어에게 신신당부했어. 범인은 그걸 들었기에 다음 날 전어의 돈을 훔칠 수 있었던 거야."

모두의 시선이 슌을 향했다. 슌은 "그렇구나" 하며 고개를 끄덕이고 이어폰에서 손을 뗐다.

"그럼 누가 소풍비를 훔친 걸까?" 나는 땀으로 축축해진 손으로 교탁을 붙잡았다. "첫 번째 용의자는 케첩이야."

창가에서 코를 후비던 케첩이 "나?" 하고 자신의 얼굴을 가리켰다.

"사건이 벌어진 날 점심시간에 케첩은 전어에게 말을 걸었어. 케첩은 소풍비를 가지고 왔냐고 물었고, 전어는 주머니에서 봉투를 꺼내 보여줬어. 내 말 맞지?"

전어가 "응" 하며 고개를 끄덕였다.

"즉, 케첩은 전어의 오른쪽 주머니에 봉투가 들어 있다는 사실을 알고 있었어. 게다가 전어는 점심시간이 끝날 때까지 자기 책상에서 잠들어 있었지."

"그사이에 내가 돈을 훔쳤다는 거야?"

케첩이 발로 바닥을 쿵쿵 굴렀다.

"결론부터 말하자면, 아니야."

나는 교실 왼쪽 뒤에 있는 전어의 자리를 바라보았다.

"전어의 자리는 왼쪽 맨 뒤 구석이야. 구석 자리의 책상은 벽에 붙어 있어. 전어는 반바지 오른쪽 주머니에 봉투를 넣어놨지. 자리에 엎드려 자는 전어의 봉투를 훔치려면 전어의 다리와 책상 사이로 손을 집어넣어 주머니의 내용물을 꺼내야 해. 쉽지 않은 일이지. 게다가 범인은 돈을 훔친 후 봉투를 주머니에 다시 되돌려놓았어. 제아무리 조심한다 해도 봉투를 밀어 넣으면 전어가 눈치채지 못할 리 없어."

케첩은 멍하니 서 있었지만, 자신이 의심에서 벗어났다는 사실을 깨달은 듯 "그, 그렇지" 하며 머리를 긁적였다.

"그럼 범인은 언제 전어의 소풍비를 훔쳤을까? 봉투를 꺼내는 것뿐 아니라 그걸 반바지 주머니에 되돌려놓을 수 있는 상황이어야 해. 그런 절호의 기회는 단 한 번뿐이었어."

나는 교단에서 내려와 칠판 옆에 걸린 시간표를 가리켰다.

"2교시 체육 시간 전의 쉬는 시간."

전어가 "체육 시간?" 하고 중얼거렸다. 이마에 희미해진 멍 자국이 보였다. 8단 뜀틀에 부딪혀서 생긴 그 멍이다.

"체육 시간 전에는 다들 체육복으로 갈아입어. 우리는 체육복 가방을 들고 탈의실에 가서 그곳에서 옷을 갈아입고 체육관으로 이동했지. 범인은 이때 혼자 탈의실에 남아 있었어. 그리고 전어의 반바지 주머니에서 봉투를 꺼내서 돈을 바꿔치기하고 주머니에 다시 넣은 거야."

"그럼 그때 마지막까지 탈의실에 남아 있던 녀석이 범인이라는 거네?" 겐이치가 대걸레와 함께 몸을 기울이며 말했다. "흐음. 기억 안 나는데."

"나도 마찬가지야. 매일 수업을 받는데 일일이 그런 걸 기억할 수는 없지. 여기에서 중요한 건 돈을 훔친 게 교실이 아니라 탈의실이었다는 점이야. 이 경우, 범인은 전어뿐 아니라 모든 남학생의 옷에서 물건을 훔칠 수 있었다는 말이 돼."

"어?", "무슨 말이야?" 하며 놀란 목소리가 교실 내에 울려 퍼졌다.

"그날 아침 조회 시간을 떠올려봐. 다라야마 선생님이 야스를 혼냈지. 용건도 없는데 학교에 돈을 가지고 오지 말라고 말이야. 그때 선생님은 야스의 지갑에서 5천 엔짜리 지폐를 꺼내서 모두에게 보여줬어. 범인도 그걸 봤을 거야. 여기서 의문이 생기지. 범인은 탈의실에 있는 모든 남학생의 옷에서 물건을 훔칠 수 있었는데, 왜 야스의 5천 엔이 아니라 전어의 천 엔을 가져갔을까?"

교실이 조용해졌다. 빗소리가 유난히 크게 들렸다. 야스는 포도맛 껌을 씹으며 나를 노려보았다.

"답은 하나뿐이야. 범인이 5천 엔에 손대지 않은 건, 그게 자기 것이었기 때문이지."

나는 엉덩이에 힘을 주고 우리 학년에서 가장 불량한 학생에게 눈을 향했다.

"야스, 범인은 너야."

야스는 한숨을 내쉬더니 슬로모션처럼 천천히 일어나서 흔들거리며 내 쪽으로 다가왔다.

"역시 탐정맨. 대단하네." 갑자기 교탁을 날려버리더니 내 가슴팍을 움켜잡았다. "죽고 싶은가 봐?" 칠판지우개를 집어 크게 휘둘렀다.

"잠깐만."

숀이 말했다.

언제 나타났는지 뒤에서 야스의 팔을 잡고 있었다. 그대로 자연스럽게 우리 사이로 끼어들어 둘의 몸을 떼어냈다. 역시 도시 아이답게 이런 상황에서도 달콤한 냄새를 풍겼다. 나를 지키러 온 것인가, 하고 생각했지만.

"료타, 네 추리는 이상해."

숀은 나를 바라보며 그렇게 말했다.

"나도 전어가 선생님에게 소풍비를 내는 모습을 봤어. 그때 전어가 꺼낸 봉투는 3단으로 접혀 있었지. 근데 봐봐."

모두가 바라보는 가운데, 숀은 바닥에 떨어진 봉투를 주웠다.

"이 봉투에는 접힌 자국이 세 개 생겨 있어. 종이를 3단으로 접었을 때 생기는 자국은 두 개야. 그런데 왜 이 봉투에는 접힌 자국이 하나 더 있을까?"

봉투를 바라보았다. 듣고 보니 그 말이 맞았다.

"이런 거 아니었을까. 전어는 아침에 집을 나설 때 전날 준비해둔 봉투를 반으로 접어서 주머니에 넣으려고 했어. 그런데 그래서는 주머니에 들어가지 않았지. 보통이라면 한 번 더 접어서 4단으로 만들겠지만, 그렇게 하면 너무 작아져서 이번에는 주머니에 있는 구멍으로 빠져버릴 위험이 있었을 거야. 그래서 전어는 처음에 반으로 접었던 봉투를 펴서 다시 3단으로 접었어. 그 결과, 봉투에는 세 개의 접힌 자국이 생겼지."

모두가 전어를 바라보았다. 전어는 변함없는 표정으로 "응" 하고 고개를 끄덕였다.

"잠깐만. 전어의 주머니에 구멍이 있는 걸 숀이 어떻게 알아?"

라부카가 큰 목소리로 물었다. 숀은 "그건 말이지"라며 자신의 주머니에 손을 댔다.

"전어는 항상 뒷주머니가 부풀어 있잖아. 유리구슬이나 유리 조각 같은 걸 좋아하니까 말이야. 그런데 딱딱한 걸 뒷주머니에 넣으면 앉을 때 아프지 않을까? 그런데도 뒷주머니에 넣는다는 말은 앞주머니에 보물을 넣을 수 없는 이유가 있기 때문이야. 그 이유는 주머니에 구멍이 나 있는 것 말고는 생각할 수 없어."

"그, 그렇구나."

라부카의 귀가 빨개졌다.

"중요한 건 여기부터인데."

숀은 찢긴 학년 소식지를 집어 들고 마술사처럼 펼쳐 보였다.

"봐. 봉투와 마찬가지로 이 갱지에도 접힌 자국이 세 개 있어."

집게손가락으로 하나, 둘, 셋이라고 세며 접힌 자국을 가리켰다.

"료타가 말한 것처럼 우리 반의 누군가가 전어의 봉투에서 돈을 훔쳤다고 해보자. 범인이 한 행동은 이래. 3단으로 접힌 봉투를 펼치고 천 엔 지폐를 빼내. 학년 소식지를 넣고 다시 봉투를 3단으로 접어. 이 경우, 학년 소식지에 생기는 접힌 자국은 몇 개지? 두 개야. 그런데 여기 봐. 접힌 자국이 세 개야. 왜일까?"

숀은 빙그레 웃었다.

"전어가 아침에 봉투를 접은 시점에 이미 그 안에는 학년 소식지가 들어 있었어. 그래서 학년 소식지에도 봉투와 마찬가지로 접힌 자국이 세 개 있던 거야."

헙, 하고 라부카가 크게 숨을 들이쉬었다.

"그러면 이게 다 전어의 자작극이란 말이야?"

"아니야. 전어는 스스로 봉투의 테이프를 뜯어냈잖아. 학년 소식지를 넣은 건 다른 사람이야."

"그럼 도대체 누가……."

"전어, 너 혹시 선생님께 소풍비를 가지고 오라는 소리를 듣고 그날 밤 봉투에 천 엔 지폐를 넣은 채로 현관에 놓아둔 거 아니야?"

전어는 몸을 기울이다 벽에 머리를 부딪혔다. "그, 그렇긴 한데."

"너희 아버지가 상점가의 파친코 가게에서 나오는 모습을 본 적이 있어. 아버지, 도박 좋아하시지?"

슌은 잠시 전어의 너덜너덜한 반바지에 시선을 두었다가 말을 이었다.

"전어가 잠든 후, 아버지는 현관에서 봉투를 발견했을 거야. 그날 아버지에게 천 엔은 무척이나 큰돈이었겠지. 아버지는 봉투에서 천 엔을 빼낸 후, 전어가 눈치채지 못하게 학년 소식지를 대신 넣어둔 거야."

전어가 멍하니 입을 벌리고 있었다. 라부카가 "슌, 대단해!" 하고 애교 섞인 목소리를 냈다. 야스는 혀를 차며 교실을 나가버렸다.

슌은 교단에서 내려온 후 자신의 자리로 돌아가려다가 문득 발걸음을 멈췄다.

"너, 명탐정이 되고 싶은가 보네."

한 발짝도 움직이지 못하던 내게 다가와 귀에 속삭였다.

"응원할게. 나도 어렸을 때 홈스와 푸아로를 좋아했거든."

슌은 힘내라며 내 어깨를 두드리더니 이어폰을 끼면서 자리로 돌아갔다.

◆

2011년 2월 25일, 아이오와 영장류 연구센터의 제4관찰실에서 침팬지 두 마리가 탈출했다.

침팬지 '릴리'와 '미라'는 연구동을 빠져나가 식료품 창고에 보관된 바나나와 천도복숭아를 먹어치운 후 송전선을 타고 전시동으로 향했다.

그날은 조지 워싱턴 초등학교 학생 154명이 센터를 견학하는 날이었다. 침팬지 두 마리는 송전탑에서 전시동 입구를 내려다보며 아이들을 위협하는 행동을 보였다. 즉시 경비원이 출동해 발포했고, 9×19밀리미터 탄환이 미라의 오른쪽 복사근을 관통했다. 놀란 릴리는 전시동 옥상으로 도망치려 했지만, 3층 창문을 통해 직원이 쏜 마취총에 맞아 콘크리트로 추락했다. 두개골에서 뇌가 쏟아져 나왔고 10분 후 심장이 정지했다.

이 사고는 조지 워싱턴 초등학교 학부모들을 분노케 했을 뿐만 아니라 전 세계 영장류 연구자들을 경악시켰다. 아이오와 영장류 연구센터는 안전 관리에 막대한 비용을 투입해 전 세계 연구시설의 모범이 되는 곳으로 알려져 있었기 때문이다.

침팬지 탈출 사고는 드문 일이 아니다.

2005년 시에라리온에서는 야생동물보호구역에서 사육하던 침팬지 비니가 동료를 데리고 탈출했다. 비니는 민간인을 공격해 한 명을 살해하고 네 명에게 중경상을 입혔다. 살해당한 남성은 손발톱이 뜯기고 손가락이 잘렸으며 얼굴이 물어뜯긴 상태였다. 비니의 동기는 밝혀지지 않았지만, 아프리카계 현지인들만 집요하게 공격했다는 점에서 자신을 사육하던 자들에 대한 원한이 원인이었을 것으로 추정된다.

 피해의 정도에는 차이가 있지만 이런 사고는 종종 발생한다. 아이오와 영장류 연구센터에서도 1995년과 1997년에 침팬지 탈출 사고가 두 차례 발생했다. 이때 마셜타운 주민들이 벌인 대규모 항의운동이 계기가 되어 센터는 안전관리를 최우선 과제로 삼고 세계 최고 수준의 보안 시스템을 갖추게 되었다.

 침팬지 탈출에 대한 대책을 세울 때는 다른 종의 그것과는 수준이 다른 각별한 주의가 필요하다. 침팬지는 인간을 관찰하고 출입 방법을 이해한 후 이를 실행에 옮기기 때문이다.

 방사장을 울타리나 해자로 둘러싼다. 대상을 항상 감시한다. 밖으로 나오는 것을 꺼리게 하는 조건을 만든다. 이런 것들은 기본 전제지만, 탈출 대책의 어려운 점은 그곳을 완전히 봉쇄할 수 없다는 데에 있다. 방사장에는 당연히 사람도 출입할 필요가 있기 때문이다.

 가장 전통적인 방식, 즉 직원이 열쇠로 잠금장치를 해제하는 방법으로는 직원이 열쇠를 빼앗길 우려가 있다. 비밀번호를 입력하는 방식은 침팬지가 그 장면을 보고 기억할 우려가 있다. 그렇다고 출입을 위해 번호를 매번 바꾸다가는 연구에 지장을 초래할 수 있고, 지문이나 홍채로 인체를 인식하는 방법을 써도 직원을 공격한 후 그 몸을 써서 잠금장치를 해제할 수 있다.

 아이오와 영장류 연구센터는 이 난제를 어떻게 해결했을까. 주임연구원 유성제가 리더를 맡은 안전관리팀이 설계, 개발한 것이 수치계산식 잠금 시스템CNL이었다.

 직원은 방사장을 출입할 때 숫자 키패드로 비밀번호 다섯 자리를 입력한다. 이 번호는 고정된 것이 아니라, 세 가지 변수—그날의 날씨W, 월M, 요일D—를 포함하는 2차 방정식으로 정해진다. 직원은 이 계산식과 조건에 따라 수치를 기억했다가 그때그때 머릿속으로 비밀번호를 도출한다.

 침팬지는 계산을 할 수 없다. 먹이의 양을 비교하거나 사과 개수에 대응하는 숫자를 고를 수는 있지만, 그것은 교육받은 동작을 수행하는 것일 뿐 숫자의 개념을 이해한 행동은 아니다. 여러 정보를 숫자로 변환하여 계산식에 대입하는 것은 더더욱 불가능하다. 유성제는 이 점에 주목해 사람이라면 쉽게 조작할 수 있지만 침팬지에게는 불가능한 잠금 시스템을 고안한 것이었다.

 2000년에 모든 방사장과 관찰실에 CNL이 도입된 이후, 2011년에 릴리와 미라가 제4관찰실을 탈출할 때까지 탈출 사고는 단 한 건도 발생하지 않았다.

 2009년에 센터장에 취임한 유성제는 사고 소식을 듣고 즉시 동영상 아카이브에 접속했다. 제4관찰실 영상을 재생하자, 거기에는 릴리가 문을 여는 모습이 선명하게 찍혀 있었다.

시선 계측장치를 세팅하던 연구원 산티가 컴퓨터의 알림을 듣고 두 마리에게 등을 보이자마자 릴리가 문으로 달려가 비밀번호를 누른 것이다. 딸깍. 자물쇠가 풀렸다.

유성제는 경악했다.

릴리는 단 한 번의 입력으로 잠금장치를 해제했다. 마치 비밀번호를 알고 있었던 것처럼.

숫자의 개념조차 알지 못하는 릴리가 어떻게 자물쇠를 풀 수 있었을까?

2

내 비명소리에 잠에서 깼다.

몸을 일으키려고 바닥에 손을 대니 거기에 책이 있었다. 《명탐정 초난해 사건파일》과 《경천동지 추리 퀴즈》 등이 여기저기 흩어져 있었다. 자는 동안 이불을 걷어차다가 책장에 머리를 갖다 박은 모양이었다. 뒤통수가 아팠다.

눈곱을 떼면서 책을 책장에 도로 꽂았다. 책등 표지를 정렬하는데 문득 몇 분 전에 꾼 꿈의 내용이 되살아났다.

아주 이상한 꿈이었다.

몸이 움직이지 않는다. 시간이 멈춘 걸까. 아니, 시간이 꽉 응축된 것 같다. 왜 이런 일이 벌어졌는지 생각하는데, 이번에는 시간이 폭발한다. 나는 부풀어 오르는 시간의 아름다움에 매료되어 말을 잃는다…….

지금껏 꾸었던 많은 꿈을 떠올려봐도 이렇게까지 이해할 수 없는 꿈은 처음이었다. 어제 늦게까지 친구와 숨바꼭질을 한 탓에 몸이 피곤했던 것일지도 모른다.

멍한 기분을 질질 끌며 맛가루를 뿌린 밥을 먹고 이를 닦고 집을 나섰다.

아파트 입구 지붕에 고드름이 달려 있었다. 10년에 한 번 올까 말까 한 한파가 찾아왔다더니 며칠 전부터 끔찍한 추위가 이어지고 있었다. 얼어붙은 아스팔트에 미끄러지지 않게끔 발에 힘을 주고 비틀거리며 길을 걸었다.

오늘은 2월 24일. 소풍비 도난사건으로부터 2주가 지났지만, 나는 아직 실패에서 벗어나지 못했다.

명탐정이 되기로 결심한 지 어언 1년. 드디어 첫 사건을 만났는데, 나는 그만 엉뚱한 사람을 범인으로 점찍고 말았다. 그뿐 아니라 아마추어에게 잘못을 지적받고 사건 해결의 영광을 빼앗기기까지 했다.

제아무리 야구를 좋아해도, 제아무리 만화를 좋아해도, 재능이 없으면 프로가 될 수 없다. 그 정도 사건을 해결하지 못했다는 말은 내게 탐정의 재능이 없다는 말이리라. 나는 1년간 헛된 노력을 쌓아온 것이다.

오전 8시 30분. 운동장을 빙글빙글 도는 나뭇잎을 보면서 선생님이 출석을 부르는 소리를 듣고 있자니 케첩이 갑자기 소리쳤다.

"선생님, 숀이 없어요!"

손등에 니베아 로션을 바르던 라부카가 "어?" 하고 뒤를 돌아보았다. 다라야마 선생님은 순간 멍한 표정을 짓더니 "그 녀석은 결석이야"라며 출석부를 덮었다.

"도쿄로 돌아간 건 아니죠?"

라부카가 과장되게 떨리는 목소리로 물었다.

만약 그게 사실이라면……. 나는 순간 기분 좋은 상상을 했다가 금세 그런 자신이 한심해졌다.

이변이 감지된 것은 2교시 수학 시간이었다.

이날 구보 선생님의 수업은 무척이나 지루했다. 물론 수업은 늘 지루하지만, 그날의 지루함은 지금껏 느꼈던 지루함과는 차원이 달랐다. 평소의 지루함은 선생님이 무슨 말을 하는지 알 수 없는, 그야말로 모르는 나라의 영화를 보는 듯한 지루함이었다면, 이날은 선생님이 말하는 것이 너무 하찮은, 그야말로 NHK의 유아용 방송을 보는 것 같은 지루함이었다.

시곗바늘이 전혀 움직이지 않아서 지루함을 달래려 교과서를 넘겼다. 평소에는 같은 부분을 반복해서 읽느라 좀처럼 진도가 나가지 않는데 이날은 순식간에 마지막 페이지에

도달했다. 고개를 들어보니 시곗바늘은 2분밖에 움직이지 않았다.

교과서는 선생님 이야기보다는 흥미로웠지만 그래도 역시 지루했다. 어떤 페이지를 펼쳐봐도 물에 물탄 것 같은 내용만 적혀 있어서 바보 취급을 받는 것 같아 화가 났다.

3교시는 과학 시험이었다.

담임인 다라야마 선생님이 앞자리의 여섯 명에게 시험지를 배부했다. 뒷자리까지 종이가 전달된 것을 확인하고, "자, 시작하자"라며 손뼉을 쳤다.

단원은 '진자 운동'. 추를 무겁게 하면 어떻게 되는가. 실을 길게 하면 어떻게 되는가. 평소 같으면 문제를 읽는 것만으로도 머리가 아팠겠지만, 이날은 1분 만에 모든 문제를 풀어버렸다.

틀림없다.

내 머리에 이상이 발생했다.

뒤통수에 손을 가져다 댔다. 작은 혹이 손가락에 닿았다. 오늘 아침, 책장에 머리를 부딪혀 생긴 혹이었다.

머리를 부딪혀서 바보가 되었다는 이야기는 들어본 적 있지만, 그 반대의 경우도 있는 걸까.

나는 30초 만에 모든 문제를 다시 검토하고 시험지를 교탁으로 가져갔다.

선생님은 "흐음" 하고 눈썹을 들어 올리며 놀란 듯 시험지를 받아들었다.

종례 시간.

"숀은 어젯밤에 괴한에게 습격당했다."

급식 시간까지는 운동복 차림이던 다라야마 선생님이 의자에 걸쳐놓았던 재킷을 입고 말했다.

교실에는 소동이 일었다. 라부카가 "꺄악!" 하고 마리코에게 안겼고, 케첩은 어째선지 색연필을 검처럼 힘껏 쥐었다.

"주, 주, 죽었나요?"

"시민병원에 입원했어. 생명에는 지장이 없다고 한다."

모두가 선생님에게 질문을 퍼부었다. 선생님 말씀을 정리하면 이렇다.

어젯밤, 숀은 역 앞 학원에 갔다가 집에 돌아오지 않았다. 아버지가 경찰에 신고한 것은 새벽 1시가 지나서였다. 경찰이 동네를 수색하던 중 하늘신 공원 다리에 쓰러져 있는 아이를 발견했다. 숀은 단단한 물체로 뒷덜미를 가격당해 피를 흘리며 의식을 잃은 상태였다.

"범인은 잡혔나요?"

"아직이야." 선생님은 어깨를 움츠렸다. "경찰과 선생님들이 한동안 동네를 순찰하기로 했다. 다들 집에 가는 길에 다른 데로 새지 마."

제대로 인사도 못 한 채 종례 시간이 끝났다.

나는 가방을 메고 교실을 나섰다. 신발장에서 신발을 갈아 신고 출입구를 나섰다. 사람이 많이 다니는 길을 피해 좁은 길로 나아갔다.

공원의 간판이 보인 순간, 뒤에서 누가 말을 걸었다.

"료타, 어디 가?"

무의식중에 하아, 하고 하얀 숨이 흘러나왔다.

"선생님이 다른 데로 새지 말라고 했잖아."

전어가 나를 추월해 길 한가운데에 섰다. 가방끈을 꽉 움켜쥐고 있었다.

전어는 요즘 신바람이 나 있었다. 반 친구들이 다들 갑자기 상냥해졌기 때문이다.

아버지가 소풍비를 가져갔다는 사실을 알고는 역시나 불쌍하다고 생각한 모양이었다. 몽당연필이나 입지 않는 옷을 전어에게 선물하거나, 급식을 만화에서처럼 푸짐하게 퍼주거나, 공원에서 조금이나마 놀이에 끼워주곤 했다. 그렇게 전어에게 관심을 주는 것이 5학년 3반의 유행이 되어버렸다. 나였다면 부끄러워서 학교에 못 갈 텐데, 전어는 그다지 싫지 않은 듯 새끼손가락만 한 연필을 서랍에 모으고, 급식 시간이 끝났는데도 이상한 땀을 흘리며 필사적으로 밥을 입 안에 욱여넣었다.

"할 일이 있어. 방해하지 마."

내가 손을 휘저으며 말하자 전어는 불안한 듯 몸을 꿈틀거렸다.

"뭐 할 건데?"

"숀을 때린 범인을 잡을 거야."

전어는 당장이라도 울음을 터뜨릴 것 같은 표정을 지었다. '불가능해. 료타는 소풍비를 훔쳐 간 범인도 알아내지 못했잖아.' 그렇게 말하고 싶은 것이리라.

"나도 알아. 어제까지만 해도 나 역시 같은 생각을 했을 거야. 하지만 지금은 달라. 잘 모르겠지만 지금의 나는 범인을 찾아낼 수 있을 것 같아."

나는 열변을 토하는 동시에 속물적인 마음을 느꼈다.

숀은 소풍비 도난사건을 해결했다. 그런 숀이 공격당해 입원 중이다. 이 사건을 해결하면 이번에야말로 당당하게 탐정을 자처할 수 있지 않을까. 내게는 그런 속내가 있었다.

전어는 과학실의 금붕어처럼 입을 뻐끔거렸다.

"그럼 나도 갈게."

살갗이 튼 손가락을 비비면서 쓰읍 콧물을 들이마셨다.

"숀은 착한 애야. 숀을 공격한 범인에겐 나도 화가 나."

3

고테자키 역에서 멀어질수록 점점 사람이 줄어들고 황폐한 들판과 빈집이 눈에 띈다. 하늘신 공원은 사람이 있는 집과 없는 집이 반반 정도 되는 지점에 있었다.

넓이는 학교 운동장 절반 정도. 둥근 광장이 두 개 나란히 이어진 호리병 같은 형태다. 커다란 쪽의 풍신風神 광장에 바람 연못이, 작은 쪽의 뇌신雷神 광장에 번개 연못이 있으며, 두 연못을 연결하는 작은 개울에 풍뢰風雷교가 놓여 있다.

우리는 먼저 풍신 광장 쪽 입구로 향했다.

돌로 된 오브제 사이의 입구는 출입 금지 테이프로 막혀 있었다. 바람 연못 앞에서 어른 세 명이 이야기를 나누는 중이었다. 한 명은 낯익은 빨간 얼굴의 경찰관. 나머지 두 명은 방송국 직원인 듯, 한 명은 경찰관의 이야기를 들으면서 노트에 메모하고 다른 한 명은 커다란 배낭과 삼각대를 메고 공원을 둘러보고 있었다.

이래서는 안으로 들어갈 수 없다. 나와 전어는 공원 바깥을 돌아 뇌신 광장 쪽 입구로 향했다. 이쪽도 테이프가 쳐져 있었지만 사람의 모습은 보이지 않았다.

테이프를 넘어 공원에 들어서자 발밑에서 사각사각 소리가 났다. 지면에 서리가 내려 있었다. 우리는 소리를 내지 않도록 연못 주변의 돌을 따라 풍뢰교로 향했다.

"명탐정의 철칙, 그 첫 번째. 추리는 현장에서 시작된다. 현장을 구석구석 조사해야 해. 숀을 공격한 범인도 분명 단서를 남겼을 거야."

내가 작은 목소리로 말하자 전어는 "알았어!"라며 헐렁한

청바지를 두드렸다.

풍뢰교는 나무로 만들어졌다. 전체 길이는 5미터, 폭은 1미터 정도. 사극에 나오는 다리처럼 전체가 아치형이다. 이곳이 현장임이 분명하지만 드라마의 살인사건 현장처럼 분필로 사람 모습이 그려져 있지는 않았다.

내가 다리에 발을 디디자 끼익, 하고 판자가 삐걱거렸다.

"우왓!"

다리가 배처럼 흔들렸다. 다리를 지탱하는 나무가 썩은 듯했다.

숨을 멈추고 바람 연못 쪽을 바라보았다. 세 사람의 모습이 작게 보이지만 우리를 알아챈 것 같지는 않았다. 깊게 숨을 내쉬고 슬금슬금 다리를 나아갔다.

탐정 7대 도구 중 1호인 돋보기를 꺼내 발밑을 관찰했다. 나무판에 검은 얼룩이 생겨 있었다. 핏자국이다. 숀이 다리 한가운데, 아치가 가장 높아지는 부근에서 공격당했음을 알 수 있었다.

이어서 7대 도구 중 4호인 쌍안경을 꺼내 두 개의 광장을 관찰했다. 미술 시간에 쓸 도토리 공예 재료를 모으기 위해 나는 며칠 전에도 하늘신 공원을 방문했다. 그날 이후 달라진 점이 있다면 그것이 추리의 재료가 될 것이다.

두 광장은 너도밤나무, 졸참나무, 느티나무 등의 활엽수에 둘러싸여 있었다. 전부 학교에 있는 나무보다 훨씬 크다. 다리 위가 어두운 것은 느티나무가 머리 위까지 가지를 펼치고 있기 때문이다.

광장은 거의 관리되지 않는 듯 빈 병, 빈 캔, 골판지, 부러진 우산, 자전거 안장, 무엇이 들어 있었는지 알 수 없는 플라스틱 박스 등이 버려진 채 방치되어 있었다. 전부 본 적 있는 것들이고 새로운 것은 없었다.

그렇다면 연못으로 눈을 돌릴 때다. 두 연못은 모두 이끼와 수초로 뒤덮여 있고 물도 갈색으로 탁해진 상태였다. 그곳을 가끔 얼룩무늬 잉어가 헤엄쳐 지나갔다. 이런 장소에 있으면 이상한 병에 걸릴 것만 같다.

잉어를 따라 다리 아래의 개울을 들여다보았다. 개울이라고 해도 두 연못을 연결할 뿐, 어디론가 흘러가는 것은 아니다. 탁한 물속을 헤엄치는 지느러미를 보고 있자니 낯익은 물건이 눈에 들어왔다.

"응?"

다리를 지탱하는 나무 중 하나에 전선 같은 것이 걸려 있었다.

나는 다리 위로 뻗은 느티나무 가지를 부러뜨렸다. 난간에 몸을 내밀고 가지 끝에 걸어서 천천히 들어 올렸다.

그것은 슌의 이어폰이었다. 얻어맞고 쓰러질 때 다리에서 떨어진 것이리라. 음악을 들으며 다리를 걷는 슌의 모습이 떠올랐다.

나는 이어폰을 가지고 있지 않다. 전에는 있었지만 1년 전에 망가져버렸다. 바지 주머니에 넣은 채 세탁기에 넣어서 소리가 나지 않게 되었다.

그 이어폰의 정확한 모양은 잊어버렸지만 슌의 이어폰이 완전히 다른 구조라는 것은 한눈에 알 수 있었다. 코드 좌우에 스피커가 달려 있을 뿐 플러그는 없다. 부품도 금메달처럼 매끈하다. 무언가 단서는 없을지 이리저리 살펴보았지만 핏자국은 물론 흠집 하나도 발견하지 못했다.

"그럼 현장만 조금 찍어도 될까요?"

방송국 스태프의 목소리가 들렸다.

풍신 광장을 바라보았다. 경찰관 취재가 끝난 듯했다. 아저씨가 커다란 카메라를 들고 광장을 둘러보고 있었다.

서둘러 공원을 빠져나가야 한다. 다리를 내려오려는데, 뇌신 광장의 건물이 눈에 들어왔다. 청소도구 등을 보관하는 관리 창고다. 그렇다고 제대로 쓰이는 것 같지는 않고, 칙칙한 벽에 마른 덩굴이 우거져 있었다. 귀신이나 유령이 살고 있을 것 같은 무서운 분위기가 감돌아 아이들 사이에서는 '천둥의 집'이라고 불렸다.

내가 주목한 것은 지붕이었다. 금속판 아래로 고드름이 빽빽하게 달려 있었다. 같은 크기의 고드름이 일렬로 늘어서 있어 마치 유리 상어가 입을 벌리고 있는 것만 같다.

그 지붕 아래에는 창문이 있었다. 더러운 유리의 오른쪽 위,

고드름 바로 아래쪽 부근에 거미줄 같은 금이 생겨 있었다.

며칠 전 내가 공원에 왔을 때 저런 금은 없었다. 관리 창고 앞에서 솔방울을 주운 덕에 확실히 기억하고 있다. 저 유리창을 깬 것은······.

퐁당. 물에 무언가 떨어지는 소리가 들렸다.

급히 소리가 난 쪽을 바라보았다. 눈을 반짝이며 전어가 번개 연못에 오른발을 담그고 있었다. 아무래도 반짝이는 것을 발견한 듯했다. 그의 시선을 따라가니, 연못 여기저기에 녹색 유리 조각이 가라앉아 있었다.

"이 바보야. 뭐 하는 거야?"

다리에서 내려와 전어의 팔을 잡았다. 풍신 광장 쪽에서 어른의 목소리가 가까워지고 있었다.

"오늘은 보물찾기하러 온 거 아니야. 손을 공격한 범인을 찾으러 온 거잖아."

전어는 "아" 하고 머리를 긁었지만, 곧장 아쉬운 눈빛으로 다시 연못을 바라보았다.

"그만 좀 하라고!"

내가 가방을 잡자 전어는 어깨를 흔들며 억지로 앞으로 나아가려고 했다. 나도 연못에 빠질 것 같아서 어쩔 수 없이 손을 놓았다. 전어는 "우앗!" 하고 비틀거리며 앞으로 넘어졌다. 풍덩. 물결이 둥글게 퍼졌다.

"이 녀석!"

경찰관의 고함이 울려 퍼졌다.

명탐정의 철칙, 일곱 번째. 경찰은 적이 아니다. 친밀하고 원만한 관계를 구축해야 한다. 이런 일로 경찰관에게 미움받으면 안 된다.

"내일 보자!"

수초에 엉켜서 물고기 인간처럼 된 전어를 뒤로하고 나는 공원을 달려나갔다.

다음 날, 2월 25일.

"어제 방과 후에 슌을 만나고 왔다. 생각보다 괜찮아 보이더구나."

아침 노래를 건너뛰고 다라야마 선생님이 말했다. 교실 여기저기에서 안도의 한숨이 새어 나왔다.

선생님이 시민병원을 방문했을 때, 슌은 의사의 진찰을 받고 있었다고 한다. 목뼈에 금이 간 탓에 커다란 보조기를 두르고 있었지만 상태는 양호하며 후유증도 보이지 않는다고 했다.

"범인이 누구인지 밝혀졌나요?"

라부카가 둥글게 만 책받침을 움켜쥐었다.

"아니. 슌은 범인을 보지 못했대."

다라야마 선생님은 고개를 저었다.

딸깍. 나는 레고 블록이 들어맞는 듯한 감각을 느꼈다. 머릿속에서 순식간에 추리가 조립되기 시작했다.

점심시간.

이날 당번이던 나는 서둘러 칠판을 깨끗이 지우고 교실을 나섰다. 화장실에서 소변을 보고 학교 건물 안쪽의 계단을 올랐다.

옥상 문을 열려는 순간.

"료타, 어디 가?"

뒤에서 목소리가 들렸다. 또냐.

"탐정 놀이 계속하는 거야?"

전어가 두 계단씩 뛰어올라 내 얼굴을 들여다보았다.

"아니야."

이것은 탐정 놀이가 아니다.

"그래?"

전어는 어깨를 떨궜지만, 그래도 돌아가려고 하지 않았다. 나는 "방해하지 마"라고 못을 박고 옥상 문을 열었다.

살을 에는 듯한 바람. 부르르 몸이 떨렸다.

남자아이 셋이 물탱크 앞에 누워 있었다. 세 명 모두 눈썹을 뾰족하게 다듬고 뒷머리를 기르고 이렇게 추운데도 상의 단추를 여러 개 풀어헤쳤다. 역 뒤편의 아파트 단지에 사는 불량 학생 3인조다. 그중에 한 명, 5학년 3반 동급생도 있었다.

나는 숨을 불어넣어 손을 따뜻하게 만든 후 그 동급생, 체육복 가방을 베개 삼아 스마트폰을 만지작거리는 야스에게 말을 걸었다.

"부탁할 게 있어."

야스가 스마트폰을 치우고 나를 바라보았다. 나머지 두 명도 고개를 들고 희미하게 심술궂은 미소를 보였다.

"뭐야, 탐정맨."

"이거랑 같은 이어폰 가지고 있지?" 나는 주머니에서 슌의 이어폰을 꺼냈다. "어떻게 쓰는지 좀 알려줘."

내가 아는 한, 5학년 3반에서 스마트폰을 학교에 들고 오는 사람은 야스뿐이다. 라부카와 차오도 스마트폰을 가지고 있지만, 학교에 들고 오지는 않는다. 교칙으로 금지하기 때문이다.

야스는 두 사람과 눈길을 교환하더니 엉덩이를 긁으면서 귀찮은 듯 일어섰다.

"너, 잘도 나를 도둑놈 취급했겠다."

"미안해."

"그러고는 이렇게 뻔뻔하게 말을 걸다니. 미친 거 아니야?"

"미안해."

턱에 통증이 느껴지며 몸이 뒤로 날아갔다. "우와앗!" 전어가 소리쳤다.

어느새 나는 바닥에 쓰러져 있었다. 빛의 입자가 주위를 떠돌았다. 얼굴을 만지자 손에 붉은 것이 묻었다.

"꺼져."

휙휙, 손을 흔들며 야스가 등을 돌렸다.

"경찰은 슌을 공격한 범인을 찾지 못했어!"

이를 악물고 소리를 질렀다.

야스의 발이 멈췄다.

"나만 할 수 있는 일이야."

야스가 돌아보았다. 분노와 어이없음이 반쯤 섞인 이상한 표정을 짓고 있었다.

"너 진짜 미쳤어?"

"슌을 위해서야. 제발, 이렇게 부탁할게."

낮출 수 있는 만큼 머리를 숙였다.

2주 전, 슌에게 도움을 받았던 기억을 떠올린 것이리라. 야스는 "쳇" 하고 혀를 차더니 내 손에서 이어폰을 낚아챘다.

"이건 블루투스로 연결하는 이어폰이야. 이렇게 페어링하면 소리가 나와."

코드에 달린 버튼을 누르며 스마트폰 설정 화면에서 알파벳으로 된 상품명을 눌렀다. 몇 초 후, 두 개의 스피커에서 쿵덕쿵덕 하고 팝송이 흘러나오기 시작했다.

"고마워."

남아 있던 틈새에 또 하나의 블록이 딱 맞물리는 것을 느꼈다.

4

방과 후.

나는 다시 교탁 앞에 섰다.

"숀을 공격한 범인을 알아냈어."

모두가 나를 보고는 곧장 눈을 돌렸다. '아직도 그런 말을 하는 거야?', '쳐다보는 내가 다 부끄럽다.' 대부분의 얼굴에 그렇게 쓰여 있었다.

"다들 무슨 말을 하고 싶은지 잘 알아. 나는 소풍비를 훔쳐 간 범인을 알아내지 못했어. 하물며 숀의 사건은 학교 밖에서 벌어졌지. 내가 그걸 추리하는 건 절대 불가능하다고 생각할 거야. 그렇지?"

하지만, 하고 나는 목소리를 높였다.

"사실 그렇지 않아. 숀을 공격한 범인은 우리 반에 있어."

교실을 나가려던 케이시가 "어?" 하고 나를 노려보았다.

"헛소리하지 마."

"헛소리가 아니야. 단서에 기반한 추리야."

"추리, 추리, 시끄러워. 네가 탐정 놀이를 하고 싶다고 해서 우리까지 끌어들이지 마."

"시끄러운 건 너잖아."

귀를 의심했다.

모두가 목소리의 주인공을 바라보았다. 주머니에 손을 찔러넣은 야스가 포도맛 껌으로 풍선을 만들었다.

"불만이 있으면 듣고 난 다음에 말하라고."

터진 풍선을 씹었다. 케이시는 눈꺼풀을 깜박이더니 "학원 가야 되는데"라고 불평하며 자리로 돌아갔다.

나는 교실을 둘러보며 헛기침을 했다.

"숀은 하늘신 공원의 풍뢰교에 쓰러져 있었어. 단단한 물건으로 목덜미를 얻어맞고 의식을 잃었다고 해. 범인은 학원을 마치고 돌아가는 숀을 따라갔거나 혹은 숨어 있다가 다리 위에서 숀을 공격한 것으로 보여.

나는 어제 사건 현장에 다녀왔어. 거기에서 몇 가지 이상한 점을 발견했어."

전어가 앞의 의자를 붙잡고 "나도 같이 갔다 왔어"라며 케첩의 귀에 속삭였다.

"내가 풍뢰교를 걸을 때 끼익, 하고 판자가 삐걱거리고 다리가 배처럼 흔들렸어. 다리를 지탱하는 나무가 썩어서 흔들린 거지.

그런데 아침에 다라야마 선생님이 말하길, 숀은 범인의 모습을 보지 못했다고 해. 핏자국의 위치로 미루어볼 때 숀이 공격을 당한 곳은 다리 한복판이야. 뒤에서 누군가 다가오면 판자가 삐걱대는 소리나 발밑의 흔들림 때문에 깨닫지 못할 리 없어. 그런데도 숀은 범인을 보지 못했지. 목덜미를 가격당했다는 건 범인 쪽을 돌아보지도 않았다는 말이 돼.

이건 이상해."

"왜 그런 거지?", "이상하네" 하는 목소리가 들렸다.

"즉, 이런 뜻이야?" 겐이치가 콩가를 두드리듯 책가방을 두드렸다. "슌이 거짓말한 거구나."

나는 고개를 끄덕였다.

"나도 그렇게 생각해. 슌은 범인의 얼굴을 봤어. 하지만 보지 못했다고 거짓말했지."

"왜?"

"범인을 감싸기 위해서겠지. 적어도 슌은 자신을 공격한 범인을 알고 있었어. 범인은 정체를 알 수 없는 괴한이 아니라 슌이 알고 있는 사람이라는 말이야."

모두의 시선이 교차했다. 슌은 2학기에 이사를 와서 얼마 지나지 않았다. 이 동네에 아는 사람은 많지 않다.

"이 점을 고려하면 사건의 전체 그림은 꽤 달라져. 아까 말한…… 범인이 몰래 슌의 뒤를 따라갔다거나 숨어서 기다렸다는 전제는 잘못된 거야. 범인과 슌이 아는 사이라면 범인은 얼굴을 보이지 않도록 조심했을 테고, 그렇다면 굳이 눈에 잘 띄는 다리 위에서 슌을 공격하지는 않았을 거니까.

범인은 애초에 모습을 숨기지 않았어. 두 사람은 함께 공원에 간 거야. 우연히 만난 건지 사전에 약속했는지는 알 수 없어. 두 사람은 같이 다리를 건넜고, 그곳에서 범인이 슌을 공격했어. 슌이 뒷덜미를 가격당한 건 범인을 알아차리지 못해서가 아니라 등을 돌리고 있을 만큼 범인을 신뢰했기 때문이야."

"누구야, 그게?" 라부카가 시무룩한 소리를 냈다. "슌과 무슨 사이인 건데?"

"나는 사건 현장을 더 자세히 조사해봤어. 그러다가 풍뢰교를 지탱하는 나무에 이런 게 걸려 있는 걸 발견했지."

나는 주머니에서 슌의 이어폰을 꺼냈다.

"범인에게 가격당했을 때 슌은 이 이어폰을 가지고 있었어. 슌이 쓰러지는 순간 이어폰이 떨어져서 다리 아래에 있던 나무에 걸린 거야."

"그게 어쨌다는 건데?"

"상상해봐. 슌은 이 이어폰을 어떤 식으로 가지고 있었을까? 가방이나 바지 주머니에 넣어 두었다면 얻어맞은 순간 떨어질 리가 없지."

"그런 이어폰은 보통 이런 식 아니야?"

차오가 양손을 목 뒤로 돌려 이어폰을 목에 거는 시늉을 했다.

"나도 그렇게 생각했어. 교실에서도 자주 그렇게 목에 걸고 있었으니까. 근데 봐봐."

나는 코드를 쭉 펴서 모두에게 보였다.

"이 코드에는 아무 이상이 없어. 피가 묻어 있지 않은 건 물론이고 표면에 흠집 하나 없지. 슌이 목을 가격당했을 때,

평소처럼 코드를 목에 걸고 있었다면 거기에도 비슷한 힘이 가해졌을 거야. 목뼈에는 금이 갔는데, 코드에는 흠집 하나 없다는 건 이상해."

라부카가 의자에서 몸을 일으켜 코드를 바라보았다. "정말 이네."

"이렇게 된 거 아니야?" 마리코가 공기를 뒤섞는 듯한 제스처를 했다. "슌이 쓰러졌을 때, 이어폰은 강에 떨어졌어. 이윽고 경찰이 슌을 발견했어. 경찰은 다리 주변을 살피다가 강에 떨어져 있던 이어폰을 찾았어. 그리고 그걸 주워서 나무에 걸어뒀어. 코드에 피가 묻어 있지 않은 건 한번 강에 떨어져서 피가 씻겨나갔기 때문이야."

오오, 하고 여자아이들이 탄성을 질렀다.

"그럴 가능성도 완전히 배제할 수 없어. 다만 그랬다면 강에 떨어진 이어폰은 고장이 났을 거야."

1년 전의 비극이 머릿속에 떠올랐다. 이어폰을 주머니에 넣은 채 바지를 세탁했던 그날의 비극이.

"나는 야스에게 부탁해서 슌의 이어폰을 스마트폰에 연결해달라고 했어. 그랬더니 스피커에서는 제대로 음악이 흘러나왔어. 이 이어폰은 고장 나지 않았어. 즉, 강에도 떨어지지 않았다는 뜻이야."

모두가 야스를 바라보았다. 야스는 입속에서 껌을 굴리면서 끄덕였다. "탐정맨 말이 맞아."

겐이치가 시소처럼 의자를 뒤로 젖히고 앞뒤로 왔다갔다 했다. "그럼 왜지?"

"목에 거는 것 말고도 이어폰을 착용하는 방법은 또 있어. 바로 이거야."

나는 좌우 스피커를 귀에 꽂고 코드를 가슴 앞으로 늘어뜨렸다.

"슌은 이어폰을 귀에 꽂고 있었어. 그렇게 코드를 앞으로 늘어뜨렸다면, 뒷덜미를 가격당하더라도 이어폰에 피가 묻거나 흠집이 생기지는 않았을 거야."

겐이치의 시소가 멈췄다. "그게 다야?"

"다만 이건 이것대로 이상해. 왜냐하면 이 경우 슌은 확실하게 귀에 이어폰을 꽂고 있었어야 해. 목에 걸고 있는 것과는 달리 귀에 꽂지 않으면 떨어지니까 말이야. 하지만 좀 전에 설명한 것처럼 슌과 범인은 아는 사이였어. 범인은 몰래 뒤를 밟은 게 아니라 슌과 함께 공원으로 갔지. 그런데 슌이 귀에 이어폰을 꽂고 있었다는 건 어딘지 이상해."

겐이치의 의자가 뒤로 쓰러졌다. 비명소리.

"이상해, 이상해, 아까부터 그 말뿐이네."

케이시가 심하게 다리를 떨면서 불평했다.

"맞아. 그게 바로 답이거든."

나는 교탁 모서리를 잡았다.

"슌이 다리 위에서 쓰러져 있었다는 점에서 범인과 슌은 서로 아는 사이였고 함께 공원에 갔다는 사실을 알 수 있어. 그리고 이어폰에 전혀 흠집이 없었다는 점에서 숀이 이어폰을 귀에 꽂고 있었다는 사실을 알 수 있지. 이 두 사실은 공존할 수 없어."

나는 눈을 감았다가 곧바로 떴다.

"숀이 다리 위에 쓰러져 있던 건 틀림없어. 그렇다면 이 이어폰은 범인이 일부러 남겨둔 가짜 단서였다는 말이 돼. 범인은 다리 아래로 이어폰을 떨어뜨림으로써 숀이 그곳에서 공격당한 것처럼 보이게 한 거야. 바꿔 말하면, 사실 숀은 그곳에서 공격당하지 않았어. 하지만 어째선지 숀은 그 사실을 숨기고 있지."

교실이 조용해졌다.

"즉, 이런 거네." 차오가 수업 중인 것처럼 손을 들었다. "이 사건은 숀의 자작극이다. 이어폰을 떨어뜨린 것도 숀 본인이었다."

아니, 아니, 아니, 라부카가 고개를 저었다.

"숀이 공원에 쓰러져 있던 건 사실이잖아. 스스로 자신의 목덜미를 때리다니, 그런 게 가능할 리 없어."

"가능해." 나는 끄덕였다. "현장이 다리 위였다는 사실을 고려하면 방법은 쉽게 떠올릴 수 있어. 힌트는 연못에 흩어져 있던 유리 조각이야."

엇? 하며 전어가 목을 길게 뺐다. 그 얼굴이 점점 파랗게 질린 것은 유리 조각을 주우려다가 경찰관에게 혼이 난 것이 떠올랐기 때문이리라.

나는 분필을 집어 들고 칠판에 그림을 그렸다. 가지를 늘어뜨린 나무와 강에 놓인 아치형 다리. 그곳에 서 있는 한 아이.

"공원에서 빈 병을 주워서 연못 물을 채우고 뚜껑을 봉해. 나무에서 덩굴을 떼어내서 끊어지지 않도록 엮은 다음에 병목에 감아. 다리 위의 느티나무 가지에 덩굴을 걸고 반대쪽을 잡아당겨 병을 공중에 매달아. 이렇게 준비는 끝났어.

덩굴을 잡은 채 다리 한복판에 서서 매달린 병을 앞으로 세게 민 후에 뒤로 돌아. 병은 멀리 날아갔다가 힘차게 돌아오게 되지. 그리고 쿵."

분필로 그린 화살표를 숀에게 날렸다.

"숀은 머리를 맞고 그 자리에 쓰러져. 원래는 그랬어야 했지. 하지만 숀도 겁이 난 나머지 자신도 모르게 몸을 앞으로 숙였을 거야. 그래서 머리가 아니라 목덜미에 상처가 생긴 거지.

병은 깨졌어. 숀은 의식을 잃고 손에서 덩굴이 떨어졌지. 병 조각과 덩굴은 진자처럼 날아가서 연못에 떨어지게 돼."

마리코의 책상에서 필통이 떨어졌다. 스틱형 풀이 바닥을 굴렀다.

"마치 직접 목격한 것처럼 말하는데, 증거 있어?"

"관리 창고 창문에 며칠 전까지는 없던 금이 가 있었어. 숀이 병을 밀었을 때, 힘을 너무 많이 준 건 아닐까? 그래서 병이 창문에 부딪혀서 금이 간 거야. 숀의 장치를 재현하면 정확히 같은 위치에 병이 부딪힐 거야."

케첩과 전어가 속삭였다. "관리 창고?", "'천둥의 집'을 말하는 거겠지."

"숀은 왜 그런 말도 안 되는 짓을 한 건데?"

야스가 뒤에서 머리카락을 비비 꼬며 말했다.

"이건 그저 상상에 불과하지만." 나는 칠판의 분필 받침에 분필을 내려놓았다. "외로웠던 게 아닐까?"

어? 하고 누군가가 중얼거렸다.

"숀이 반 아이들과 잘 어울리고 있다고 말하긴 어려웠잖아? 물론 왕따를 당하거나 한 건 아니야. 반에서도 받아들여졌다고 생각해. 하지만 그건 어디까지나 도쿄에서 온 전학생으로서야. 본인은 신경 쓰지 않는 것처럼 보였지만, 마음속 깊은 곳에서는 다른 사람들과 사이좋게 지내고 싶었던 거 아닐까? 그러던 중 사건이 발생했어. 전어가 소풍비를 도둑맞은 거야."

전어가 코끝을 가리켰다. "나?"

"숀은 그 사건을 해결했어. 내 추리를 부정한 후 봉투와 학년 소식지의 접힌 자국을 통해 진범을 알아냈지. 일부러 그런 건지 무의식적으로 그런 건지는 모르지만, 그때도 숀은 모두의 관심을 끌고 싶었던 것 같아.

그런데 그 사건 이후 주목받은 건 전어였어. 모두가 전어를 불쌍히 여겨 안 입는 옷을 선물하기도 하고 밥을 푸짐하게 퍼주기도 했지. 숀은 그런 전어를 질투했어. 그리고 전어보다 더 큰 사건의 피해자가 됨으로써 더 많은 사람의 동정을 받으려고 한 거야."

갑자기 햇살이 비쳐들었다. 숀의 책상이 주황색으로 물들었다.

"숀…… 눈치채지 못해서 미안해."

라부카가 얼굴을 감쌌다.

"모두에게 부탁이 있어. 탐정으로서가 아니라 5학년 3반 친구로서의 부탁이야."

내가 내뱉은 말에서 신물이 났지만, 나는 계속했다.

"숀이 돌아오면 지금 내가 말한 건 전부 잊어줘. 그리고 가능하면 모두 조금씩 숀에게 말을 걸어줬으면 해."

창문에 바람이 부딪혔다. 아무도 입을 열지 않았다. 스토브 팬이 돌아가는 소리만 크게 들렸다.

나도 모르게 교실에서 도망치고 싶어진 그때.

"그러네."

야스가 말했다.

"다들 탐정맨의……"까지 말한 야스가 아니, 하고 말을 끊더니 껌을 티슈에 뱉었다. "우리 반 명탐정 말대로 하자."

이것이 나의 최초의 사건이다.

◆

"방금 영상에서도 보셨다시피 침팬지 릴리가 연구원 흉내를 내며 문의 키패드를 조작한 결과, 비밀번호가 적중한 것이 이번 탈출 사고의 원인입니다."

열두 명의 하원의원과 서른 명의 방청객에 둘러싸인 채 유성제는 이마에 흐르는 땀을 닦았다.

"비밀번호는 어떤 식으로 구성되어 있죠?"

에릭 베이츠 하원의원이 무대 배우처럼 억양이 도드라지는 목소리로 질문했다.

2012년 1월 26일. 릴리와 미라의 탈출 사고가 일어난 지 곧 1년이 된다. 아이오와 영장류 연구센터 센터장인 성제는 아이오와주 하원 공공안전위원회 공청회에 출석해 있었다.

"비밀번호는 다섯 자리 숫자입니다."

"그럼 번호를 맞힐 확률은 $1/10^5$라는 말이네요."

"네." 고개를 끄덕일 수밖에 없다.

"제멋대로 누른 숫자 조합이 우연히 $1/10^5$의 비밀번호였다. 그런 일이 있을 수 있습니까?"

베이츠 의원은 마치 지원 사격을 요청하듯 방청석을 둘러보았다.

물론 그런 일은 있을 수 없다.

운석에 맞아 바보가 된 빌 게이츠가 천억 달러짜리 수표를 자신에게 건네고 숨을 거두는, 비유하자면 그 정도로 황당무계한 이야기다. 0퍼센트라고 단언할 수는 없지만, 그런 일은 실제로는 일어나지 않는다.

다만 센터의 존속이 공공안전위원회의 평가에 달린 이상, 그런 속내를 입에 담을 수는 없었다.

"기적 같은 우연이 일어났다고 말할 수밖에요."

웃기지 마. 신의 뜻으로 돌리려는 거냐. 시민의 안전을 뭐라고 생각하는 거야. 방청석에서 날카로운 비난이 쏟아졌다.

릴리가 비밀번호를 어떻게 알아낸 것인지는 여전히 알 수 없었다.

하지만 성제는 한 가지 신경 쓰이는 점이 있었다.

사고 전날인 2월 24일. 아이오와 주립대학교에서 동물학을 전공하는 학생들이 센터를 견학했다. 연구원 한나가 그들을 방사장으로 안내할 때 학생 중 한 명이 안전관리에 관해 물었다고 한다. 한나는 그들에게 수치계산식 잠금 시스템^{CNL}의 개요를 설명했다. 그때 비밀번호의 계산식도 언급했다.

이 이야기를 들은 성제는 말로 설명할 수 없는 불안감을 느꼈다. 실제로 그날 방사장 영상을 확인해보니 한나가 학생들을 안내할 때, 울타리와 해자를 사이에 두고 5미터 정도 떨어진 호두나무 위에 릴리가 숨어 있던 것이 확인되었다.

만약 이때 릴리가 한나의 설명을 들었다면······. 그렇게 비밀번호의 계산식을 알게 되어 다음 날 그것을 키패드에 입력했다면?

"왜 그런 '기적'이 일어날 수 있는 시스템을 도입한 겁니까?"

한쪽 눈썹을 치켜올린 베이츠 의원이 '기적'이라는 단어를 강조하며 말했다.

센터장인 자신이 그런 말도 안 되는 이야기를 한다면 센터는 즉시 폐쇄될 것이다. 성제는 시선을 내리깔고 땀에 젖은 손수건을 움켜쥐었다.

"제 위험 예측이 미흡했던 것 같습니다."

"뭐야, 그 의원."

소현은 록 글라스를 한 모금 마시고는 "내가 비니였다면 지금쯤 머리가 없어졌을 거야. 그 아저씨, 목숨 건졌네" 하고 바 테이블에 팔꿈치를 올린 채 꽁알꽁알 중얼거리며 술 냄새 나는 숨을 내쉬었다. 비니는 시에라리온에서 사람을 죽인 악명 높은 침팬지지만 유소현은 물론 인간이다.

소현은 성제의 여동생이다. 이 세상에 얼굴을 내미는 것이 4분 늦었을 뿐인 쌍둥이로, 두뇌에 관해서는 명백히 오빠인 성제보다 뛰어나다. 바빠서 잠시 근황을 듣지 못했을 뿐인데, 그사이에 한국 교육부의 정책보좌관으로 취임했다는 듯, 5일 전부터 여당 의원과 함께 뉴욕을 방문한 상태였다. 오늘과 내일은 쉬는 날이라며, '마녀재판'에 회부된 오빠의 추태를 보기 위해 굳이 머나먼 아이오와까지 찾아왔다고 했다.

"그래서…… 실제로는 어떻게 된 건데?"

바 테이블에 턱을 괴고 소현은 캐슈너트를 씹었다.

"뭐가?"

"그러니까 천재 침팬지 릴리가 어떻게 방사장 잠금장치를 연 거냐고."

역시 짐작하고 있었구나.

성제는 기적 같은 우연은 믿지 않는다. 의원을 속일 수는 있어도 동생의 눈은 속일 수 없었던 모양이다.

"모르겠어."

넥타이를 느슨하게 풀면서 버번을 샷으로 주문했다.

"그저 머릿속에 박혀 떠나지 않는 바보 같은 아이디어가 하나 있어."

자신도 모르게 그 가설―릴리가 연구원의 설명을 듣고 비밀번호의 계산식을 이해했다―을 털어놓았다.

소현은 미간을 찌푸린 채 스마트폰으로 무언가를 검색하며 성제의 이야기를 들었다. 오빠를 위해 아이오와의 정신건강 클리닉이라도 검색하는가 싶었는데…….

"전라남도 무안의 승호라는 아이, 들어본 적 있어?"

성제의 설명이 끝나자마자 소현은 안경을 밀어 올리며 그렇게 물었다. 성제는 고개를 저었다.

"지금 한국에서 가장 핫한 천재 소년이야. 불과 열 살에 서울대에 수석으로 합격했어."

"엄청나네."

20년 전 자신들도 '밀양의 천재 남매'로 불렸지만, 그럼에도 열 살 때는 매미와 나비 정도밖에 머릿속에 없었다.

"다만 승호가 속임수를 쓴 건 아닐까 하는 의혹이 있어."

뭐야 그게.

"그 아이, 얼마 전까지만 해도 공부를 엄청 못했다나 봐. 초등학교 성적도 밑에서 세는 게 빠를 정도였대. 선생님과 동급생 모두 그가 서울대에 수석 합격하는 건 불가능하다고 입을 모았어."

"하지만 실제로 합격했잖아?"

대규모 부정행위가 발각된 2004년 이후, 한국의 대학 입시에서는 철저한 방지 대책이 시행 중이다. 물론 빠져나갈 길이 없다고 단언할 수는 없지만, 열 살에 서울대학교에 수석 합격하는 것은 상식과 너무 동떨어졌기에 오히려 더욱 그럴싸하게 느껴진다. 부정행위를 한다면 보통은 조금 더 눈에 띄지 않는 방식을 선택할 것이다.

"뭐, 그렇지. 이 의혹의 진위를 확인하고자 연합뉴스 기자가 승호를 인터뷰했어."

소현은 그 기사를 내게 보여주었다.

"승호는 이렇게 답했어. 분명 반년 정도 전까지는 공부를 못했다. 어째서 갑자기 성적이 좋아졌는지 자기도 모르겠다. 다만 작년 2월 24일 아침, 갑자기 머리가 맑아지더니 그전까지 이해하지 못했던 것들을 뭐든 이해할 수 있게 되었다, 라고."

"부럽네."

"좀 진지하게 들어!" 소현이 허벅지를 걷어찼다. "날짜를 봐. 승호가 마법에 걸린 게 2월 24일. 그리고 아이오와의 방사장에서 침팬지 릴리가 탈출한 게 2월 25일. 바로 다음 날이지."

그렇군.

소현이 무슨 생각을 하는지 알게 되었다.

"작년 2월 하순, 세계 여기저기에서 영장류 어린이의 뇌에 변이가 일어났다. 그렇게 말하고 싶은 거야?"

성제의 아들은 어제도 합성수지로 만든 슈퍼맨과 조드 장군 피규어를 가지고 놀았는데.

소현은 잠시 망설이는 듯한 미소를 짓고는 말했다.

"지금부터 하는 말은 진심으로 그렇게 믿어서 하는 말은 아니야. 그런 의도로 들어줬으면 해."

그러더니 이성을 무디게 하려는 듯 라이 위스키를 들이

켰다.

"승호가 각성하기 나흘 전인 2월 20일. 한 남자의 연설이 서구의 지도자들을 혼란에 빠뜨렸어."

어?

"아프리카의 사자, 가다이 대령 말이야. 라빌리 공화국의 독재자. 그는 반체제 세력에 대한 무력 탄압을 강행해 국제 사회의 비난을 받았지. 작년 2월 18일, 유엔 안전보장이사회가 다국적군 파견을 결정하자 그는 국영 TV를 통해 연설했어. 라빌리 외무부에서 발표한 영어 번역은 다음과 같아."

소현이 스마트폰 화면을 보여주었다. '나라를 사랑하는 제군, 안심해도 좋습니다. 저는 이날을 위해 서구에 맞설 새로운 무기를 준비해두었습니다. 이 무기는 시대의 흐름을 바꿀 것입니다……'

"이 새로운 무기가 무엇을 가리키는지에 대해서는 지금껏 알려지지 않았어. 다국적군의 공습이 시작되자 수도 디폴리는 불과 닷새 만에 함락됐거든. 28일에는 국외로 도망치려던 가다이도 붙잡혔고, 그 직후에 처형당했어."

"뉴스에서 봤어."

"가다이는 곤란한 상황을 넘기고자 임시방편으로 국민을 속인 전례가 수두룩해서 반체제 세력 사이에서는 '이빨 빠진 사자'라고 조롱받고 있었어. TV 연설에서도 안보리를 견제하기 위해 헛소리를 한 것 아니냐는 게 대체적인 견해야."

"뭐, 그렇겠지."

"하지만 소수의 비상식적인 자들, 즉 음모론자와 오컬트 신봉자들은 이렇게 말해. 가다이는 실제로 새로운 무기를 준비해두었다. 그리고 다목적군의 공습에 대한 대항 수단으로 그 무기를 사용했다."

"그건 처음 듣네." 성제는 어디부터 반박해야 좋을지 알 수 없었다. "그런 비장의 카드를 준비했는데 왜 가다이는 제대로 반항도 못 하고 당한 건데?"

"그야 신무기니까. 라빌리군이 능숙하게 다루지 못한 거겠지."

"자기 나라에서 개발한 건데?"

"러시아에서 사온 걸지도 몰라."

뜬구름을 잡는 듯한 대답뿐이었다.

"그게 도대체 어떤 무기란 건데?"

"가다이는 이미 그 정체를 밝혔어. 그는 TV 연설에서 이렇게 말했지. 이 무기는 시대의 흐름을 바꿀 것이다."

소현은 허공에 'time'이라고 적었다.

"이 대사는 얼핏 신무기가 시대의 추세를 바꾼다고 말하는 것처럼 들려. 하지만 그건 오해야. 이 무기는 문자 그대로 time, 즉 시간의 흐름을 바꾸는 거야. 세상의 법칙을 근본적으로 뒤집어버리는 거지. 미래를 과거로, 과거를 미래로. 병사를 노인으로, 대통령을 아기로. 그런 무서운 무기의 존재를 언급함으로써 가다이는 다국적군의 공습을 막으려고 했던 거야."

"시간의 흐름은 달라지지 않았잖아."

성제는 벽에 걸린 시계를 올려다보았다. 똑딱 소리를 내며 초침이 오른쪽으로 움직였다.

"그래. 그건 불발에 그쳤어. 세상은 달라지지 않았거든."

"그렇지."

"하지만 아무 일도 일어나지 않은 건 아니야. 세계의 극히 일부에서는 분명 신무기의 효과가 나타났어. 예를 들어 지구 반대편에 있는 승호의 두개골 속에서 말이야."

소현은 집게손가락으로 관자놀이를 눌렀다.

"어린이의 뇌는 계속해서 성장해. 시냅스를 통한 네트워크 형성, 수초화髓鞘化에 의한 정보 전달의 고속화, 불필요한 접합부 잘라내기……. 그런 것들이 비상식적인 속도로 반복된 결과, 승호는 갑자기 상식을 벗어난 지적 능력을 가지게 된 거야."

소현은 바 테이블에 양 팔꿈치를 올리고 상반신을 앞으로 내밀었다.

"라빌리군의 기술자들로서는 알 도리가 없었겠지. 그들은 신무기 작동에 실패했다고 믿고 같은 조작을 반복했어. 그 결과 비슷한 시각에 같은 현상이 연이어 발생했어. 아이오와의 침팬지 릴리의 뇌도 비정상적인 속도로 성장해 인간

언어와 숫자의 개념을 이해하게 된 거야. 그리고 스스로 비밀번호를 입력해서 관찰실에서 탈출했지."

소현은 오빠의 눈을 들여다보며 어때? 하고 묻듯 어깨를 으쓱해 보였다.

성제는 놀라고 말했다. 샷 글라스의 버번을 바닥까지 비우고 동생을 바라보았다.

"너도 알다시피 이 세상은 수수께끼투성이야. 과학자들이 아는 것도 극히 일부에 불과하지. 100년 후에는 지금 우리가 상상도 하지 못하는 것들이 상식이 될지도 몰라."

하지만, 하고 손등으로 입술을 닦으며 말을 이었다.

"내가 단언할 수 있는 게 하나 있어."

소현이 고개를 갸웃했다.

"넌…… 너무 많이 마셨어."

5

"또 시험이야?"

다라야마 선생님이 커다란 봉투에서 시험지를 꺼내는 모습을 보며 라부카가 입을 삐죽거렸다. 케첩은 낙담해 이마를 책상에 부딪혔다. 선생님은 "얼른 뒤로 시험지 넘겨"라며 케첩의 등을 손바닥으로 때렸다.

"이번부터는 규칙을 바꾸겠다. 시험지를 회수하는 건 타이

머가 울리고 나서야. 다 풀고 나서도 끝날 때까지 답안을 검토할 것."

선생님이 잠시 나를 쳐다보고는 곧바로 눈을 돌렸다.

책장에 머리를 부딪힌 그날, 나는 과학 시험지를 2분도 안 되어 제출했다. 내 답안이 너무 빨랐기에 이래서는 체면이 서지 않는다고 생각한 것이리라.

뒤통수를 쓰다듬었다. 혹은 사라졌지만 내 머리는 여전히 맑았다.

시험지를 뒷자리로 넘기며 슬쩍 보았다. '복습 시험 5: 물의 상태 변화'라고 적혀 있었다. 물을 차갑게 하면 얼음이 된다. 따뜻하게 하면 수증기가 된다는 내용이다. 시작하기 전에 모든 문제를 풀어버릴 것만 같아서 급히 눈을 돌렸다.

"커닝하지 말고. 자, 그럼 시작!"

시험지가 뒤쪽까지 제대로 전달된 것을 확인하고 선생님이 손뼉을 쳤다.

그날 방과 후.

나는 책가방을 방에 두고 고테자키 시민병원으로 향했다.

후문으로 들어가 입원 병동에 들어섰다. 목적지는 509호실. 종례 후, "문병 가고 싶어요"라고 말하자 선생님은 곧장 손의 병실을 알려주었다.

비상계단으로 5층까지 올라 어두운 복도를 지나갔다. 병실은 금세 눈에 띄었다. 문에 귀를 대자 코가 막힌 듯한 잠자는 소리가 들렸다.

문손잡이에 손을 얹었다.

"료타, 뭐 해?"

또야?

어깨를 떨구고 뒤를 돌아보았다.

"면회 시간 끝났어."

전어가 불안한 듯 말했다.

"왜 여기 있는 건데?"

"료타에게 하고 싶은 말이 있어서. 조금 이상한 이야기여서 말을 꺼내기 어려웠어. 그래서 뒤를 따라 걷다 보니 여기까지 오게 됐어."

혀 짧은 목소리로 대답했다.

"뭔데?"하고 싶은 말이.

"숀의 사건에 관한 건데……."

전어는 부끄러운 듯 머리를 긁고는 몇 번이고 복도를 둘러본 후 내 귀에 입을 가져다 댔다.

"료타, 너 진범에게 속은 것 같아."

비상계단을 올라 옥상으로 나왔다.

차가운 공기에 몸이 움츠러들었다. 여기저기 담배꽁초가 떨어져 있었지만, 인기척은 없었다.

"내가 진범을 알아차리게 된 계기는 이거야."

전어는 주머니에서 유리 조각을 꺼내서 기쁜 듯 저녁노을에 비췄다.

"료타와 하늘신 공원에 갔을 때 번개 연못에서 주운 거야. 경찰 아저씨에게 귀가 찢어지도록 혼이 났지만, 어떻게든 유리 조각을 들키지 않고 넘겼어."

이렇게 막힘없이 말하는 전어를 보는 것은 처음이었다.

불길한 예감이 들었다.

"내가 신경 쓰인 건, 이 유리 조각이 번개 연못에 흩뿌려져 있었다는 거야. 하늘신 공원에는 번개 연못과 바람 연못이 있지. 그걸 작은 개울이 연결하고, 거기에 풍뢰교가 놓여 있어. 료타가 추리한 것처럼 숀이 진자 장치로 누군가에게 맞은 것처럼 꾸미려고 했다고 생각해봐. '천둥의 집', 다시 말해 관리 창고는 그 별명대로 뇌신 광장에 있어. 그 창문에 병이 부딪혔다면 숀은 병을 뇌신 광장 쪽으로 밀었고, 그사이에 빙글 몸을 돌려서 목에 병을 맞았다는 말이 돼. 그렇다면 숀이 쓰러진 후, 이 병은 풍신 광장 쪽으로 날아갔어야 하잖아? 그런데 내가 유리 조각을 주운 건 번개 연못이었어. 왜 바람 연못이 아니라 반대쪽인 번개 연못에 유리 조각이 떨어져 있었을까. 개울은 두 연못을 연결하고 있을 뿐, 어느 쪽으로도 흐르지는 않아. 물론 바람이나 온도 변화로 연못 물이 조금씩 움직이고 있겠지만, 단 하루 만에 유리 조각이 옮겨질 정도의 흐름이 있었을 것 같지는 않아. 그럼 그날 도대체 무슨 일이 벌어진 걸까, 아무리 생각해도 알 수 없었어. 하지만 4교시에 과학 시험을 풀다가 문득 떠오른 거야. 지금 10년에 한 번 있을 만한 한파가 닥쳤잖아. 그날도 분수가 얼어붙을 정도로 추웠고 말이야. 지면에는 서리가 내렸고 관리 창고의 지붕에는 고드름이 생겨 있었어. 그뿐만이 아니야. 그 병이 바람 연못에 떨어졌을 때 연못 물은 얼어 있었어. 병이 깨지고 유리 조각이 얼음 위에 흩뿌려져. 거기에 북풍이 불어. 유리 조각은 얼어붙은 강을 굴러가. 마치 얼음으로 만들어진 다리처럼. 이윽고 유리 조각은 번개 연못에 도착해. 밤이 밝고 기온이 올라가. 얼음이 녹고 조각은 연못에 가라앉……."

"잠깐, 잠깐, 잠깐!" 나는 전어의 얼굴 앞에서 손뼉을 쳤다. "한꺼번에 말하지 마."

"미안."

"반론할 게 있어."

"뭔데?"

"나는 그날 다리 밑에서 잉어가 헤엄치는 걸 봤어. 사건이 있던 밤, 연못이 얼었다면 잉어는 다 죽었을 거야."

"물 전체가 얼었다고는 말하지 않았어. 수면만 얼었던 거야. 우리가 빙어 낚시를 했던 시치로가타 호수에서처럼."

전어는 태연하게 대답했다. 실패인가.

"중요한 건 여기부터야. 우리가 하늘신 공원에 숨어들었을 때, 관리 창고의 지붕에서 고드름이 길게 자라나 있던 것 기억해? 같은 크기의 고드름이 줄지어 있어서 꼭 상어가 입을 벌리고 있는 것 같았잖아."

나도 똑같은 생각을 했었다.

"사건이 있던 밤, 슌이 다리로 왔을 때 그 고드름은 있었을까?"

"그거야 나도 모르지."

"그래? 슌이 쓰러졌을 때, 연못 물은 이미 얼어 있었어. 그렇지 않으면 병 조각이 번개 연못에 도착할 수 없었을 테니. 즉, 그 시점에는 물 온도가 영하로 내려간 후 어느 정도 시간이 지났다는 말이 돼. 지붕의 고드름도 이미 달리기 시작한 상태였겠지."

"음. 그럴 수도 있겠네."

"그럼 그때 고드름은 어느 정도 길이였을 것 같아?"

"그건 그러니까……." 말문이 막힌 나를 보고 전어는 후훗 웃었다.

"생각해보면 금방 알 수 있어. 우리가 사건 다음 날 공원에 갔을 때, 이미 연못에 얼음은 없었어. 해가 뜨고 우리가 수업을 듣는 사이에 녹은 거지. 그럼 고드름은 어떨까? 그만큼의 시간이 지났으니 이쪽도 꽤 녹아서 작아졌을 거야. 바꿔 말하면 슌이 다리 위에 있었을 때, 관리 창고의 고드름은 우리가 본 것보다 더 길었다는 말이 되지. 우리가 본 고드름은 창문에 생긴 금보다 살짝 위에 있었어. 그렇다면 숀이 쓰러졌을 때, 고드름은 금이 생긴 곳을 덮을 정도의 길이였을 거야."

"아, 응."

"여기가 문제인데……. 그 금은 숀이 진자 장치로 스스로를 때렸을 때 병이 창문에 부딪히며 생겼다는 게 료타의 추리였잖아. 하지만 그때 금이 있는 곳까지 고드름이 자라 있었다면? 고드름에 병이 부딪히지 않은 건 이상하지."

"부딪혔겠지." 목소리가 커졌다. "그래서 고드름이 깨졌어. 하지만 밤새 다시 자라난 거야."

"그럼 그 고드름은 반드시 다른 고드름보다 짧아야 해. 하지만 그런 고드름은 없었어."

전어의 말대로였다. 상어 이빨 같다고 생각한 것은 같은 크기의 고드름이 일렬로 늘어서 있었기 때문이다.

"료타의 추리는 잘못됐어. 이 사건에는 범인이 있어. 그 범인이 창문의 금이라는 가짜 단서를 남기고 숀이 자작극을 벌인 것처럼 꾸민 거야.

그렇다고 해서 숀을 공격한 직후에 창문을 깬 건 아니야. 그래서는 진자가 제대로 작동하지 않았을 때 곤란할 수 있고, 시간을 지체하다가 아침이 밝아버릴 수도 있으니까. 범인은 사건 전에 이미 창문을 깼어. 고드름이 부러지지 않은 건 그때는 아직 창문 앞까지 고드름이 자라지 않았기 때문이야."

"잠깐, 그건 아니야."

상쾌한 표정을 지으며 나는 어깨를 들썩였다.

"내 추리를 잊은 거야? 풍뢰교에 올라가면 판자가 삐걱거려. 슌이 다리 한복판에서 공격받았다면 뒤에서 오는 범인을 눈치채지 못했을 리 없어."

"물론이야. 그래서 범인은 뒤에서가 아니라 아래에서 슌을 때렸어."

전어는 다리를 굽혔다가 펴는 동작을 취했다.

"슌이 공격받았을 때 연못 물은 꽁꽁 얼어 있었어. 범인은 얼음 위에 올라선 채 다리 밑에 숨어 있었어. 그리고 슌이 다리 한가운데에 다다랐을 때 몸을 일으켜서 병을 휘두른 거야. 슌은 키가 작아. 머리 꼭대기는 어렵더라도 목덜미라면 키가 작은 나도 할 수 있었을 거야."

전어는 양손을 들고 병을 휘두르는 시늉을 했다.

더는 의심할 여지가 없다.

전어는 이제 바보가 아니다.

내 뇌에 일어난 것과 같은 이변이 전어에게도 일어났다.

"하지만 이해가 가지 않는 부분도 있어."

문득 떠오른 듯 중얼거리며 전어는 이마를 긁었다.

"료타와 하늘신 공원에 갔을 때, 경찰 아저씨한테 들키는 바람에 나는 병 조각을 하나밖에 가져올 수 없었어. 하지만 그렇게 많은 보물을 그냥 내버려둘 수는 없지. 그래서 다음 날에도 공원에 갔어."

소름이 돋았다.

그럼 설마…….

"번개 연못에 병 조각은 하나도 없었어."

전어는 양손으로 자신의 머리를 움켜잡았다.

"이상하다는 생각에 풍뢰교 위에서 공원을 바라봤어. 그랬더니 바람 연못에 녹색 유리 조각이 흩뿌려져 있는 게 보이더라고. 전날에는 번개 연못에 있었던 병 조각이 바람 연못으로 이동한 거야."

전어는 어지럽게 왔다 갔다 했다. 마치 명탐정처럼.

"아마 이렇게 된 것 같아. 숀을 공격한 23일 밤에는 범인은 연못 물이 얼어 있던 것도, 관리 창고의 지붕에 고드름이 달려 있던 것도 별로 신경 쓰지 않았어. 하지만 다음 날, 범인은 자신의 행동이 허술했다는 사실을 깨달았지. 유리 조각이나 관리 창고의 고드름을 자세히 살펴보면 자신의 속임수가 발각될 수 있다는 걸 알게 된 거야. 그날 방송국에서 현장을 촬영했으니 뉴스에서 현장 모습을 봤을지도 몰라. 불안감에 휩싸인 범인은 그날 밤 다시 한번 하늘신 공원을 찾았어. 그리고 번개 연못에 흩뿌려진 유리 조각을 주워 모아 바람 연못에 던진 거야."

근데 말이야, 하고 전어는 코를 문질렀다.

"왜 범인은 범행 다음 날 갑자기 생각을 바꿨을까. 마치 갑자기 머리가 좋아진 것처럼 말이야. 그것도 살짝 머리가 좋아진 수준이 아니야. 평범한 사람은 이렇게 복잡한 생각은 하지 않으니까. 고작 하룻밤 사이에 이렇게 머리가 변할 수 있는 걸까?"

발을 멈추고는 흐음, 하고 소리를 냈다.

나는 혼란스러웠다.

이 녀석은 나를 놀리는 건가.

아니면 정말로 깨닫지 못했나?

"범인을 찾아서 직접 물어보면 간단한 이야기인데, 아무리 생각해도 범인이 누구인지는 알 수가 없어. 얼어붙은 연못에 올라설 수 있었으니 몸이 가벼운 아이일 것 같기는 한데."

나도 모르게 웃음이 터질 것 같아서 입안을 깨물었다.

불안, 혼란, 경악, 짜증⋯⋯ 많은 감정이 머릿속을 스쳤다. 그런 감정들을 밀어내고 솟구쳐 오른 것은 분노였다.

나는 탐정이 되고자 줄곧 노력했다. 그런 내 소원이 하늘에 닿았기에 이런 재능을 부여받은 것 아니었나. 도대체 왜 이런 멍청이가 나와 같은 재능을 손에 넣게 되었을까.

전어는 입을 다물고 생각에 잠겼지만, 갑자기 입을 쩍 벌렸다.

"아무리 가짜 단서를 남겨 놓았다고 해도 손이 의식을 되찾으면 아무 소용이 없잖아. 혹시 범인은 처음부터 손을 죽이려고 했던 건 아닐까?"

당황한 듯 난간을 잡고 병원 주변을 둘러보았다.

"손이 살아 있다는 사실을 알게 되면 범인은 다시 손을 죽이려고 할지도 몰라. 철저하게 경비하지 않으면 위험해."

나는 눈을 감았다. 숨을 멈추고 주먹을 쥐었다.

명탐정이 여러 명 있는 것은 이상하다. 단 한 명이기에 명탐정은 명탐정이 될 수 있다.

내가 명탐정으로 남을 방법은 하나뿐이다.

"아!" 뒤에서 전어에게 다가가서 난간 너머의 지면을 가리켰다. "저길 봐. 유리 조각이 떨어져 있어."

"유리 조각?"

전어는 반 옥타브 높은 소리를 내며, "어디?" 하고 난간 밖으로 몸을 내밀었다.

"더 앞쪽. 봐, 저기!"

전어의 뒤꿈치가 들린 순간, 나는 몸을 숙여 전어의 발목을 잡았다. 일어서는 힘을 이용해 다리를 들어 올렸다. 전어는 "자, 잠깐!" 하고 외치며 난간에 매달리려 했지만, 난간을 채 붙잡지 못한 채 지면으로 떨어졌다.

이것이 나의……

◆

 학년 소식지 원고를 다 쓴 후, 구보 후키코는 안경을 벗고 양어깨를 번갈아 주물렀다.

 어느새 오후 9시가 지나 있었다. 젊은 교사가 자진해 교내 순찰을 나간 탓인지 교무실은 완전한 정적에 휩싸여 있었다. 오늘은 일찍 퇴근해서 난초를 분갈이하려 했는데, 저녁에 전화를 건 니시나의 어머니가 원망스러웠다.

 노트북의 전원을 끈 순간, 스탠드에 놓인 TV가 눈에 들어왔다. 소리는 나지 않지만, NHK 뉴스가 흘러나오고 있었다. 말처럼 얼굴이 긴 아나운서가 미간에 주름을 잡고 옆에서 전해온 속보를 읽었다.

 화면이 전환되며 화질이 나쁜 영상이 흘러나왔다. 아랍계 남자들이 돌격 소총을 들고 무언가를 외치며 뛰어다녔다. 북아프리카의 독재자 가다이 대령이 국민 해방군 병사들에게 살해당한 듯했다.

 세계적으로 중요한 뉴스이리라. 하지만 구보는 공영 방송이 국민의 세금으로 이런 뉴스를 방영하는 것이 이해되지 않았다. 바다 건너의 어떻게도 할 수 없는 사건을 보도할 여력이 있다면, 교육 현장의 업무 과다나 인력 부족에 대해 조금 더 언급해주면 좋을 텐데.

 구보는 노트북을 닫고 눈가를 문지르며 "먼저 실례하겠습니다" 하고 말하며 자리에서 일어났다.

"아." 서류 사이에서 다라야마 다이치가 고개를 내밀었다. "잠깐 괜찮으세요?"

자기도 모르게 혀를 차고 싶어졌다.

다라야마는 5학년 3반 담임이다. 무뚝뚝하고 늘 한숨만 쉬지만, 어째서인지 아이들에게는 인기 있다. 교사답지 않은 퉁명스러운 태도가 통하는 것 같지만, 구보는 이 남자의 모든 면이 싫었다.

"뭔데?"

저도 모르게 날카로운 목소리가 나오고 말았다.

"혹시 최근에 5학년 3반에서 시험 본 적 있으세요?"

다라야마는 동요하지 않고 턱수염을 쓰다듬었다. 구보는 5학년 수학을, 다라야마는 과학을 담당한다.

"시험은 안 봤는데."

다라야마의 책상에는 채점이 끝난 시험지가 쌓여 있었다. 무슨 문제라도 있었던 걸까.

"이상해요." 예상대로 다라야마는 빨간 펜으로 시험지를 두드렸다. "어떻게 생각해도 점수가 이상합니다."

부정행위인가.

"전어지?"

머릿속에 떠오른 별명을 입에 올렸다. 3반에서 어떤 문제가 생기면 대개 그 아이였다. 항상 넋이 나간 듯한 표정을 짓고 있고 무슨 생각을 하는지 알 수 없다. 운동 신경도 나쁘고, 당연히 머리도 나쁘다.

"뭐, 그것도 맞긴 한데요. 그것뿐만이 아니라고 할까."

다라야마는 할 말을 찾듯 허공을 보며 말을 이었다.

"저희 반, 평소에는 평균 65점 정도거든요. 그런데……."

도움을 구하듯 이쪽을 바라본다.

"오늘 시험, 전부 만점이었어요."

6

아파. 대체 왜? 이건 아니야……. 지상에서 신음소리가 들렸지만, 이내 그것도 멈췄다.

명탐정이 여러 명 있으면 이상하다. 내가 명탐정으로 남으려면 같은 재능을 가진 사람은 사라져야 한다.

손수건으로 난간을 닦고 나는 옥상을 떠났다.

이것이 나의 **최초의** 살인사건이었다.

큰 손의 악마

1

'참다운 신사는 자신의 결점을 고백한다.' 프랑스의 격언에 따르면, 침입자들은 틀림없는 신사였다.

2030년 6월 24일. 몽골 홉스골 주 투루울 산 남서부에 출현한 거대한 구조물은 길이가 다른 원통이 나란히 배열된 관악기 팬파이프Panpipe 같은 모양이었다. 중국 국가중앙군사위원회의 요청을 받은 몽골 정부는 대통령령으로 이 구조물에 대한 접근을 금지했지만, 투루울 산기슭 평원에 살던 투바족 사냥꾼 여덟 명이 이를 알지 못한 채 구조물에 접근했고, 그 직후 모습을 감췄다.

전 세계에서 다양한 추측이 난무하는 가운데, 7월 2일 중국인민해방군과 몽골군의 탱크에 포위된 구조물에서 실종

된 투바족 여덟 명이 풀려났다. 이들은 구조 직후, 자신들을 보호한 양국 군인에게 '고차원 생명체'를 자처하는 뿔 달린 존재에게 붙잡혀 있었으며, 그들로부터 일곱가지 전언을 전달받았다고 밝혔다.

1. 우리가 여덟 명과 접촉한 것은 지금부터 언급할 내용을 인류에 올바르게 전달하기 위함이다. 사전 언어 학습이 부족했던 탓에 8일간 억류하게 된 점 사과한다.

2. 우리는 높은 기술력을 확보한 인류가 미래의 위협이 될 수 있다고 인식한다.

3. 우리는 지금까지 우리에게 위협이 되는 많은 저차원 생명체를 공격해 멸망시켰다. 그러나 그 공격은 도덕적으로 감당할 수 없는 비극을 낳았다. 우리는 과거를 반성하고, 저차원 생명체 공격 규칙을 정했다. 인류에 대한 공격도 이 규칙에 따라 이루어질 것이다. 이렇게 공격의 목적과 방법을 설명하는 것도 우리의 규칙을 준수하기 위함이다.

4. 우리는 지구를 16개의 구역으로 나누고, 각 구역에서 공격 가능 여부를 판정한다. 판정을 위해 각 구역마다 인류 64개체를 샘플로 수집한다. 샘플은 우리 비행선에서 32일간 생활하며 지능 측정을 받게 된다. 지능이 기준을 초과할 경우, 해당 구역에 대한 공격은 중단된다. 기준치 이하일 경우, 즉시 공격을 실시한다. 이것은 해당 구역에 서식하는 생물의 지능이 일정 수준 이상이면

공격해서는 안 된다는 윤리 규정에 따른 것이다.

5. 판정에 따라 공격 가능하다고 판단된 경우, 우리는 해당 구역에 서식하는 모든 인류를 제거한다. 제거는 과도하게 잔혹하지 않도록 해당 구역에서 가장 대중적인 방법으로 이루어진다.

6. 우리는 공격 가능 판정을 하지 않은 채로 인류를 공격하지 않는다. 다만 인류가 우리에게 공격을 감행하거나 공격 가능 판정을 왜곡하는 부정행위가 확인된 경우는 예외로 한다.

7. 공격 가능 판정에 따른 구역 구분은 다음과 같다. 1구역, 유라시아 대륙의 북위 44도에서 56도, 동경 63.3도에서 118.3의 지역. 2구역…….

여덟 명의 투바족이 구조된 지 일곱 시간 후, 중국 국가중앙군사위원회는 99식 전차와 스텔스 전투기 J—20을 통해 고차원 생명체 비행선에 공격을 시도했다. 하지만 국경 기지에서 탱크와 전투기에 공격 개시 명령을 전달한 직후, 모든 기체와의 교신이 끊겼다. 이후 위성 사진을 통해 공격 개시 2초 후에 모든 기체에서 연기가 나며 녹아내린 사실이 확인되었다.

중국 정부는 당초 투바족의 전언을 당내 극비사항으로 지정했다. 하지만 몽골군의 통신원이 개인용 컴퓨터에 데이터를 옮겼고, 그 컴퓨터가 해킹당하면서 정보가 유출되었다. 몽골 대통령이 그 내용을 사실로 인정함으로써 고차원 생명체의 전언이 전 세계에 알려지게 되었다.

7월 3일, 고차원 생명체 비행선은 고도 1만 5천 미터까지 상승하여 성층권을 지나 1구역의 중앙 부근에 위치한 몽골 허브드 주의 락타르 평원에 착륙했다. 1구역에는 몽골과 카자흐스탄의 거의 전역, 그리고 러시아와 중국 일부가 포함되어 있었다. 고차원 생명체는 주변 마을에서 64명을 납치하고 밤에는 몽골 국경경비대의 군사 기지를 습격해 PKM 기관총을 탈취한 후 다시 성층권으로 상승했다.

그로부터 32일 동안, 고차원 생명체 비행선은 침묵했다. 이 기간, 중국인민해방군 공군이 네 차례, 미국 공군과 러시아 항공우주군이 두 차례 공격 작전을 감행했지만, 선체 반경 1.3킬로미터 내로 접근하자마자 전투기와 무기가 원인 불명의 용해를 일으켜 모두 실패로 끝났다. 전투기 잔해를 조사한 미군의 항공공학자는 "수만 년에 걸쳐 부패한 것 같았다"라고 말했다.

지정된 구역의 경계선 부근에서는 많은 주민이 외부로 탈출을 시도했다. 몽골 남부에서는 추정 4천 명, 카자흐스탄 남부에서는 추정 2천 500명이 경계를 넘으려 했으나, 북위 44도선을 통과하자마자 육체가 녹아내리고 뼈가 모래처럼 으스러져 사라졌다. 러시아 외무부가 1초도 걸리지 않아 흙으로 돌아가는 사람의 영상을 공개하자, 경계를 넘으려는 시도가 사라졌다.

64명이 끌려간 지 32일이 지난 8월 4일. 다시 락타르 평원에 비행선이 착륙했고, 고차원 생명체 70명이 모습을 드러냈다. 그들은 비행선 내에서 복제한 것으로 보이는 대량의 PKM 기관총으로 1구역을 습격, 약 15시간 만에 3천 300만 명을 살해했다. 비밀 군사 기지에 숨어 있던 대통령부터, 고도 1만 2천 미터를 비행하던 파일럿, 지하 60미터의 대피소에 숨어 있던 사업가까지 누구 하나 살아남지 못했다.

마무리하듯 64명의 샘플 시체를 버리자마자 비행선은 락타르 평원을 떠나 성층권을 거쳐 2구역 중앙 부근에 위치한 아르헨티나의 모구아 협곡에 착륙했다. 그곳에서 다시 64명을 납치해 판정을 시작했다.

이 무렵 고차원 생명체에 관한 많은 사실이 밝혀졌다. 그들의 키는 220에서 250센티미터 정도. 인간처럼 이족 보행을 하며 인간과 매우 유사한 눈과 치아를 가지고 있다. 하지만 온몸은 비닐 같은 경질 조직으로 덮여 있고 옆머리에 산양 같은 뿔이 있으며 손바닥은 인간의 머리를 찌부러뜨릴 만큼 크다. 모스크바 총대주교 이오시프 2세는 고차원 생명체의 정체가 악마라고 주장하며 그들의 말에 귀 기울이지 말고 하나님과 성령에게 기도하라고 신도들에게 명했다. 이스라엘의 역사가이자 베스트셀러 작가인 알리사 바이트만은 고차원 생명체의 큰 손바닥은 높은 지능의 증거이며 본래 그들은 신사적이고 우호적이기에 인류가 위협적인 존재가 아님을 끈질기게 알리면 공격을 중단시킬 수 있다고 주장했다. 알리사의 주장은 많은 지식인의 지지를 받았으나, 2구역에 거주하던 추정 1억 2천만 명이 7.62×39밀리미터 탄환에 맞은 며칠 후에 저널리스트가 촬영한 시체로 가득 찬 도시 사진이 SNS에 올라오면서 그녀의 말을 귀담아듣는 자는 사라졌다. 고차원 생명체는 신사적이지만 결코 우호적이지는 않았다.

뉴욕과 워싱턴 DC를 포함한 미국 동부 해안 대부분은 7구역에 포함되어 있었다.

국방장관은 통합참모본부의 일원인 육해공군 장관, 우주군 작전부장, 해병대 종합사령관을 비롯해 기계공학자, 분석화학자, 소립자물리학자, 면역학자, 동물행동학자 들을 불러들여 특별국방회의를 소집했다. 회의에서는 고차원 생명체를 고트Goat, 고차원 생명체 비행선을 팬파이프라 명명하고, 그들이 7구역에 나타날 예정인 2031년 1월 16일까지 공격을 회피할 방법을 모색하고자 했다.

어두운 곳에서 길을 찾으려는 듯한 논의에 한 줄기 빛을 비춘 것은 컬럼비아 대학교에서 역사학을 공부하던 케이트 폴슨이 자신의 블로그에 발표한 '고트들은 왜 숲에서 쉬는가?'라는 제목의 보고서였다.

그녀는 팬파이프가 2구역으로 이동했을 때 아르헨티나의 모구아 협곡에 착륙한 것에 의문을 품었다. 동쪽으로 10킬로미터만 가면 평탄한 초원이 펼쳐져 있는데 왜 착륙하기 어려운 협곡에 비행선을 세웠을까. 착륙 지점 반경 10킬로미터 이내에는 마을도 없었기에 샘플 수집에도 적합해 보이지 않았다.

투바족의 전언에 따르면, 고트는 규칙에 대단히 얽매인다고 했다. 그렇다면 비행선 착륙 지점에도 인류에게는 공개되지 않은 규칙이 있는 것이 아닐까. 그렇게 추측한 그녀는 1구역과 2구역의 착륙 지점을 분석해 하나의 가설을 도출했다. 그들이 북극점을 중심으로 한 방위정거도법(지도 중심에서 모든 지점까지의 직선거리가 정확하게 나타나도록 경선과 위선 간격을 조절한 도법—옮긴이)으로 지도를 제작했을 때 평면화한 도형의 중심이 되는 지점에 비행선을 세운 것이 아닌가 하는 추론이었다. 3구역으로 이동한 비행선이 알제리의 무역도시 인살라에 착륙함으로써 가설이 사실로 입증되었다.

특별국방회의는 활기를 띠기 시작했다. 팬파이프의 착륙 지점을 사전에 예측할 수 있다면 준비한 인원을 그 주변에 거주하게 하여 샘플로 채택되도록 준비할 수 있다. '전언6'에 따르면 공격 가능 판정의 부정행위는 금지되어 있지만, 인류가 착륙 지점 규칙을 특정한 사실을 그들이 모르는 이상 샘플 조작이 발각될 위험도 적었다.

전략팀은 이 발견을 바탕으로 세 가지 작전을 고안했다.

4구역 착륙 지점인 호주 퀸즐랜드의 작은 마을 쿠나물라에서는 '아레스 계획'이 실행되었다. 샘플 64명 중 신체적으로 뛰어난 20명을 섞어 넣고, 비행선 내부에서 생활하는 동안 틈을 노려 고트를 공격하는 작전이었다. 해병대 정예 부대의 기습 성과가 기대되었지만, 32일 후 동경 142도를 기준으로 호주 동부와 뉴질랜드에 '.308 윈체스터탄' 1천 600만 발이 쏟아졌다.

5구역 착륙 지점인 스웨덴 보덴에서는 '아테나 계획'이 실행되었다. 여기에서는 연방수사국과 연방보안관국에서 선발한 협상팀 30명이 샘플에 섞여 투입되었다. 그들은 비행선 내에서 생활하는 동안 고트와 직접 협상해 공격 중지를 촉구하려 했지만, 32일 후 스칸디나비아 반도는 자상을 입은 시체 1천 850만 구로 뒤덮였다.

더는 물러설 곳이 없게 된 6구역에서는 마지막 카드인 '헤르메스 계획'이 감행되었다. 무대는 일본 이즈 반도. 여기에서는 하버드대, 스탠퍼드대, 매사추세츠공대에서 선발된 아시아계 성적 우수자 50명이 투입되었다.

그들의 무기는 '지성'이었다. 전언4에 따르면, 샘플의 지능을 측정해 기준을 초과하면 해당 구역에 대한 공격은 중지된다. 이에 인류 최고의 지성을 가진 자들을 샘플로 선발되게 하고, 그들의 지성으로 '시험'을 통과하게 만드는 작전이었다.

엘리트들이 끌려간 지 32일이 지난 2031년 1월 16일. 팬파이프는 64명을 해방하고 이즈 반도를 떠났다. 팬파이프의 등장으로부터 207일, 인류가 처음으로 승리를 거머쥔 순간이었다.

7구역 착륙 지점인 미국 테네시 주 풀라스키 주립공원에는 50명의 엘리트들이 대기하고 있었다. 6구역에서 헤르메스 계획이 성공했다는 소식이 전해지자, 구역 경계 부근에 대기하던 각국 주요 인사와 자산가들이 일제히 7구역으로 이동했다.

공격 가능 판정 시작 12일째인 1월 28일. 기한을 20일 남기고 미국 동해안에 2억 발 이상의 9×19밀리미터 탄이 쏟아졌다. 학살을 마친 고트들은 태평양을 건너 6구역으로 돌아가서는 일본 열도를 자상을 입은 시체 1억 1천만 구로 메웠다.

팬파이프 안에서 무슨 일이 일어났는지는 알 수 없다. 추측건대, 7구역 샘플 지능 측정 과정에서 6구역부터 샘플의 지성이 급격히 상승한 것에 대해 고트가 의문을 품은 것이리라. 그리하여 측정된 데이터를 검증하거나 샘플을 심문하여 저차원 생명체의 속임수를 간파했을 것이다. 그리고 '전언6'에 따라 6구역과 7구역을 공격했다.

하룻밤 사이에 많은 지도자를 잃은 세계는 더욱 큰 혼란에 빠졌다.

2

 생각지도 못한 장소에서 상사를 마주치는 것만큼 기분 나쁜 일도 없다. 가령 인류 멸망이 눈앞에 다가왔다 해도 그 사실은 달라지지 않았다.
 "하마터면 길거리 갱단을 치어 죽일 뻔했네."
 옛 아메우라 경찰서장인 구스카미 신페이는 18년 전과 변함없이 세상 모든 것을 내려다보는 듯한 미소를 지으며 말했다. 요하네스버그에서 일본어를 들은 것은 2년 전 힐브로를 취재하러 온 스파이럴펌을 한 자칭 저널리스트를 병원으로 데려갔을 때 이후 처음이었다.
 "공항에서 훔친 SUV의 타이어가 터져버렸거든. 속도가 시속 10킬로미터만 빨랐어도 해골 문신이 있는 갱을 진짜 해골로 만들 뻔했지. 식은땀이 다 났네."
 거짓말이다. 갱단의 우두머리를 치어 죽인다고 해서 이 남자가 땀 한 방울 흘릴 리 없다.
 "해골이라고 하니 생각났는데, 그때 맞은 곳은 괜찮나?"
 그는 마치 갑자기 생각난 것처럼 이쪽을 보며 말했다. 이것도 연기다. 구스카미가 선글라스를 벗은 순간부터 미즈타 도키요는 그가 자신의 왼쪽 눈의 안대를 주시하고 있음을 느꼈다.
 "덕분에요. 지금은 아무 문제도 없습니다."

"머리 한가운데에 총알을 맞았는데? 그러니까 그게 지금도……." 예상대로 구스카미는 도키요의 왼쪽 눈을 가리키며 목소리를 높였다. 하지만 곧장 말을 멈추고는 "불길한 이야기는 그만하지"라며 마코레 나무 의자에 몸을 기댔다.

"구스카미 씨야말로 용케 무사하셨네요. 일본인은 6구역과 7구역에서 전멸했다고 생각했는데요."

"나이로비에 있었거든. 경찰을 그만두고 아무 연고가 없는 곳에서 일하자고 결심했지. 옥스퍼드에서 범죄심리학을 공부한 후, 6년 전부터 나이로비 대학교에서 강사로 일했네."

18년 전, 도키요의 상사였을 무렵부터 구스카미는 틀에 얽매이지 않는 남자였다. 경찰만큼 튀는 사람을 짓눌러 없애려는 조직도 없지만, 구스카미에게는 본부를 잠재울 만큼의 재능과 풍부한 실적이 있었다. 때로는 경찰다운 끈질긴 수사로, 때로는 갱단처럼 피비린내 나는 수법으로, 때로는 책략가처럼 기발한 계책으로 사기단을 소탕하고 지명수배범을 붙잡았으며, 폭력단 아메우라 가바카와회를 해산으로 몰아넣었다. 구스카미가 아메우라의 치안 개선에 크게 공헌한 것은 틀림없다. 하지만 그 과정에서 몇 번이고 법을 어기고 동료를 배신했으며, 경찰, 행정, 언론 등 모든 곳에 적을 만들었다. 결국 그는 단 한 번의 실수로 모든 것을 잃고 말았다.

같은 사건으로 경찰을 떠난 두 사람이 모두 아프리카에서 고트의 공격을 피해 살아남았다는 것은 대단한 우연이 아닐 수 없다. 하지만 삼촌의 부름에 남아프리카에 와서 그저 시키는 대로 무역회사의 운전기사 겸 경비원이 된 도키요와 비교하면 그 과정에는 하늘과 땅만큼의 차이가 있었다.

"아메우라를 구한 천재가 왜 이런 곳에?"

자신의 유치한 말투가 부끄러워져서 창문을 덮은 철판 틈새로 시선을 돌렸다. 가게 앞 도로에서는 소년들이 축구를 하고 있었다. 타이어가 터진 왜건의 보닛이 골대를 대신했다. 예전에는 스탠리 애비뉴에도 많은 카페와 술집이 줄지어 있었지만, 반년 전 팬파이프가 나타난 이후에도 영업을 계속하는 곳은 이 'R&D 바'뿐이었다.

"나는 지금 케냐 정부의 긴급안전보장팀에 속해 있네."

구스카미는 다시 한번 도키요의 안대를 바라본 후 한 잔에 5랜드의 포도주를 한 모금 들이켰다.

"직함은 그럴싸하지만 사실은 그저 어중이떠중이를 모아놓은 거야. 잘 알겠지만 우리 대통령과 여당 의원들도 7구역에서 모두 목숨을 잃었어. 지금 정부에 있는 건 돈도 지혜도 없는 떨거지들뿐이지. 그런 정부에 불려오는 전문가들도 시간만 남아도는 괴짜뿐이고."

"저는 그저 운전기사예요. 실력은 괜찮은 편이라고 생각하지만, 아무리 그래도 고트들에게서 도망칠 수는 없어요."

구스카미는 하하, 하고 반짝이는 치아를 드러내 웃더니 말했다.

"그 사건 관계자 중 6구역의 공격을 피한 자가 한 명 더 있네. 쓰노 기미코야."

순간 심장이 멎는 듯한 느낌이 들었다.

쓰노 기미코는 그 사건의 주범이었다. 체포되고 3년 만에 사형 판결이 확정되었다. 그런 그녀가 왜?

"어떻게든 뇌의 생체 조직 진단을 해보고 싶었거든. 일본에서는 불가능해서 작년 5월에 나이로비 교도소로 이송했네. 물론 아주 특별한 절차를 거쳤지. 법무부의 아는 사람에게 부탁해서 장관의 허가를 받는 데만 4년이 걸렸어. 그리고 지금 나는 내 행운에 감격하는 중이지."

구스카미는 안대를 차지 않은 내 오른쪽 눈을 똑바로 바라보며 말했다.

"그녀는 남아프리카를, 아니, 전 인류를 구할지도 몰라."

처음 쓰노 기미코를 만났을 때, 그녀에게서 '이 도시 특유의 사람'이라는 인상을 받았다.

"아이가 갓난아기한테 손을 대서 아버지가 화가 난 거예요."

'집 뒤편에서 벌거벗은 여자아이가 물을 뒤집어쓰고 있다.' 지휘실에서 이 같은 내용의 신고를 전달받은 도키요는 순찰 계획을 변경해 철로 근처의 민가를 방문했다. 분지의 차가운 공기가 도시를 꽁꽁 얼어붙게 만드는 2월의 새벽이었다.

인터폰 너머로 "잠시만 기다려주세요"라는 대답을 듣고 기다리기를 10분. 맞은 편 공터의 냉이꽃을 보는 것도 지겨워질 즈음, 상한 갈색 머리를 하나로 묶은 60대 여자가 나타났다.

"애 아버지도 그러고 싶어서 그런 게 아니에요. 경찰에게 폐를 끼치는 나쁜 어른이 되지 말라고 애를 혼내는 과정에서 어쩔 수 없이 그런 거죠. 집안일이니 한 번만 눈감아주세요."

말투도 태도도 날카로웠다. 하지만 이상하게도 악인처럼은 보이지 않았다. 제2차 세계대전 이전부터 노동자의 도시로 번창했던 아메우라에는 어디를 가도 이런 강단 있는 여성이 있었다. 그녀가 하는 말은 결코 칭찬받을 만한 것은 아니지만, 그 속에는 가족에 대한 사랑이 있다. 도키요는 그렇게 생각했다.

"훈육도 중요하지만, 이웃분들도 신경 써주셔야 해요."

결국 도키요는 형식적인 경고만 남기고 다시 동네 순찰에 나섰다.

계절이 한 바퀴 돈 11월의 어느 밤. 안경을 잃어버렸다는 할머니에게 아메우라 동파출소에서 분실신고서를 작성하게 하는데 한 소녀가 문을 열고 들어왔다.

"아빠 좀 살려주세요."

'기미코 씨'와 '다카시 씨'에게 괴롭힘을 당해 아빠가 죽을 것만 같다. 자신도 2층 방에 갇혀 있었지만, 아빠를 구하기 위해 창문에서 뛰어내려 그 길로 파출소로 왔다고 소녀는 말했다. 기미코와 다카시가 누구인지 몇 번을 물었지만 확실한 답을 들을 수 없었다.

도키요는 반신반의했다. 소녀는 둘째치고 성인 남성인 아버지까지 누군가에게 감금당했다고 믿기는 어려웠다. 소녀가 어린아이다운 착각을 하는 것일지도 모른다.

하지만 소녀의 호소를 무시할 수도 없는 노릇이었다. 경찰이 갑자기 혐의를 제기하면 상대방도 당황하겠지만, 아무 일도 없었다면 사과하면 그뿐이다. 도키요는 한숨을 삼키고 철로 근처의 민가로 향했다.

그곳은 9개월 전, 도키요가 신고를 받고 인터폰을 눌렀던 집이었다. 맞은 편 공터는 이제 땅 주인이 생겼는지 무성했던 냉이꽃이 깨끗이 제거되어 있었다. 하수관을 다시 매립하려는지 뒤쪽 도로에서는 아스팔트 굴착 공사가 진행 중이었다.

"기미코는 저예요. 다카시는 친척 아이인데, 지금은 저희가 돌봐주고 있죠. 제대로 훈육하고 있으니 경찰의 신세를 질 일은 없어요."

머리카락이 상한 여자는 지난번보다 더욱 적대감을 드러

냈다. 무언가 숨기고 있다. 도키요의 직감이 그렇게 말했다.

"문제가 없으면 바로 돌아가겠습니다."

억지로 현관에 들어가 거실, 다다미방, 욕실, 그리고 2층에 있는 세 개의 서양식 방을 둘러보았다. 첫 번째 방에서는 젊은 여자가, 두 번째 방에서는 50대 남녀가 술에 취해 자고 있었다. 값비싸 보이는 앤티크 가구가 유독 많다는 것이 마음에 걸렸지만, 사건성을 의심할 만한 것은 없었다. 영장도 받지 않고 무리하게 들어왔는데 너무 성급했던 걸까. 세 번째 방에서 자고 있던 다카시의 어깨와 위팔에는 삼면육비三面六臂의 아수라가 그려져 있었다. 어느 모로 보나 선량한 사람 같지 않았지만 겉모습이 의심스럽다는 이유로 체포할 수는 없는 노릇이다.

"늦은 시간에 실례했습니다."

현관으로 돌아가려는데 기미코가 복도에 있는 작은 창문의 블라인드를 내렸다. 알루미늄 블라인드가 뒷마당의 조립식 창고를 가렸다. "창고인가요?" 하고 묻는 목소리가 드드드, 하는 착암기 소리에 묻혔다.

"맞은편 공사 소음이 너무 심하죠? 밤에는 공사하지 말라고 해도 멈추지 않아서 다들 잠을 못 자 힘들답니다."

기미코는 말을 쏟아냈다. 명백하게 화제를 돌리려는 듯 보였다.

"현장 책임자에게 이야기를 들어보죠."

도키요는 다시 한번 무례를 사과하고 집을 나섰다. 공사 현장으로 가는 척하고 집 뒤쪽으로 향했다. 본부에 연락해도 제지당할 뿐이리라. 무전기 전원을 끄고 나무 울타리를 넘어 뒷마당으로 들어갔다.

착암기는 여전히 드드드, 하는 굉음을 내며 공기를 흔들고 있었다. 조립식 창고의 플라스틱 벽에 등을 대자 썩은 과일 같은 냄새가 풍겼다. 채광창은 불투명 유리였고, 안쪽에는 파란색과 흰색 커튼이 쳐져 있었다. 문의 자물쇠는 밖에서 잠그는 것이었다. 직감이 확신으로 바뀌었다.

잠금장치를 풀고 문을 열었다.

브라운관 TV, 녹슨 선풍기, 물때 낀 수조. 잡다한 물건을 가득 쌓아놓은 방.

그곳에 한 남자가 있었다.

눈꺼풀이 부어 눈이 감기고, 코가 부러지고, 입술이 찢어져서 고름이 흘렀다. 얼굴에서 나온 피가 배까지 흘러내려 몸에 줄무늬를 그리고 있었다. 옷은 입고 있지 않았다. 피부 여기저기에 화상인지 동상인지 알 수 없는 부종이 생겨 있었다.

황급히 무전기 전원을 켜려는 순간, 화약 터지는 소리가 울려 퍼졌다. 쨍그랑, 유리 깨지는 소리도 뒤따랐다.

어깨를 움츠리며 돌아보니 다카시가 철제 파이프를 이쪽으로 향하고 있었다. 나무 손잡이와 방아쇠가 달려 있었다.

큰 손의 악마

파이프건이었다.

  권총을 꺼내야 해. 머리로는 알았지만 몸이 움직이지 않았다. 다카시는 파이프를 세우더니 주머니에서 꺼낸 탄약을 파이프건에 집어넣었다.

"뒈져버려!"

다시 총구를 겨누고 방아쇠를 당겼다.

  얼굴에 충격을 받았다. 정신을 차려보니 어느새 바닥에 쓰러져 있었다. 시야가 검붉었다. 끈적이는 액체가 눈구멍에서 뺨을 타고 흘러내렸다. 즉사는 면했지만 그대로 출혈이 계속되면 죽는 것은 시간문제이리라.

  재빨리 손에 닿은 천―채광창 커튼이리라―을 잡아당겼다. 고리째 떨어진 그것을 왼쪽 눈구멍에 대고 눌렀는데, 그곳에 있어야 할 안구가 사라져 있었다.

  손가락의 힘이 빠져나갔다.

  어두운 구멍으로 떨어지듯 도키요의 의식이 끊겼다.

  도키요는 죽지 않았다.

  의식을 되찾는 데 3일, 그리고 기억을 회복하는 데 2주 정도가 걸렸지만 생명에 지장은 없었다.

  수사 보고서에 따르면 현장에서 발견된 탄환은 두 개였다. 하나는 창문을 관통해 바깥 화단에 박혔고, 다른 하나는 창고 바닥에 떨어져 있었다. 다카시가 폭력단원인 친구에게 얻은 45 ACP 탄이 사용되었지만, 직접 만든 파이프건의 구경이 너무 큰 탓에 경찰 권총의 10분의 1 정도의 위력밖에 없었다고 한다. 왼쪽 눈을 잃고 가벼운 기억장애가 남았지만 큰 후유증이 없었던 것은 다카시의 허술함 덕분이었다.

뒤쪽 도로에서 착암기 공사가 진행되고 있던 탓에 이웃 대부분은 파이프건의 발포음을 알아차리지 못했다. 그런 상황에서 대각선 맞은편 연립주택에 살던, 철거 작업자 청년만이 착암기와는 다른 울림을 깨닫고 창밖을 내다보았다고 한다. 그러자 조립식 창고의 채광창 너머로 덩치 큰 남성이 파이프건을 들고 있는 것이 보였다. 청년은 즉시 경찰에 신고했고, 아메우라 파출소에서 달려온 후배 순경이 다카시를 살인미수 혐의로 체포했다.

만약 왼쪽 눈에 총을 맞은 그때, 재빨리 지혈하려고 채광창의 커튼을 잡아당기지 않았다면 어떻게 되었을까. 제아무리 청년의 귀가 밝다고 해도 커튼 때문에 조립식 창고 안이 보이지 않았다면 사건을 알아채지 못했을 것이다. 그런 상황을 상상하면 도키요는 지금도 등골이 오싹해진다.

다카시가 체포되고 한 달 만에 기미코를 비롯해 그 집에 드나들던 '패밀리' 전원이 체포되었다. 이후에도 시간이 지남에 따라 그들의 잔인한 행각이 하나둘씩 밝혀졌다.

기미코의 수법은 일관적이었다. 자신이나 '패밀리'의 혈족에게 자녀 훈육을 제대로 하지 않는다거나 장례 방식이 이상하다거나 남들 앞에서 망신을 당했다는 등의 이유로 트집을 잡아 집에 틀어박혀 가족을 몰아붙였다. 사소한 실수를 빌미로 서로 대립하게 하고 '책임을 져라'라며 서로에게 폭력을 휘두르게 했다. 표적으로 삼은 사람은 철저히 모욕하고 수치를 주고 고통을 입혔다. 반항하면 때렸다. 울어도 때렸다. 자든 앉아 있든 음식을 먹든 토하든 때렸다. 누가 죽으면 그것을 이유로 또 가족을 비난했다. 그렇게 철저하게 자존심을 파괴하고 기미코에게 복종할 수밖에 없게 만들었다. 그리고 친척이나 대부업체에 돈을 빌리게 하고 보험을 해약시키고 퇴직금을 노리고 직장을 그만두게 하고 마지막에는 사기나 절도까지 시켜서 짜낼 수 있는 모든 돈을 뜯어냈다.

기미코를 중심으로 한 '패밀리'. 혈연은 없지만 입양을 반복하며 형성된 그 기묘한 집단은 약 20년에 걸쳐 같은 수법을 되풀이하며 적어도 네 개의 가정을 붕괴시켰다. 그 과정에서 열한 명의 사망자가 확인되었지만, 실제 희생자는 훨씬 많을 것으로 추정된다.

초기 조사에서 '패밀리'의 모든 구성원은 혐의를 부인했다. 하지만 이대로 가면 사형을 피할 수 없다는 검찰의 위협에 겁을 먹은 다카시가 범행을 자백했다. 그러자 다른 구성원들도 연이어 사건의 전말을 털어놓았고, 재판에서는 주범인 기미코에게 사형, 다카시에게 무기징역, 다른 '패밀리'에게도 징역 15년에서 23년의 실형이 선고되었다.

희생자 대부분은 생전에 경찰에 피해를 호소했지만, 경찰은 기미코 일당을 조사하지 않았다. 그들 대부분이 '패밀리'의 혈족이었기 때문이다. 경찰은 가족 문제에 관여하지 않으려 한다.

사건 전말이 드러난 후, 사람들의 분노는 경찰을 향했다. 당시 아메우라 경찰서장이던 구스카미 신페이는 피해자와 유가족에게 사죄하고 석 달 후 퇴직했다. 조직 내에서 배척당하던 구스카미가 이 일을 빌미로 쫓겨났다는 사실에는 의심의 여지가 없다. 본래라면 현경 본부가 책임을 져야 할 사안이었지만, 언론조차 구스카미를 고깝게 여기고 있었기에 의문을 제기하는 목소리는 나오지 않았다.

아메우라를 구한 천재는 누구의 배웅도 받지 못한 채 도시를 떠났다.

"쓰노 기미코의 무기가 뭐라고 생각하나?"

윗입술에 묻은 포도주를 핥으며 구스카미는 말을 이었다.

"말이야. 기미코는 말로 상대의 방어벽을 허물고 마음을 사로잡아 자기 뜻대로 조종하지. 기미코를 담당한 변호사는 불과 한 시간 남짓 면회한 결과 그녀에게 넘어가 증거물 조작에 손댈 뻔했어. 그녀에게는 말로 상대방을 지배하는 천부적인 재능이 있지. 사회 규범상 그녀는 악인이지만, 희귀한 능력의 소유자인 건 틀림없네."

기미코의 무기는 말. 그것은 도키요 또한 잘 알고 있었다.

"경찰에게 폐를 끼치는 나쁜 어른이 되지 말라고 애를 혼내는 과정에서 어쩔 수 없이 그런 거죠."

사건이 발각되기 9개월 전, 알몸으로 물을 뒤집어쓴 아이가 있다는 신고를 받고 찾아간 도키요에게 그 여자는 그렇게 말했다.

악인처럼 보이지 않았다. 그 속에는 분명 가족에 대한 사랑이 있다고 느꼈다. 하지만 도키요가 그때 진정으로 느낀 것은 자신의 고생이 인정받았다는 기쁨이었다.

그날 출근하자마자 과태료를 내게 생겼다고 착각한 젊은 남자에게 "세금 도둑"이라고 욕을 먹고, 1년차인 건방진 후배에게 "조금 더 확실하게 대응해야죠"라는 핀잔을 듣고, 결국에는 순찰 중이던 녹지공원에서 취객에게 "젖비린내 나는 여자 경찰이 왔네"라고 놀림받았다. 도키요는 기분이 완전히 가라앉아 있었다.

그런 마음을 순식간에 간파한 기미코가 자연스럽게 경찰관의 노고를 위로하는 말을 건넨 것이리라. 그 말을 듣고 기분이 좋아진 도키요는 자신의 감정적인 판단을 정당화하기 위해 그녀 안에는 분명 가족에 대한 사랑이 있다며 무의식 중에 스스로 합리화한 것이다.

"고트가 평범한 악마라면 우리는 그저 마지막 순간을 기다릴 수밖에 없었을 거야. 하지만 그들은 신사적인 악마야.

인류의 언어를 배우고 소통해야 한다고 스스로를 얽매고 있지. 바로 거기에 기미코가 파고들 틈이 있네."

창문 밖에서 총성이 울렸다. 구스카미는 미동도 하지 않았다.

"그러니까 구스카미 씨는 9구역 샘플에 기미코를 끼워 넣으려는 건가요?"

"맞아. 조지 웰스의 외계인을 멸망시킨 세균처럼 말이야."

"그녀가 체포된 건 18년 전이에요. 이미 꽤 늙었을 텐데요?"

"올해로 여든셋. 2년 전에는 뇌경색으로 병원에 실려 갔고 손에 마비가 남았어. 하지만 문제없네. 기미코의 무기는 말이야. 말은 나이를 먹지 않아."

"그녀가 당신 명령을 순순히 들을 것 같지 않은데요."

"기미코는 이미 내 작전인 '우즈메(일본 신화에 등장하는 춤과 웃음으로 세상에 빛을 되찾아온 여신—옮긴이) 계획'에 동의했네."

정말일까.

"그녀는 팬파이프에 타기로 했네. 물론 고트가 인류에 대한 공격을 멈추게 해야 한다는 명령도 이해하고 있고."

"케냐 정부가 어떤 보상을 준비한 거죠?"

"그녀의 요구는 하나뿐이야."

구스카미는 집게손가락을 세우더니 잘 깎인 손톱을 도키요에게 향했다.

"바로 자네지."

전기가 없는 생활은 사람을 규칙적으로 만든다. 팬파이프가 나타나기 전에는 벌새 소리가 들리기 시작하는 아침까지 친구와 영상 통화를 하던 딸 고요미도 이제는 오후 7시쯤에는 눈을 비비기 시작해 8시가 넘으면 잠자리에 들곤 했다.

문을 살짝 열고 딸의 잠든 숨소리를 확인했다. 베개 옆에는 본 적 없는 문고판 책이 있었다. 모리스 르블랑의 《뤼팽 대 홈스》. 아마 로즈뱅크의 서점에서 가져온 것이리라.

침대에 다가가 손전등으로 표지를 비췄다. 홈스의 사냥모자가 일그러져 있었다. 종이가 젖어 있음을 알 수 있었다. 감동의 눈물은 아닐 것이다. 친구들과의 일상을 빼앗긴 삶은 열네 살의 딸도 감당하기 힘들 것이다.

고요미의 어깨에 담요를 덮어주고 방을 나왔다. 빗줄기가 지붕을 두드렸다. 손전등으로 발밑을 비추며 거실로 돌아왔다.

불단 서랍을 열고 파란색과 흰색의 아라베스크 무늬가 그려진 천을 꺼냈다. 싸구려 제품처럼 보이지만 천은 두툼한 데다 흠집이나 오염도 없다. 단 하나, 검붉은 얼룩을 제외하면.

18년 전 쓰노 다카시가 쏜 파이프건에 왼쪽 눈을 맞고 출혈을 막으려고 눈구멍을 눌렀던 커튼이었다. 그때 조립식 창고에 갇혀 있던 남자, 시체 유기를 도운 혐의로 나중에 집행유에 판결을 받은 오무라 소지가 도키요가 경찰을 그만둔다는 사실을 알고 이 커튼을 건네주었다.

만약 그때 이 커튼을 움켜쥐고 끌어내리지 않았다면. 후배 경관이 찾아오지 않았을 것이고 도키요는 지금쯤 콘크리트와 함께 드럼통에 들어 있을 것이다.

아니, 아니다. 도키요는 커튼을 움켜쥐었다.

진짜로 자신을 구해준 것은 건너편 연립주택에 살던 청년이다. 그가 사건을 눈치채고 경찰에 신고했기에 후배 경관이 현장으로 달려올 수 있었다. 그 청년의 용기가 도키요의 목숨을 구했다.

어느새 눈물이 줄줄 흘렀다. 다른 사람을 지키는 사람이 되고 싶다. 그런 마음으로 채용 시험에 응시했지만 끝까지 생각한 대로 일하지 못했다. 그러기는커녕 기미코에게 휘둘려 기분이 좋아진 탓에 폭행사건을 지나치고 말았으니 그런 자신을 도저히 용서할 수 없었다.

"엄마, 무슨 일 있어?"

복도로 손전등을 비췄다. 고요미가 눈이 부신 듯 눈을 가늘게 떴다.

"사실 고요미에게 부탁할 게 있어." 도키요는 구역질을 참으며 말했다. "나랑 같이 팬파이프에 탔으면 해."

도키요와 그녀의 딸을 데려오는 것. 그것이 기미코가 제시한 조건이었다.

"사실은 자네들을 강제로 데려가고 싶지만 그럴 순 없지. 자네가 억지로 끌려왔다는 사실을 고트가 알게 되었다가는 즉각 초록 대지에 총알 세례가 쏟아질 테니까."

구스카미는 말을 마치더니 갑자기 바닥에 무릎을 꿇었다. 그가 구토하려는 줄 알았는지 'R&D 바'의 마스터가 화이트 자몽이 든 비닐봉지를 황급히 그에게 건네려 했다.

"우리 미래는 자네에게 달렸네. 부탁하네. 내가 인류를 구할 수 있게 해주게."

"저는 민간인인데요."

"상관없어. 자네는 그저 그 머릿속에 숨겨둔 걸 우리에게 제공해주기만 하면 돼."

"뭐라고요?"

"그날 기미코의 본성을 꿰뚫어 본 탁월한 관찰력. 자네는 그 여자를 감시하고 비행선 안에서 일어난 일을 눈에 새기는 거야. 그리고 고트들이 그녀에게 굴복하는 순간을 지켜봐주면 돼."

도키요가 구스카미에게 들은 우즈메 계획의 상세 내용을 설명하자, 고요미는 "그렇구나" 하며 목덜미를 긁었다.

"엄마는 정말로 그 비행선에 타고 싶어?"

도키요는 고개를 끄덕였다.

"나는 다시 한번 믿고 싶어."

"뭘?"

"내가 누군가를 위해 목숨을 걸 수 있는 사람이라는 걸."

고요미는 웃었다.

"그럼 좋아. 나도 갈게."

고요미는 주머니에서 꺼낸 구깃구깃한 손수건을 내밀었다. 눈가를 닦자 오랜만에 맡는 그리운 냄새가 났다.

"하지만 헛되이 죽을 생각은 없어. 엄마, 함께 인류를 구하자."

고요미가 아기였을 때 매일 밤 맡았던 눈물 냄새였다.

3

콘플레이크 봉지가 풍선처럼 부풀어 있었다.

잠비아 중부, 콩고 민주공화국과 국경을 접한 코퍼벨트 주의 주도州都 은돌라. 광산에 가까운 그 도시는 해발 1천 270미터의 고지대에 자리 잡고 있다.

냉장고에서 우유를, 찬장에서 작은 접시를 꺼냈다. 콘플레이크 봉지를 열려고 손에 힘을 준 그때.

쿵쿵. 악마가 문을 두드렸다.

고요미는 "앗!" 하고 숨을 삼키며 부푼 봉지를 찬장에 감췄다. 고도가 낮은 지역에서 이주해온 것을 들키면 그 자체로 부정행위로 간주될 수 있다. 도키요는 딸에게 엄지를 치켜세운 후 크게 숨을 내쉬며 현관으로 향해 아무렇지도 않은 얼굴로 문을 열었다.

"당신들은 9구역의 공격 가능 판정 샘플로 선정되었습니다. 저희 비행선으로 와주십시오."

고트는 커다란 아래턱을 빠르게 움직이며 아프리카식 영어로 말했다. 튀어나온 뿔과 검고 축축한 눈동자, 촘촘히 비늘이 덮인 피부, 얇은 망토를 걸치고 장갑을 낀 커다란 손으로 창처럼 생긴 막대기를 쥐고 있었다. 과연, 총주교의 말이 아니더라도 악마를 떠올리게 하는 외모였다.

고요미를 불러 열흘간 임시로 머물던 집을 나왔다. 근처 단층집에서도 주민들이 하나둘 나오고 있었다. "이쪽으로 오십시오"라는 고트의 안내에 따라 일행은 금속 제련소를 짓누르며 내려앉은 팬파이프로 향했다.

나이로비의 국가통일당 본부에서 진행된 사전 교육에 따르면 9구역의 샘플 중 미리 심은 인물은 도키요, 고요미, 기미코 세 사람뿐이라고 했다.

미국 정부가 감행한 헤르메스 계획—인류 최고의 천재들을 샘플에 섞어 넣는 전략이 들통나서 6구역과 7구역이 공격을 받은 시점에서 고트들도 인류가 착륙 지점 규칙을 알아차린 것을 인식했다고 여겨진다. 이후 착륙 지점이 변경되지 않은 이유는 실행 부대인 그들에게 규칙을 수정할 권한이 없었기 때문이리라. 그 대신 샘플 조작을 철저히 감시하고 있을 것이기에 침투 인원을 최소한으로 제한해야 한다는 것이 케냐 정부 긴급안전보장팀의 방침이었다.

가장 긴 원통의 끝, 팬파이프의 가장 낮은 음을 내는 입구에 해당하는 부분에 비행선 출입구가 있었다.

"그것 좀 보여주십시오."

완만한 경사로를 절반 정도 올랐을 때, 경비원처럼 보이는 고트가 고요미의 옆구리를 가리켰다. 고요미가 다운재킷 주머니에 손을 넣었다. 거기에서 꺼낸 것은 르블랑의 《기암성》이었다. 고트는 팔락팔락 페이지를 넘기고는 "실례했습니다"라며 책을 돌려주었다.

고트들은 공항에서 보안 검사를 하듯 샘플의 짐을 조사했다. 꽃무늬 옷을 입은 통가족 여성은 멧돼지 송곳니로 만든 귀걸이를 빼앗겼고, 땋은 머리에 마젠타색 머리를 붙인 남성은 휴대용 음악 플레이어에 통신 기능이 없다는 사실을 필사적으로 설명했다. 이것도 나이로비 사전 교육에서 들은 그대로였다. 헤르메스 계획이 잠시 성공을 거두고 64명의 샘플이 일시적으로 해방된 덕분에 공격 가능 판정에 관해 많은 정보가 밝혀진 상태였다.

"여러분은 32일간 이 비행선에서 생활하면서 다양한 지능 측정 테스트를 받게 됩니다. 지능 측정이 완료될 때까지 여러분의 안전은 보장됩니다."

넓은 방에 모인 64명의 샘플에게 비행선의 책임자로 보이는 고트가 점잖은 말투로 말했다. 그때 약간 몸이 무거워지는 느낌을 받은 것은 팬파이프가 성층권으로 상승하고 있었기 때문이리라.

"불편한 점이나 모르는 게 있으면 언제든 저희에게 말씀하시면 됩니다."

고트는 확실히 신사적이었다.

각 샘플에게는 33제곱미터 정도의 방이 배정되었다. 방 안쪽에는 빗장이 있어서 최소한의 프라이버시를 보장받을 수 있었다. 식사는 하루 세 번, 지역에 맞는 음식이 제공되었다. 도키요가 화장실 위치를 몰라 곤란해하자, 곧장 담당 고트가 "무슨 일이십니까?" 하며 뛰어왔다. 팬파이프의 서비스는 요하네스버그의 여느 호텔보다 훌륭했다.

허탈함이 느껴지는 한편, 오히려 더욱 두려운 느낌이 들어서 침대에 드러누웠다.

남은 기간은 32일.

지능 측정 방법은 다양했다. 도형이나 기호를 보고 질문에 답하는 사립 초등학교 시험 같은 것도 있었고, 물이 담긴 커다란 용기를 들고 선 위를 걷게 하거나 들어본 적 없는 언어를 계속해서 들려주는 등 이해할 수 없는 것도 있었다.

4일째 밤. 돼지고기 육수에 담근 푸푸(아프리카 일부 지역의 전통 요리—옮긴이)를 다 먹고 식기를 반납하려고 방을 나서는데 복도 끝 휠체어에 앉은 노파의 모습이 보였다.

절로 발이 멈췄다. 쓴 것을 삼킨 듯 위가 묵직해졌다. 열한 명의 목숨을 앗아가고 수많은 인생을 파괴한 '패밀리'의 우두머리. 다시는 대화하고 싶지 않았고, 사실은 얼굴조차 보고 싶지 않은 인물이지만 반드시 물어봐야 할 것이 있었다.

도키요는 노파에게 다가갔다.

"쓰노 기미코 씨죠?"

노파는 고개를 숙인 채 천천히 얼굴만 이쪽으로 돌렸다.

"아, 자네인가. 오랜만이로군."

나이는 문제가 되지 않는다고 구스카미는 호언장담했지만, 눈앞의 기미코는 예상보다 훨씬 더 늙고 쇠약해져 있었다. 두 사이즈는 작아진 몸집과 완전히 갈라져 나오는 목소리. 예전의 기미코는 사소한 몸짓조차 날카로운 적대감으로 가득 차 있었지만, 지금 그녀에게서는 무섭도록 아무런 감정도 느껴지지 않았다.

"왜 우리를 부른 거죠?"

기미코는 도키요를 가리키려 했지만 손목이 떨려 제대로 방향을 맞추지 못했다. 2년 전 뇌경색으로 손에 마비가 남았다는 이야기가 떠올랐다.

"그게 도리에 맞으니까. 우리는 한배를 탔어. 죽든 살든 함께라는 말이야."

힘없이 손을 내리더니 늘어진 목을 흔들며 켁켁 기침했다.

복도 끝에서 고트가 다가오는 것이 보여 도키요는 급히 고개를 돌렸다. 그들의 관계가 알려져서는 안 된다. 기미코

또한 아무 일도 없었다는 듯 자신의 손 쪽으로 눈을 내리깔았다.

"안심해. 나는 약속을 지킬 거야. 잘 지켜보게."

작게 속삭인 순간, 그녀는 고개를 숙인 채 웃는 것 같았다.

남은 기간은 28일.

기억은 거짓말을 한다.

경찰 시절, 몇 번이고 실감한 사실이다. 나이 어린 소매치기라는 자가 잡고 보니 사실은 50세가 넘었던 적도, 작은 덩치의 강도라는 자가 사실은 185센티미터였던 적도, 빨간 SUV가 파란 소형차였던 적도 있다. 여하튼 목격자의 기억은 믿을 수 없다. 가까운 예로 18년 전, 도키요는 파이프건에서 발사된 두 번째 총알에 왼쪽 눈을 잃었다. 하지만 현장에 갇혀 있던 오무라 소지는 경찰관의 얼굴에 맞은 것은 첫 번째 총알이었다고 증언했다.

사건을 정확히 기억하는 방법은 하나뿐이다. 제대로 관찰하는 것. 도키요는 매일 이어지는 테스트를 해치우면서 비행선 내부를 유심히 관찰했다.

팬파이프는 세 개의 구역으로 나뉘어 있었다. 지능 측정이 이뤄지는 측정 구역, 64명의 샘플이 생활하는 생활 구역, 그리고 고트들이 거주하는 출입 금지 구역이다.

이 중 가장 넓은 곳은 출입 금지 구역으로, 비행선 전체의

70퍼센트 정도를 차지하는 것으로 보인다. 물론 안으로 들어갈 수는 없지만, 통로에서 엿보면 홀 같은 장소에 베레타 92 콤팩트 모델의 모조품—정확하게는 그것을 바탕으로 고트가 복제한 모조품의 모조품—이 줄지어 있었다. 공격 가능 판정을 받은 구역에 대한 공격은 그 구역에서 가장 대중적인 방법으로 이루어진다. 9구역에서 자동 권총이 선택될 것이라는 점은 케냐 정부도 이미 예상했다.

강제로라도 출입 금지 구역에 침입해 베레타를 탈취하면 고트를 기습할 수 있지 않을까. 한 번은 그런 상상을 해봤지만 곧장 허황된 생각임을 깨달았다. 생활 구역과 출입 금지 구역을 잇는 통로에는 마치 검문소 같은 감시실이 있고, 항상 고트가 눈을 부라리고 있기 때문이다.

고트들은 얼핏 매우 비슷해 보이지만, 자세히 보면 체형이나 얼굴 생김새, 행동 습관 등이 조금씩 달랐다. 각각 역할이 정해져 있고, 측정 구역에서 테스트를 감독하는 '시험 감독관', 생활 구역에서 샘플을 돌보는 '호텔맨', 창 같은 막대기를 들고 샘플을 감시하는 '경비원', 그리고 그들에게 지시를 내리는 '사령관'이 있었다. 탑승할 때 짐을 검사한 것이 경비원, 넓은 방에서 연설한 것이 사령관이었다. 시험 감독관은 30여 마리, 호텔맨과 경비원은 각 20여 마리 있었지만, 사령관은 한 마리뿐. 통로를 감시하는 방에 틀어박혀 있는 것이 바로 그 사령관으로, 양쪽 구역을 감시하면서 때때로 고트를 호출해 지시를 내렸다.

11일째 아침. 고요미의 상태를 확인하고자 방을 나서는데 눈앞에 경비원이 있었다. 복도에 엉덩이를 대고 앉아 놀랍게도 코를 골고 있었다. 항상 휴대하는 막대기가 도키요의 발치에 굴러다녔다.

나이로비에서 받은 사전 교육에 따르면 경비원이 들고 다니는 이 막대기 끝부분의 표면 온도는 2천 도 이상이며, 가볍게 찔리기만 해도 치즈처럼 인체에 구멍이 뚫린다고 했다. 그렇다고 이 막대기를 빼앗아 고트에게 반격을 가할 수 있는가 하면, 그들의 비늘은 내열성이 뛰어나서 긁혀도 상처 하나 남지 않는다고 한다.

발바닥에 구멍이 나지 않도록 넓은 보폭으로 방을 나서자 갑자기 경비원의 눈꺼풀이 열렸다. 고트는 막대기를 집어 들고 일어나더니 등을 쭉 폈다. 망토의 주름을 펴다가 도키요를 발견하고 꾸엑, 하고 목구멍에서 소리를 냈다.

"미즈타 도키요 씨." 고트가 장갑을 고쳐 끼며 말했다. "당신에게 질문이 있습니다. 당신은 기억력이 좋습니까?"

"얼굴을 기억하는 건 자신 있어요. 경찰관이었으니까요." 경비원의 눈동자가 떨리기 시작하기에 서둘러 덧붙였다. "딱히 누구에게도 말하진 않을 거예요."

매우 안심한 듯했다. 경비원은 "감사합니다"라고 두 번 반복하더니 무언가 할 일을 기억해낸 듯 어색한 발걸음으로 복도를 걸어갔다.

고트도 인간과 별반 다를 것이 없다.

긴장이 풀린 느낌으로 하루를 보냈다.

남은 기간은 21일.

도키요와 고요미는 이 덜렁쇠 경비원과 친해졌다.

사령관은 그를 '수면병' 에보소라고 불렀다. 복도에서 얼굴을 마주할 때마다 도키요와 고요미는 에보소와 대화를 나눴다. 에보소에게는 두 자녀가 있고, 가족을 부양하기 위해 이번 임무에 지원했다고 했다. 도키요가 "왜 근무 시간에 잠을 자고 있었어요?" 하고 묻자, 에보소는 "잠을 자면서 일하고 있었습니다"라는 어린아이 같은 변명을 했다. 한때는 진지한 말투로 "당신들은 우리를 과대평가하고 있습니다. 우리는 신이 아닙니다"라고 말하기에 "우리는 당신들을 고트라고 부르고 있을 뿐"이라고 알려주자, 에보소는 자신의 머리를 막대기로 치며 금속 실을 튕긴 듯한 소리를 냈다.

"신사라는 말은 과한 거지. 좋게 봐줘야 순박한 시골 청년 정도일 텐데."

도키요의 방에서 점심을 먹으며 고요미는 에보소를 그렇게 평가했다.

가족을 위해 일하고, 때로는 실수나 잘못을 저지르면서 나름대로 즐거움을 찾으며 살아간다. 역시 고트도 인간과 비슷했다.

도키요와 고요미에게 그것은 희소식이었다. 기미코가 예전에 먹잇감으로 삼은 대상도 그런 평범한 인간이었기 때문이다. 인간과 다름없는 의사소통이 가능하다면 기미코가 그들을 농락할 가능성은 충분하다. 우즈메 계획은 성공할지도 모른다.

"아, 콘플레이크 먹고 싶다."

콩소메 수프에 적신 푸푸를 입에 넣으며 고요미가 일어섰다. 오른손에 쟁반을 들고 왼손으로 빗장을 열었다.

문을 열자 기미코가 있었다. 혼자 휠체어에 앉아 있었다. 기미코는 최근 항상 휠체어를 밀어주는 호텔맨 '풍선' 샤모소와 가까워진 듯했고, 무언가 이야기꽃을 피우는 모습이 자주 눈에 띄었다. 혼자서 복도에 있는 일은 드문 일이었다. 샤모소에게 물건을 가져다달라고 시키기라도 한 걸까.

도키요도 일어나서 복도 좌우를 둘러보았다. 고트는 보이지 않았다.

"쓰노 씨, 본인 역할을 잊지는 않았겠죠?"

소리를 낮춘 채 말하자 "뭐 좀 기다려보게" 하고 기미코는 얼굴도 보지 않고 대답했다.

남은 기간은 14일.

점토를 사용한 지능 측정 테스트를 끝낸 기미코가 시험

감독관이 밀어주는 휠체어를 타고 측정 구역에서 나왔다. '풍선' 샤모소가 맞이하러 오기까지의 틈을 타서 도키요는 기미코에게 달려갔다.

"이제 겨우 엿새 남았어요. 도대체 뭘 하고 있는 거죠?"

"기다리라고 했잖아. 벌써 잊어버렸나?" 기미코는 파리가 달라붙은 듯한 표정을 지은 후, 두꺼운 눈꺼풀을 들어 올리며 경멸하듯 웃었다. "아, 맞다. 다카시에게 총을 맞아 머리가 맛이 갔었지?"

도키요는 기미코의 멱살을 잡았다. 손가락에 힘을 주었다.

"웃기지 마, 이……."

살인자라고 말하려는데 고요미가 팔을 붙잡았다.

"안 돼, 엄마."

고요미는 도키요를 두 걸음 뒤로 밀어내고 몸을 숙여 기미코의 얼굴을 바라보았다. 기미코는 켁켁, 하고 과장되게 기침했다.

"할머니, 믿어도 되는 거죠?"

"당연하지. 할 일은 할 거야. 난 약속을 지키지 않는 사람을 싫어하니까."

기미코는 이날도 움직이지 않았다.

남은 기간은 5일.

변함없는 아침이었다.

약 열다섯 시간 후에 공격 가능 판정의 마지막 하루가 끝난다. 99퍼센트의 확률로 우리는 '시험'에 떨어질 것이다. 지구의 한구석에서 다시 인간이 사라진다.

"마지막에는 같이 있어줘."

블록을 사용한 테스트 순서를 기다릴 때 고요미가 불쑥 중얼거렸다. 포기하지 말라고 딸을 격려하고 싶었지만, 뻔한 거짓말에 불과하다는 사실도 알고 있었다.

오후 8시 반이 지났을 무렵. 도키요는 화장실에서 나온 기미코에게 다가갔다. '풍선' 샤모소에게 "제가 대신할게요"라고 말하고 휠체어를 밀며 기미코의 방으로 향했다. 문을 닫고 빗장을 걸었다.

"곧 끝나겠네요. 저도, 당신도."

기미코는 손끝만 내려다보며 반응조차 하지 않았다.

"둔한 저도 드디어 당신의 계략을 알게 되었어요."

오호라, 하고 입술이 움직이는 듯 보였다.

"구스카미 씨에게 우즈메 계획을 제안받은 당신은 그의 계략에 동조하는 척하며 우리를 여기로 데려오게 했죠. 하지만 당신은 처음부터 아무것도 할 생각이 없었어요. 구스카미 씨를 속이고, 목숨을 연명하려고 애쓴 모든 사람을 기만하고, 당신은 남아프리카의 4억 명이 죽어가는 모습을 여기에서 바라볼 생각인 거죠? 정말 당신다운, 사람의 목숨을 장기말처럼 여기는 악마의 소행이군요."

기미코는 움직이지 않았다.

"저를 끌어들인 건 복수심 때문이겠죠. 당신은 '패밀리'를 갈기갈기 찢은 저를 미워했어요. 그래서 저와 고요미를 이 비행선에 태워 우리를 당신의 공범자로 만들었죠. 경찰관으로서 정의를 믿고 당신의 집에 발을 들인 저에게서 그렇게 유일한 버팀목이었던 정의를 빼앗으려고 한 겁니다."

약점을 파고들어 죄책감을 부추김으로써 이 여자는 많은 사람의 마음을 사로잡았다. 정의감이 강한 사람, 스스로 선하다고 믿는 사람일수록 죄의식에 쉽게 무너져 내린다. 자신이 누군가를 위해 목숨을 걸 수 있는 사람이라고 믿고 싶다는 독선적인 마음으로 비행선에 올라탄 도키요는 이 여자의 좋은 먹잇감이었다.

기미코는 마른 나뭇가지 같은 손으로 얼굴을 가렸다. 우는 시늉이라도 하는 것인가 생각했더니, 푸훗, 하고 침을 튀겼다. 손가락을 떨며 "하아" 하고 천장을 올려다보더니 누런 이를 드러내며 배를 쥐고 낄낄거리며 웃기 시작했다.

"아무것도 하지 못하는 자신이 한심해서 완전히 맥이 빠진 거야?" 갈라진 입술 끝이 올라갔다. "속이 다 시원하네."

*

오후 11시. 안전이 보장된 32일이 끝날 때까지 앞으로 한 시간.

"엄마, 이제 곧 끝이야."

약속대로 고요미는 문을 두드렸다. 답은 없었다. 문이 앞뒤로 흔들렸다. 빗장은 걸려 있지 않았다.

"들어가도 돼?"

침묵.

"들어갈게……."

문을 열고 숨을 들이마셨다. 목에서 마른 소리가 났다. 다리의 힘이 풀렸다.

도키요는 침대에 누워 있었다. 기력이 빠져 드러누운 것이 아니다. 울다 지쳐 잠에 빠진 것도 아니다.

2층에서 떨어진 아기처럼 두개골이 부서져 있다. 도키요는 죽어 있었다.

4

""

사령관이 '수면병' 에보소에게 격한 말을 쏟아냈다. 고트의 저음은 물소처럼 높고 빠르다. 그들의 모국어를 듣는 것은 처음이었지만, "뭘 하고 있었나!" 하고 꾸짖고 있다는 것만은 짐작할 수 있었다.

방에는 사령관과 에보소 외에도 경비원과 호텔맨 등이 열 마리 정도 모여 있었다. 시체와 바닥의 핏자국, 흉기로 보이는 피 묻은 빗장문의 막대기 등을 바라보았다. 이윽고 사령관의 짧은 말을 신호로 모두가 우르르 방을 나섰다.

고요미는 홀로 어머니의 방에 남겨졌다. 왜 이런 일이 벌어졌을까. 어디서 길을 잘못 들었을까. 머릿속이 뒤죽박죽이어서 뭐가 뭔지 알 수 없었다.

손목시계를 바라보았다. 오후 11시 40분. 남은 시간이라곤 20분뿐이다. 이제 됐다. 얼른 끝내줘. 바닥에 엉덩이를 대고 머리를 감싸 쥔 바로 그때.

"기다려."

낮고 갈라진, 그럼에도 강단 있는 목소리.

반쯤 열린 문으로 복도를 바라보았다. 휠체어에 앉은 기미코가 사령관을 불러세웠다.

"당신들, 대체 어떻게 책임을 질 셈이지?"

일본어로 계속 말했다. 사령관은 잠시 기억을 더듬듯 뿔을 기울인 후 "책임이라니 잘 모르겠습니다. 책임이 무슨 뜻입니까?" 하고 일본어로 답했다.

"시치미 떼지 마. 우리를 32일 동안 생활하게 하고, 그 구역을 공격할지 말지 정한다고 했잖아. 그런데 여기 있던 여자가 죽었어. 32일이 채 지나기 전에 죽어버렸지. 그래도 상관없이 공격한다면 말이 안 되는 거 아닌가?"

고트들이 서로의 얼굴을 마주 보았다. 사령관도 잠시 기미코에게 압도된 듯 보였지만, 곧 단호하게 대답했다.

"지능 측정 기간 동안 일부가 사망한 건 처음이 아닙니다. 4구역에서는 집요하게 우리를 공격하려던 자들이 있었습니다. 두 번의 경고 후, 그들은 먼저 사망했습니다. 그때도 기한 변경은 없었습니다."

"그건 그놈들이 규칙을 어겼기 때문이잖아. 이 여자가 언제 당신들에게 맞섰지? 블록이든 점토 놀이든 당신들이 시킨 대로 성실히 임했어. 예전 놈들과는 전혀 상황이 다르지 않나?"

사령관은 반박하지 못했다.

"잘 생각해봐. 이렇게 된 건 도대체 누구 탓이지?"

"그건 물론 미즈타 도키요 씨를 죽인 범인입니다."

"그게 누군데?"

"모르겠습니다."

"그건 왜지? 저 말라깽이 녀석이 계속 감시하고 있던 거 아닌가?"

마비된 손이 올라갔다. 누렇게 변색된 손가락이 '수면병' 에보소를 가리켰다.

"맞습니다. 하지만 그의 말에 따르면 오후 9시 전에 도키요 씨가 돌아온 후, 방에 드나든 사람은 딸인 고요미 씨뿐이었습니다."

고트들이 일제히 고요미를 바라보았다. 바닥이 일렁이는

것처럼 느껴지며 점심으로 먹은 푸푸가 목구멍으로 올라올 것 같았다.

"당신, 이 아가씨가 자기 엄마를 죽였다고 말하는 거야?"

"아닙니다. 저는 이렇게 생각합니다. 범인은 에보소가 졸고 있던 틈을 노려 방에 들어가서 도키요 씨를 때려죽였습니다."

"즉, 저기 있는 멍청이가 실수를 저지른 탓에 이 여자가 살해당했다는 이야기로군."

고트들이 '수면병' 에보소를 바라보았다. 에보소는 숨이 막히는 듯 어깨를 떨었다.

"그렇다면 이대로 공격하는 건 말이 안 되지. 어떻게 책임질 건지 말해줄 수 있나?"

에보소가 무언가 말하려는 것을 사령관이 가로막았다.

"어쩔 수 없군요. 추가로 인간 한 명을 지상에서 데려오겠습니다. 그 사람을 내일부터 32일간 이곳에서 생활하게 하면서 지능을 측정하겠습니다."

"그동안 우리는 어떻게 되는데?"

"계속 이곳에서 생활해야 합니다."

"바보 같은 소리!"

에보소가 깜짝 놀라 몸을 떨었다.

"나는 어떻게 책임을 질 건지 물었어. 다 큰 어른이 죄송합니다, 앞으로 32일간 잘 부탁합니다. 그렇게 썩어빠진 이야기나 한다고? 잘도 그런 식으로 살아왔군."

"그럼……." 사령관이 목소리를 굳혔다. "어떻게 하면 되겠습니까?"

"그건 당신들이 생각할 일이지. 잘 생각해보고 결정되면 나에게 알려줘. 알겠지?"

기미코는 휘이 손을 내젓고는 '풍선' 샤모소에게 휠체어를 밀게 하여 방으로 돌아갔다.

32일째.

팬파이프는 한 달 만에 은돌라의 금속 제련소에 다시 착륙했다. 경비원이 무슬림 소년을 붙잡자, 선체는 다시 성층권으로 상승했다.

오후 5시가 넘은 시각. '수면병' 에보소는 기미코의 방에 찾아와 무릎을 꿇고 바닥에 손을 짚은 채 머리를 깊이 숙였다.

"죄송합니다."

기미코의 출신지인 일본의 사과 방법을 조사한 것이리라. 기미코는 표정 하나 바꾸지 않은 채 "정말 바보 같네" 하고 일축했다.

"정말로 죄송합니다."

"몇 번이나 말하게 하지 마. 사과한다고 끝나는 문제가 아니라고 했잖아."

"정말로 죄송했습니다."

"하여튼!"

에보소의 머리가 크게 움찔했다. 뿔이 떨렸다.

"입으로만 뭔가를 하려는 그 근성이 썩어빠졌다고 한 거라니까. 모르겠나?" 기미코는 뒤를 돌아보았다. "너도 그렇게 생각하지?"

지루한 듯 손바닥을 쥐었다 폈다 하던 '풍선' 샤모소가 꾸엑, 하고 소리를 냈다.

"솔직히 말해도 좋아. 너도 화가 나지?"

"아닙니다. 저는 딱히."

"같은 패거리도 아닌 나도 이렇게 화가 나는데, 가족이라고도 할 수 있는 네가 모른 척해도 좋은 거야?"

샤모소는 입을 벌린 채 몇 초쯤 얼어붙어 있다가 손가락을 '수면병' 에보소에게 향했다.

"저는 생각합니다. 쓰노 기미코 씨의 말씀대로입니다. 제대로 반성하십시오."

"그건 아니지. 말도 안 돼. 너 정말로 화가 난 게 맞아?"

"아니요……, 네."

"거짓말이야. 만약 내 가족이 이러고 있으면 나는 손을 댈 거야."

샤모소는 당황한 듯 큰 손을 앞으로 내밀었다.

"잘 들어. 당신네 고트들이 악마인지 어떤지는 모르지만, 가족이 문제를 일으켰을 때는 한 대 빡 때리고, 이걸로 어떻게든 용서해주세요. 이런 식으로 수습해야 하는 거야."

"아, 네."

그런 거군요, 하고 납득한 태도로 샤모소는 에보소에게 다가갔다. 장갑을 벗고 손을 바닥에 댔다. 에보소가 불안한 듯 어깨를 움츠렸다. 샤모소는 꾸엑, 꾸엑, 하고 몇 번인가 으르렁거린 후, 바닥을 뒤로 미는 듯한 몸짓으로 힘껏 머리를 내밀어 뿔로 에보소의 얼굴을 찔렀다.

"그래! 그렇게 해야지!"

에보소가 바닥을 굴렀다. 왼쪽 눈꺼풀의 비늘이 벗겨져서 그 안쪽의 살이 흘러내렸다. 샤모소의 뿔에서는 고름 같은 액체가 떨어졌다.

"오늘은 그걸로 좋아. 하룻밤 반성하고 어떻게 하면 좋을지 스스로 잘 생각해서 내일 다시 와."

에보소가 숨을 내쉬었다. 아래턱이 내려가면서 안도의 미소를 짓는 것처럼 보였다.

36일째.

"정말 썩어빠졌구먼. 그런 시시한 연극으로 나를 속일 수 있다고 생각했나?"

기미코는 휠체어의 팔걸이를 두드리며 '풍선' 샤모소에게 욕설을 퍼부었다.

"속이지 않았습니다. 연극도 아닙니다. 저는 정말로 화가 났습니다."

"연극이잖아. 뿔로 툭툭 몇 번 치면 우리가 조용히 있으리라 생각하고 잔재주로 끝내려는 게 눈에 훤히 보여. 그런 식이면 차라리 아무것도 하지 않는 게 나아."

샤모소는 도움을 구하듯 주위를 바라보았다. 열 마리 정도의 고트가 기미코와의 대화를 지켜보고 있었지만, 도와주러 나서는 자는 없었다.

"안 돼. 정말로 말도 안 돼……."

격분한 기미코가 켁켁 기침했다. 그 틈에 왼쪽 눈을 가린 '수면병' 에보소가 샤모소에게 손으로 신호를 보냈다. 긴 손가락으로 자신의 코를 두드렸다. 더 세게. 더 세게. 나흘 내내 뿔에 찔린 에보소는 얼굴 여기저기에 분홍색 살점이 불룩하게 튀어나와 있었다.

"쓰노 기미코 씨의 말씀대로입니다. 저는 정말로 화를 제대로 표현하지 못했습니다. 지금부터 진짜로 화를 표현하겠습니다."

샤모소는 복도의 호텔맨을 불러 에보소의 양팔을 붙잡게 했다. 다섯 걸음 정도 뒤로 물러나서 장갑을 벗고 바닥에 손톱을 세웠다. 에보소가 고개를 끄덕인 것을 신호로 샤모소는 달음박질하며 에보소에게 돌진했다. 오른쪽 뿔이 잇몸을 뚫고 왼쪽 뿔이 오른쪽 눈에 박혔다.

"꾸에에에엑!"

에보소의 큰 손이 허공을 휘저었다. 샤모소가 에보소의 어깨를 잡고 뿔을 빼내려 했다. 꿰뚫린 눈알이 눈꺼풀을 밀어내며 고름 같은 액체와 함께 툭, 딸려 나왔다. 에보소는 미친 듯이 얼굴을 쓰다듬었다. 주변이 보이지 않는 듯했다.

"뭘 그렇게 시끄럽게 굴고 있어!"

기미코가 소리쳤다. 에보소가 얼어붙었다. 액체가 줄줄 떨어졌다.

"네가 근성 없이 본인 엉덩이도 제대로 닦지 못하니까 풍선이나 다른 애들이 손을 빌려주는 거잖아. 감사부터 해야지! 그런 것도 내가 말해주지 않으면 모르는 거야?"

에보소는 바닥에 손을 대고 동요를 가라앉히려는 듯 크게 숨을 내쉬고는 "정말 감사합니다" 하고 아무도 없는 쪽을 향해 말했다.

45일째.

고요미는 방에 틀어박혀 《기암성》 여백에 펜을 굴렸다. 눈을 뜬 이후 해가 질 때까지 한 번도 손을 멈추지 않았다.

고트들에게 이변이 일어나고 있다. 도키요의 죽음을 계기로 그들은 기미코의 함정에 빠져드는 중이다.

인류를 구할 수 있을지는 알 수 없다. 이 방식으로 남아프리카에 대한 공격을 막을 수 있을까? 가능성은 낮으리라. 그렇다면 적어도 지금 일어나고 있는 일과 어머니에게 일어난 일을 누군가에게 전하고 싶다. 그런 생각으로 고요미는 펜을 움직였다.

경비원 '수면병' 에보소는 예전과는 다른 생물처럼 여윈 채 쇠약해지고 기운을 잃어가고 있었다. 며칠 전부터 허가 없이는 이동을 금지당해 생활 구역의 남은 방에 갇혀 있었다. 식사는 거의 주어지지 않고 배설도 할 수 없었으며, 잠을 자면 '풍선' 샤모소에게 비늘이 벗겨지고, 음식을 토하면 기미코에게 "넌 대체 뭐 하는 놈이야!" 하는 욕설을 들었다.

사령관은 모르는 척했다. 도키요를 대신해서 데려온 무슬림 소년의 지능 측정이 끝날 때까지 남은 기간은 20일. 그날이 오면 샘플은 모두 죽는다. 에보소를 괴롭힘으로써 기미코가 조용해진다면 그때까지 이렇게 놔두는 편이 낫다고 판단한 것 같았다.

오후 8시가 지나 고요미는 이날 처음으로 식사를 했다. 방 앞의 호텔맨에게 쟁반을 돌려주고 다시 펜을 잡았다. 1장의 마지막 페이지를 펼쳤을 때, 남자의 굵은 비명소리가 들렸다. 고트들의 발소리가 뒤따랐다. 뛰는 가슴을 부여잡고 방을 나섰다.

"죄송합니다!"

기미코의 두 칸 옆 방에서 호텔맨 '풍선' 샤모소가 그 말을 반복해 외쳤다. 방을 들여다보았다. 여자가 누워 있었다. 탑승할 때 귀걸이를 빼앗긴 통가족 여성이었다. 침대 난간에 걸린 진홍색 면직물에 그 목이 졸린 채였다.

"목을 맨 건가."

사령관이 경비원의 막대기를 빼앗아 끝부분으로 면직물을 잘라냈다. 연인으로 보이는 수염 난 남자가 심폐소생술을 하자 여자는 2분 정도 후에 다시 숨을 내쉬었다.

"정말, 정말로 죄송합니다."

샤모소의 목소리는 심하게 떨렸다. 이 구획의 샘플을 돌보는 것은 그의 역할이었다. 도키요의 죽음에 대한 책임을 물어야 했던 '수면병' 에보소가 당한 일을 생각하면, 제정신으로 있을 수 없는 것도 무리는 아니다.

"왜 네가 사과하지?"

그런 샤모소를 보며 기미코는 쓰읍, 하고 콧방귀를 뀌었다.

"네 정신이 나간 건 수면병 녀석 탓이야. 매일 그런 멍청이랑 어울리면 멍청함도 옮을 수밖에 없지. 안 그런가?"

그렇게 말하고는 '수면병' 에보소를 가둔 방의 벽을 두드렸다.

"네, 제 잘못입니다."

에보소가 답했다. 열에 들뜬 듯 우물거리는 목소리였다.

"그런 것뿐이야. 이 이야기는 여기서 끝이야. 빨리 제자리로 돌아가."

57일째.

'수면병' 에보소가 죽었다.

오전 7시가 넘어 '풍선' 샤모소가 상태를 보러 방에 들어갔다가 에보소가 차갑게 식어 있는 것을 발견했다. 에보소는 뿔이 부러지고 오른쪽 눈이 뽑히고 턱의 아귀가 틀어지고 손톱이 뽑히고 비늘 아래에서 갈비뼈와 위장이 튀어나와 있었다. 엉덩이에서는 인간의 피와 비슷한 붉은 액체가 흘러내렸다. 두 마리의 경비원이 시체를 들고 재빨리 출입 금지 구역으로 옮겼다.

구스카미 신페이가 알았다면 기뻐했을 것이다. 인류가 드디어 고트를 물리친 순간이었다.

이 사건을 계기로 기미코는 또 다른 누군가를 협박하리라. 고요미는 그렇게 생각했다. 하지만 기미코는 옮겨지는 시체를 조용히 바라볼 뿐이었다.

음산한 정적이 찾아왔다. 무슬림 소년을 제외한 63명은 이미 지능 측정을 마친 상태라 시간이 남아돌았다. 테스트를 진행하는 쪽도 상황은 비슷한 듯 몇 마리의 시험 감독관을 제외한 대다수의 고트들은 아무것도 하지 않는 샘플을 돌보는 일에 싫증을 느끼고 있는 것 같았다.

그날 밤, 《기암성》 여백에 쓰는 글이 3장에 들어선 오후 11시가 넘은 시각. 고요미가 화장실에 가기 위해 방을 나서자 출입 금지 구역으로 이어지는 통로에 경비원의 막대기가 줄지어 놓여 있는 것이 보였다.

발이 녹지 않도록 주의하며 감시실로 다가섰다. 창가를 바라보자 스무 마리 가까운 경비원이 사령관을 둘러싸고 있었다.

""

경비원의 날카로운 목소리가 들렸다. 사령관이 에보소를 지키지 않은 것에 대해 분노한 모양이었다. 에보소가 당한 괴롭힘은 도를 넘은 것이었다. 그럼에도 같은 잘못을 저지른 호텔맨은 혼이 날 기색조차 없으니 그들이 냉정함을 유지할 수 없는 것도 무리는 아니다.

경비원 한 마리가 사령관을 몰아세웠다. 입에서 끈적한 액체가 줄줄 흘러내렸다.

59일째.

"너무 추워서 견디기가 힘들어. 조금 더 난방을 올려줄 수 없나?"

기미코가 경비원을 불러세워서 말했다. 매우 쉰 목소리였고 안색도 좋지 않아 보였다. 에보소가 죽은 이후로 그녀는 명백하게 상태가 이상했다.

"그런 건 여기에 없습니다. 생활 구역은 인간에게 쾌적한 온도로 유지되고 있습니다."

경비원이 무심하게 대답했다. 기미코에 대한 분노가 묻어났다.

"어쩔 수 없군."

기미코가 고개를 숙였다. 그 목소리는 매우 약해져 있었다.

62일째.

"안돼. 죽을 것 같아. 뭐든 좋으니까 몸을 따뜻하게 할 수 있는 것 좀 줘."

사령관의 방 앞에서 기미코가 애원하듯 말했다. 호흡이 가쁘고 발판에 올려둔 발끝이 파르르 떨리고 있었다.

사령관은 휠체어를 밀고 있던 '풍선' 샤모소에게 용기에 온수를 부어서 가지고 오라고 지시했다. 샤모소는 출입 금지 구역에 들어가서 지능 측정에 사용하던 용기를 들고 돌아왔다.

'수면병' 에보소가 죽은 지 5일. 소년의 지능 측정 기간이 끝나기까지 남은 기간은 3일.

고요미는 이제 아무것도 기대하지 않았다. 다만 누군가 자신의 기록을 읽어주길 바랐다. 9구역의 공격 가능 판정 중에 일어난 사건을 알아주기를 바랐다. 그런 마음으로《기암성》의 여백에 계속해서 글을 썼다.

오후 11시 55분. 곧 날짜가 바뀐다.《기암성》을 덮고 침대에 누웠다.

빵.

건조한 소리가 들렸다.

요하네스버그에서는 여러 번 들었지만, 팬파이프에서는

한 번도 들은 적 없는 소리.

고요미는 그 소리가 그립게 느껴졌다.

63일째.

"  "

사령관은 도키요의 시체가 발견되었을 때와 같은 말을 했다.

생활 구역의 외진 방에 고트들이 모여 있었다. 안을 들여다보니 무슬림 소년이 침대 구석에 쓰러져 있었다. 왼쪽 가슴에 검은 점 같은 것이 보였다. 자세히 보니 폴로셔츠에 구멍이 뚫려 있었다. 하늘색 원단이 약간 탄 상태였다.

"또 누가 죽은 거야?"

머리를 땋은 남자가 물었다. 고트들이 사령관을 바라보았다. 사령관은 남자 쪽을 돌아보더니 "카틀레호 씨가 죽었습니다. 살해당한 것 같습니다" 하고 조용히 말했다.

남자는 뺨에 미소를 지었다가 곧장 그것을 거두어들였다. 소년의 죽음은 참을 수 없다. 하지만 도키요가 죽었을 때와 마찬가지로 그것은 남은 자들의 수명이 늘어났다는 것을 의미한다. 고요미 또한 자신도 모르게 가슴을 쓸어내렸다. 그런데.

"너희들 도대체 뭣들 하는 거야!"

칼날 같은 목소리가 공기를 찢었다. 복도에 모여 있던 인간들이 목소리가 들린 쪽을 돌아보았다. 그곳에 기미코가 서 있었다.

"다시 처음부터 시작하는 거야? 또 32일을 기다려야 한다고? 너무 어이가 없어서 꾸짖고 싶은 마음도 들지 않아. 도대체 누구 잘못이지?"

서슬 퍼런 얼굴로 고트들을 몰아세웠다. 어제까지와는 완전히 다른 사람 같았다.

"다행히도 범인의 윤곽은 잡혀 있습니다."

사령관이 일본어로 답했다. 고트들이 서로의 얼굴을 바라보았다.

"시체를 보십시오." 소년의 가슴을 가리키며 사령관이 말을 이었다. "카틀레호 씨의 가슴에 경비원의 무기로 찌른 구멍이 있습니다."

사전 교육에 따르면 경비원이 휴대하는 막대기의 끝부분에는 2천 도 이상의 열이 있다고 했다. 사령관은 그 막대기가 범행 도구라고 말하고 싶은 듯했다.

"나는 생각합니다. 경비원 중 누군가가 카틀레호 씨를 죽였습니다."

꾸에, 꾸에, 하며 경비원들이 웅성거리기 시작했다. 그중에서 한 마리, 뿔이 작은 고트가 탈출구를 찾듯 주변을 둘러보았다. '수면병' 에보소에게 일어난 일을 떠올린 것이리라.

사령관이 영어로 같은 말을 반복하자, "아니, 그건 아니지"

큰 손의 악마

하고 땋은 머리 남자가 반론했다. "어젯밤에 '빵' 하는 소리가 들렸어. 그거, 총소리잖아."

고요미도 그 소리를 들었다. 다른 인간들도 입을 모아 동의했다.

사령관은 "그럴 리 없습니다"라며 몸을 굽혀 소년의 시체를 검시했다. 오른손 네 손가락으로 구멍을 벌리고 왼손 두 손가락을 찔러넣었다. 몇 초 후, 거기에서 나온 손가락에는 금속으로 된 총알이 쥐여 있었다.

"나는 생각합니다. 샘플 중 하나가 총을 가지고 있었습니다." 경비원이 서둘러 말했다. "그 샘플이 카틀레호 씨를 쏘았습니다. 지능 측정을 더욱 늦추기 위해서입니다."

"우리는 카틀레호 씨를 죽인 범인이 아닙니다." 다른 경비원도 목소리를 보탰다. "우리가 처벌받을 일은 없습니다."

"아니, 그것도 이상하잖아." 또다시 땋은 머리 남자가 말했다. "당신들, 우리가 비행선에 탈 때 우리에게서 무기를 압수하지 않았나? 우린 아무도 총 같은 거 안 가지고 있다고!"

그 말대로였다.

경비원들이 침묵에 빠졌다. 샘플의 무기 반입을 허용했다면, 그것 또한 경비원 책임이다. 기미코가 하아, 하고 숨을 내쉬었다.

"그렇다면 너희들, 어떻게 책임을 질······."

"가능성은 하나 더 있습니다."

뿔이 작은 경비원이 말했다. 기미코가 눈썹을 찌푸렸다.

"카틀레호 씨를 죽인 범인은 출입 금지 구역에 숨어 들어가 우리가 9구역의 공격을 위해 준비한 권총을 가져간 겁니다."

경비원들이 또다시 들끓었다. 사령관은 아무 대답도 하지 않았다.

"나는 생각합니다. 출입 금지 구역의 출입을 감시하는 건 사령관의 일입니다. 카틀레호 씨가 총에 맞은 건 경비원의 잘못이 아니라 사령관의 잘못입니다."

경비원들이 목소리가 커졌다. 꾸에, 꾸에.

"에보소는 업무상의 실수를 이유로 죽었습니다. 수없이 찔리고, 밥도 못 먹고, 똥을 흘리며 죽었습니다. 사령관은 어떻게 죽을 것입니까?"

"아니야." 사령관이 손을 흔들었다. "이건 함정이야. 너희가 내 눈을 속이고 권총을 훔쳐서 카틀레호 씨를 죽였어. 죽어야 할 건 너희야."

""

경비원 한 마리가 사령관의 배에 뿔을 찔러넣었다. 사령관이 울부짖었다. 호텔맨 세 마리가 경비원을 떼어내려고 했다. 다른 경비원이 그중 한 마리에게 달려들었다. 뿔을 잡고 가슴을 차서 쓰러 눕혔다. 너무 과하게 힘을 준 것이리라. 호텔맨의 뿔이 주변 비늘과 함께 솟아오르며 분홍색 살점이 쏟아져 내렸다. 비명소리.

난투극이 시작되었다. 경비원들이 사령관의 얼굴을 찌르고 비늘을 벗기고 손가락을 분지르고 팔을 부러뜨렸다. 이에 항의하는 호텔맨과 시험 감독관도 주저 없이 때려눕히고 목을 조르고 뿔을 부러뜨렸다. 호텔맨 '통나무' 카다소는 황급히 방에서 도망치려고 했지만, 무기를 가지러 간다고 오해한 경비원 '진흙' 주지소가 그를 붙잡아 움직이지 못하게끔 발목을 부러뜨렸다. 그것을 본 시험 감독관 '돋보기' 아소가 주지소의 머리를 잡고 눈알을 파냈고, 그것을 눈치챈 경비원 '발바닥' 자에소가 아소의 목에 이빨을 찔러넣었다. 호텔맨 '도르래' 디소는 바닥에 떨어진 막대기를 주워 들고 경비원 흉내를 내며 난투에서 벗어나려 했으나, 진짜 경비원이라고 믿은 호텔맨 '건전지' 아구소에게 턱과 배를 얻어맞아 엉덩방아를 찧었다. 그것을 본 경비원 '박애' 이무소는 바닥에 떨어진 누군가의 뿔로 아구소의 배를 세 번 찔렀다. 자신 탓에 동료가 구멍투성이가 된 것을 깨달은 디소는 비명을 지르며 아구소의 시체에 손을 뻗었지만, 네 마리의 호텔맨에게 짓밟혀 내장을 토해냈다. 경비원들은 쌓아온 분노를 폭발시켰고, 호텔맨과 시험 감독관 들은 목숨을 지키기 위해 도망치고 반격하고 서로를 죽였다.

　인간들은 난투에 휘말리지 않고자 가까운 방으로 몸을 피했다. 고요미도 바닥에 흩뿌려진 고름색 액체를 뛰어넘어 너덜너덜해진 몸으로 눈앞의 방에 들어갔다.

빗장을 걸고 돌아보자 여자 네 명이 있었다. 그중 한 명은 소녀, 한 명은 기미코였다. 다들 침묵을 지키며 고트들의 비늘이 부딪히고 뼈가 부서지고 살이 으깨지는 소리를 들었다.

시간이 얼마나 흘렀을까.

고트들의 기척이 사라지고 멀리서 울리던 낮은 으르렁거림도 잦아들 무렵.

문득 쓰윽, 하고 몸이 가벼워졌다. 세계가 가라앉는 듯한 감각. 팬파이프가 완만하게 하강하고 있었다. 그것이 10분 정도 이어진 후, 덜컹, 하고 직하형 지진처럼 바닥이 튕겼다.

진동이 가라앉은 것을 확인하고 천천히 몸을 일으켰다. 네 사람에게 눈짓한 후 빗장에 손을 댔다.

문 너머에서 물컹, 하고 젖은 바닥을 밟는 소리가 들렸다. 소녀가 비명을 질렀다.

곧 다시 정적이 찾아왔다. 방금 소리는 무엇이었을까 하고 의아해하는 순간, 빗장이 부러지고 문이 벽을 때렸다. 소녀가 소리를 질렀다. 고요미는 엉덩방아를 찧었다.

방 앞에 고트가 서 있었다. 비늘이 거의 사라지고 부풀어 오른 살이 드러나 있었다. 관절에서 가늘고 뾰족한 뼈가 튀어나와 있었다.

"대단히 죄송합니다. 더는 위험하지 않습니다."

무뚝뚝한 말투가 익숙했다. 사령관이었다.

"공격 가능 판정을 계속하겠습니다. 향후 일정은……."

사령관이 녹아내렸다. 조금 남아 있던 비늘이 사라지고 살이 사라지고 뼈와 내장이 보였지만 그것도 곧 흔적도 없이 사라졌다.

뒤에 경비원이 있었다. 파이프건처럼 생긴 통을 이쪽으로 겨누고 있었다. 고요미는 눈을 감았다. 10초, 20초…… 아무 일도 일어나지 않았다. 조심스레 눈을 뜨니 경비원은 여전히 같은 곳에 있었다. 자세히 보니 하반신이 없었다. 꾸에 소리를 내며 뒤로 쓰러지더니 그대로 움직이지 않았다.

고요미 일행은 고령의 기미코를 남겨두고 구역을 나누어 팬파이프 안을 둘러보았다. 고요미는 출입 금지 구역을 한 바퀴 돌았지만, 살아 있는 고트를 찾지 못했다.

다른 방에서도 사람들이 하나둘씩 나왔다. 세 명이 난투에 휘말렸고 다섯 명이 추락 시 부상을 입었지만 모두 생명에는 지장이 없어 보였다.

63명은 승선 시 통과했던 복도를 거슬러 출구로 향했다. 흙냄새가 짙어질수록 점차 발걸음이 빨라졌다.

슬로프를 내려가자 저녁 햇살에 물든 제련소가 눈앞에 펼쳐졌다. 드리운 구름. 녹슨 관. 날아다니는 벌레. 모든 것이 사랑스러웠다. 팬파이프에 눌려 부서진 발전소에서 불길이 치솟고 있었지만, 그곳에서 불어오는 연기조차 무척이나 사랑스럽게 느껴졌다.

멀리서 목소리가 들렸다. 제련소 부지 바깥, 팬파이프에서

2킬로미터 정도 떨어진 곳에 잠비아의 공군 수송기가 줄지어 서 있었다. 망원경으로 이쪽을 바라보던 군복 입은 남자들이 환호성을 질렀다.

"살아서 돌아올 줄은 몰랐어요."

통가족 여자가 울면서 무릎을 꿇었다.

바닥을 긁는 듯한 발소리가 다가왔다. 뒤돌아보니 기미코가 자신의 발로 슬로프를 내려오고 있었다. 우즈메 계획을 성공시킨 노인은 저녁 햇살을 손으로 가리며 눈이 부신 듯 주변을 둘러보더니 중얼거렸다.

"잘 풀렸군."

그러고는 고요미의 허리를 쓰다듬으며 입가에 작은 미소를 보였다.

"모든 게 너와 약속한 대로 됐어."

*

"속이 다 시원하네."

기미코는 괴로운 듯 히익, 히익, 웃었지만, 깊이 심호흡하며 숨을 가다듬고는 휠체어의 등받이에 몸을 기대고 후우, 하고 숨을 내쉬었다.

"자네 말마따나 이대로라면 우리는 곧 죽을 거야. 저 아래 있는 수억 명도."

32일째. 남아프리카에 납의 비가 쏟아지기까지 남은 시간은 세 시간 남짓.

"하지만 단 하나, 저 고트들을 박살 내고 인류를 구할 방법이 있어. 자네와 자네 딸만이 할 수 있는 일이야."

뭐가 재밌는지 기미코는 눈가에 눈물까지 고여 있었다. 도키요는 이 여자의 생각을 읽을 수 없었다. 농담을 하는 것인지, 아니면······.

"뭐든 할게요. 정말로 인류를 구할 수 있다면."

"정말인가? 그럼 우선 배우를 모아야겠군. 자네 딸을 이곳으로 데려오게."

자신도 모르게 멈춰선 도키요를 보며 발꿈치를 구르며 "시간 없어"라고 재촉했다. 고요미를 휘말리게 하고 싶지는 않았지만 4억 명의 생명이 걸려 있다면 어쩔 수 없다.

도키요는 고요미의 방을 찾아가 "기미코가 하는 말은 듣지 않아도 돼"라고 강하게 못을 박은 후 둘이 함께 그녀의 방으로 돌아갔다.

"안심해. 잡아먹으려는 게 아니니까. 그저 할머니의 헛소리 좀 들어주면 돼."

기미코는 긴장한 고요미를 힐끗하더니 입가에 미소를 지었다. 어제까지와는 다른 사람처럼 말이 술술 쏟아져 나왔다.

"자신이 옳다고 생각하는 사람은 강하고, 틀렸다고 생각하는 사람은 약한 법이지. 그러니까 사람을 약하게 만들려면 스스로 틀린 행동을 하고 있다고 생각하게 하면 돼. 그건 저 고트들을 상대로도 마찬가지야.

하지만 그들은 학교 선생처럼 진지하고 보험회사 조사원처럼 원칙적이지. 계속 생각해봤지만, 그들이 스스로를 부끄러워할 만한 게 하나도 떠오르지 않았어. 그래서 자네에게 도구를 빌려서 연극을 하나 해볼까 생각 중이야."

도키요의 얼굴을 들여다보더니 기쁜 듯 눈을 가늘게 떴다.

"그렇게 해서 고트들이 잘못을 저지른 것처럼 보이게 하는 거지."

"연극 도구 같은 건 안 가지고 있는데요."

"가지고 있어. 18년 전부터 계속."

대체 무슨 말을 하는 것인가.

"구스카미에게 들었는데. 자네, 총을 맞았던 그 창고의 커튼, 소지에게 받았지?"

분명 도키요는 경찰을 그만둘 때 그 조립식 창고에 갇혀 있던 남자, 오무라 소지에게 아라베스크 무늬의 커튼을 건네받았다.

"그 천이 필요한 건가요? 여기엔 안 가지고 왔는데요."

"하하. 그렇겠지. 그런 더러운 커튼을 누가 굳이 가져오겠어."

화가 났다.

"깨끗한 커튼이었어요. 피는 묻어 있었지만요. 생명의 무게를 모르는 당신은 이해할 수 없겠지만, 그 천은 저를 구해 줬어요."

기미코는 소리 내어 웃었다.

"본인이 하는 말이 이상하다고는 생각 안 하나?"

무슨 말이지?

"잘 생각해봐. 자네가 가지고 있는 그 천이 깨끗할 리 없잖아."

머릿속에서 기미코의 말이 반향을 일으켰다. 갑자기 호흡이 가빠지기 시작했다. 심장이 미친 듯 뛰었다. 땀이 솟고 손끝이 떨렸다.

그날 도키요는 두 발의 총소리를 들었다. 첫 번째 총성과 함께 유리 깨지는 소리가 들렸고, 두 번째 총성과 함께 왼쪽 눈에 강한 충격을 받았다. 도키요는 창문의 커튼을 벗겨서 눈구멍을 눌렀고, 그대로 의식을 잃었다.

후에 기억을 되찾은 도키요는 첫 번째 총알이 유리창을 깼고, 두 번째 총알이 자신의 왼쪽 눈을 관통했다고 믿었다. 하지만 잘 생각해보면 이것은 이상한 일이다.

도키요가 소지에게 넘겨받은 커튼에는 검붉은 얼룩이 묻어 있었지만, 그것 말고는 흠집이나 오염이 없었다. 하지만 첫 번째 총알이 창문을 깼다면 이 커튼도 무사할 리 없다. 첫 번째 발사 소리가 났을 때, 도키요는 아직 창문에서 커튼을 떼어내지 않았다. 그렇다면 당연히 커튼에도 총알이 관통한 구멍이 있어야만 한다. 하지만 그런 구멍은 없었다.

첫 번째 발사로 깨진 것은 유리창이 아니었나? 도키요는 창문이 깨진 것을 직접 본 것은 아니었다. 창고에는 브라운관 TV나 수조 등 유리로 만들어진 물건이 몇 개 있었다. 그중 하나가 깨지는 소리를 듣고 창문이 깨진 소리라고 믿었을까.

하지만 조립식 창고에 들어가기 전에 바깥에서 관찰했을 때, 채광창에는 확실히 커튼이 쳐져 있었다. 불투명 유리에도 이상은 없었다. 한편 건너편 연립주택에 살던 철거작업원 청년은 발포음을 듣고 조립식 창고를 바라보았고, 파이프건을 든 남자를 발견해 신고했다고 했다. 청년이 다카시의 모습을 보았다는 말은 그 시점에 창문 커튼이 벗겨졌고, 불투명 유리도 깨져 있었다는 말이 된다.

나중에 읽은 수사 보고서에도 창문에 면한 화분에서 하나, 창고 안에서 하나의 총알이 발견되었다고 적혀 있었다. 그때 창문이 깨진 게 아니라면 역시 앞뒤가 맞지 않는다.

그럼 커튼은 왜 깨끗했을까.

도키요가 커튼을 벗겨낸 후, 또 다른 총알이 창문을 깬 것이다. 즉……

"다카시는 총을 세 발 쏜 건가요?"

첫 번째 총알은 창고 안의 유리 제품에 맞았고, 두 번째 총알은 도키요의 얼굴에 명중했고, 도키요가 피를 멈추고자 커튼을 벗겨낸 후 세 번째 총알이 유리창을 깼다. 이렇게 되

큰 손의 악마

면 커튼에 구멍이 뚫려 있지 않은 것, 그럼에도 청년이 창문을 통해 안쪽을 볼 수 있던 이유를 설명할 수 있다.

그때 현장에 있던 두 사람, 경찰관 도키요와 감금되었던 소지의 증언에는 서로 맞지 않는 점이 있었다. 둘 다 두 발의 총성을 들었음에도 도키요는 두 번째 총알에 왼쪽 눈을 잃었다고 했고, 소지는 첫 번째 총알이 도키요의 얼굴에 맞았다고 했다.

만약 다카시가 파이프건을 세 번 쏜 것이라면 이 불일치도 설명할 수 있다. 도키요는 출혈로 인해 세 번째 총알이 발사되기 전에 실신했기에 총이 두 발만 발사되었다고 생각했다. 한편 소지는 반복된 폭행으로 인해 정신이 몽롱했고, 더욱이 주변을 가득 채운 아스팔트 공사 소음 때문에 첫 번째 발포음을 깨닫지 못해 두 번째와 세 번째를 첫 번째와 두 번째로 착각한 것이다.

하지만 의문은 남는다. 수사 보고서에 따르면 발견된 총알은 바깥의 화분과 창고 바닥에 떨어진 것, 두 개뿐이었다. 감식팀이 총알을 빠뜨렸다고는 생각할 수 없다. 다카시가 세 번 발사했다면, 세 번째 총알은 어디로 간 걸까…….

"거기야."

기미코가 도키요의 안대를 가리켰다. 마치 머릿속을 읽은 듯했다.

"이것도 구스카미에게 들은 이야기인데. 전두엽의 아주 깊은 곳에 박혀 있어서 무리해서 빼내면 뇌가 온전치 못할 것 같았다더군. 그래서 도저히 빼낼 수 없었다고."

3 빼기 2는 1.

믿기 힘들지만, 다른 가능성은 없다.

"왜 아무도 그걸……."

가르쳐주지 않았을까?

아니다.

기억은 거짓말을 한다.

도키요는 수사 보고서를 읽었다. 일본을 떠날 때도 공항에서 금속 탐지기를 사용한 검사를 받았었다. 그런 자신이 눈구멍에 총알이 박혀 있다는 사실을 몰랐을 리 없다.

도키요는 잊어버린 것이다.

언제 어디서 총알이 뇌를 찌를지 알 수 없다. 그런 죽음과 맞닿은 공포에서 벗어나기 위해 도키요는 기억 일부를 봉인했다. 삼촌의 초대에 응해 아메우라에서 1만 3천 킬로미터 떨어진 요하네스버그로 건너간 것도 그 때문일지도 모른다.

"내가 연극에 쓰고 싶은 건 그 총알이야."

기미코는 떨리는 손가락을 도키요의 왼쪽 눈으로 향했다.

"줄거리는 이래. 우선 이 64명 중 누군가를 죽여. 흉기는 고트들이 가지고 다니는 창 같은 막대기야. 그놈들은 막대에 닿아도 아프지 않으니까 아무렇지도 않게 복도에 놓아둔 채 자리를 비우거나 낮잠을 자지. 그런 막대기로 사람의 심장을 살짝 찌르면 총에 맞은 것 같은 구멍이 뚫려. 거기에 자네가 가지고 있는 총알을 묻는 거야.

 우리는 비행선을 탈 때 무기 같은 건 전부 압수당했으니 총은 가지고 있지 않아. 누군가가 총에 맞았다면 그건 감시자가 빠뜨렸거나 범인이 고트들이 있는 곳에서 가지고 왔다는 말이 되지. 어느 쪽이든 그들의 잘못으로 한 사람분을 다시 테스트해야 하고, 남겨진 우리는 거기에 동참해야 한다는 이야기가 되겠지."

 기미코는 히죽 웃었다.

 "처음에 말한 것과 같아. 파고들 틈 하나만 있으면 나머지는 해결할 수 있어."

 "그건 불가능해요. 허황된 소리에 불과해요." 고요미가 끼어들었다. "총을 쏘면 소리가 날 텐데요. 상처에서 총알이 발견되더라도 총성이 들리지 않으면 누군가는 이상하다고 생각할 거예요."

 기미코는 휠체어에서 태연히 일어나서 등받이에 손을 얹었다.

 "네 말이 맞아. 이 변변치 않은 물건을 쓰던 건 바로 그런 이유지."

 "네?"

 "얘야, 등산해본 적 있니? 산에 올라가면 과자봉지가 부풀어 오르잖아. 잘은 모르지만 공기라는 건 높은 곳으로 가면 부풀어 오른다더군."

　요하네스버그에서 은돌라로 가져온 콘플레이크 봉지가 부풀어 있던 것이 기억났다.

"그런데 이 비행선은 엄청 높이 떠 있잖아. 그래서 이 휠체어의 바퀴도 부풀어 올라 있지. 더군다나 공기는 따뜻해지면 더 부풀어 오르니까, 딱 좋은 타이밍에 고트들에게 뜨거운 물이라도 받아서 타이어를 따뜻하게 하는 거야. 그렇게 하면……."

　빵, 하고 입술을 튕겼다.

"확실히 터질 테니, 그 소리를 총성으로 속이면 돼."

　고요미의 반박은 이어지지 않았다.

"자네들에게 부탁하고 싶은 건 하나야. 그 훌륭한 머릿속에 있는 총알, 나한테 빌려주지 않겠어? 그럼 고트들을 속여서 제대로 엉망진창으로 만들어버리겠어."

　자, 하고 기미코는 손을 앞으로 내밀었다.

　고요미의 말처럼 허황된 이야기로 들린다. 보통 사람에게는 불가능할 것이다. 하지만 이 여자에게는 재능이 있다. 약점을 파고들어 죄의식을 불러일으키고 완벽하게 무너뜨릴 수 있다. 단 하나의 작은 약점만 있다면.

"엄마, 하지 마." 고요미가 목소리를 떨며 말했다. "이 사람, 그럴싸한 말을 하고 있을 뿐이야. 진지하게 들으면 안 돼."

　도키요는 안대 너머로 왼쪽 눈꺼풀을 만졌다.

의사조차도 빼낼 수 없었다고 한다. 억지로 총알을 빼내면 뇌출혈이 일어나서 자신은 죽게 될 것이다. 직접 하려다가 총알을 빼내기 전에 숨이 끊어지면 모든 것이 허사가 된다. 누군가의 손을 빌릴 수밖에 없다.

"나는 못 한다네." 기미코가 자신의 손을 보고는 곧장 고개를 들었다. "휠체어는 장식이지만 뇌경색 때문에 손가락이 제대로 움직이지 않는 건 사실이니까."

"나도 싫어!" 고요미가 외쳤다. "절대로 아무것도 안 할 거야!"

기미코의 목적은 이것이었다.

인류를 저버릴 것인가, 딸에게 자신을 죽이게 할 것인가. 둘 중 하나를 도키요에게 선택하게 하는 것.

구스카미의 제안을 받아들인 것도, 도키요와 고요미를 불러오게 한 것도, 32일째까지 아무런 움직임을 보이지 않은 것도 전부 그 때문이다. 자신의 울분을 풀기 위해 이 여자는 모든 것을 이용한 것이다.

"우리 미래는 자네에게 달렸네."

그런 말로 도키요를 자극한 구스카미도 이 줄거리를 알고 있었을 것이다. 아니, 기미코는 큰 밑그림을 그렸을 뿐 세세한 부분을 구상한 것은 구스카미일 것이다. 팬파이프의 구조나 경비원의 무기 모양 등 6구역의 생존자에게서 얻은 정보가 없으면 이 줄거리는 쓸 수 없다.

아, 그렇다.

"자네는 그저 그 머릿속에 숨겨둔 걸 우리에게 제공해주기만 하면 돼."

그 남자는 그런 말까지 입에 담지 않았던가.

"애야, 네 역할은 총알을 빼내는 것만이 아니야."

기미코는 그렇게 말하며 휠체어에 앉았다.

"총알을 빼낸 채로 둔다면 눈구멍에서 무언가를 파냈다는 게 티가 날 거야. 무슨 일이 벌어졌는지 모르게 빗장으로 쓰는 막대로 머리를 통째로 부숴야 해. 그리고 총에 맞은 것처럼 보이는 시체도 준비해야 하지. 그것도 너한테 부탁할 수밖에 없어."

고요미는 울고 있었다. 물에 빠진 것처럼 숨을 가쁘게 들이쉬고는 기침하며 내뱉었다.

"미안하군. 그래도 네가 도와준다면 인류는 모두 고마워할 거야. 나도 반드시 고트들을 물리치마. 나는 약속을 지키지 않는 사람을 싫어하거든."

4억 명의 생명조차 기미코에게는 사람을 괴롭히는 도구에 지나지 않는다. 이 여자는 괴물이다. 도덕이나 상식, 하찮은 규칙 따위에 얽매이지 않는 진짜 악마다. 도키요나 고요미는 물론이고, 인류와 고트 모두 이 여자의 큰 손바닥 안에 있었다.

"미안해."

도키요는 기미코에게 등을 돌리고 정면에서 고요미를 바라보았다. 고요미는 그만하라며 입술을 떨었다.

"하지만 부탁할게."

어찌 되었든 자신은 몇 시간 후에 죽는다. 그렇다면 선택지는 분명하다.

"마지막으로 믿게 해줘. 내가 누군가를 위해 목숨을 걸 수 있는 사람이라는 것을."

5

63일 만에 다시 올려다본 팬파이프는 안에 있었을 때보다 훨씬 작아 보였다.

소화기를 든 군인들이 뛰어와서 주변 불길에 소화제를 뿌렸다. 한발 늦게 구급대가 들것과 담요를 가지고 왔다. 그중에 구스카미의 모습이 있었다.

"녀석들을 물리쳤군! 브라보! 당신은 영웅이야. 인류를 구했어!"

구스카미가 기미코를 껴안았다. 기미코가 입술을 구기며 성가시다는 듯 어깨를 비틀었다.

한바탕 인류의 승리를 칭송한 후, 구스카미는 이제야 기억난 듯 고요미를 바라보았다.

"이 승리는 너와 네 어머니가 성취한 것이야. 정말로 고맙다."

 미소를 지으며 공손하게 눈썹을 낮추었다. 고요미는 출입 금지 구역에서 훔친 베레타를 꺼내 탄창을 넣고 슬라이드를 당겼다.

 "어라, 꽤 위험한 물건을……."

 머리를 겨냥하고 방아쇠를 당겼다. 빵. 구스카미는 춤추듯 쓰러졌다.

 군인들이 고함을 질렀다.

 그다음에는 기미코에게 총구를 향했다. 무어라 말하려는 노인의 머리에 총알을 쏘았다. 탄창이 빌 때까지 방아쇠를 당기고 또 당겼다.

 뒤로 쓰러진 기미코의 머리는 피를 흡수한 헝겊 조각 같았다.

 총소리가 울려 퍼졌다. 발밑 콘크리트가 박살 났다.

 "손 들어!"

 뒤돌아보니 수없이 많은 총구가 고요미를 겨냥 중이었다.

 "잠깐만요."

 영어로 대답하며 다운재킷 주머니에서 《기암성》을 꺼냈다.

 고트는 신사라고 한다. 그렇다면 동료의 복수를 위해 반드시 다시 찾아올 것이다.

 고요미는 책을 불길에 던지고 천천히 두 손을 들었다.

나나코 안에서 죽은 남자

1

 유령 같은 모호한 것은 믿지 않는다. 만약 믿었다면 이렇게 남의 원한만 사는 일은 할 수 없었을 것이다.
 그날 다쿠조의 역할은 여자를 괴롭히는 것이었다. 표적은 우시모토 가즈코. 우시모토 만주점 3대 주인의 장녀다. 4개월 전에 전문학교를 졸업하고 게소자키로 돌아온 풋내기 여자지만, 술에 절어 지내는 아버지의 머리가 무뎌지고 혀가 꼬이기 시작한 틈을 타 사장 자리를 꿰차더니 친분이 있는 화과자 가게 주인들을 끌어들여 게소만회, 즉 게소자키 만주 협회를 설립했다.
 게소만회는 공공 입찰에서 미나토회와 거래하는 과자점을 배제해야 한다고 주장했다. 미나토회는 중의원 의원인

노코비키 야타로가 이끄는 정치 단체지만, 실상은 주먹질과 발길질, 고함치는 것 말고는 능력이 없는 불량배 모임에 불과했다.

가즈코의 말에 따르면, 게소자키 시와 미나토회는 담합을 통해 입찰을 유명무실하게 만들고 있으며, 축제에서 게소자키 만주의 수주액을 부풀려 부당한 이익을 취한다고 했다. 사실 우시모토 만주점의 손님이 뚝 끊긴 이유는 3대 주인이 팽창제를 아낀답시고 불에 탄 시체 같은 만주를 판 탓으로, 미나토회를 원인으로 여기는 것은 어불성설이었다. 그럼에도 미나토회에 대한 주장에는 타당한 부분도 많았다. 게소자키 신문은 가즈코를 신세대 개혁자로 치켜세웠지만, 다쿠조의 눈에는 세상 물정 모르는 바보로 보일 뿐이었다.

공개 비난당한 미나토회가 가만히 있을 리 없었다. 집행부장인 잇폰마쓰 후미히코는 게소만회를 무너뜨릴 계략을 세웠다. 평범한 야쿠자라면 가즈코를 납치해 산에 묻거나 마약 중독자로 만들어 유곽에 팔아넘겼겠지만, 잇폰마쓰는 책략가였다. 그녀를 일방적인 희생양으로 삼았다가는 그녀에게 감화된 동료들이 뜻을 이어받아 대립이 이어질 가능성이 있었기 때문이다. 그는 적의 숨통을 끊으려면 머리를 쏘는 것보다 내장을 썩게 만드는 것이 더 빠르다고 생각했다.

1928년 8월 4일 정오. 연일 계속되는 폭염 덕에 말라비틀어진 길가의 노인을 곁눈질하며 다쿠조는 미나토회 사무실을 찾았다.

"오늘 밤 9시, 요시만의 별채에서 게소만회 간부들의 회식이 있을 거야."

잇폰마쓰는 늘 배탈이 난 것처럼 미간을 찌푸렸지만, 이날은 드물게도 딱딱하게 굳은 굵직한 똥이라도 싼 듯한 미소를 짓고 있었다.

"풋내기 계집에게 본때를 보여주고 와."

요시만은 의원과 재계 인사들의 접대에도 쓰이는 노포 요정이다. 다쿠조도 회장을 모시고 가본 적이 있지만, 음식 맛이 너무 싱거워서 자신의 혀가 마비된 것은 아닌지 불안했던 기억이 있다.

"알겠습니다. 그런데 그 자리에 있는 다른 간부들은 어떻게 할까요?"

"걱정할 거 없어. 회식에는 가즈코 말고는 아무도 오지 않을 거니까."

잇폰마쓰는 게소만회의 간부들을 협박하거나 돈으로 회유해 가즈코를 배신하게 했다고 말했다. 단순히 가즈코를 죽이는 것이 아니라 그녀가 동료들을 더는 믿지 못하도록 판을 짠 것이었다.

"7초메에 우리 창고가 있어. 무기든 고문 도구든 뭐든 좋으니 마음에 드는 걸 가져가."

잇폰마쓰가 서랍에서 열쇠를 꺼내기에 다쿠조는 곧장 고

개를 저었다.

"제 손으로 하겠습니다."

다쿠조는 작업할 때 도구를 사용하는 것을 싫어했다. 그래서는 손맛이 느껴지지 않는다. 좋은 술은 물에 희석해서 마시지 않는 법이다.

"그래? 그래야 다쿠조지." 기분을 상하게 하지는 않을까 걱정했지만, 잇폰마쓰는 오히려 더 크게 웃었다. "무슨 짓을 해도 좋아. 미나토회에 대항하면 어떻게 되는지 뼛속까지 느끼게 해줘."

젊은 나이도 아닌데 똘마니가 할 만한 일을 시키는 것은 자존심 상하지만, 기대를 받는 것이 싫지는 않았다. 산하 단체까지 포함하면 미나토회에는 300명 남짓의 불량배가 이름을 올리고 있지만, 사람을 괴롭히고 정신을 무너뜨리는 일에 있어서 다쿠조보다 뛰어난 자는 없었다.

역 앞에서 호객꾼들이 목소리를 높이는 오후 9시. 다쿠조는 좋아하는 고무신을 신고 요시만으로 향했다. 그 신발은 친분이 있는 조직 간부의 장례식 참석차 하다카미에 갔을 때 고물상에서 회장이 사준 것이었다.

흙담을 넘고 마당을 가로질러 별채로 들어섰다. 현관에서 신발을 벗을까 고민했지만, 만일의 경우 빨리 도망칠 수 있도록 신발을 신은 채 툇마루에 올랐다. 계단을 올라 2층의 다다미방으로 들어갔다.

그곳은 텅 비어 있었다. 계획이 들통나서 도망쳤나? 아니, 바닥에 묘한 것이 굴러다니고 있었다. 허수아비인가 했더니 손발이 묶인 사람이었다. 머리에는 천 자루를 뒤집어쓰고 손에는 목장갑을 끼고 있었다.

잇폰마쓰의 사전 작업이 효과를 발휘한 것이리라. 간부들은 단순히 가즈코를 버리는 것이 아니라 아예 제물로 바치기로 한 모양이었다.

"여, 아가씨. 혼자 외로워 보이네. 내가 놀아줄게."

천 자루 속에서 낮은 신음이 들렸지만, 무슨 말을 하는지는 알 수 없었다. 재갈을 물려놓은 듯했다.

다쿠조는 그녀 위에 올라타서는 자루 위로 얼굴을 몇 대 때렸다. 천은 벗기지 않았다. 어둠에는 공포를 증폭시키는 힘이 있기 때문이다. 메밀 반죽을 치듯 얼굴을 때리고 때리고 또 때렸다. 점점 천이 눅눅해졌다. 감촉이 부드러워졌다. 다리 사이에서 오줌이 나왔다. 똥도 나왔다. 그래도 망설이지 않고 때렸다. 신음이 작아진 순간 배를 때리는 것도 효과적이었다.

그러다 다쿠조는 묘한 기분이 들기 시작했다. 하반신이 뜨거웠다. 음경이 커지고 단단해졌다. 생각해보니 여자를 안은 지 오래되었다. 2년 전 아내가 배우 지망생 남자와 눈이 맞아 떠난 이후, 다쿠조는 유곽에서만 여자의 살결을 느꼈다.

잇폰마쓰는 무엇을 해도 좋다고 허락했다. 돈을 쓰지 않고 스무 살 남짓의 여자를 마음대로 주무를 기회는 흔치 않다. 다쿠조는 가즈코를 범하기로 마음먹었다. 소똥처럼 질척질척한 얼굴은 마음에 들지 않았지만, 천을 씌운 채라면 크게 신경 쓰이지 않았다.

다쿠조는 서둘러 허리띠를 풀고는 그녀의 허벅지를 벌리고 오른손을 가랑이 사이로 뻗었다. 갑자기 숨이 멎는 듯했다. 삶은 닭 껍질처럼 부드러운 것이 손가락에 닿았다. 이게 뭐지?

고개를 숙여 가랑이를 들여다본 다쿠조는 아연실색했다. 목욕탕에서 목욕하는 늙은이에게나 붙어 있을 법한 낡은 걸레짝 같은 주름진 음낭이 축 늘어져 있었다.

"너, 너 누구야?"

허둥지둥 천을 들어 올리자 피투성이가 된 노인의 얼굴이 나타났다. 부어오른 눈꺼풀. 휘어진 콧대. 입술 아래의 사마귀가 터져서 과육 같은 것이 튀어나와 있었다. 우는지 웃는지 알 수 없는 이상한 표정을 짓고 있지만, 그것이 미나토회의 회장, 노코비키 야타로라는 점은 틀림없었다.

"어, 어르신……"

급히 재갈을 풀었지만, 이미 숨은 끊어져 있었다. 얼굴을 그렇게나 맞았으니 일흔일곱 살 노인의 몸이 버틸 재간이 없었으리라.

다쿠조는 자신이 함정에 빠졌음을 깨달았다. 이런 악랄한

꾀를 부릴 사람은 한 명밖에 없다. 집행부장 잇폰마쓰다.

잇폰마쓰가 노코비키 야타로에게 환멸을 느끼고 있다는 사실은 다쿠조도 어렴풋이 알고 있었다. 너만이 내 진짜 아들이다, 언젠가 자리를 물려주겠다. 그렇게 달콤한 말을 늘어놓으며 더러운 일을 떠넘기기만 할 뿐, 회장직에서 물러날 기미는 전혀 보이지 않았다. 직접 담판을 지어도 은근슬쩍 말을 돌리기만 했다. 그러다가 주먹질밖에 하지 못하는 다쿠조를 마음에 들어해서 수행원처럼 데리고 다니며 귀여워하기 시작하자 잇폰마쓰의 참을성이 한계에 다다른 것이리라.

잇폰마쓰는 자신의 주특기인 계략을 세웠다. 적당한 이유를 날조해 회장을 요시만으로 데리고 간다. 협박해서 여자 옷을 입히고 머리에 자루를 씌운다. 목장갑을 끼운 것은 손의 주름을 감추기 위해서였을 것이다. 그런 후, 다쿠조에게는 우시모토 가즈코를 괴롭히라고 명령하고 요시만으로 보낸다. 이렇게 하면 회장을 제물로 만들 수 있을 뿐 아니라, 눈엣가시 같던 다쿠조에게 그 역할을 맡길 수 있는 것이다. 참으로 그 남자다운 교활한 수법이었다.

만약 다쿠조가 상대의 얼굴을 보며 집게로 손가락을 하나씩 부러뜨리는 찰거머리 같은 성격이었다면 도중에 상대방의 정체를 알아차릴 가능성도 있었을 것이다. 하지만 불행히도 다쿠조는 주먹에만 의존하는 구닥다리였기에 그런 걱정은 불필요했다.

"다쿠조 형님?"

문이 열렸다. 네 명의 동생뻘 조직원이 다다미방으로 들어왔다.

"여기서 뭘 하고 계십니……."

피투성이인 데다가 가랑이를 드러낸 채 똥과 오줌을 지린 회장을 보고 일동은 눈이 휘둥그레졌다.

"이, 이런 큰일이!"

진심으로 놀란 듯 보였지만, 이것도 잇폰마쓰가 쓴 시나리오일 것이다.

"웃기지 마!"

다쿠조는 좌탁을 뒤엎어서 애송이들을 막아 세우고, 그 틈을 타 발코니로 나갔다. 앞마당으로 뛰어내리려 했지만, 일보 직전에 애송이 한 명에게 왼쪽 고무신을 붙잡혔다. 그래도 억지로 난간 밖으로 몸을 내밀자 이제 다쿠조는 박쥐처럼 거꾸로 매달린 꼴이 되었다.

"형님, 어디 가십니까!"

"글쎄." 다쿠조는 고개를 갸웃했다. "저승일까."

오른쪽 뒤꿈치로 왼쪽 고무신을 눌러 고무신을 벗어버리자, 머리부터 마당으로 떨어졌다. 별이 흐릿하게 보였지만 아직 숨은 붙어 있었다. 통증을 참으며 몸을 일으켜 흙담을 타고 올라 창고 거리로 나섰다. 10분 정도 달리자 마침내 추격자들의 발소리가 들리지 않게 되었다.

골든 배트 담배로 폐를 채우며 어떻게든 마음을 가라앉혔다. 그곳은 게소자키 만으로 향하는 다리 입구였다.

이제 어떻게 해야 할까. 마을로 돌아가 형제들에게 도움을 구할까. 잇폰마쓰를 적으로 돌리면서까지 자신을 도와줄 사람은 떠오르지 않는다. 만에 하나, 다쿠조의 말이 받아들여진다고 해도 자루를 벗겨 얼굴을 확인하지 않은 것은 자신의 실수다. 스스로 손가락을 전부 자른다고 해도 용서받을 수 없으리라.

어차피 나는 죽을 것이다. 그렇게 각오하자 묘하게 마음이 후련해졌다.

다리를 건너 깔끔하게 게소자키 만에 몸을 던질까. 물에 퉁퉁 불어버린 자신을 상상하자 어째선지 가랑이가 뜨거워졌다. 아직 못다 한 일이 있었다. 죽기 전에 아까 같은 가짜가 아니라 진짜 여자를 안고 싶었다.

마을로 눈을 돌리자 여기저기에 불이 밝혀져 있었다. 여자를 한두 대 때려서 범하는 것은 쉬운 일이지만, 경찰을 부르면 귀찮아진다. 죽기 전까지 잠시만이라도 경찰 눈치를 보지 않고 지내고 싶었다.

다행히 게소자키 만에서 서쪽으로 6킬로미터 정도 떨어진 언덕에 가네즈카라는 유곽이 있다. 회장을 따라 몇 번인가 가본 적 있는 그곳은 그야말로 극락정토 같은 곳이다.

게소자키 역 앞에 모여 있는 매춘부들은 대부분 미나토회의 야쿠자들이 돌봐주지만, 가네즈카는 미나토회와는 거리를 두고 각 유곽마다 경비원들을 고용한다. 수익을 빼앗기지 않기 위한 방책이지만, 덕분에 추격자들을 불러들일 걱정도 없었다. 아는 사람이 놀려고 와 있을 가능성도 없지는 않지만, 얼굴에 수건이라도 두르면 괜찮을 것이다.

문제는 돈이었다. 지갑을 열고 남은 돈을 세어 보았다. 1전짜리 동전 열 개뿐, 유곽에 들어가기에는 턱없이 부족했다. 숙소로 돌아가면 다소간의 저축은 있지만, 잇폰마쓰라면 틀림없이 그곳에도 부하들을 붙여놨으리라. 다쿠조는 혀를 찼다.

아니다. 방법은 또 있다.

전국에서도 드물게 게소자키 주변에는 유곽이 두 개 있었다. 하나는 가네즈카. 그리고 또 하나는 거기서 2킬로미터 정도 더 떨어진 우와키레 산 중턱에 있는 구로즈카다.

5, 6년 전, 도박장에서 허드렛일하던 시절, 딱 한 번이지만 방문한 적이 있었다. 늦잠을 자서 업무에 늦은 벌로 억지로 끌려가 죽은 메기 같은 추녀를 안은 것이다. 그곳은 가네즈카보다 훨씬 가격이 저렴하다. 저승으로 떠나는 축하연을 벌이기에는 조금 음험한 장소지만, 사치를 부릴 처지는 아니었다.

다쿠조는 강가에 버려진 쓰레기 더미에서 나막신을 하나

주워 오른발에는 고무신, 왼발에는 나막신, 얼굴에는 수건을 쓴 부랑자 같은 모습으로 우와키레 산으로 향했다.

얼굴을 스치는 미지근한 바람에서 여자의 가랑이 냄새가 났다.

최악의 유곽으로 알려진 구로즈카지만, 예전에는 의외로 고급 차의 산지로 유명했다고 한다.

하지만 반세기 전, 게소자키 만에 도착한 화물선에 숨어 있던 나방 한 마리가 구로즈카를 불모의 땅으로 변모시켰다. 지주들은 막대한 손해를 입고 땅을 헐값에 팔아치웠다.

절망에 빠진 것은 소작농들이었다. 갑작스레 생계를 잃은 사람들에게 선택의 여지는 없었을 것이다. 그들은 자신들의 돈으로 토지 일부를 사들인 후, 산밑의 가네즈카에서 몇몇 유곽 주인들을 불러들여 구로즈카에 작은 유곽을 만들었다.

가네즈카의 다른 유곽에서는 당연히 이 움직임에 반발했다. 게소자키 주변에서 유일한 유곽으로 이름을 알려왔는데, 이를 모방한 구로즈카에 손님을 빼앗길 수는 없는 노릇이었다. 유곽 주인들은 친분이 있는 뚜쟁이들에게 손을 써 구로즈카에 괜찮은 여자를 팔지 못하도록 견제했다. 뚜쟁이들이 이에 따른 결과, 구로즈카의 유곽에는 다른 곳에서는 도저히 일할 수 없는 여자들만이 들어오게 되었다.

어떤 것이 득이 될지는 알 수 없는 게 장사다. 놀랍게도 구로즈카는 번성했고, 그 이름은 가네즈카를 뛰어넘는 기세로 알려지기 시작했다. 일본 전역의 유곽에서 손님이 붙지 않는 여자가 팔려 왔고, 평범한 유곽에서는 즐길 수 없는 빈곤층이나 멀쩡한 여자 앞에서 그곳도 서지 않는 변태들이 몰려들었다. 유녀와 손님 모두에게 구로즈카 같은 유곽이 필요했던 것이다.

그런 뒤틀린 욕망이 모여드는 곳이기에 돈이 별로 없어도 딱히 취향만 고집하지 않는다면 여자를 품을 수 있을 것이다. 다쿠조는 그렇게 생각했지만 유곽에 부는 바람은 그가 생각한 것보다 차가웠다.

"이 정도 돈으로는 저희 가게에서는 어렵습니다."

차 농장이었던 과거의 흔적일까, 구로즈카에서는 손님에게 갓 우려낸 우단 지방의 고급 차를 내어주고 그 차를 마시면서 유녀를 고르게 하는 풍습이 있다.

다쿠조도 대기실로 안내되어 찻잔까지는 받았지만, 그 이상으로는 나아가지 못했다. 무리인 줄 알면서도 세 곳의 유곽에 얼굴을 내밀었지만, 차 때문에 속만 더부룩해질 뿐이었다.

이제 비장의 수를 쓰는 수밖에 없다. 다쿠조는 기노미 거리 남쪽의 남천루로 향했다.

이미 자정이 넘은 시각이었다. 날짜가 바뀌면 대부분의 유곽은 문을 닫지만, 거리에는 아직 활기가 남아 있었다. 미련스럽게 유곽을 기웃거리는 아저씨들이 태반이었지만, 술과 간식을 파는 포장마차 주인이나 골목에 책상을 놓고 점을 치는 점쟁이들도 있었다.

다쿠조는 인파를 헤치고 남천루의 기부妓夫(유녀들의 영업을 돌보거나 손님을 호객하는 사내─옮긴이)에게 말을 걸었다.

"당신네 젊은 주인을 불러줘. 다쿠조라고 말하면 알 거야."

남자는 잠시 귀찮은 표정을 지었지만, 곧 접수대에서 나와 "이쪽으로 오시죠"라고 유곽의 문을 열었다. 나막신을 벗고 귀틀로 올라서더니 다쿠조를 대기실로 안내했다. 낚싯대처럼 등이 휘어진 할멈이 찻잔을 가져다놓고는 곧장 사라졌다. 벽에 걸린 시계는 0시 20분을 가리키고 있었다.

얼굴에서 수건을 벗고 벌써 몇 잔째인지 모를 우단 차를 홀짝였다. 찻잔이 반쯤 비었을 때 계단을 내려오는 소리가 들렸고, 스케보가 모습을 드러냈다.

"오랜만이군."

스케보는 별달리 반갑지도 않은 듯 말했다. 이 남자는 심상 소학교小學校 동창이다. 스케보는 '스케베 보즈(すけべ坊主, 호색한 스님이라는 뜻─옮긴이)'를 줄인 별명으로, 그의 부모가 유곽을 운영한다는 사실은 당시 동급생들 사이에서도 잘 알려져 있었다.

"부탁이 있어. 이 돈으로 여자를 품게 해줘."

다쿠조는 지갑을 던졌다. 스케보는 차가운 표정으로 안을 들여다보았다.

"10전밖에 없잖아. 무리야. 메밀국수 한 그릇도 아니고."

"제발 부탁이야. 여자이기만 하다면 어떤 여자든 좋아."

"여기도 장사하는 곳이야. 돈이 없으면 즐길 수 없어."

스케보는 아이의 장난을 꾸짖는 것처럼 말하고는 방을 나가려고 했다. 다쿠조는 화가 치밀어 올랐다. 여자를 팔아 돈을 버는 주제에 설교를 늘어놓다니, 이게 도대체 무슨 짓인가.

"잘 들어. 난 곧 죽을 목숨이야. 그 말인즉슨 무슨 일이든 할 수 있다는 거지. 네 물건을 잘라 갈기갈기 찢어 물고기 밥으로 줄 수도 있고, 이 유곽을 불탄 잿더미로 만들어버릴 수도 있어. 어차피 난 죽을 테니까."

"예전에 네가 그랬었지. 미적지근하고 손맛이 없는 폭력은 싫다고 말이야."

분명 그런 말을 했었다.

"그래. 그렇다면 때려주지. 죽을 듯이 패서 피투성이로 만들어줄게. 싫으면 여자를 품게 해줘."

스케보는 짜증이 나는 듯 숨을 내쉬더니 진흙탕에서 나온 것처럼 양손으로 얼굴을 닦았다.

"어떤 여자든 좋다고 했지?"

두개골이 떨어져나갈 정도로 고개를 끄덕인 것은 두말할 것도 없었다. "물론이야."

"그럼 따라와."

2층 객실로 데리고 가리라 생각했지만, 스케보는 1층 복도를 나아갔다. 귀신이 나올지 큰 뱀이 나올지 두근거리는 마음으로 뒤를 따르자, 스케보는 가재도구를 두는 창고방의 문을 열었다.

"왜 창고방이지? 찻잎 봉지라도 안게 해줄 셈이야?"

다쿠조는 숨을 삼켰다. 고급 찻잎의 향에 물고기가 썩은 듯한 악취가 섞여 있었다. 방 안쪽에 돗자리가 깔려 있고, 거기에 여자가 누워 있었다. 팔다리를 죽 늘어뜨리고 부자연스러울 정도로 똑바로 천장을 올려다본 채로. 스케보가 전구의 불을 밝히자 핏기 없는 얼굴이 주황빛으로 물들었다.

"나나카마도라는 이름의 아가씨야. 죽은 지 한 시간도 안 지났어. 아직 안은 따뜻하지 않을까?"

구걸하는 사람에게 먹다 남은 음식이라도 베푸는 듯한 말투였다.

"난 여자를 안게 해달라고 했어. 숨을 쉬지 않으면 그저 고깃덩어리에 불과하잖아."

"사치 부리지 마. 나나카마도는 버젓한 우리 집 상품이었어. 10전에 안게 해준다니 감사히 여겨야지."

한 발짝도 물러서지 않을 기세였다. 왜 그렇게 소중한 상품이 창고방에 굴러다니고 있는지는 알 수 없지만, 나름의 사정이 있으리라. 어차피 자신도 곧 죽을 몸이니 여자가 먼저 죽었다고 해도 별다른 일은 아니다. 그렇게 스스로를 다독이며 감사히 그 고깃덩어리를 안기로 했다.

"시체라고 해서 물어뜯거나 하지는 마. 묻을 때 스님이 의심하면 귀찮아지니까."

마지막까지 빈정거리는 말을 잊지 않는 스케보를 쫓아내고 문을 닫았다. 여자 몸 위에 올라타자 골반이 허벅지 안쪽에 닿아 아팠다. 너무 마른 탓에 나이가 들어 보였지만, 자세히 보니 열일곱, 열여덟 살 정도일까.

속저고리를 벌리고 입술에서 턱, 목에서 어깨, 유두, 명치, 배꼽까지 핥았다. 도무지 기분이 나지 않았다. 인형을 핥는 듯한 소름 끼치는 느낌이 들었다. 피부에 묻은 자신의 침이 더럽게 느껴졌다.

시체를 애무해봐야 소용없는 일이다. 속치마를 벗기고 질에 손가락을 넣었다. 스케보 말대로 아직 온기가 남아 있었다. 몇 번이고 침을 발라 속을 촉촉하게 적신 후 음경을 찔러 넣었다. 근육이 이완된 탓인지 조이는 느낌이 없었다. 오른손으로 아랫배를 누르자 비로소 살아 있는 여자와 비슷한 감촉이 들었다. 허리를 흔들었다. 여자의 머리가 벽에 부딪히며 퉁, 퉁, 소리를 냈다.

꽤 괜찮은 느낌이었다. 뜨거워진 음경으로 질을 휘젓자, 끝부분을 쓰다듬듯 질벽이 파도쳤다.

"어?"

쿨럭, 하고 기침하는 소리.

고개를 들자 치켜 올라간 눈이 똑바로 다쿠조를 바라보고 있었다.

"당신, 누구야?"

다쿠조는 혼이 나갔다. 턱이 빠질 정도로 입을 쩍 벌렸지만 제대로 소리가 나오지 않았다.

"아, 앗……."

날카로운 통증이 가슴을 관통했다. 숨을 쉴 수 없었다. 필사적으로 공기를 들이마시려 했지만, 그럴수록 가슴만 답답해졌다. 창자가 날뛰고 입으로 구토가 올라왔다. 눈물도 나왔다. 뭐야 이게.

"괜찮아요?"

몸부림치는 다쿠조를 올려다보며 죽은 줄 알았던 여자가 중얼거렸다. 너무 놀란 나머지 심장이 고장 난 듯했다. 분명 죽을 각오는 했지만, 이런 죽음은 싫었다. 시체라고 생각했던 여자가 되살아난 것에 깜짝 놀라 죽는다니.

아니, 그런 것이 아니다. 스스로를 다독였다. 세상만사는 모두 생각하기 나름이다. 시체와 관계를 맺다가 죽는 것보다 살아 있는 여자와 관계를 맺다가 죽는 것이 그래도 낫지 않은가. 마지막에 신에게 보상을 받았다고 말할 수도 있지 않은가…….

의식이 어둠에 삼켜지는 순간, 다쿠조는 그런 생각을 했다.

반나절도 지나지 않아 그녀와 재회하게 될 줄, 이때의 다쿠조는 상상도 하지 못했다.

2

구로즈카에서는 벗어날 수 없다.
손님에게서 그런 말을 들은 적이 있다.
유녀는 모두 선급금이라는 빚을 진다. 그것은 어느 유곽이든 마찬가지다. 혹독한 일을 하며 밥값이나 옷값을 제하고 남은 돈으로 선급금을 갚는 데에는 엄청난 세월이 걸린다. 그사이에 성병이나 폐병으로 몸을 망치는 이도 적지 않다. 원치 않았던 아이를 낙태하다가 실패해서 목숨을 잃는 이도 있다. 손님의 동반 자살에 휘말려 죽거나 정신병에 걸려 스스로 목숨을 끊는 이도 있다. 하지만 무사히 기한을 마치거나 손님이 낙적落籍(돈을 대신 갚아 유녀 등을 장부에서 빼내는 것을 말한다—옮긴이)해주거나 해서 새로운 인생을 시작하는 이들도 없는 것은 아니다.
하지만 구로즈카에서는 절대로 나갈 수 없다.
남천루의 동료들을 보면 이 말은 사실이었다. 병, 낙태, 동반 자살로 죽은 유녀는 셀 수 없이 많았다. 나나코도 동반 자살은 당하지 않았지만, 이미 네 번이나 아이를 낙태했고, 아랫구멍에 생긴 사마귀와 궤양은 헤아릴 수 없었다.

게다가 구로즈카에서는 손님에게 폭행당해 목숨을 잃는 이도 많았다. 나나코도 망치로 머리를 맞거나 허리띠로 목이 졸리거나 물통에 얼굴을 처박히는 등 몇 번이고 죽을 고비를 넘겼다. 이래서는 돈을 다 갚을 때까지 살아남는 것은 꿈같은 일에 불과하고, 실제로 그렇게 된다는 이야기도 듣지 못했다. 애초에 나나코를 포함한 대부분의 유녀들은 처음부터 구로즈카에서 빠져나가는 것을 포기한 상태였지만 말이다.

이곳은 정상적인 유곽이 아니다. 다른 곳에서는 손님이 붙지 않는 여자가 헐값에 팔려 마지막으로 도착하는 곳. 그곳이 구로즈카다.

유녀가 정상이 아니기에 이곳에 놀러 오는 사람들도 정상이 아니다. 돈은 없지만 어떻게든 여자를 안고 싶다거나 구멍만 있으면 나머지는 상관없다는 가난한 사람들, 다른 유곽에서 말썽을 일으켜 갈 곳이 없어진 야쿠자들, 심지어는 평범한 여자에게는 발기가 되지 않는 변태 등 멀쩡한 상대는 없었다.

그래서 손님이 자신을 낙적해주겠다는 이야기를 들었을 때, 나나코는 무언가 잘못되었다고 생각할 수밖에 없었다.

"미나토회라는 정치 단체의 집행부장인 남자야."

아랫구멍 주변의 털을 뽑고 있는데 안방으로 오라기에 또 잔소리를 듣겠거니 하고 부루퉁해 있던 나나코에게 젊은 주인은 그렇게 말했다.

"잇폰마쓰 후미히코. 촌장의 둘째 아들이니 가문도 나무랄 데 없어."

그 이름을 듣자 기억이 났다. 달이 바뀔 때마다 반드시 나나코를 지명하는 단골손님 중 한 명이다. 상냥하고 품위 있으며, 나나코가 책을 좋아하는 것을 알고 매번 선물로 책을 사다주는 사람이었다. 그러면서도 어깨부터 발목까지 빼곡하게 그림이 그려져 있는 것이 신기했지만, 항상 조용히 술을 마시고 나서 몸만 섞을 뿐인, 구로즈카에서는 보기 힘든 더할 나위 없는 사람이었다.

"그렇게 훌륭하신 분이 왜 저를?"

다른 유곽만큼은 아니라고 해도 유녀의 빚을 대신 갚아주는 데는 상당한 돈이 필요하다. 자신을 위해 그런 돈을 쓰는 이유를 알 수 없었다.

"그야 너한테 반해서겠지. 받아들일지 말지는 네 선택이지만, 나는 네가 행복해졌으면 좋겠어. 어때?"

꿈이라고 해도 좋은 이야기였지만, 젊은 주인은 진심인 듯 보였다.

"물론 받아들여야죠."

나나코는 바닥에 세 손가락을 짚고 깊이 고개를 숙였다.

다음 날 정식으로 논의가 진행되었고, 혼례는 길일인 8월

9일로 정해졌다.

그 주말, 잇폰마쓰는 남천루에 찾아와 평소처럼 나나코를 지명했다. 가지고 온 선물은 《지킬 박사와 하이드 씨》였다.

"젊은 주인이 너무 당황해하는 바람에 제가 나쁜 짓을 한 것 같은 기분이 들더군요. 구로즈카에서 우단 차가 나오지 않은 건 이번이 처음인 것 같습니다."

잇폰마쓰는 술을 홀짝이며 젊은 주인과의 대화를 즐거운 듯 회상했다.

"정말로 저와 혼인하실 생각이신가요?"

"형제들이 빨리 가정을 꾸리라고 성화여서요. 그때 가장 먼저 떠오른 사람이 당신이었습니다."

나나코가 조심스럽게 묻자 잇폰마쓰는 진지하게 답했다.

"감사한 이야기지만 저는 유녀예요. 그것도 평범한 유녀가 아니죠. 여기는 구로즈카잖아요."

나나코가 고개도 들지 못한 채 말했다.

"사실 제 동료들은 전부 야쿠자입니다." 잇폰마쓰는 후훗 웃으며 말했다. "물론 다들 본성은 착하지만, 곱게 자란 아가씨들은 못 견디고 도망쳐도 이상한 일이 아니죠. 당신처럼 고생을 많이 한 사람이 딱 좋습니다."

동화 속 왕자도 하지 않을 법한 대답에 나나코는 그저 어깨를 움츠릴 수밖에 없었다.

남천루에서 일한 지 4년째지만, 낙적 이야기는 들은 적이 없었다. 엄청난 소동이 벌어지는 것은 아닐까, 혹여나 동료 언니들에게 눈알이라도 뽑히는 것은 아닐까 걱정했지만, 그런 걱정은 기우였다. 한낱 유녀를 낙적하는 것보다 훨씬 더 큰 사건이 일어났기 때문이었다.

살무사 할멈이 새로운 예고문을 내건 것이다.

구로즈카에서는 손님들이 독을 먹고 죽는 사건이 연이어 발생하고 있었다. 군고구마 장수가 귀갓길에 쓰러져 가슴을 긁으며 죽은 것이 5월의 일이다. 6월에는 배를 만드는 목수가, 7월에는 무역상사 임원이 같은 식으로 목숨을 잃었다. 세 명은 구로즈카에 40여 개 있는 유곽 중 어딘가에서 내준 독이 든 차를 마신 것으로 보인다. 사건의 범인이 살무사 할멈이라는 요괴 같은 별명으로 불리는 것도 바로 그 때문이었다.

'구로즈카는 독으로 더럽혀졌다. 다음에는 야쿠자가 죽는다.'

8월 1일, 살무사 할멈은 마을 대문 기둥에 새로운 예고문을 붙였다. 살무사 할멈이 범행을 예고한 건 이번이 두 번째였다. 7월에는 '소규모 자산가'의 살해를 예고했고, 2주 후에 도쿄에서 출장을 온 무역상사 임원이 살해당했다.

예고문은 금세 불태워졌지만, 그 내용은 순식간에 구로즈카 전체에 퍼졌다. 그분이 죽는 거 아니야? 아니 이분을 죽여줬으면 좋겠는데, 하는 실체도 없는 말들이 여기저기의 유곽과 대기실에서 오갔다.

"저는 잇폰마쓰 씨가 죽지 않기를 바랄 뿐이에요."

동료 언니가 물어봐서 그렇게 답한 기억이 있다.

나중에 돌이켜보면 나나코는 이때의 자신을 한 대 때려주고 싶었다. 나나코가 등 뒤까지 바짝 다가온 괴물의 그림자를 알아차린 것은 혼례를 닷새 앞둔 8월 4일이 되어서였다.

나나코는 그날도 손님을 받을 예정이었다. 찌는 듯한 화장실에서 큰일을 보고 주걱으로 엉덩이를 닦고 있는데 기부인 시로가 그녀를 불렀다.

"잠시 시간 괜찮으세요?"

남천루에는 기부가 두 명 있다. 한 명은 연장자인 쓰나오. 20년 넘게 호객 일을 한 고참으로, 그를 향한 젊은 주인의 신뢰도 두터웠다. 다른 한 명은 신입인 시로다. 이쪽은 아직 아래쪽에 털도 나지 않았을 정도로 탱글탱글한 어린아이로, 주로 유곽 내부의 일을 처리하는 듯했지만 구체적으로 무슨 일을 하는지는 정확하지 않았다. 말도 제대로 못하는지 다른 유녀들과 이야기하는 모습도 본 적 없었다. 목소리를 들은 것도 이번이 처음이었다.

나나코가 "무슨 일이야?" 하고 물으며 화장실에서 나오자, 시로는 아무 말 없이 마당을 가로질러 나나코를 헛간으로 불렀다.

"제가 이런 말씀을 드릴 입장은 아니라는 거 잘 알고 있어요. 하지만 어떻게든 나나카마도 씨에게 충고드리고 싶어서요."

나나카마도는 나나코의 예명이다. 시로는 침을 꿀꺽 삼키더니 말했다.

"잇폰마쓰 님의 낙적을 거절하셨으면 해요."

이 소년, 나한테 연심이라도 품고 있는 걸까? 하고 한가한 생각을 잠깐 했지만······.

"그분이 유녀를 아내로 맞이하는 건 이번이 처음이 아니에요."

나나코는 귀를 의심했다.

"잇폰마쓰 님은 이미 두 번이나 구로즈카의 유녀를 사들였어요. 두 사람 모두 유곽을 나선 지 며칠 지나지 않아 목숨을 잃었고요."

"어째서······."

"그분은 여자를 가지고 노는 거예요. 막대한 돈을 주고 유녀를 낙적하죠. 감사의 눈물을 흘리는 여자를 웃는 얼굴로 자택에 맞이해요. 하지만 그 순간 그분은 돌변합니다. 여자를 구속해 끔찍한 고문을 하고 마지막에는 죽음에 이르게 하죠. 그렇게 극락에서 지옥으로 떨어뜨리는 게 그분에게는 참을 수 없을 만큼 즐거운 거예요."

쓴 것을 억지로 삼킨 것처럼 가슴이 답답해졌다. 지킬 박사의 음험한 모습을 알게 된 어터슨도 이런 심정이었을까. 그런 엉뚱한 생각이 떠올랐다.

"젊은 주인님도 그 사실을 알고 있어?"

"구로즈카의 유곽 주인 중에 그분을 모르는 사람은 없어요. 살무사 할멈 사건으로 매출이 떨어졌다는 사실은 알고 계시죠? 젊은 주인님도 남천루를 구하기 위해 안간힘을 쓰고 있는 거예요."

구로즈카의 유곽은 다들 경제 사정이 좋지 않다. 유녀들과 노는 비용이 터무니없이 저렴한 것이 가장 큰 이유지만, 손님에게 고급 차인 우단 차를 대접하는 허영심 많은 풍습도 한몫했다. 더군다나 최근 독살사건이 벌어지며 손님이 눈에 띄게 줄었기에 어떤 유곽이든 금전적인 어려움에 시달리고 있는 듯했다.

젊은 주인은 물론이고 동료 언니들도 잇폰마쓰의 본성을 알고 있었으리라. 남천루의 장사가 어려워지면 그 여파는 유녀들에게도 미친다. 다들 더욱 싼값에 더 말도 안 되는 일을 해야 하는 상황이 벌어질 것이다. 젊은 주인은 나나코를 팔아서 유곽을 지키려고 했고, 언니들도 그것으로 문제가 해결된다면 다행이라는 생각에 보고도 못 본 척을 한 것이리라.

"혼례 준비도 다 끝났는데 이제 와서 거절할 수는 없어. 도대체 어떻게 해야 하지?"

어느새 바닥에 주저앉아 있었다. 눈물이 흘렀다. 시로는 허리를 굽혀 음경을 빨게 하는 손님 같은 자세로 나나코의 어깨를 잡았다.

"나나카마도 씨, 구로즈카에서 도망치세요."

탈출은 중죄다. 붙잡히면 죽음보다 더한 체벌이 기다리고 있다고 했다.

"불가능해. 감시도 있는데."

"수요일과 토요일 밤에 마을의 샛문을 지키는 우마사쿠는 만복루의 후구나베라는 유녀와 사랑하는 사이예요. 자정이 지나면 지키던 곳을 빠져나와 우와키레 절의 경내에서 함께 시간을 보내죠. 오늘 밤 자정이 지나면 사람들의 눈을 피해 샛문을 통해 도망치세요."

시로는 오른손을 펼치고는 왼손 손가락으로 거기에 선을 그었다.

"문을 나서면 커다란 계수나무가 보일 거예요. 그걸 이정표 삼아 산을 오르세요. 30분쯤 가면 폐가가 나와요. 산책하다가 우연히 발견했는데, 마을 사람들도 잘 모르는 곳이에요. 거기에서 잠시 상황이 진정되기를 기다렸다가 게소자키 바깥으로 도망치세요."

왜 자신을 도와주는지 물어보고 싶었지만, 무의미하다는 사실을 깨닫고 그만두었다. 시로의 마음은 이미 전달되었다.

그날 밤에 약간의 소동이 있었다. 후쿠로다타키 언니를 지명한 손님이 화장실에 갔다가 홀연히 사라진 것이다.

곤자라는 이름의 그 손님은 게소자키 시 부시장의 아들이었다. 한 달에 두세 번 남천루에 놀러 오는 단골손님이지만, 아직 스무 살 남짓인데도 음경이 쉽게 발기하지 않았고, 그것을 유녀 탓으로 돌리며 험한 말을 쏟아부어서 동료 언니들에게 몹시 미움을 사고 있었다.

"거시기가 축 늘어져서는 힘을 못 쓰니까 부끄러워서 도망친 거겠지."

평소 앙금이 쌓여 있었는지, 후쿠로다타키 언니는 친구 유녀를 붙잡고 깔깔대며 웃었다.

나나코에게도 이날 하룻밤 머물고 가는 손님이 있었다. 게소자키 앞바다에서 오징어를 잡는 도키오라는 어부로, 그의 몸 어디를 핥아도 짭짤한 맛이 났다.

"나나카마도랑 같이 배를 타면 뱃일이 더 즐거워질 텐데 말이야."

일에 대한 울분이 쌓인 듯해 술을 계속 권하자 예상대로 금세 취해서는 오징어 냄새를 풍기며 이른 시간부터 코를 골기 시작했다.

밤 11시 55분. 나나코는 화장을 지우고 가벼운 옷으로 갈아입은 후 방을 나섰다. 여기저기서 손님들이 코를 고는 소리가 새어 나왔지만 헐떡이는 소리는 없었다. 손님도 언니들도 모두 잠든 듯했다. 발소리를 죽이고 계단으로 향했다.

 덜컹, 바람이 격자 창문을 두드렸다.

 비명을 지를 뻔했지만 간신히 숨을 삼켰다.

 크게 심호흡한 후 계단에 발을 디뎠다. 여기는 3층이다. 발소리를 내지 않고 1층까지 내려가야 한다. 도둑이 된 기분으로 한 걸음씩 계단을 내려가 가까스로 2층에 다다른 그때였다.

 "어라?"

 복도 끝에 있는 방에서 엉뚱한 목소리가 들렸다. 시끄러운 발소리가 뒤따랐다. 순간 종적을 감췄다는 곤자인가 생각했지만, 목소리는 여자의 것이었다.

 "내 가슴 어디 갔지?"

 미닫이문이 열리고 한치치 언니가 뛰어나왔다. 벌어진 옷깃 사이로 동아같이 길쭉한 가슴이 하나 삐져나와 있었다. 한치치 언니는 가슴이 한쪽밖에 없고, 술에 취하면 다른 한쪽을 찾아다니는 버릇이 있었다.

 "너, 왜 여기 있니? 아, 알겠다. 내 가슴을 훔치러 왔구나."

 한치치 언니는 콧물을 흘리며 나나코의 몸을 마구 더듬었다. 다른 방 안쪽에서도 이불을 뒤척이는 소리와 속삭이는 소리가 들리기 시작했다. 위험하다.

 나나코는 계단을 뛰어올라 3층 방으로 돌아갔다. 아래쪽에서 "어디 가?" 하는 혀짧은 목소리가 울려 퍼졌다.

한치치 언니가 돌아다니는 이상 2층으로 내려갈 수 없다. 언니가 잠자리로 돌아가기를 기다릴 수밖에 없지만, 그 사이에 어부 도키오가 깨어나면 끝장이다. 화장을 지운 모습을 들키면 변명의 여지가 없다.

덜컹. 다시 격자 창문이 소리를 냈다.

그래, 이거야.

꽂힌 걸쇠를 뽑고 창문을 살짝 열었다.

계단을 내려가지 않아도 유곽을 나설 방법은 있다. 창문으로 뛰어내리면 된다.

지면까지의 거리는 몸통 네 개 정도. 떨어져서 죽을 정도의 높이는 아니다. 착지에 실패하면 뼈가 한두 개쯤 부러질지 모르지만, 고문당해 죽는 것보다는 낫다.

"부탁이야. 다시 돌아와."

한치치 언니는 여전히 가슴을 찾고 있었다. 기부 쓰나오가 언니를 달래는 소리가 들렸다. 잠에서 깬 사람들은 다들 이 둘에게 온 신경을 빼앗긴 상태다. 기회는 지금밖에 없다.

나나코는 창문 밖으로 두 발을 뻗고 나무틀에 엉덩이를 걸쳤다. 눈을 감고 크게 숨을 내쉬었다. 창틀에서 손을 떼고 엉덩이를 앞으로 내밀려던 그때.

"엄마, 어디 가는 거야?"

어부 도키오가 하품이 뒤섞인 목소리로 말했다.

재빨리 무어라 답하고자 돌아봤지만 늦었다. 3층 창문이

멀어지면서 처마의 기와에 몸이 부딪혔다. 뒤집히듯 몸이 반 바퀴 돌며 머리부터 공중으로 튕겼다. 순식간에 지면이 가까워졌다. 순간, 머리끝부터 목덜미까지 극심한 통증이 내달렸다.

……구로즈카에서는 벗어날 수 없다.

의식을 잃는 순간, 그 말이 머릿속을 스쳤다.

*

정신을 차리고 보니 웬 남자가 자신의 가랑이를 벌리고 있었다.

참 볼품 빠지는 주마등이다. 아니, 이상하다. 남자의 얼굴이 너무 낯설다. 그렇다면 지옥의 악귀인가. 하지만 악마의 거시기는 사람 머리만큼이나 크다고 들었다. 아랫구멍에 꽂혀 있는 그것은 기껏해야 엄지손가락 크기 정도다.

그때 틱, 하고 선반 시계가 1시를 가리켰다. 그곳은 창고방이었다.

"당신, 누구야?"

나나코가 중얼거리자 남자는 마치 유령이라도 본 것처럼 눈알을 뒤집고 입을 뻐끔거렸다. 아앗, 하고 마치 서툰 여배우 같은 소리를 냈다. 가슴을 긁어댔다. 입술에서 구토가 흘러나왔다. 방귀까지 뀌었다.

"괜찮아요?"

남자의 상체가 크게 흔들리더니 툭 하고 실타래가 끊어지듯 움직임이 멈췄다. 아랫구멍에 거시기를 꽂은 채 상체가 기울어졌다. 뾰족한 턱을 피하려고 고개를 돌리는 순간 뒷머리가 벽에 부딪혔다. 시야가 다시 어두워졌다.

다음으로 정신을 차렸을 때, 창고방의 모습은 완전히 달라져 있었다.

젊은 주인과 두 기부, 그리고 유녀들을 돌보고 손님에게 차를 접대하는 지요미 할멈이 위를 보고 쓰러진 나나코를 내려다보고 있었다. 화장실에 가고 싶었지만 여전히 손님에게 눌려 꼼짝도 할 수 없었다. 선반 시계는 1시 15분을 가리키고 있었다.

"다들 왜 모여 계시죠? 도대체 무슨 일인가요?"

쥐어 짜낸 목소리는 매우 갈라져 있었다. 마침내 요괴 여우가 된 기분이었다.

"너, 죽은 게 아니었어?"

젊은 주인은 긴 한숨을 내쉬더니 손님의 옆구리에 손을 넣어 상체를 들어 올렸다. 나나코는 문어처럼 몸을 비틀어 손님 몸 아래에서 기어 나왔다. 가슴에 얹혀 있던 손님의 토사물이 바닥으로 떨어졌다.

"네가 다쿠조를 죽인 거야?"

젊은 주인이 턱으로 남자를 가리켰다.

"아니요. 죽이다니요." 딱딱해진 목을 필사적으로 흔들었다. "정신을 차려보니 이 사람이 제 가랑이를 벌리고 있었어요. 당신 누구냐고 물었더니, 이 사람 엄청 놀라서는 가슴을 긁으며 괴로워하더라고요. 이 사람 괜찮은가요?"

"죽었어. 진짜 정말로 죽었어."

젊은 주인은 짜증이 나는 듯 뒤통수를 발로 차고는 그 남자가 나나코에게 거시기를 꽂고 있던 이유를 설명했다.

무언가 큰 실수를 저지른 것처럼 보이는 그 야쿠자, 안도 다쿠조는 소꿉친구인 젊은 주인을 불러내 10전으로 여자를 안게 해달라고 협박했다. 젊은 주인이 거절했지만 다쿠조는 물러서지 않았다. 난감해진 젊은 주인은 3층 창문에서 떨어진 나나코를 떠올렸다. 그리고 성가신 소꿉친구를 조용히 시키기 위해 나나코의 시체를 안게 해주기로 마음먹었다고 한다.

"착각하지 마. 잘못한 건 너야. 시체는 시집을 가지 못해. 네가 죽어서 못 받게 된 돈을 생각하면 그 정도 일은 해도 당연해."

사실 나나코는 죽지 않았으니 이런 설교를 들을 이유는 없다.

"요컨대 이런 거군요." 흥분한 젊은 주인을 대신해 지요미 할멈이 설명을 이어받았다. "3층에서 떨어져서 죽은 것처럼 보인 나나카마도는 가사假死 상태로 살아 있었다. 한편 나나카마도의 시체를 안으려던 다쿠조 씨는 나나카마도가 살아 있다는 사실에 놀라서 정말로 죽어버렸다."

희극 같은 이야기였다.

"이미 일어난 일은 어쩔 수 없죠. 이 두 사람을 어떻게 해야 할지 생각해봅시다."

기부 쓰나오는 침착했다. 과연 선대 주인 때부터 일해온 가락이 있다. 다른 한 명의 기부, 나나코의 도망을 도우려 했던 장본인인 시로는 지요미 할멈 뒤에서 고개를 숙인 채 분한 듯 입술을 깨물고 있었다.

"다쿠조는 사고로 죽은 걸로 하지. 이런 하찮은 녀석이 죽었다고 혼례 일정이 달라지지는 않을 거야. 나나코는 9일까지 헛간에 가둬둬. 절대로 도망치게 하면 안 돼."

젊은 주인의 머리가 다시 돌기 시작한 것에 안심했는지, 쓰나오는 "알겠습니다"라고 말하며 순사처럼 나나코를 일으켜 세웠다.

"이봐. 다시 살아나려면 지금이 기회야."

젊은 주인이 몇 번이고 뺨을 때렸지만, 다쿠조는 꿈쩍도 하지 않았다. 지요미 할멈이 구부정한 등을 흔들며 껄껄 웃었다.

"죽은 자들이 연이어 그렇게 살아날 리 없겠죠."

하지만 나중에 돌아보면 지요미 할멈의 말은 틀린 것이 된다.

다쿠조는 불과 반나절 만에 나나코 곁으로 다시 돌아왔으니 말이다.

3

8월 5일, 오전 10시 14분.

나나코는 헛간에서 아랫구멍을 긁고 있었다. 네 번째 낙태 이후로 날만 더워지면 모기붙이가 날아다니는 것처럼 구멍 안쪽이 가려웠다. 너무 많이 긁어서 아픈 곳에 침을 바르는데…….

"유령이 똥을 싼다고 생각해?"

갑자기 목소리가 들렸다.

고개를 들자, 2층으로 이어지는 계단에 다쿠조가 앉아 있었다.

"여, 역시 살아 있었나요!"

자신의 목소리라고는 믿기지 않을 정도로 얼빠진 목소리가 나왔다. 나나코와 마찬가지로 이 남자도 가사 상태였던 걸까? 하지만 젊은 주인이 분명 자세히 확인했는데…….

"공교롭게도 죽은 것 같아."

다쿠조가 자신의 가슴을 찔렀다.

"저, 유령 같은 건 본 적 없는데요."

"그럼 지금 보도록 해. 자, 어젯밤에 하던 거 계속할까?"

다쿠조가 일어나서 양팔을 벌렸다. 이마에 삼각 두건은 없었다(일본에서는 유령이 이마에 삼각 두건을 두르고 있다는 속설이 있다―옮긴이). 다리도 두 개 다 달려 있다. 어째선지 오른발에는 고무신, 왼발에는 나막신을 신고 있었다.

"왜 유령이 이런 데 있죠? 어둡고 축축해서인가요?"

"아무래도 너한테 빙의된 거 같아."

"저를 원망하시는 건가요? 그건 너무 억울한데요."

"너한테 원한은 없어. 딱히 너한테 달라붙고 싶었던 것도 아니고."

"그럼 왜 저한테?"

"나도 몰라." 다쿠조는 아랫입술을 내밀었다. "이건 그냥 추측이지만, 너랑 관계를 맺던 중에 죽은 게 영향을 끼친 거 아닐까? 그건 그저 단순한 점막의 마찰이 아니야. 생명의 교감이지."

나나코 안에 거시기를 넣은 채 죽은 탓에 나나코에게 빙의되었다는 건가. 골치 아픈 이야기다.

"저도 바쁜 몸이에요. 얼른 성불해주시면 좋겠네요."

"그러고 싶지만, 이 세상에 미련이 남아 있어서 말이야." 다쿠조는 독기에 찬 목소리를 냈다. "나는 살해당했거든."

"거짓말 마세요. 당신은 제가 되살아난 걸 보고 깜짝 놀라 죽었잖아요."

"그건 절대 아니야. 그렇게 바보처럼 죽지 않았어. 나는 독살당한 거야."

 문득 살무사 할멈의 예고문에 '다음은 야쿠자가 죽는다'라고 적혀 있던 것이 떠올랐다. 잇폰마쓰처럼 몸에 문신이 그려져 있지는 않지만, 이 남자도 같은 조직의 일원이라고 했다. 그렇다면 살무사 할멈이 이 남자에게 독을 먹였다는 걸까.

 "나는 남천루에 오기 전에 세 곳의 유곽에 들렀어. 그중 한 곳에서 마신 차에 차음살이 들어 있었던 것 같아."

 차음살茶飲殺이란, 살무사 할멈이 손님을 죽일 때 사용하는 독초의 속칭이다. 보통의 차나무와 매우 비슷하게 생겼고 맛과 향도 찻잎과 크게 다르지 않다. 차로 착각해서 마시고 목숨을 잃는 사람이 많기에 그런 별명이 붙었다고 한다.

 구로즈카 남쪽에는 차나무 군생지가 있고, 거기에 차음살이 섞여서 자라고 있는 것이 몇 년 전부터 확인되었다. 살무사 할멈은 그곳에서 채취한 차음살을 손님에게 먹인 것으로 보인다.

 "차음살은 신경 작용을 막아서 호흡 곤란과 심부전을 불러일으키지. 다만 곧바로 효과가 나타나는 건 아니야. 독소가 단백질에 덮여 있어서 증상이 나타나기까지 시간이 걸려. 빠르면 한 시간, 늦으면 두 시간. 그 이상은 걸리지 않아. 내 숨이 가빠지기 시작한 게 새벽 1시니까, 오후 11시에서 자정 사이에 독을 먹었다면 시간도 맞아떨어져."

 "차음살에 대해 자세히도 알고 계시네요."

"나도 써본 적 있거든. 쓰기 편한 독이라서 말이야. 손맛이 없는 살인은 취향에 맞지 않지만, 달리 수단이 없을 때도 있는 법이니까." 그렇게 말하며 다쿠조는 소름 끼치는 미소를 지었다. "네게 부탁이 있어. 나를 죽인 범인을 찾아줘."

"직접 하세요."

"난 유령인데? 더군다나 너한테 빙의되어 있잖아. 내가 할 수 있는 건 이렇게 너한테 말을 거는 것뿐이야."

"저도 한낱 유녀일 뿐이에요. 탐정이 아니라고요."

"그럼 어쩔 수 없지. 죽일 거야. 저주해서 죽여주지."

"마음대로 하세요. 어차피 저는 야쿠자에게 농락당해 죽을 운명이니까요."

손가락에 붙어 있던 아랫구멍의 찌꺼기를 튕겨냈다. 그러자 다쿠조는 뺨이라도 맞은 것처럼 눈을 동그랗게 떴다.

"그게 무슨 말이지? 그 이야기 좀 자세히 들려줘."

빙의된 주제에 이쪽 사정은 전혀 모르는 듯했다. 잇폰마쓰와의 혼례가 다가오고 있다는 사실을 설명하자, 다쿠조는 금세 입꼬리를 올리더니 돈다발이라도 주운 것처럼 껄껄 웃기 시작했다.

"마음이 잘 맞는군. 나도 그 녀석에게는 남에게 지지 않을 만큼 원한이 있거든." 그렇게 말하며 손뼉을 치고는 말을 이었다. "이렇게 하자. 네가 날 죽인 범인을 찾아주면 보답으로 내가 잇폰마쓰를 저주해서 죽여주지."

"네?"

"낙적이 끝난 후가 좋겠네. 너는 녀석의 돈을 주머니에 넣고 원하는 곳으로 가면 돼."

절로 허리가 곧게 펴졌다. 만약 그렇게만 된다면 구로즈카에서도, 잇폰마쓰에게서도 자유로워진다. 이건 혹시 하늘이 준 기회가 아닐까.

하지만.

"범인을 찾아달라고 하셨지만 저는 창고에서 나갈 수도 없는걸요."

"괜찮아. 이미 계획을 세워뒀어." 다쿠조는 자신만만하게 입술을 핥았다. "우선 내 사인부터 확인시키자."

몇 년 전, 손님에게 받은 문학잡지에 '영장靈障'이라는 말이 실려 있었다.

유령에 씐 자가 느끼는 신체적, 정신적 부조화를 뜻하는 말로, 어깨가 결리고 머리가 아프고 귀가 울리는 것이 전형적인 예지만, 마음이 가라앉고 악몽을 꾸고 일할 때 잦은 실수를 하는 등의 막연한 증상도 포함된다고 한다.

자신에게도 그런 유령 들린 증상이 나타나는 것은 아닐까 각오하고 그때를 기다렸지만, 다쿠조가 나타난 이후에도 나나코의 몸은 너무나도 상쾌했다. 아랫구멍의 가려움도 가라앉았다. 이것이 유령의 부탁을 들어준 덕이라면, 알려지지 않았을 뿐 영효靈效나 영과靈果라는 것이 있을지도 모른다.

나나코의 탐정 활동은 순조롭게 진행되었다.

먼저 사건을 정확히 파악해야 한다는 이유로 불운한 야쿠자가 독을 먹게 된 경위—우시모토 만주점이라는 가게의 여사장을 괴롭히러 갔다가 미나토회의 회장을 죽이게 되었고, 죽기 전에 여자를 안고자 구로즈카의 유곽을 돌아다니게 된 것—에 관한 설명을 들었다.

그러던 중 낮 영업을 시작할 시간이 되었고, 손님을 받지 못해 시간이 남은 같은 고향 출신인 고부토리 언니가 문안을 왔다. 나나코는 다쿠조의 지시에 따라 아는 의사나 경찰관에게 말해서 창고방의 시체를 조사하게 해달라고 부탁했다. 처음에 고부토리 언니는 주저했지만, 곧 잇폰마쓰에게 팔려 갈 나나코가 가여웠는지 최선을 다해보겠다고 약속했다.

고부토리 언니는 게소자키 대학교 네부 선생에게 심부름꾼을 보냈다. 네부 선생은 고부토리 언니의 단골 중 한 명으로, 제약학이라는 돈이 되는 학문에 몸담고 있다. 고부토리 언니는 목덜미에 있는 혹에 소변을 뿌려도 좋다는 파격적인 보상을 대가로 창고방의 시체를 조사해달라고 부탁했다.

다음 날 점심 무렵 콧김을 헐떡이며 네부 선생이 남천루에 모습을 드러냈다. 언니는 다른 사람의 눈을 피해 선생을 창고방으로 데려갔다. 선생이 시체의 입에서 토사물을 채취해 연구실로 가져가 분석한 결과, 거기에 차음살이 포함되어 있다는 사실이 밝혀졌다.

그리고 맞이한 8월 7일. 혼례가 이틀 앞으로 다가온 그날 아침.

"다쿠조 씨를 죽인 범인을 조사하게 해주세요."

나나코는 상태를 살피러 온 젊은 주인을 붙잡고 요청했다.

"저 때문에 남자가 죽었다는 이상한 누명을 쓴 채로는 도저히 시집갈 수 없어요. 이대로 잇폰마쓰 씨와 하나가 되라고 한다면 저는 벽에 머리를 박고 죽을 거예요."

"그럴 듯한 말로 또 도망치려는 거지?"

역시 젊은 주인도 바보는 아니었다. 하지만 나나코도 물러설 수 없었다.

"마을 대문과 샛문 모두 파수꾼이 눈을 부라리고 있다는 걸 아시잖아요. 그래도 걱정이 된다면 남천루의 사람을 감시로 붙여주세요."

나나코의 기세에 눌렸는지 젊은 주인은 "그래도 말이야" 하고 엉덩이를 긁었다.

"네 마음도 이해하지 못하는 바는 아니지만, 구로즈카에는 40개가 넘는 유곽이 있어. 경찰이 석 달째 수사 중인데도 아직 살무사 할멈을 찾아내지 못했지. 너 따위가 도대체 뭘 할 수 있단 건데?"

"실은 저, 창고에서 다쿠조 씨에게 안겨 있었을 때 그가 숨을 거두기 조금 전부터 의식이 돌아와 있었어요. 다쿠조 씨는 혼잣말하는 버릇이 있는지, 저를 핥으면서 그날 들렀던 다른 유곽에 대해 악담을 퍼붓더라고요."

이것은 젊은 주인을 설득하기 위해 다쿠조가 생각해낸 대본이었다.

"그 자식에게 그런 버릇이 있었나?"

"싸움을 너무 많이 해서 머리가 이상해진 거겠죠. 어쨌든 저는 다쿠조 씨가 남천루에 오기 전에 들른 세 곳의 유곽 이름을 기억해요. 다쿠조 씨가 고통스러워하기 시작한 것이 새벽 1시. 차음살은 효과가 나타날 때까지 한두 시간이 걸리니까, 그 사람은 오후 11시부터 자정 사이에 들른 유곽에서 독을 먹었다는 말이 돼요. 세 곳의 유곽에서 일하는 할멈들의 이야기를 들으면 분명 범인을 알아낼 수 있을 거예요."

"그런 자신감은 어디서 나온 거지? 넌 탐정이 아니잖아. 세상 물정도 모르는 유녀가 알아낼 수 있는 건 거시기의 굵기 정도 아니야?"

나나코는 크게 고개를 끄덕이고 싶은 기분을 간신히 참으며 말했다.

"만약 내일 아침까지 살무사 할멈을 찾아내지 못하면 기꺼이 잇폰마쓰 씨에게 시집갈게요. 자살하겠다는 말은 하지 않겠습니다."

"진짜지?" 젊은 주인은 한쪽 눈썹을 치켜올렸다. "뭐, 네가 납득할 수 있다면 그게 제일 좋겠지."

혹시 진짜로 살무사 할멈을 찾아낼지도 모른다는 기대도 있었으리라. 젊은 주인은 짧게 숨을 내쉬고는 문을 막고 있던 몸을 옆으로 비켰다.

"우선 목욕부터 해. 가서 다쿠조의 토사물을 씻어내고 와."

4

"남천루에서 오신 건가요? 정말 고생 많으시네요. 샛문 쪽 유곽은 손님 수도 적어서 분명 일하는 것도 편하겠지요?"

비파루에서 일하는 마쓰바 할멈은 방에 들어서자마자 진심인지 비아냥인지 알 수 없는 말을 쏟아냈다. 첫 번째 집에서부터 일이 쉽게 풀리지는 않을 모양새였다. 애초에 처음 보는 유녀에게 살인 혐의를 받고 있으니 원망스러운 말 한두 마디쯤은 하고 싶은 것이 당연하겠지만서도.

나나코가 가장 먼저 향한 곳은 남천루와 마찬가지로 기노미 거리에 자리 잡은 비파루였다.

구로즈카는 저렴한 가격으로 유명하지만, 그중에서도 기노미 거리에는 남달리 싼 가게들이 늘어서 있다. 4일 밤, 다쿠조가 처음으로 발을 향한 곳이 이 비파루였다.

나나코가 다다미방으로 올라서자 감시 역할을 명받은 듯한 기부 시로와 '의뢰인' 다쿠조도 꿈실꿈실 뒤를 따랐다. 사건 당일과 같은 순서로 유곽을 돌며 각 유곽에서 다쿠조를 응대한 할멈들에게 이야기를 듣는 것이 오늘의 계획이었다.

"남천루에는 예쁜 아가씨가 많다며 우리 여주인도 항상 부러워해요. 뭐, 저는 한 명도 본 적 없지만."

나이는 남천루의 지요미 할멈과 크게 다르지 않지만, 마쓰바 할멈의 수다스러움은 배고픈 아기보다 심했다. 믿기 어려운 이야기지만, 이렇게 유곽에서 유녀를 돌보는 할멈은 과거 유녀였던 사람 중에서 뽑는다. 이 시끄러운 할멈도 30년 전에는 남자들에게 가랑이를 벌리고 있었다는 뜻이다.

"그렇다고는 해도 그 남자, 정말로 죽어버렸군요. 죽는다, 죽는다, 하고 말하는 남자는 많지만, 한 달쯤 뒤에는 시치미를 떼며 다시 놀러 오는 사람이 대부분이죠. 정말로 죽었다는 이야기는 처음 듣네요. 꽤 강단이 있는 분이었군요."

다쿠조는 벌레를 스무 마리 정도 씹어 삼킨 표정으로 마쓰바 할멈을 노려보았다. 물론 마쓰바 할멈에게 그 모습은 보이지 않는다.

"할멈이 다쿠조 씨에게 차를 대접하신 거죠?"

마쓰바 할멈이 숨을 들이쉬는 순간을 노려서 나나코는 본론을 꺼냈다.

"그렇긴 한데, 저를 의심한다면 그건 잘못된 거예요. 왜냐하면 저는 그분과 함께 차를 마셨으니까요. 그 차에 독이 들어 있었다면 저도 죽지 않았을까요?"

그 이야기는 다쿠조에게 들은 것과 같았다.

4일 오후 11시가 조금 넘은 시각. 기부의 호객에 응해 다쿠조는 비파루에 들어섰다. 마쓰바 할멈은 문턱에 앉아 있었지만, 손님이 들어왔다는 사실을 깨닫고 곧장 부엌으로 향했다.

대기실에서 2분 정도 기다리자, 마쓰바 할멈이 찻잔을 가져왔다. 그런데 이상하게도 쟁반에 찻잔이 두 개 놓여 있었다. 보통 일하는 할멈은 손님과 같이 차를 마시지 않는다. 매일 수십 명의 손님을 안내하기에 그때마다 차를 마신다면 중독증에 걸리기 때문이다.

"제가 무슨 착각을 했는지 차를 두 잔이나 우렸지 뭐예요."

이미 유령에게 들었다고는 말할 수 없기에 나나코는 처음 듣는 듯한 표정으로 맞장구를 쳤다.

"그래서 같이 마신 거군요."

"네. 버리기도 아깝잖아요. 만약 거짓말 같으면, 그분의 얼굴을 보러온 효몬다코에게 물어보세요."

효몬다코는 유녀의 이름이리라.

"먼저 찻잔에 입을 대신 건 누구죠?"

"그분이에요. 맞아요, 한쪽 잔에 찻줄기가 서 있었거든요. 그래서 그분이 그걸 골랐고, 저는 나머지 한 잔을 마셨어요."

이것도 다쿠조에게 들은 그대로였다.

두 잔에 담긴 차가 똑같다면 마쓰바 할멈은 독을 먹인 범인이 아닐 수밖에 없다. 하지만 한쪽 잔에만 독을 넣고 다쿠조가 그것을 마시게끔 유도했을 가능성도 부정할 수 없다.

"두 분이 드신 찻잔을 보여주실 수 있나요?"

"네. 괜찮습니다만."

마쓰바 할멈은 부엌으로 가서 찻잔 두 개를 쟁반에 올린 채 가져왔다. 찻잔은 물론 비어 있었다.

"이 찻잔들인 것 같아요."

다쿠조를 슬쩍 바라보니 그도 고개를 끄덕였다. 찻잔은 한 쌍인 것 같았지만, 하나는 팥색, 하나는 가지색으로 칠해져 있었다.

"구타니야키 도자기예요. 모르시나요? 예전에는 유녀들도 조금 더 학식이 있었는데 말이죠. 저도 이래 봬도 게소자키의 서당에 다녔답니다."

벼룩시장에서 파는 싸구려 물건으로밖에 보이지 않았지만, "아름답네요"라고 맞장구를 쳤다. 눈으로 물어보니 다쿠조는 팥색 찻잔의 차를 마신 듯했다. 나나코가 손가락을 넣어 바닥을 문질렀다.

"아이고, 뭘 그렇게까지. 아무 장치도 되어 있지 않답니다."

마쓰바 할멈은 기모노 소매를 입에 대고 비웃듯 웃었다.

독설이라도 한마디 되돌려주고 싶었지만, 오늘의 목적은 살무사 할멈을 찾는 것이다. 마쓰바 할멈이 거짓말을 하는 것으로는 보이지 않았다. 나나코는 "감사했습니다"라고 인사했고 시로도 빼꼼 고개를 숙였다.

거의 쫓겨나듯 현관으로 향했다. 앞서 걷던 시로가 문득 걸음을 멈추고 문이 열린 방을 들여다보았다. 덩달아서 방 안을 들여다보니 키가 큰 책장이 벽을 가득 메우고 있었다. 책등 하나에 《물의 과학》이라고 적힌 글자가 보였다.

"이쪽 방은 뭐죠?"

"안방이에요." 나나코가 묻자 마쓰바 할멈은 곧바로 문을 닫았다. "함부로 들여다보시면 안 돼요."

"여주인님이 독서가이신가 보네요."

당황하며 사과하려는 시로를 제지하면서 더 캐물었다.

"그렇습니다만. 저는 글을 읽을 수 없으니 어떤 책이 있는지도 모르지만요."

서당을 나왔다면 글자 정도는 읽을 수 있지 않냐고 말하고 싶었지만, 입을 꾹 다물었다.

*

세 사람—정확히는 두 사람과 유령 하나가 다음으로 향한 곳은 구로즈카의 한가운데, 대문과 샛문을 일자로 연결하는 호교쿠 거리였다. 세 거리 중에서 가장 인파가 많고 손님을 차지하기 위한 경쟁도 치열하다고 알려져 있다. 손님의 이목을 끌기 위해 색다른 방식으로 장사하는 유곽도 많다던가.

사흘 전 밤, 다쿠조가 두 번째로 향한 곳이 호교쿠 거리 남쪽에 위치한 진주루였다.

처마 끝을 엿보니 커다란 팻말이 눈에 띄었다. 거기에는 삐뚜름한 글씨로 '구멍 탐정 영업 중'이라고 적혀 있었다.

"당신도 탐정 일을 하고 있군요."

그곳에서 일하는 다케요 할멈은 소녀처럼 애교가 있었고, 눈을 가늘게 뜨면 직접 유녀 일을 해도 이상하지 않은 나이로 보였다.

"멋지네요. 응원할게요!"

그렇게 목소리를 높이며 나나코 앞에만 모락모락 김이 나는 센차(찻잎을 증기로 찐 다음 비벼서 건조시킨 차—옮긴이)를 놓았다. 시로는 그저 조수라고 생각하는 것이리라. 다쿠조는 다다미 방 안에도 들어서지 않고 어딘가를 배회하고 있었다.

경쟁이 치열한 호교쿠 거리에서 진주루가 내세우는 것은 유녀의 묘기였다.

아랫구멍으로 피리를 불고 담배를 피우고 수박씨를 튕기는 등의 기술은 기본이고, 귤껍질을 벗기고 쥐의 목을 부러뜨리는 등의 특별한 기술을 선보이는 사람도 있다고 했다. 쥐를 포획하는 것부터가 힘들 것 같다고 나나코는 쓸데없는 생각을 했다.

그런 진주루가 현재 가장 내세우는 것이 '구멍 탐정'이라는 재주를 가진 신입 '란포'였다.

"도저히 살무사 할멈을 밝혀내기 어렵다면 우리 란포에게 상담해주세요."

아랫구멍에 붓을 찔러 넣고 범인이나 트릭을 맞힌다니 실로 대단하다. 기세등등하게 유녀의 재주를 늘어놓는 다케요 할멈은 마치 서커스의 호객꾼처럼 보였다.

"사실 '구멍 탐정'을 고안한 건 저예요. 《D언덕의 살인사건》을 읽고 아케치 고고로 선생님의 팬이 되었거든요. 아케치 선생님은 아시나요?"

"네, 뭐." 에도가와 란포의 소설을 읽은 적은 없지만 등장인물의 이름 정도는 알고 있었다. "《심리시험》 라디오드라마를 들었거든요."

다케요 할멈은 눈을 끔벅였다.

"라디오드라마…… 그런 게 있었나요?"

팬이라면서 그런 것도 몰랐던 모양이다.

"뭐, 됐어요. 배우가 연기하는 아케치 선생님은 어차피 가짜니까요."

다케요 할멈은 이를 갈며 포도를 먹지 못하는 여우 같은 말을 했다. 시로가 후훗, 하고 웃고는 곧장 그 웃음을 삼켜버렸다.

"란포 님께는 미치지 못하지만, 신출내기 탐정으로서 여쭤볼게요. 다쿠조 씨에게 차를 대접하셨을 때의 일을 기억하시나요?"

나나코는 본론을 꺼냈다.

"물론이죠. 사실 제가 실수를 했거든요. 그날 일은 반성하고 있어요."

그 이야기도 다쿠조에게 들었다.

4일 오후 11시 20분경. 다쿠조는 진주루를 방문한 후 부엌으로 향하는 다케요 할멈에게 이런 주문을 했다.

"호지차(찻잎을 덖어서 만든 차―옮긴이)를 주게. 차가운 걸로."

비파루에서 센차를 마셨기에 기분 전환을 하고 싶었던 모양이다. 하지만 진주루 앞은 '구멍 탐정'에 흥미를 느낀 사람들로 북적거렸다. 그 소란에 목소리가 묻혔는지 다케요 할멈이 대기실로 가져온 것은 차가운 센차였다.

"다쿠조 님은 완전히 기분이 상한 듯 보였어요. 바로 호지차를 다시 가져오려 했는데 서두르면 좋은 일이 일어나지 않는 법이죠. 급하게 일어나다 그만 발목을 삔 거예요. 어쩔 수 없이 기부인 요타에게 대신 가져오게 했지만, 다쿠조 님은 화난 채로 호지차를 마시고 돌아가버렸어요."

사실 잘못한 것은 제대로 주문하지 못한 다쿠조 쪽이다. 아무래도 이 남자는 실수를 유발하는 성가신 소질이 있는 모양이다.

"다쿠조 씨는 다케요 씨가 가져온 센차에는 입을 대지 않으신 거죠?"

"네. 그분이 마신 건 요타가 가져온 호지차뿐이랍니다."

그렇다면 다케요 할멈은 독을 넣을 수 없었을 것이다. 그럼 기부인 요타가 호지차에 독을 넣었을 가능성은 있을까? 나나코가 그렇게 생각할 때였다.

"우앗!"

굵직한 목소리가 들렸다. 하지만 다케요 할멈은 듣지 못한 듯했다. 비명을 지른 것은 유곽 안을 어슬렁거리던 다쿠조였다.

"젠장! 가까이 오지 마! 꺼져! 죽어!"

다케요 할멈의 뒤쪽 복도에서 다쿠조가 날뛰고 있었다. 마치 바닥이 뜨거운 철판으로 바뀐 것 같았다. 자세히 보니 털이 반쯤 빠진 쥐가 다쿠조의 발밑을 뛰어다니고 있었다.

"무슨 일 있나요?"

나나코가 무언가에 정신을 뺏긴 사실을 깨닫고 다케요 할멈이 고개를 갸웃거렸다. 그때 나나코도 무언가를 깨달았다.

"아무것도 아니에요. 차, 잘 마셨습니다."

아직 김이 모락모락 나는 센차를 단번에 비우고 나나코는 고개를 숙였다.

*

마지막으로 방문한 곳은 구로즈카의 동쪽, 게소자키 만 쪽의 높은 담벼락에 접한 비진美人 거리였다. 다른 두 거리보다 값은 비싸지만 다른 유곽 마을에 있어도 이상하지 않을 만한 미녀가 일하기도 한다. 그렇다고 해도 비진 거리는 다소 지나친 표현으로, 해봐야 오타후쿠(코가 낮고 뺨이 둥글게 튀어나온 여자를 뜻한다—옮긴이) 거리 정도가 적당할 것이다.

사흘 전 밤, 다쿠조가 세 번째로 찾아간 곳은 비진 거리에서도 특히 명성이 높은 황홀루였다.

"저희가 찾아뵈어야 했는데 여기까지 와주셔서 죄송하네요."

황홀루의 고메 할멈이 무릎을 꿇은 채 고개 숙여 인사했다. 남천루의 지요미 할멈보다 스무 살은 많아 보였지만, 마치 유녀처럼 화장한 채였고 몸짓 하나하나에 기품이 넘쳤다. 어디서 굴러먹다 왔는지 모를 유녀에게도 거만하지 않은 태도에서 비진 거리의 여유가 느껴졌다. 비파루의 마쓰바 할멈이 고메 할멈의 반이라도 닮았으면 좋겠다고 생각했다.

그런 고메 할멈이 찻주전자로 차를 따르려다가 멈칫했다.

"아, 이런. 잠시만 기다려주시겠어요?"

뚜껑에 손을 대자마자 그렇게 말하고는 부엌으로 돌아갔다. 주전자에 뜨거운 물을 붓는 것을 잊은 듯했다.

"우단 차인 교쿠로(그늘에서 재배하는 센차의 일종으로, 고급품으로 여겨진다—옮긴이)입니다."

30초쯤 후에 돌아와서는 찻잔에 차를 따르고 나나코의 손가에 건넸다. 진한 향기가 코를 간지럽혔다. 아까 진주루에서 마신 차나 남천루에서 손님에게 내는 차와는 그야말로 깊이가 달랐다. 이런 차에 독이 들어 있을 리가 없다. 찻잔을 들어 한 모금 마셨다. 저도 모르게 "맛있다"라고 중얼거리는 나나코에게 고메 할멈은 다시 고개를 숙였다.

"다쿠조 씨에게 차를 대접하셨을 때의 이야기를 들려주실 수 있나요?"

고메 할멈에 대한 의심은 완전히 가셨지만, 그렇다고 차만 마시고 바로 돌아갈 수도 없었다. 나나코는 사건 당일에 관해 물었다.

"오후 11시 40분에 오신 분이죠? 분명 제가 상대했습니다."

손님이 방문한 기록을 적어두는 듯 수첩에 적은 문자 위를 손으로 따라가며 답했다.

"차의 취향을 여쭈었더니 차가우면 뭐든 좋다고 하셔서 차가운 센차를 드렸습니다. 가지고 계신 금액이 적었기에 남는 방이 없다고 전했더니 10분 정도 만에 돌아가셨어요."

다쿠조에게 들은 이야기와도 어긋나지 않았다. 앞의 두 가게처럼 실수도 없었고 차만 마시고 돌아간 듯했다.

감사의 인사를 전하려다가 시로가 힐끔거리며 고메 할멈의 손을 보고 있는 것을 깨달았다. 자세히 보니 오른손 집게손가락부터 새끼손가락까지 네 손가락 끝이 빨갛게 부어 있었다.

"그 손가락, 어떻게 되신 건가요?"

고메 할멈은 순간 화장을 한 이마에 주름을 잡았지만, "끓는 물에 손가락을 넣어버렸답니다. 정말 부끄럽네요" 하고 곧장 손가락을 접어 부어오른 부분을 숨겼다.

그 변명에서는 위화감이 느껴졌다. 사람의 몸은 뜨거운 것에 닿으면 곧장 거기에서 멀어지게 되어 있다. 한 개, 두 개라면 몰라도 네 손가락에 전부 화상을 입었다는 것은 믿기 어렵다. 고메 할멈은 어떤 상처나 질병으로 인해 열기를 느끼지 못하는 것이 아닐까.

"바쁘신 와중에 감사했습니다."

어색한 분위기를 숨기고자 고개를 숙이니 고메 할멈도 비슷한 정도로 고개를 숙였다.

시로와 나란히 방을 나섰다. 거기에 불쑥 다쿠조가 나타났다.

"역시 황홀루야. 미인이 가득하군. 기왕이면 여기 있는 여자한테 들러붙었다면 좋았을걸."

가랑이를 비비면서 속삭였다. 나나코와 시로가 고메 할멈의 이야기를 듣는 동안 어이없게도 유곽 안을 배회한 듯했다. 이런 호색한이 있나.

"무언가 도움이 필요하시면 언제든 연락해주세요."

마지막까지 예의 바른 고메 할멈의 모습에 나나코는 어쩐지 미안한 마음이 들었다.

5

"가슴아, 어디 갔니!"

새벽 3시가 지난 시각. 헛간 2층에서 생각에 잠겨 있는데 남천루에서 한치치 언니의 목소리가 들려왔다.

자정이 지나도 기온이 내려가지 않아 축축한 공기가 헛간을 채우고 있었다. 2층 창문의 잠금장치가 망가져 있는 것을 발견하고 환기를 시키고자 창문을 빼꼼 연 것이 10분 전이다. 한치치 언니의 목소리는 시끄러웠지만, 창문을 닫으면 증기탕이 되니 참을 수밖에 없었다.

세 할멈과의 대화를 떠올렸다. 다쿠조를 죽인 범인은 여전히 알 수 없었다.

정확히 말하자면 아마 그녀일 거라는 짐작은 하고 있었다. 명탐정은 아니지만 구로즈카라는 유곽 마을, 혹은 이 마을 여자를 잘 아는 사람이라면 같은 생각에 이를 것이다.

하지만 나나코는 도저히 그녀가 살무사 할멈이라고 믿기지 않았다. 아직 설명되지 않은 점도 남아 있다. 이래서는 그녀가 범행을 인정하지 않을 테고 다쿠조도 납득하지 못할 것이다.

"그거 내 가슴이잖아!"

한치치 언니의 목소리가 더 커졌다. 도자기 깨지는 소리에 이어 날카로운 비명이 겹쳤다.

창문을 통해 남천루를 바라보았다. 복도를 뛰어가는 소리에 이어 현관문이 열렸다. 고부토리 언니가 기노미 거리로 구르듯 달려 나갔다.

처음에는 고부토리 언니가 아기를 업고 있는 것처럼 보였다. 하지만 잘 보니 뒤에 있는 것은 아기가 아니라 혹이었다. 목덜미의 혹이 몇 배쯤 더 부풀어 있었다. 노파처럼 고개를 숙이고 있는 것은 혹이 너무 무거워서이리라. 붉게 부어오른 혹과는 대조적으로 얼굴은 창백하고 경련하듯 떨고 있었다. 네부 선생의 소변에서 세균이라도 옮은 걸까.

"기다려!"

현관에서 벌거벗은 한치치 언니가 뛰어나왔다. 고부토리 언니가 도망쳤다. 하지만 혹 때문에 제대로 달리지 못하는 듯 두 사람 사이는 점점 좁혀졌다. 따라잡히기 일보 직전, 한치치 언니의 손이 허공을 갈랐다. 그 손에는 비녀가 들려 있었다.

"내 가슴 돌려줘!"

다시금 비녀를 휘둘렀다. 고부토리 언니의 등을 노리고 있는 듯했다. 하지만 길가의 석등에 부딪힐 뻔한 고부토리 언니가 놀라서 발을 멈춘 탓에 그 비녀가 목덜미의 혹에 꽂혔다.

"아아, 가슴아!"

그야말로 비단을 찢는 듯한 비명이었다. 고부토리 언니는 무슨 일이 벌어졌는지 알지 못하는 듯 자꾸만 목의 혹을 쓰다듬었다. 상처에서 흘러나온 피인지 고름인지 알 수 없는 액체가 손가락에 닿자 비명이 이중창으로 변해버렸다.

"닥쳐! 못생긴 것들아! 바보! 팥풍이!"

현관에서 기부 쓰나오가 뛰어나와 두 명에게 욕설을 퍼부었다. 손에는 사스마타刺股(긴 막대 끝에 U자 모양의 쇠를 꽂은 무기로, 에도시대에 범인 등을 제압할 때 이용했다―옮긴이)를 들고 있었다.

"난 싫어. 이제 이런 곳은 싫다고!"

고부토리 언니는 피고름으로 범벅이 된 손을 마구 휘두르며 계속해서 도망치려고 했다. 쓰나오는 사스마타를 옆으로 휘둘러 그녀의 머리를 내리쳤다. 도랑에 빠질 뻔한 고부토리 언니는 팔을 뻗어 석등에 매달렸다. 하지만 쓰나오가 두 번째 타격을 가하자 고부토리 언니는 석등을 안은 채 도랑으로 떨어졌다.

몇 초 후, 도랑에서 불길이 올랐다.

심지의 불이 고부토리 언니의 기모노에 옮겨붙은 듯했다. 조금 전까지와는 완전히 다른, 짐승이 우는 듯한 소리가 울려 퍼졌다. 다른 유곽에서도 남자들이 얼굴을 내밀었고, 기노미 거리는 순식간에 소란에 빠졌다.

나나코는 식은땀을 뻘뻘 흘렸다.

오랫동안 잊고 있던 감정, 고통에 대한 두려움이 가슴을 가득 채웠다. 이보다 더 잔혹한 일도 많이 봐왔지만, 이 정도로 간담이 서늘해진 것은 오랜만이었다.

왜 하필 오늘 이렇게 가슴이 요동치는가 하면, 자신 앞에 한 줄기 빛이 비치고 있기 때문이리라. 지금까지 나나코는 고통 없는 생활은 상상해본 적이 없다. 희망이 없는 것이 당연했다. 하지만 지금은 다르다. 한 걸음만 내디디면 자유가 있다. 그것이 공포를 몇 배로 부풀렸다.

일하다가 똥이 마려울 때, 조금만 더 견디면 화장실에 갈 수 있는 시점에 이르면 오히려 더 배가 아프다. 그것과 같은 이치일 것이다.

그때 문득 악마가 속삭였다. 유녀와 남자 들은 불타오르는 고부토리 언니에게 정신이 팔렸다. 이 틈을 타서 샛문을 나가 기부 시로가 알려준 폐가까지 가면 구로즈카에서 도망칠 수 있지 않을까.

잠금장치가 고장 난 창문을 활짝 열었다. 주변에 사람의 기척은 없었다. 천천히 심호흡한 후 안마당으로 뛰어내렸다. 검은색 담장에 둘러싸인 골목을 지나 남천루의 뒤로 향했다.

"나나카마도 씨."

머리 위에서 누군가 이름을 부르는 소리가 들렸다.

발걸음을 멈추고 목소리가 들린 쪽을 바라보았다. 2층 창문에서 시로가 얼굴을 내밀고 있었다. 소란스러운 상황을 살피려다 나나코를 발견한 듯했다.

"안 돼요. 돌아오세요."

낮게 깔린 목소리로 말하더니 벌레를 쫓는 것처럼 손을 흔들었다.

나나코는 화가 났다. 언제는 도망가라더니 이제는 돌아오라니, 너무 제멋대로 아닌가. 결국 남의 일이니까 아무 말이나 할 수 있는 거겠지. 이런 어린아이의 말을 듣고 두 번 다시 돌아오지 않을 기회를 허공에 날려버릴 수는 없다.

"그러지 마세요."

나나코는 시로에게 등을 돌리고 뒷문을 통해 밖으로 나섰다.

그곳은 호교쿠 거리였다. 기노미 거리와는 달리 숨이 막힐 정도로 적막에 휩싸여 있었다. 석등 불빛이 길을 희미하게 비추었다. 익숙한 거리지만 인기척이 없다는 것만으로 신성하게 느껴지는 것이 신기했다.

샛문으로 달려가려던 그때.

"당신."

심장이 멎는 듯한 느낌이 들었다.

"거기 있는 당신 말이야."

돌아보자 점쟁이 노파가 두꺼운 안경 너머로 나나코를 바라보고 있었다. 촛불의 불빛에 비쳐 깊은 주름이 새겨진 얼굴이 희미하게 보였다. 명주로 만든 기모노에 다도인들이 쓰는 모자, 손에는 손가락이 드러나는 기묘한 하얀 장갑을 끼고 있었다. 외국인이 보더라도 한눈에 수상하다고 여길 법한 모습이었다.

구로즈카의 골목에는 낮과 밤을 가리지 않고 점쟁이가 나타난다. 제대로 손님의 운세를 점치는 사람도 있지만, 유녀와의 궁합을 점친다거나 아랫구멍의 젖은 정도를 맞힌다는 사람도 있다. 저속한 마을에는 저속한 사람이 모이는 법이다.

"기노미 거리가 시끄럽다 했더니, 그걸 기회로 도망치려는 거군. 약삭빠른 건 좋지만, 어떻게 감시초소를 빠져나갈 셈이지?"

나나코는 제정신을 차렸다. 파수꾼인 우마사쿠가 초소를 비우는 것은 수요일과 토요일 밤이다. 오늘은 화요일. 샛문에 다다르더라도 잡히고 끝 아닌가. 시로도 그걸 알고 나나코를 멈춰 세운 것이리라.

"……잠시 산책하던 것뿐이에요."

나나코는 자신의 얼빠짐에 실망했다. 고부토리 언니가 불타는 것을 보고 동요했다고는 해도 이건 그야말로 불 속으로 뛰어드는 격이다.

"아, 그래?" 문득 사면발니라도 발견한 듯한 태도로 노파가 말했다. "그런데 당신, 꽤 훌륭한 게 들러붙어 있네."

순간적으로 거리를 둘러보았다.

인적은 없었다.

"지금은 없어도 성불한 건 아니야. 어딘가에서 농땡이를 부리고 있을 뿐."

노파는 태연히 말했다.

심장이 빠르게 뛰기 시작했다.

"다쿠조 씨가 보이시나요?"

"보이진 않아. 그저 들러붙어 있는 걸 알 수 있을 뿐이지. 그 모습을 보면 '영장'은 없나 보군."

나나코는 고개를 끄덕였다. 어깨 결림도 두통도 귀울림도 없다. 일하는 중 실수가 늘어나는지는 요 며칠 손님을 상대하지 않아서 알 수 없지만.

"왜 당신에게 유령이 들러붙었는지 알려줄까?"

노파가 크게 웃었다. 나나코는 끄덕일 수밖에 없었다.

"그 다쿠조인지 뭔지가 당신과 연결된 채로 죽었기 때문이야. 유곽 마을에서 죽은 자는 지옥으로 끌려가. 남자도 여자도 예외는 없지. 다만 다른 육체와 연결된 채로 생을 마감하면 가끔 영혼이 현세에 남는 경우가 있어."

지난번에 다쿠조가 한 추측이 꽤 적중한 모양이다. 노파는 나나코를 손짓해 부르더니 하얀 장갑에서 튀어나온 손가락으로 나나코의 가랑이를 쓰다듬었다.

"아, 틀림없어. 당신의 아랫구멍 안에서 죽은 탓에 다쿠조는 유령이 된 거야."

나나코는 쓴웃음을 지었다. 그렇다면 유곽 마을에는 한창 관계를 맺는 중에 죽은 얼빠진 유령만 있다는 말인가.

갑자기 뇌가 뒤집히는 듯한 충격을 느꼈다.

낮에 방문한 세 곳의 유곽. 그중 어느 한 곳에서 본 것이 어떤 사실을 암시하고 있었다는 사실을 깨달았다. 그렇다는 말은…….

안개가 걷히듯 하나의 답이 떠올랐다.

이대로라면 살무사 할멈을 자백으로 몰아넣을 수 있다. 다쿠조가 약속을 지킨다면 구로즈카에서도 잇폰마쓰에게서도 도망칠 수 있다.

자유를 얻을 수 있다.

"뭘 멍하니 있는 거야?"

노파에게 허리를 맞고 정신을 차렸다.

"영장이 없는 게 더 위험한 거야. 병도 증상이 없는 쪽이 더 위험하다고 하잖아. 모르는 사이에 원령으로 변해 영혼을 잡아먹힐지도 몰라. 지금 바로 쫓아내야 해."

잇폰마쓰를 저주해서 죽일 때까지 성불해서는 곤란하지만, 그렇다고 해서 영혼을 먹히는 것도 사양하고 싶었다. 하지만.

"쫓아낼 수 있나요?"

나나코가 묻자 노파는 악의로 가득 찬 미소를 보였다.

"식은 죽 먹기지. 다만 제령 의식에는 돈이 들어. 빚에 허덕이는 유녀로서는 도저히 불가능하겠지."

잇폰마쓰의 신부가 되면 돈은 충분히 손에 들어온다. 살무사 할멈만 처리하면 나머지는 순조롭게 진행될 것이다.

나나코는 노파에게 보이지 않게끔 주먹을 불끈 쥐었다.

6

"너, 머리가 망가진 건 아니겠지?"

지난밤의 소동으로 제대로 잠을 자지 못했는지 젊은 주인은 하품을 섞어 말했다.

"네가 혼자서 말하는 걸 봤다는 사람이 많아. 마치 누군가와 이야기하는 것처럼 보였다던데. 너, 머리를 맞은 탓에 이상한 게 보이는 거 아니야?"

어딘가에서 다쿠조와 이야기하는 모습이 목격된 모양이었다. 젊은 주인이 불안해하는 것도 당연했다.

"이것저것 생각을 많이 해서 머리가 뒤죽박죽된 것뿐이에요." 느슨해진 분위기를 다잡고자 나나코는 단호히 말했다. "지금부터 여러분께 누가 다쿠조 씨에게 독을 먹였는지, 그 답을 말씀드리려고 합니다."

나나코를 향한 시선은 여전히 차갑기만 했다. 젊은 주인은 연신 하품을 해댔다. 기부 쓰나오도 계속해서 눈을 비볐다. 지요미 할멈은 평소보다 더 허리를 굽히고 있었다. 게소자키 경찰서의 사쓰마 순사는 어린아이의 놀이를 보는 듯한 표정으로 "당신네도 '구멍 탐정'을 시작한 거요?"라고 젊은 주인에게 속삭였다.

숨을 깊게 들이쉰 후에 나나코는 계속했다.

"저한테 거시기를 꽂고 있던 다쿠조 씨가 괴로워하기 시작한 건 5일 오전 1시 정각이었어요. 차음살은 효과가 나타나기까지 한두 시간이 걸리니까 다쿠조 씨는 4일 오후 11시부터 날짜가 바뀌는 자정 사이에 독을 먹었다는 말이 되죠. 이 사이에 들른 곳은 기노미 거리의 비파루, 호교쿠 거리의 진주루, 비진 거리의 황홀루 세 곳이에요. 이들 유곽에서 다쿠조 씨를 맞이한 할멈 중에 독이 든 차를 내준 살무사 할멈이 있었다는 말이 되죠."

사쓰마 순사의 눈썹이 올라갔다. 젊은 주인이 "부탁드려요" 하고 고개를 숙이면서 게소자키 경찰서에서 불러온 남자였다.

"4일 오후 11시가 지나 다쿠조 씨는 우선 비파루를 방문했어요. 그곳에서 일하는 마쓰바 할멈은 쟁반에 찻잔을 두 개 올려서 대기실로 들어왔습니다. 거기에서 다쿠조 씨는 팥색 찻잔에 들어있는 차를, 마쓰바 할멈은 가지색 찻잔에 들어있는 차를 입에 담았어요. 비파루의 유녀도 그 장면을 봤다고 하니 마쓰바 할멈이 차를 마신 건 사실이겠죠. 그녀가 범인이라면 팥색 찻잔에만 독을 넣고 가지색 찻잔에는 독을 넣지 않았다는 말이 됩니다. 그렇다면 정말로 그녀는 다쿠조 씨를 죽인 범인일까요?"

나나코는 일동을 둘러보았다. 네 사람의 숨이 딱 맞춘 듯 멈추었다.

"눈이 보이지 않는 마쓰바 할멈은 찻잔의 색을 구별할 수 없습니다. 먼저 찻잔을 고른 건 다쿠조 씨였다고 하니까, 남은 찻잔에 독이 들어 있는지 마쓰바 할멈으로선 알 수 없었을 거예요. 하지만 마쓰바 할멈은 그 차를 마셨죠. 그렇다면 마쓰바 할멈은 어떤 찻잔에도 독을 넣지 않았다, 즉 범인이 아니었다는 말이 됩니다."

마쓰바 할멈의 눈이 보이지 않는다는 사실은 마쓰바 할멈과 만나기 전, 다쿠조에게 이야기를 들었을 때부터 짐작할 수 있었다.

혼자 온 다쿠조에게 마쓰바 할멈이 차를 두 잔 내온 것은 다쿠조가 오른발에는 고무신, 왼발에는 나막신을 신고 있었기 때문이리라. 두 가지 발소리가 들렸기에 손님이 두 명이라고 착각한 것이다. 마쓰바 할멈의 시력이 좋았다면 이런 착각을 할 리 없었다.

나나코 일행이 비파루를 방문하자 마쓰바 할멈은 이런 말을 했다.

"남천루에는 예쁜 아가씨가 많다며 우리 여주인도 항상 부러워해요. 뭐, 저는 한 명도 본 적 없지만."

그건 마쓰바 할멈이 아니면 말할 수 없는 자조였다. 단색으로 구워진 도기를 채색된 구타니야키 도자기라고 착각한 것도 눈이 보이지 않는다는 증거일 것이다. 어린 시절 서당에서 공부했다고 말하면서도 여주인의 책 제목을 읽지 못하는 것도 나중에 눈이 보이지 않게 된 것이라면 말이 된다.

"만약 평범한 차와 맛이 다르거나 입에 담으면 곧장 독의 증상이 나타나는 차였다면, 마쓰바 할멈은 다쿠조 씨의 반응을 듣고 그가 독을 마셨다는 사실을 깨달았을지도 모르죠. 그런 경우에는 다른 하나의 찻잔에 입을 댈 수도 있었을 거예요. 하지만 차음살은 맛과 향 모두 일반 차와 다르지 않고, 먹은 후 한두 시간은 증상이 나타나지 않아요. 마쓰바 할멈이 범인이었다면 다른 하나의 찻잔에 입을 댈 수 없었겠죠."

"좌, 우 어느 쪽 찻잔에 독을 넣었는지 기억하고 있던 건 아닌가?" 그렇게 말하며 몸을 내민 것은 사쓰마 순사였다. "일본인의 9할은 오른손잡이야. 맞은편에 앉은 손님은 자신의 오른손에 가까운 찻잔을 손에 들 가능성이 크지."

"분명 다쿠조 씨는 오른손잡이였지만, 오른손에 가까운 찻잔을 손에 든 건 아니었어요. 그는 찻줄기가 선 찻잔을 골랐다고 합니다. 좌, 우 어느 쪽의 찻잔에 찻줄기가 서 있었는지 마쓰바 할멈으로서는 알 도리가 없어요."

"마쓰바 할멈이 죽음을 각오하고 있었다면 어떨까? 두 개의 찻잔을 가지고 온 시점에서 선택을 잘못해서 죽어도 상관없다고 각오했을지도 모르잖아."

"그럴 가능성은 없어요. 마쓰바 할멈이 찻잔을 두 개 가지고 온 건 손님이 두 명 있다고 착각했기 때문이죠. 자신도 차를 마시게 될 거라고는 방에 들어설 때까지 생각지도 못했을 겁니다. 그런 사람이 갑자기 죽음을 받아들일 리 없어요. 차를 마시기 싫다면 찻잔에 손을 대지 않거나 손목이 비틀린 척하며 찻잔을 엎어버리면 그만이었겠죠."

사쓰마 순사는 잠시 생각에 잠겼지만, 이렇다 할 반론이 떠오르지 않는 듯 "그럴 수도 있겠군"이라며 엉덩이를 긁었다.

"다음으로 다쿠조 씨가 향한 곳은 '구멍 탐정'으로 화제를 모으고 있는 진주루였어요. 시각은 오후 11시 20분쯤. 다쿠조 씨는 현관에 들어서서는 부엌으로 향하는 다케요 할멈에게 차가운 호지차를 달라고 말했다고 합니다. 하지만 몇 분 후 다케요 할멈이 대기실에 가지고 온 건 차가운 센차였어요. 다쿠조 씨에게 꾸중을 들은 다케요 할멈은 기부에게 호지차를 가지고 오라고 지시했습니다. 그 기부가 호지차를 가져오자 다쿠조 씨는 그것을 마시고는 곧장 유곽을 떠났죠.

다케요 할멈이 범인이라면 미리 호지차에 독을 넣어두고, 기부가 그것을 가져오도록 꾸몄다는 말이 됩니다. 하지만 이건 이상하죠."

아, 하고 중얼거리듯 지요미 할멈이 입을 벌렸다.

"귀가 들리지 않는 다케요 할멈은 호지차를 달라는 다쿠조 씨의 말을 못 들었거든요. 대기실에서 다쿠조 씨가 화를 내기 전까지 그가 호지차를 마시고 싶어한다는 사실도 몰랐다는 말이 되죠. 따라서 독이 든 차를 준비해두고 기부에게 가져오게 하는 일은 불가능합니다. 다케요 할멈은 범인일 수 없다는 말이 됩니다."

엄밀히 말하면 그렇게 단순하지는 않다. 귀가 들리지 않더라도 입술의 움직임을 통해 말을 해석할 수는 있었을 테니까.

다케요 할멈의 귀가 들리지 않는다는 사실 역시 다쿠조에게 이야기를 들은 시점에 추측할 수 있었다. 다케요 할멈이 다쿠조에게 낸 센차가 차가웠기 때문이다.

구로즈카에는 손님에게 갓 끓인 센차를 내는 풍습이 있다. 실제로 나나코가 진주루를 방문했을 때, 다케요 할멈이 내어준 것도 김이 모락모락 나는 뜨거운 센차였다.

"호지차 주게. 차가운 걸로."

한편 다쿠조가 현관에서 입에 담은 주문은 이랬다. 이 대사가 전부 들렸다면 다케요 할멈은 차가운 호지차를 내었을 것이다. 반대로 전혀 듣지 못했다면 뜨거운 센차를 내었을 것이다. 하지만 다케요 할멈은 차가운 센차를 내줬다. 즉, 그녀는 "호지차 주게"까지는 듣지 못하고 "차가운 걸로"만 들었다는 말이 된다.

제대로 듣지 못한 원인이 '구멍 탐정'을 보러 온 손님들의 목소리 때문이었다면 모든 말이 들렸거나 아무것도 듣지 못했을 것이다. 한두 사람이라면 몰라도 수십 명이 모였을 때의 소란스러움에는 고저차가 없기 때문이다.

그렇다면 어떤 경우에 말의 일부만 들리게 될까?

단서는 다쿠조의 복장에 있었다. 함정에 빠져 회장을 때려죽이고 미나토회에 쫓기던 다쿠조는 수건으로 얼굴 절반을 가리고 있었다. 구로즈카는 미나토회의 영역은 아니지만, 관계가 있는 자와 마주치지 말란 법은 없다. 평소에도 손님 수가 많은 호교쿠 거리, 더욱이 화제의 중심인 진주루라면 좀처럼 수건을 쉽게 벗을 수 없었을 것이다.

진주루의 현관에 들어선 다쿠조는 겨우 안도의 한숨을 내쉬며 다케요 할멈에게 차를 주문하며 수건을 벗었으리라. "호지차 주게"라고 말한 시점에는 아직 입이 가려져 있었고, "차가운 걸로"라고 말한 시점에 비로소 입이 드러났다. 이를 본 다케요 할멈이 입술의 움직임에서 말을 읽고 "차가운 걸로"만 말했다고 착각하고 만 것이다.

이 추리가 맞다면 다케요 할멈은 귀가 들리지 않았고 "호지차 주게"까지는 입술의 움직임을 읽지 못했다. 즉, 독이 든 호지차를 준비해둘 수는 없었다는 말이 된다.

하지만 다쿠조의 이야기를 들은 시점에 이 추리는 그저 추측의 영역에 불과했다. 그것이 확신으로 바뀐 것은 진주루에서 다케요 할멈의 이야기를 들은 후 다쿠조가 소란을 피웠을 때였다. 유령이 뛰어다니는 소리가 들리지 않는 것은 당연하다 해도, 그 발밑을 뛰어다니던 쥐의 발소리에도 다케요 할멈은 전혀 반응하지 않았다. 그것은 귀가 들리지 않기 때문이라는 것 외에는 설명할 길이 없다. 아케치 고고로에게 심취해 있으면서도 《심리시험》의 라디오드라마를 몰랐던 것도 같은 이유일 것이다.

"호지차를 가져온 기부는 어떤데?" 끼어든 것은 역시 사쓰마 순사였다. "그 녀석이 차를 가지러 부엌에 들어갔을 때 재빨리 독을 넣었을 수도 있잖아."

"기부가 차를 가져오게 된 건 다케요 할멈이 급히 일어나려다가 발목을 삐끗했기 때문이에요. '다음은 야쿠자가 죽는다'라고 예고까지 한 상태였으니, 범인은 그런 우연에 기대지 않고도 목표로 삼은 손님에게 독을 먹일 수 있는 인물이었을 겁니다."

사쓰마 순사는 "그건 그렇지"라며 팔짱을 끼었다. 젊은 주인과 쓰나오도 잠자코 있었다.

"마지막으로 다쿠조 씨가 향한 곳은 황홀루예요. 시각은 오후 11시 40분쯤. 고메 할멈은 다쿠조 씨에게 어떤 차를 마시고 싶은지 묻고 차가운 센차 한 잔을 쟁반에 실어 대기실로 가져갔어요. 이 차에 독이 들어 있었다면 다쿠조 씨를 죽일 수 있었겠죠.

그렇다면 고메 할멈이 범인일까요? 여기에서 떠올려야 하는 건 역시 살무사 할멈이 내건 예고문이에요."

갑자기 정신을 차린 듯 젊은 주인이 고개를 들었다.

"고메 할멈의 기억은 몇 시간밖에 지속되지 않아요. 살무사 할멈이 '다음은 야쿠자가 죽는다'라고 예고문을 내건 건 8월 1일, 사건 3일 전이었어요. 예고문은 곧장 불태워졌기에, 그 이후에는 우연히 볼 수도 없었습니다. 만약 고메 할멈이 예고문을 썼다면 사건 당시에는 이미 완전히 잊어버렸다는 말이 되죠. 하지만 범인은 예고대로 야쿠자를 죽였어요. 즉, 고메 할멈은 범인일 수 없습니다."

고메 할멈이 일종의 건망증을 앓고 있다는 사실을 깨달은 것은 어젯밤 호교쿠 거리에서 점쟁이 노파와 이야기할 때였다.

고메 할멈의 오른손은 집게손가락부터 새끼손가락까지 손끝이 붉게 부어 있었다. 본인은 뜨거운 물에 손을 담갔기 때문이라고 했지만, 사람의 손가락은 뜨거운 것을 만지면 곧장 떼어내기 마련이다. 하나둘이라면 몰라도 실수로 네 손가락에 화상을 입는 것은 생각하기 어렵다.

그때는 무언가 이유가 있어서 열기를 느끼지 못하는 것이 아닐까 생각했지만, 곰곰이 생각해보니 이상했다. 나나코에게 차를 따르려고 했을 때 고메 할멈은 찻주전자의 뚜껑을 만지고는 곧장 뜨거운 물을 넣는 것을 잊었다는 사실을 깨달았다. 뚜껑이 따뜻하지 않았기에 찻주전자 안이 비어 있다는 사실을 깨달은 것이다. 즉, 고메 할멈의 손가락 신경은 정상적으로 열기를 감지한다는 뜻이다.

그렇다면 왜 손가락이 부어올라 있었을까. 피부가 가벼운 화상을 입게 되는 이유는 또 있다. 바로 일광화상이다. 고메 할멈은 손끝이 드러나는 장갑을 끼고 긴 시간 햇볕에 노출되어 있던 것이다.

구로즈카는 이상한 것들로 가득 차 있지만, 그런 이상한 장갑을 끼는 자는 다른 누구도 없다. 고메 할멈은 **점쟁이 노파와 동일한 인물이었다.**

유희인지 푼돈 벌이인지는 모르지만, 고메 할멈은 황홀루에서 일하지 않는 시간에는 얼굴의 화장을 지우고 다도인 모자를 쓴 채 길을 걷는 손님에게 점을 치는 일을 했다. 오랜 시간 골목길 의자에 앉아 있던 탓에 태양을 향한 쪽의 손가락이 햇볕에 그을려 있던 것이다.

그러면 다시 의문이 떠오른다. 반나절 전 황홀루에서 이야기를 나눈 지 얼마 되지 않았는데, 어째서 점쟁이가 된 고메 할멈은 나나코와 처음 만난 것처럼 행동했을까. 지킬 박사와 하이드 씨처럼 유곽에서 일하는 할멈과 점쟁이의 인격이 나뉘어 있다고도 생각해봤지만, 그렇다면 손님과의 대화를 열심히 수첩에 적어둘 필요가 없다. 그녀는 그날의 기억을 금방 잃어버리는 병을 앓고 있었다.

"확실히 황홀루 할멈의 기억은 몇 시간밖에 유지되지 않지." 완전히 흥이 오른 듯 사쓰마 순사가 침을 튀겼다. "하지만 사람의 머리는 기계가 아니야. 우연한 기회로 사흘 전의 기억이 되살아날 수도 있고 어딘가에 그런 예고문을 내건 사실을 적어놨을 수도 있는 것 아닌가?"

"그렇군요. 그럼 만에 하나 고메 할멈이 예고문의 문구를 기억하고 있었다고 가정해보죠."

깔끔히 수긍한 것에 놀랐는지, 사쓰마 순사의 눈이 두 배로 커졌다.

"신경 쓰이는 건 역시 예고문의 '다음은 야쿠자가 죽는다'라는 부분이에요. 다쿠조 씨는 잇폰마쓰 씨처럼 몸에 그림을 그리지 않았어요. 하물며 사건 당일 밤에는 얼굴에는 수건, 오른발에는 고무신, 왼발에는 나막신이라는 부랑자 같은 차림새였어요. 그럼에도 다쿠조 씨의 정체를 간파했다고 하면 고메 할멈은 다쿠조 씨가 과거에 구로즈카에 찾아왔을 때의 행동을 기억하고 있었다는 말이 되죠.

하지만 다쿠조 씨는 구로즈카의 단골이 아니에요. 5, 6년 전, 늦잠을 잔 벌로 억지로 끌려온 이후, 한 번도 발을 들인 적이 없다고 했어요. 몇 주나 몇 달이라면 몰라도 몇 년 만에 찾아온 남자의 얼굴을 고메 할멈이 기억하고 있었다는 건 역시 무리겠죠."

사쓰마 순사는 끄응, 하고 똥이 나오지 않는 아침 같은 목소리를 냈다. 나나코가 어떻게 다쿠조의 과거를 알고 있는지 물으면 설명하기 곤란하겠지만, 아무도 의문을 품지 않았다.

나나코는 탐정이 아니다. 물론 '구멍 탐정'도 아니다. 그런 자신이 어떻게 이런 추리를 할 수 있었을까. 그 이유는 두 가지다. 하나는 피해자인 다쿠조에게 직접 이야기를 들은 점. 그리고 또 하나는 구로즈카라는 마을, 혹은 이 마을의 여자들을 잘 알고 있다는 점이었다.

다른 유곽에서 손님이 붙지 않는 여자가 싼 가격에 팔려서 마지막으로 도달하는 마을. 그곳이 구로즈카다. 손님에게 폭행을 당하거나, 병에 걸리거나, 목을 매려다가 실패하는 등 사정은 다양하지만 이 마을의 유녀 대부분은 몸에 하나둘 결함을 품고 있다. 한치치 언니나 고부토리 언니가 좋은 예다.

돈을 다 갚기 전에 목숨을 잃는 이가 대부분이지만, 기적 같은 확률로 살아서 빚을 다 갚는 사람도 있다. 하지만 유곽이라는 상자 안에서 살아온 유녀들은 바깥에 던져져도 살아갈 수 없다. 그런 자들은 다시 유곽에서 일하게 된다.

당연히 그들 대다수는 몸에 결함이 있다.

본인들은 물론, 손님들도 이를 특별한 일로 여기지 않는다. 이 할멈은 눈이 보이지 않나? 하고 의식하지도 않는다. 아기는 자주 운다거나 노인은 움직임이 느리다거나 하는 것과 마찬가지로 그저 당연하게 생각한다. 그들이 일하다가 실수를 저지르더라도 대부분은 신경도 쓰지 않는다는 점이 그 증거다.

사건의 수수께끼를 푸는 열쇠는 거기에 숨겨져 있었다.

"하지만 이상하지 않아?" 침묵을 깬 것은 젊은 주인이었다. "그럼 아무도 다쿠조를 죽일 수 없었다는 말이 되잖아."

"네. 비파루의 마쓰바 할멈, 진주루의 다케요 할멈, 황홀루의 고메 할멈. 이 중에 다쿠조 씨에게 독을 먹인 범인은 없어요."

"다쿠조의 토사물에서는 차음살 성분이 발견됐잖아?"

"4일 밤, 다쿠조 씨에게 차를 내어준 사람이 한 명 더 있습니다." 나나코는 젊은 주인에게서 옆에 있는 노파에게로 눈을 돌렸다. "지요미 할멈, 당신이에요."

"뭐, 뭐라고!"

지요미 할멈의 얼굴이 순식간에 빨개졌다. 등까지 구부정하게 움츠린 모습이 완전히 원숭이처럼 보였다.

"다쿠조 씨에게 독이 든 차를 내어줄 수 있었던 건 지요미 할멈뿐입니다."

"잠깐, 잠깐만." 나나코와 지요미 할멈을 번갈아 보면서 사쓰마 순사가 말했다. "차음살은 중독 증상이 나타날 때까지 한두 시간이 걸려. 죽은 게 새벽 1시라면 다쿠조는 자정이 되기 전에 독을 먹었다는 말이 돼. 근데 녀석이 남천루에 온 건 분명 0시 20분 아니었나?"

"분명 그렇긴 하지만, 그래도 지요미 할멈만이 독이 든 차를 내어줄 기회가 있었다는 점은 달라지지 않아요. 지요미 할멈은 다쿠조 씨에게 독을 먹였어요. 하지만 중독 증상이 나타나기 전에 다쿠조 씨는 다른 원인으로 목숨을 잃고 말았죠. 이것이 생각할 수 있는 유일한 진상입니다."

물을 끼얹은 것처럼 방 안이 조용해졌다.

"다, 다른 원인이란 뭐지?"

젊은 주인의 침이 뚝, 떨어졌다.

"놀라 죽은 거죠. 다쿠조 씨는 시체라고 믿던 제가 되살아난 것에 놀라서 심부전을 일으켜 그대로 죽었어요. 분명 독을 먹은 상태였지만, 그 효과가 나타나기 전에 목숨을 잃고만 거예요. 하지만 토사물에서 독성분이 검출됨으로써 우리는 다쿠조 씨가 중독으로 인해 사망한 거라고 착각했다는 말이 됩니다."

물론 나나코에 한해서 이 설명은 충분하지 않다. 다쿠조의 사인을 오해한 이유는 또 하나 있다.

눈앞에 나타난 다쿠조의 유령이 자신은 독살당했다고 믿고 있었다는 점이다.

아니, 그렇게 믿고 싶었다고 말하는 것이 정확할까. 사람은 믿기 어려운 사실에 직면하면 그것을 자신 외의 무언가의 탓으로 돌리고 싶어한다. 우시모토 만주점이라는 곳이 경영 부진을 담합 탓으로 돌리고자 한 것처럼, 부시장의 아들 곤자가 거시기가 서지 않는 것을 여자 탓으로 돌린 것처럼, 혹은 한치치 언니가 가슴 한쪽이 없는 것을 누가 훔쳐 간 것이라고 주장하는 것처럼, 한참 관계를 맺던 중에 깜짝 놀라 죽었다는 한심한 사실을 받아들이지 못하고 다쿠조는 자신이 독살당했다고 믿으려 한 것이다.

"다쿠조에게 독을 먹인 게 지요미 할멈이라는 말은 다른 독살사건도 이 사람의 소행이었다는 거야?"

지요미 할멈을 시야에 두고 사쓰마 순사가 물었다.

"안타깝지만 그렇다는 말이 되죠. 다만 지요미 할멈이 사건을 일으킨 범인, 다시 말해 살무사 할멈이었는가 하면 그렇다고는 단언할 수 없어요. 지요미 할멈은 자신이 손님에게 독을 먹인 사실을 몰랐을 수도 있기 때문입니다."

"엉?" 사쓰마 순사는 오늘 하루 중 가장 큰 소리를 질렀다. "자각도 없이 독을 먹이다니, 그게 말이 되나?"

"남천루의 창고방에 보관된 찻잎에 차음살이 섞여 있던 거예요. 지요미 할멈이 그 사실을 알고 있는지는 저도 모릅니다."

"근데 넌 어떻게 그 사실을 알았지?"

"젊은 주인님이 잇폰마쓰 씨에게 차를 내주지 않았기 때문이에요."

사쓰마 순사는 "뭐라고?"라며 눈썹을 모았지만, 거기에서 말이 끊겼다. 젊은 주인의 안색이 창백해지고 있다는 사실을 알아차린 것이다.

"이건 잇폰마쓰 씨에게 들은 이야기지만, 저를 신부로 맞이하는 일에 관해 두 분이서 이야기를 나눌 때 젊은 주인님은 잇폰마쓰 씨에게 우단 차를 내어주지 않았다고 합니다.

구로즈카에서는 어떤 손님에게든 차를 내어주는 것이 예의로 여겨져요. 하물며 이날의 대화는 그 결과에 따라 큰돈이 들어올 수 있는 매우 중요한 것이었죠. 예의를 다 해도 모자랄 판에 차를 내는 걸 잊다니, 그런 일은 있을 수 없어요. 만에 하나라도 잇폰마쓰 씨가 목숨을 잃어서는 안 된다, 젊은 주인이 차를 내어주지 않은 건 그것을 걱정했기 때문 아닐까요."

"잇폰마쓰를 죽이고 싶지 않으면 차에 독을 섞지 않으면 되는 거 아니야?"

"젊은 주인님도 어떤 찻잎이 안전하고 어떤 찻잎에 독이 들었는지 알 수 없게 된 것이겠죠."

"어떻게 그런 일이 있을 수 있지?"

"구로즈카의 유곽은 어디든 사정이 좋지 않다고 들었지만, 그 원인 중 하나가 손님에게 우단 차를 대접하는 풍습에 있다는 점은 틀림없어요. 젊은 주인님은 이 지출을 줄이고자 했겠죠. 언제부터인지는 모르지만, 우단의 차 농가에서 들여온 찻잎에 우와키레 산에서 채취한 찻잎을 섞어서 사용했던 거 아닐까요?"

쓰나오가 허리를 세우고 해마 같은 자세로 얼어붙었다.

"아시다시피 구로즈카 남쪽의 차나무 군생지에는 차음살이 섞여 있어요. 젊은 주인님은 차나무의 잎을 따려다가 실수로 우단 차 찻잎에 차음살을 섞어버린 거겠죠.

5월과 6월에 잇따라 손님이 죽으면서 젊은 주인님은 자신의 잘못을 깨달았을 거예요. 다행히 남천루의 차가 원인이라고 밝혀지지는 않았지만, 이대로라면 다시 손님이 목숨을 잃는 것도 시간문제죠. 그렇다고 찻잎을 통째로 폐기하면 막대한 손해를 입게 될 거예요. 젊은 주인님은 머리를 싸쥐었겠죠. 그리고 생각해낸 것이 대문 기둥에 예고문을 붙임으로써 구로즈카에 원한을 품은 자가 손님에게 독을 먹이는 것처럼 속인다는 기발한 계책이었던 겁니다."

사쓰마 순사는 어쩐지 석연치 않은 듯 코와 턱을 만지작거렸다.

"이해가 안 돼. 범인의 동기가 어쨌든 유곽에서 내어준 차에 독이 들어 있었다는 사실은 변하지 않아. 그런 예고문이 무슨 의미가 있지?"

"범인이 특정 손님을 노리고 독을 먹인다면 그것이 가능한 건 매일 많은 손님에게 차를 내어주는 할멈들뿐이에요. 젊은 주인님은 예고문을 내겂으로써 유곽에서 일하는 할멈들에게 의심이 쏠리게끔 하려 했던 거죠."

이젠 그만 좀 해달라는 듯 지요미 할멈의 얼굴이 주름투성이가 되었다.

"다음에 누가 죽는지는 알 수 없잖아. 그렇담 '다음에는 야쿠자가 죽는다'라는 예고는 불가능하지 않나?"

"네. 그건 그냥 허풍이에요. 야쿠자가 죽으면 좋겠지만, 그렇지 않은 자가 죽더라도 문제는 안 되죠. 그래봐야 살무사 할멈의 마음이 달라졌겠거니, 하고 다들 억측할 뿐이니까요. 젊은 주인님의 목표는 어디까지나 살무사 할멈이 죽일 상대를 고르고 있다고 생각하게 만드는 거였어요. 그렇게 함으로써 자신을 용의선상에서 제외하려고 한 거죠."

다시 침묵이 찾아왔다. 젊은 주인의 거친 숨소리가 울려 퍼졌다.

"당신이 살무사 할멈이었나?"

사쓰마 순사가 입구를 등지고 서서 자연스레 퇴로를 막으며 물었다. 젊은 주인은 천천히 얼굴의 땀을 닦고는 순사를 노려보며 코를 훌쩍였다.

"나나카마도의 말이 맞아."

지요미 할멈이 무너졌다.

"다들 너무 심각하게 생각하는 거 아니야? 죽은 자들은 다들 개코원숭이에게도 지지 않는 색골들뿐이야. 그런 놈들이 죽은 게 뭐가 문제지?"

다쿠조가 들으면 화를 낼 법한 말이었지만, 공교롭게도 그 쓸모없는 유령은 어디에서도 보이지 않았다.

7

사람에게 말도 못 거는 유령이 누군가를 저주해서 죽이는 것이 가능할까? 설령 가능하다고 해도 다쿠조가 약속을 지킬까? 나나코는 속이 속이 아니었지만, 그 걱정은 기우에 불과했다.

잇폰마쓰 후미히코가 죽은 것이다.

젊은 주인이 체포되고 하룻밤이 지난 8월 9일. 남천루의 기부와 언니들의 배웅을 받으며 나나코는 구로즈카를 떠났다. 대문 밖에는 잇폰마쓰의 동료들이 기다리고 있었고, 그들은 나나코를 게소자키 신궁으로 데려갔다.

그곳에서 매우 간소한 혼례가 진행되었다. 장뇌 냄새를 풍기는 신관의 지시에 따라 나나코는 술을 마시거나 손뼉을 마주치거나 했다. 잇폰마쓰도 대체로 비슷한 동작을 했다.

식이 끝나자 나나코는 신부 의상을 벗고 택시를 탄 채 한 발 늦게 잇폰마쓰의 저택으로 향했다.

그곳에서 기다리던 잇폰마쓰가 본성을 드러내고 행복의 절정에 있던 나나코에게 폭력을 행사한다는 줄거리였으리라. 하지만 현관문을 열자 거기에는 잇폰마쓰의 파편이 흩어져 있었다. 마치 폭발한 것처럼 피부라는 피부가 죄다 찢기고 피와 살과 내장이 마루를 가득 채우고 있었다.

이런 말도 안 되는 짓을 할 수 있는 이는 달리 없다. 다쿠조의 유령이 잇폰마쓰에게 천벌을 내린 것이다.

나나코는 하룻밤에 걸쳐 돈이 될 만한 물건을 여행 가방에 쑤셔 넣고 저택을 나섰다. 마을 사람들이 잠에서 깨어나기 전에 택시를 잡아 게소자키를 떠날 작정이었다.

희미한 여명이 비치는 골목을 지나 거리로 나섰다. 택시는 보이지 않았다. 큰길이 어느 쪽인지도 알 수 없었다. 간간이 들리는 엔진 소리에 의존해 걷다 보니 갑자기 누가 말을 걸었다.

"아가씨, 얼마야?"

그 얼빠진 목소리는 들은 기억이 있었다. 발을 멈추고 돌아보고는 곧장 후회했다.

"어라?"

붉은 얼굴의 남자가 초점이 맞지 않는 눈으로 나나코를 들여다보았다. 며칠 전 남천루에서 나나코를 안은 오징어 낚시꾼 도키오였다.

"너, 죽은 거 아니었어?"

무시하고 가려 했지만, 곧장 팔을 붙잡혔다.

"남천루의 나나카마도 맞지? 살아 있다는 말은 미나토회의 야쿠자에게 시집을 간 건가?"

도키오는 나나코의 온몸을 핥듯이 훑어보고는 오른손의 여행 가방에 시선을 고정했다.

"뭐야. 그런 거였어?"

그의 입가에 미소가 번졌다.

"못 본 척해주세요. 부탁드릴게요."

목이 아플 정도로 말랐다.

"그래. 응, 그렇게 하자." 도키오가 입술을 핥았다. "그 대신 내 말을 들어."

손을 떨쳐내고 도망가려고 하자 도키오가 뒤에서 나나코를 껴안으며 겨드랑이에 팔을 끼워 넣었다.

"우리 배에 타. 그럼 누구에게도 들키지 않을 거야. 그럼 우리도 뱃일이 즐거워질 거고."

나나코는 도키오의 발을 밟았다. "으악!" 팔이 느슨해졌다. 그 틈에 가방을 안고 뛰쳐나갔다.

"우하하. 웃기네. 여자가 뛰고 있어. 깡충깡충 여자야!"

도키오의 웃음소리가 뒤따라왔다. 금세 숨이 차고 허벅지 뒤가 아팠다. 다리 힘이 빠져서 쓰러질 것 같던 그때였다.

"나나카마도 씨, 이쪽으로!"

건물과 건물 사이에서 시로가 손짓했다. 그러더니 곧바로 몸을 돌려 골목길을 달렸다. 나나코는 기력을 짜내서 시로의 뒤를 쫓았다. 그 작은 등을 시야에서 놓치지 않고자 어떻게든 모퉁이를 돌았다.

"어라? 어디 갔지?"

도키오의 어리둥절한 목소리가 들렸다.

3분 정도 지그재그로 골목길을 달린 후 넓은 길로 나왔다.

다리 건너편에서 택시가 달려오고 있었다. 가방을 내려놓고 택시를 향해 손을 흔들었다.

"……시로 군, 왜 여기에?"

나나코가 묻자 시로는 갑자기 눈을 돌렸다. 말을 찾는 듯 입을 뻐끔거리다가 입을 열었다.

"저도 데리고 가주실래요?"

"왜?"

말하고 나서 후회했다. 이유 같은 것은 물어볼 필요도 없다. 이 소년은 나나코를 좋아한다.

"저도 잘 모르겠어요." 시로는 나나코를 흘끗 보고 곧바로 고개를 숙였다. "그저 나나카마도 씨에게 도움이 되고 싶어요."

눈앞에 택시가 멈췄다.

"가자." 나나코는 문을 열고 시로를 돌아보았다. "둘이서."

택시를 갈아타고 일곱 시간. 두 개의 현을 넘어선 곳에서 두 사람은 마침내 차에서 내렸다.

그곳은 하다카미라는 항구도시였다.

두 사람은 번화가에서 조금 떨어진 공동주택에 방을 얻었다.

몇 년은 불편 없이 살 수 있을 만큼의 돈이 수중에 있었지만, 아무 일도 하지 않으면 오히려 눈에 띌 것 같아서 나나코는 봉제공장에서 일하기 시작했다. 일을 익히는 것은 힘들었지만, 유곽에서 일하는 것에 비하면 식은 죽 먹기였다.

시로는 하다카미에 오자마자 여름 감기를 앓았고, 그 뒤로 좀처럼 체력이 돌아오지 않았다. 자신만 일하러 나가지 못하는 것이 한스러운지 나나코가 집에 돌아오면 항상 어깨를 움츠렸지만, 나나코는 시로가 집에 있어주는 것만으로도 행복했다.

열세 살 때 유곽에 팔려 간 이후, 두 번 다시 손에 넣을 수 없다고 생각한 자유로운 생활은 인간다운 배려와 위로, 그리고 미래에 대한 기대감으로 가득 차 있었다.

하나 신경 쓰이는 것은 살무사 할멈의 정체를 밝혀낸 그날 이후 다쿠조가 갑자기 사라져버렸다는 점이었다. 나나코에게 들러붙어 있는 이상 언젠가는 하다카미에도 나타나리라 생각했지만, 한 번도 모습을 드러내지 않았다. 시로의 눈을 피해 벽장이나 천장 위를 들여다봐도 야쿠자의 유령이 조용히 숨어 있거나 하는 일은 없었다.

혼례 후 잇폰마쓰가 죽은 시점까지 다쿠조가 이 세상에 있던 것은 틀림없다. 녀석을 죽인 후 알아서 혼자 성불한 것일까? 하지만 다쿠조가 나나코에게 사건을 조사하게 한 것은 한참 관계를 맺던 중에 깜짝 놀라 죽었다고 여겨지는 것을 참을 수 없었기 때문이었다. 그런 점에서 나나코가 밝혀낸 진상은 다쿠조에게는 본말이 전도된 것이었다. 그것으로 성불할 수 있으리라고는 생각되지 않았다.

'약은 약사에게, 진료는 의사에게'라고 했던가. 나나코는 점쟁이에게 의지하기로 했다.

구로즈카를 떠나고 두 달이 지난 10월 10일의 새벽녘. 나나코는 남자용 밀짚모자를 깊게 눌러 쓰고 다시 유곽 거리에 발을 들였다.

"오랜만이에요."

나나코가 말을 걸자 점쟁이 노파는 곧장 고개를 들었다.

"누구시더라?"

나나코를 기억하지 못했다. 몇 시간 만에 기억이 사라지니 당연한 일이다.

"저, 아직 들러붙어 있나요?"

"어디 보자." 점쟁이는 안경을 쓰고 나나코를 바라보았다. "아, 훌륭한 것이 들러붙어 있네."

역시나. 나나코는 침을 삼키고 여행 가방을 열었다.

"쫓아내주셨으면 하는데요."

거리에 사람이 없는 것을 확인하고 돈다발을 보여주었다. 고메 할멈은 유곽을 엿보는 남자들처럼 후훗, 하고 기쁜 표정을 지었다.

"맡겨둬. 우리 집으로 가자."

곧장 촛불을 불어 끄고 테이블보를 개기 시작했다.

솔직히 말하자면 고메 할멈에게 큰 기대를 하지는 않았다.

유령을 제령하는 의식을 받는다고 해서 무언가가 달라질 리는 없다. 결국은 자신의 마음을 편하게 하기 위해서다.

그래도 나나코는 자신의 손으로 직접 과거와 결별할 수 있다는 사실이 기뻤다.

*

"너, 유령이야?"

자택 현관에 나타난 다쿠조를 보고 잇폰마쓰는 그렇게 말했다.

"나를 저주해서 죽이러 온 거야?"

과연 미나토회의 정점에 선 남자다. 죽은 줄 알았던 다쿠조를 앞에 두고도 침착했다.

하지만.

"형님, 제가 어떤 남자인지 벌써 잊으신 건가요?"

이번만큼은 다쿠조가 유리했다. 잇폰마쓰가 의아한 듯 눈을 가늘게 떴다.

"전 손맛이 느껴지지 않는 게 싫습니요."

다쿠조는 잇폰마쓰의 뺨을 향해 주먹을 날렸다. 혼례에서 마신 술이 신경을 둔하게 만들었는지, 잇폰마쓰는 반걸음 물러서며 주먹을 피하려고 했지만 발이 꼬여 넘어졌다.

"저주해서 죽이거나 그럴 순 없죠. 전 이렇게 제 손으로 할

겁니다."

다쿠조는 잇폰마쓰 위에 올라타서 주먹을 휘둘렀다. 미친 듯이 때렸다. 잇폰마쓰가 등에 숨기고 있던 단도를 휘두르려 하기에 턱을 가격해 의식을 날려버렸다. 단도를 빼앗아 가슴과 배를 찔렀다. 피가 솟구쳐 연못이 생겼다. 그곳을 다시 찔렀다. 세로와 가로로 찢었다. 손이 파닥거렸다. 오줌이 새어 나왔다. 미끄덩한 상처에 손가락을 찔러 넣고 살점을 뜯어냈다. 장을 꺼냈다. 신장을 쥐어 뽑았다.

"더러운 창자네요."

그렇게 중얼거렸을 때, 잇폰마쓰는 꿈쩍도 하지 않게 되었다. 신장에서 얼굴로 피가 흘러내려도 아무 말도 하지 않았다. 다쿠조는 괜히 화가 나서 신장을 갉아 먹었다. 썩은 과일 같은 즙이 나와서 기분 나빴지만, 억지로 씹어 삼켰다.

구로즈카의 소음이 귀에 되살아났다.

회장을 죽인 그날, 다쿠조가 유곽 마을로 향한 것은 어떻게든 죽기 전에 여자를 안고 싶었기 때문이다. 그런데 왜 지금 남자의 신장을 먹고 있는가. 자신도 모른다. 굳이 말하자면 몇 가지 바보 같은 불운과 거짓말 같은 행운이 겹쳤기 때문이리라.

시체라고 생각하던 여자가 되살아난 경악과 공포는 지금도 뇌리에 남아 있다. 다쿠조는 발작을 일으켜 의식을 잃었지만, 다행히 5분 정도 후에 의식을 되찾았다. 어쩐 일인지 나나카마도도 다시 의식을 잃은 상태였고 다쿠조는 나나카마도에게 음경을 꽂은 채로 엎드려 있었다.

다쿠조는 화가 났다. 시체라고 들었는데 이야기가 다르지 않나. 스케보에게 불평하려고 음경을 바지춤에 갈무리하며 문을 열었다. 그럴 생각이었다. 아직 의식이 몽롱한 상태였으리라. 다쿠조가 실제로 연 것은 벽장 문이었다.

거기에는 낯선 남자의 시체가 있었다.

다쿠조가 놀란 것은 말할 필요도 없다. 여자와 마찬가지로 사실은 살아 있는 것은 아닐까 의심했지만, 이쪽은 이미 시반도 생겨 있었고 가사 상태가 아니라는 점은 명백했다. 창고방에 들어왔을 때 맡았던 냄새의 원인은 이거였구나 하고 이해했다.

이 시체가 곤자라는 남자라는 사실을 알게 된 것은 한참 후의 일이다. 곤자는 차음살이 들어간 차를 마셨다. 후쿠로 다타키라는 유녀와 살을 맞댄 후, 화장실에 갔다가 거기에서 죽은 듯했다.

스케보가 시체를 숨긴 것은 이 남자가 부시장의 아들이었기 때문이리라. 이 사건이 드러나면 이전과는 비교도 할 수 없을 만큼 주목을 모으게 된다. 경찰도 명예를 걸고 수사에 임할 것이다. 곤자가 남천루의 화장실에서 목숨을 잃은 이상, 자신들이 의심받는 것도 피할 수 없다. 이대로는 안 되겠다고 생각한 스케보는 창고방에 시체를 숨기고 몰래 처분하려 한 것이다.

그런 시체를 앞에 두고 다쿠조는 문득 생각이 떠올랐다.

자세한 사정은 알 수 없지만, 스케보가 이 시체를 숨기려 한다는 것은 틀림없다. 그럼 이 시체와 몸을 바꿔치기해서 자기가 죽은 것처럼 속이면 미나토회의 추적자들로부터 도망칠 수 있지 않을까.

그러는 사이에 스케보가 창고를 들여다보러 왔다. 어떻게든 시체와 몸을 바꿔치기할 수는 없을지 고민하던 다쿠조는 급히 죽은 척을 했다. 스케보는 기부와 할멈을 불렀고, 그 사이에 나나카마도도 의식을 되찾았다. 다쿠조만이 엎드린 채로 있었다.

스케보는 다쿠조의 머리를 발로 차며 말했다.

"죽었어. 진짜 정말로 죽었어."

누구보다 놀란 것은 다쿠조 본인이었다. 스케보는 다쿠조의 상반신을 일으키기도 하고 뺨을 때리기도 했다. 다쿠조에게 숨이 붙어 있다는 사실을 깨달았을 것이다. 그 남자는 거짓말을 했다.

뒤늦게 스케보의 속셈을 알게 되었다. 그 남자는 다쿠조가 독이 든 차를 마셨다고 믿었다. 직전에 곤자가 죽었기에 다쿠조가 마신 차에도 독이 들어 있었다고 짐작했으리라.

하지만 왜 아직 숨이 붙어 있던 다쿠조를 시체 취급했을까.

스케보가 이 거짓말을 한 것은 새벽 1시 15분이었다. 다쿠조가 남천루에 도착한 것은 0시 20분쯤이니, 그로부터 아직 한 시간도 지나지 않았다. 차음살의 중독 증상이 나타나는 데는 한두 시간이 걸린다. 그 시점에 독의 효과가 이미 나타났다고 하면 다쿠조는 남천루에 오기 전, 다른 장소에서 독을 입에 댔다는 말이 된다. 스케보는 다쿠조가 죽은 시늉을 하는 것을 이용하여 다쿠조의 사망 시각을 앞당겨서 다쿠조가 다른 유곽에서 독을 먹은 것처럼 꾸미려 한 것이다.

하지만 다쿠조는 죽지 않았다. 다쿠조가 마신 차에 독이 들어 있지 않았던 걸까. 혹은 나나카마도가 숨을 되살린 것에 놀란 나머지 구토한 덕에 독을 흡수하지 않은 걸까. 지금에 와서는 알 수 없다. 어느 쪽이든 다쿠조는 살무사 할멈의 송곳니를 피했다.

창고에 홀로 남겨진 다쿠조는 곤자의 시체와 몸을 바꿔치기했다.

스케보는 당연히 다쿠조의 계략을 눈치챘을 것이다. 하지만 그것을 주변에 밝히지 않았다. 다쿠조와 곤자가 바뀌었다는 사실을 설명하려면 우선 창고에 곤자의 시체가 있었다는 사실을 밝혀야만 한다. 그러면 곤자가 독을 먹고 죽은 것, 결국에는 살무사 할멈 사건이 발생한 것이 남천루라는 사실도 줄줄이 밝혀진다. 스케보와 다쿠조는 서로의 비밀을 쥔 일종의 공범 관계였다.

그로부터 나흘간 다쿠조는 구로즈카에 머물렀다. 이유는

두 가지였다. 하나는 스케보의 지휘에 따라 곤자의 시체가 다쿠조를 대신해 무연고 무덤에 들어가는 것을 지켜보기 위해. 또 하나는 나나카마도를 부추겨 자신의 사인을 다른 것으로 바꿔치기하기 위해서였다.

나나카마도의 결정적인 증언 덕에 다쿠조는 유녀가 되살아난 것에 깜짝 놀라 죽은 것으로 여겨졌다. 잇폰마쓰를 비롯해 미나토회의 인간들에게 그 사실이 알려지는 것은 참을 수 없었다. 적어도 독살당한 것처럼 보이게 만들 수는 없을까. 다쿠조는 그렇게 생각했다.

나나카마도가 갇혀 있던 헛간은 2층 창문의 잠금장치가 망가져 있었다. 담벼락 위를 통해 헛간으로 숨어들자 나나카마도는 다쿠조의 유령이 나타났다고 믿었다. 바보 같은 연극을 하는 것은 썩 유쾌하지 않았지만, 살아 있다는 사실을 숨긴 채 나나카마도에게 말을 걸 방법은 생각나지 않았다.

다쿠조는 나나카마도에게 거래를 제안했고, 우선 전문가에게 곤자의 시체를 조사하게 했다. 입안의 토사물에서 차음살 성분이 검출되자, 이어서 세 곳의 유곽에 할멈의 이야기를 들으러 보냈다. 목적은 독을 먹인 범인을 밝혀내는 것. 애초에 그녀가 어떤 진상에 도달하든 다쿠조의 사인이 독살이라면 나머지는 뭐든 상관없었다.

나나카마도의 조사에 동행한 이유는 역시 지루했기 때문이었다. 첫날 밤에 유곽을 돌았을 때, 각 유곽에서 일하는 할멈들의 신체 결함을 깨달은 상태였기에 그녀들이 눈치채지 못하게 행동하는 것은 쉬운 일이었다.

비파루의 마쓰바 할멈의 눈에 다쿠조는 보이지 않았다. 눈이 보이지 않기 때문이다.

진주루의 다케요 할멈의 귀에 다쿠조의 목소리나 발소리는 들리지 않았다. 귀가 들리지 않기 때문이다.

황홀루의 고메 할멈은 다쿠조와 복도에서 얼굴을 마주쳤지만, 그것이 3일 전에 차를 내어준 손님이라는 것을 깨닫지 못했다. 얼굴을 잊어버렸기 때문이다. 아마도 기부 중 한 명이라고 착각했으리라.

나나카마도는 유녀치고는 똑똑했지만, 한번 받아들인 것에는 전혀 의구심을 품지 않는 듯 할멈들이 다쿠조에게 반응하지 않는 것도 그가 유령이라는 증거로 받아들인 듯했다.

그리하여 나나카마도가 도달한 진상은 확실히 다쿠조는 독을 먹긴 했지만, 죽은 것은 나나카마도가 되살아난 것에 놀랐기 때문이라는, 다쿠조로서는 받아들이기 힘든 내용이었다. 그럼에도 나름대로 논리가 명확한 데다 스케보가 체포된 것이 유쾌했기에 순순히 받아들이기로 했다. 그 남자가 경찰에게도 진실을 말하지 않은 것은 부시장의 아들이 아니라 미나토회의 똘마니를 죽인 것으로 해두는 편이 유곽에 끼치는 영향을 줄일 수 있다고 판단했기 때문일 것이다.

다만 하나, 잇폰마쓰가 이 사인이 사실이라고 생각하는 것만큼은 도저히 참을 수 없었다. 그래서 죽이기로 했다.

곧바로 저택으로 쳐들어가도 좋았겠지만, 모처럼이니 나나카마도와의 혼례가 끝나고 쾌락에 빠져들려는 찰나에 찬물을 끼얹어주기로 했다.

"유령이 돼서 나타날 생각일랑 하지 마."

먹다 남은 신장을 잇폰마쓰의 얼굴에 던지려던 그때, 저택 앞에 차가 멈추는 소리가 들렸다. 택시가 나나카마도를 데리고 온 것이리라.

손에 묻은 피를 털어내고 뒷문을 통해 골목으로 나왔다.

어디로 갈지는 정하지 않았다. 지금은 어쨌든 멀리 도망칠 수밖에 없다. 게소자키로는 돌아올 수 없고, 구로즈카를 방문하는 일도 다시는 없을 것이다. 언젠가 여자의 가랑이 같은 냄새가 나는 그 바람을 그리워하게 될까.

한 가지 확실한 것이 있다면, 무슨 일이 있더라도 시체만은 두 번 다시 안지 않겠다는 것이었다.

8

게소자키에 눈이 내린 것은 3년 만이었다.

그날의 황홀루는 벌집을 들쑤신 것처럼 소란스러웠다. 완전히 변한 경치를 보고 눈물을 터뜨리는 유녀. 한여름처럼 땀을 흘리며 벌벌 떠는 유녀. "펑펑 눈이 옵니다"를 멈추지 않는 유녀. 질에 눈을 쑤셔 넣고 "차가워"라고 얼굴을 붉히는 유녀도 있었다. 유곽의 여주인 마리코는 이른 아침부터 그녀들을 돌보느라 바빴다.

어떻게든 혼란을 가라앉히고 평소보다 한 시간 늦게 낮 영업을 시작했을 때, 뚜쟁이인 다누키가 찾아왔다.

"하다카미의 병원에서 발견한 여자야."

다누키는 콧구멍을 부풀리며 젊은 여자의 머리를 때렸다. 남자 부하 두 명이 힘을 합쳐 여자를 일으켜 세웠다. 여자는 양손이 뒤로 묶였고 입에는 수건이 물려 있었다.

"이쪽은 완전히 망가졌지만." 아저씨가 관자놀이를 두드렸다. "몸에 상처도 없고 구멍도 느슨하지 않아. 황홀루에는 딱이지?"

다누키의 외투에서는 죽은 짐승 같은 냄새가 났다. 부하가 수건을 풀자, 소녀는 터져 나오듯 이야기하기 시작했다.

"미안해. 미안해. 제령 의식 같은 거 해서 미안해."

문득 기억이 꿈틀거렸다. 나는 이 여자를 알고 있다. 불과 몇 달 전까지 어딘가의 유곽에서 일하던 유녀 아닌가.

"이 아이, 전에도 구로즈카에 있지 않았어?"

고메 할멈에게 속삭였지만, 고메 할멈은 "글쎄요"라고 고개를 갸웃거릴 뿐이었다. 그것을 본 다누키가 빙그레 웃음을 보였다.

"그게 사실이라면 기술을 가르칠 수고도 덜겠군. 이런 좋은 물건은 흔치 않아."

다누키가 얼굴을 가까이 댄 탓에 아침으로 낫토를 먹었다는 사실을 알 수 있었다. 하나부터 열까지 비위가 상했지만, 그가 하는 말은 타당했다. 살무사 할멈 사건으로 줄어들었던 손님이 다시 돌아오기 시작해 황홀루는 유녀가 부족한 상태가 이어지고 있었다. 오늘 밤 당장 영업을 내보낼 수 있는 신참을 놓칠 수는 없었다.

"살게요."

마리코는 숨을 멈추고 다누키를 안으로 안내했다. 고메 할멈이 밧줄을 쥔 채로 여자를 방으로 데려갔다.

"아, 난 얼마나 바보 같은지." 젊은 여자는 침을 흘리며 의미도 알 수 없는 말을 반복했다. "시로가 내 안에서 죽은 아이의 유령이었다니, 생각지도 못했어."

역시 이 여자, 처음이 아닌 듯하다.

구로즈카에서는 벗어날 수 없다. 손님 사이에서 떠도는 말이 문득 머릿속을 스쳐 지나갔다.

모틸리언의 손목

0

"아아, 달님. 저 불쌍한 망상가가 눈을 뜨게 해주실 수 없나요?"

옅은 구름으로 뒤덮인 달을 올려다보며 무릴로는 마음 깊은 곳에서 우러난 기도를 올렸다.

"닥쳐, 버러지 주제에."

그렇게 답한 것은 물론 달도 태양도 아니었다. 쓰러진 나무 너머에 있는 시우베라였다. 여전히 목소리는 크지만 말에는 힘이 없었다.

"이 쓸모없는 놈. 입만 산 버러지. 구멍 파는 것 말고는 아무 능력도 없는 지렁이 같은 놈. 나는 망상가가 아니야. 시체는 있어. 분명히 있다고!"

그렇다면 왜 7일이나 숲을 헤매고도 손가락 하나 찾지 못했을까. 짜증이 나서 돌을 걷어찬 그때였다.

"앗!"

짤랑, 목에 걸린 사슬을 울리며 푸자가 덩굴에서 얼굴을 내밀었다. 그녀는 무릴로와 시우베라 쪽을 돌아보며 발밑을 가리켰다.

"여기 있을지도 몰라."

"정말이야?"

시우베라가 덤불 속으로 들어가 바짝 엎드려 땅에 얼굴을 가져다 댔다.

"잘 모르겠는데."

무릴로가 센서를 땅에 대보았다. 바늘이 살짝 반응했다.

"애매하네. 파볼까?"

"푸자를 믿어보자. 이 녀석의 후각세포는 개랑 맞먹는 수준이니까."

무릴로는 기지로 돌아가 쌍발형 가동 천공기에 올라탔다. 이 천공기는 임신한 거미 같은 모양새로, 배에 있는 무한궤도를 회전시켜서 전진한다. 스티어링을 조작해 숲으로 돌아와 푸자가 분필로 표시한 곳에 엉덩이 구멍을 맞췄다. 사방에 말뚝을 박아 기체를 고정하고 레버를 내려 굴착관을 땅에 꽂았다. 조종석 바닥이 크게 흔들린 후, 진동이 점차 잦아들었다.

굴착관은 천천히 회전하며 토양을 파고 들어갔다. 몸통 하나 정도의 깊이에 다다랐을 때, 굴착관 끝의 센서가 반응했다. 보조관으로 목표물을 채취한 후 레버를 올려 굴착관을 끌어올렸다.

"빨리 좀 해. 지렁이 같은 놈아."

시우베라의 재촉에 무릴로는 조종석에서 내려왔다. 간이 세척이 끝나기를 기다려 천공기의 뒷문을 열었다.

추출구 트레이에 뼈가 놓여 있었다. 형태는 단풍잎과 비슷했다. 작은 뼛조각 더미에서 막대 모양으로 연결된 뼈가 다섯 개 자라나 있었다.

"뭐야, 이게. 문어가 먹다 남긴 찌꺼기인가?"

"동물의 손이잖아."

다섯 개의 손가락은 크기가 제각각이었고, 긴 것에는 관절로 보이는 마디가 세 개 있었다. 손목에는 금속 고리가 감겨 있었는데 손등 쪽으로 문자판 같은 것이 붙어 있었다. 이런 도구를 사용하던 동물은 우리 말고 딱 하나뿐이다.

"역시 생각대로야. 손이 있는 걸 보면 분명 근처에 다른 부위도 있을 거야."

시우베라는 '어때, 멍텅구리 자식아'라고 말하고 싶은 표정으로 무릴로를 흘겨본 후, 손목을 보존 수조에 던져 넣었다. 무릴로는 말없이 조종석에 올라탔다.

"저기 말이야. 이런 어중간하게 잘린 조각이 왜 땅속에 묻혀 있었을까?"

스피커 너머로 푸자의 목소리가 들렸다. 그녀를 보니 눈을 가늘게 뜨고 보존 수조를 들여다보고 있었다.

"글쎄. 시체에도 나름대로 사정이 있겠지."

시우베라가 퉁명스럽게 대답했다.

자신들이 찾는 것은 단순한 시체가 아니다. 오랜 세월에 걸쳐 광물이 스며들어 뼈의 성분이 치환된 시체. 즉, 화석이다.

물론 아무 화석이나 좋은 것은 아니다. 쥐나 고양이, 바퀴벌레 화석도 약간의 용돈벌이는 되지만, 굳이 배를 빌려 섬에 들어온 이상 더 값진 것을 찾아야만 본전을 뽑을 수 있다.

무릴로 일행이 찾는 것은 과거 이 섬에 살았던 외계 생명체, 모틸리언의 화석이었다.

1

포스타 섬에는 신이 산다.

어릴 때부터 부모와 선생에게 그렇게 배웠다.

무릴로는 더는 아이가 아니다. 물론 무지렁이 같은 놈도 아니다. 학교를 그만두고 일을 시작했을 무렵에는 신 같은 것은 머릿속에만 존재하며 어른들도 그것을 알면서 신을 숭배한다는 사실을 이해하게 되었다.

지금으로부터 29,976년 전. 고향 섬에서 별을 관측하며 유유자적한 노년을 보내던 우주생물학자 하카 타파리아가 포스타 섬에 서식하는 모틸리언을 발견했다.

모틸리언은 기존에 발견된 어떤 동물과도 생김새가 전혀 달랐다. 몸은 엄청나게 작은데 뇌만 컸고, 그것을 얇은 뼈와 말랑한 피부로 감싼 채 덩굴처럼 가느다란 팔을 바쁘게 움직였다. 모틸리언은 우리 조상이 처음으로 존재를 확인한 높은 지능을 가진 외계 생명체였다.

학자들은 관측 위성을 활용해 지구 전역을 샅샅이 조사했고, 포스타 섬이나 그 주변은 물론 정글이나 사막, 남극권에 이르기까지 이제껏 발견되지 않은 것이 이상할 정도로 다양한 곳에 모틸리언이 서식하고 있음을 확인했다. 모틸리언은 작은 집을 짓고 우리 조상과 유사한 도구—칼, 촛불, 그리고 시계까지—를 사용하며 생활하고 있었다.

모틸리언은 언제부터 지구에 살았을까. 어디에서 와서 무엇을 생각하고 있을까. 모르는 것이 너무 많았다. 학자들은 장기적인 조사와 적절한 소통이 필요하다고 호소했지만, 자신들이 나고 자란 은하계의 지배자 자리를 빼앗길 것을 두려워한 권력자들은 모틸리언에 대한 선제공격을 결정했다. 그리고 순식간에 그들을 전멸시켰다.

그 이후 지구는 긴 암흑기에 접어들었다. 우주에 자신들만 존재하는 것이 아니라는 사실을 알게 된 조상들은 미지의 생명체에 대한 공포에 시달리며 이 행성에서 고독하게 살아갈 수밖에 없었다. 그들은 해소할 수 없는 불안을 서로에게 쏟아내며 대립과 충돌, 분쟁과 박해를 반복했다. 수많은 문명이 멸망했고, 새로운 통치자가 나타났다가 덧없이 사라졌다.

포스타 섬에 신이 산다는 신앙이 퍼진 것도 그런 시대였다고 한다. 과거 모틸리언이 발견된 섬에 신이 산다는 것도 웃기는 이야기지만, 그렇게라도 믿지 않으면 앞을 바라보며 살아갈 수 없는 사람도 많았을 것이다.

무릴로는 신을 숭배하느니 차라리 가루를 흡입하며 달을 보면서 잠이라도 자는 편이 낫다고 생각하는 사람이지만, 그래도 그런 녀석들 덕에 그녀를 다시 만날 기회가 돌아왔으니 그들에게 감사해야 할지도 모른다.

"모틸리언의 시체를 발굴하자."

찌는 듯한 더위에 뇌가 익어버릴 것 같은 여름밤, 아셀지아 시 외곽의 한 약방에서 땀을 흘리며 황분黇粉을 말고 있을 때 엄청나게 덩치 큰 남자가 앞자리에 앉았다.

"또 너냐."

과거 네그로의 채석장에서 알게 되어 무릴로에게 운석 재판매 사업을 제안한 후 막대한 빚만 남기고 모습을 감췄던 허풍쟁이, 시우베라였다.

"너는 싸구려 주석이나 니켈만 캐다가 생을 마칠 놈이 아니야. 나랑 같이 외계 생명체의 시체를 손에 넣자."

부자들은 돌을 좋아한다. 딱히 크거나 아름답지도 않고, 오히려 음산하기만 한 돌을 사 모아서는 상자에 넣어 장식하거나 목에 걸고 다닌다. 머리에 박아 넣는 녀석도 있다. 먼 옛날, 모틸리언을 발견한 조상들도 비슷한 짓을 했다고 하니, 이런 취향은 일종의 본능일지도 모른다. 그런 돌 중에서도 최근 들어 특히 가격이 치솟고 있는 것이 동물 화석으로, 그중에서도 길한 물건으로 여겨지며 높은 가격에 거래되는 것이 모틸리언의 화석이었다.

"시우베라. 넌 사기꾼 주제에 여전히 사전 조사가 부족하군." 무릴로는 황분을 담은 접시를 가까이 끌어당기며 말했다. "모틸리언 화석은 진작에 싹이 말라버렸어."

계기는 140년 전, 아피오 시의 과학자가 육파계肉波計를 발명한 것이었다. 육파계란 말 그대로 모틸리언이 내뿜는 육체의 파동을 감지하고 그 강도를 측정하는 기계다. 이 발명 덕에 지하 깊숙이 묻혀 있던 모틸리언 화석을 쉽게 찾을 수 있게 되면서 발굴 경쟁이 치열해졌다. 세계 327개 도시가 가맹한 알도 연맹이 모틸리언 화석 발굴을 금지한 것은 이미 모든 대륙의 땅이 전부 파헤쳐진 뒤였다.

"과연 그럴까? 지구에는 단 한 곳, 아직 아무도 드릴을 꽂은 적 없는 숫처녀 같은 땅이 있어."

시우베라는 약방 안을 둘러보며 다른 사람이 없는 것을 확인한 후 말했다.

"포스타 섬이야."

그러고는 주머니에서 지저분한 종잇조각을 꺼냈다.

"작년 여름, 한 게릴라 단체의 의뢰로 알도 연맹의 데이터베이스를 해킹했어. 이건 그때 훔친 전 지구의 육파 통계 수치를 매핑한 자료야."

그렇게 말하며 테이블에 지도를 펼쳤다. 대부분의 대륙은 하얗거나 회색이었지만, 포스타 섬만 새까맣게 칠해져 있었다.

"포스타 섬은 신의 섬이야. 200년 전부터 출입이 금지된 덕에 아직도 모틸리언의 시체가 다수 묻혀 있어."

얼핏 듣기엔 사기로 느껴지는 말도 안 되는 이야기였다. 하지만 섬에서 육파가 나온다는 것이 사실일까?

"고속 수송선을 타고 포스타 섬으로 숨어들어서 화석을 조금 캐고 돌아오는 거야. 위험하지도 않고 누군가에게 피해를 주지도 않아."

"포스타 섬은 연맹 보안국의 관리 구역이잖아. 바로 잡혀서 감옥에 가지 않을까?"

"딱히 해안을 지키며 감시하는 건 아니야. 배가 금속 파동 센서에 걸릴 가능성은 있지만, 잘 대비하면 문제없어."

"거짓말하지 마." 무릴로는 목소리에 힘을 주었다. "보안국에 들키면 수송선 따위로는 도망칠 수 없어."

"일반적으로는 그렇겠지. 그래서 고래를 준비하는 거야."

뭐라고?

"가짜 미끼로 쓰는 거지." 시우베라는 고개를 내밀었다. "고철 덩어리를 쑤셔 넣은 고래를 배에 싣고 가는 거야. 그리고 해상의 금속 파동 센서가 반응하면 고래를 버리고 도망치는 거지. 멍청한 공무원들은 센서가 고래에 반응했다고 생각하고 빈손으로 기지로 돌아갈 거라고."

시우베라는 기세등등한 표정으로 무릴로의 손을 잡았다.

"너는 돌을 캐는 기술이 있어. 나는 돌을 팔 연줄이 있고. 모틸리언의 화석을 캐서 팔아치우면 우리 둘 다 평생 돈 걱정 없이 살 수 있어. 더 좋은 가루도 마음껏 흡입할 수 있다니까?"

무릴로는 쉽게 대답하지 못했다. 지금 생활에 딱히 불만은 없었다. 모틸리언을 발굴하고 싶다는 생각도 없었고 시우베라와 같이 일하고 싶지도 않았다. 하지만.

"나 말고 또 누구를 꼬드겼어?"

"설마. 머릿수를 늘리면 몫이 줄어들 뿐이니까. 너와 나, 그리고 푸자가 있으면 충분하지 않겠어?"

역시 그렇군. 그녀가 있다면 이야기가 달라진다.

"시우베라." 무릴로는 시우베라의 거친 손을 꽉 쥐었다. "나도 한 번쯤 외계 생명체를 발굴해보고 싶었어."

그 지진은 신의 계시였을지도 모른다.

태어나서 지금껏 한 번도 신을 믿은 적 없는 무릴로가 그렇게 생각할 정도로 그 흔들림은 마치 천지개벽 같았다.

시우베라가 준비한 고속 수송선으로 아셀지아 항구를 떠난 것이 열흘 전. 다행히 고래의 도움을 받을 일도 없이 포스타 섬에 도착했지만, 문제는 거기서부터였다. 상륙 후 7일간, 내륙으로 나아가며 화석을 찾아 헤맸지만, 수확이라고 해봐야 쥐, 고양이, 바퀴벌레, 그리고 모틸리언의 손목 하나가 전부였다. 모틸리언이 다수 묻혀 있다는 시우베라의 예측은 틀린 것일까. 그렇게 반쯤 포기하려던 때였다.

8일째 아침. 작은 지진이 일어난 직후, 모틸리언의 화석이 발견되었다. 그것도 대량으로.

그곳은 손목이 묻혀 있던 곳에서 1천 체體(약 4킬로미터), 해안에서는 1만 체(약 40킬로미터) 정도 떨어진 숲속의 함몰지로, 모틸리언의 시체는 지하 5과躒(약 1미터) 정도 깊이에 묻혀 있었다. 처음에 푸자가 육파를 측정했을 때는 두세 구만 나와도 성공이라고 생각했지만, 파내도 파내도 마치 샘물처럼 전신 골격이 나왔고, 그날 밤까지 수조에 넣은 시체는 열한 구에 달했다.

"신도 참 갸륵하시네. 굳이 땅을 흔들어 거기에 시체가 있으니 제대로 파내라고 알려줬으니 말이야."

시우베라가 손뼉을 치며 기뻐했다는 사실은 두말할 필요도 없다. 무릴로도 안도의 한숨을 내쉬었다.

그날 밤. 시우베라는 기지의 숙소 오두막에서 파티를 열었다.

"오늘은 내가 쏜다! 마음껏 흡입하라고! 뇌가 우주가 될 때까지 마음껏 빨아!"

말은 거창했지만, 시우베라가 내놓은 황분은 매춘가의 약방에서도 본 적 없을 정도로 혼합물이 잔뜩 섞인 조악한 물건이었다.

"신이여, 감사합니다. 해충인 줄 알았는데 익충이었군요. 당신들에 대한 감사의 마음, 나는 당분간 잊지 않겠습니다."

시우베라는 멍한 얼굴로 연신 손을 비벼대더니, 결국 지붕에 드러누워 크게 코를 골기 시작했다.

무릴로는 고개를 뒤로 젖혀 밤하늘을 올려다보았다. 산 하나 없는 평원의 한가운데. 별을 뿌려놓은 듯한 하늘에 어제보다 조금 더 부풀어 오른 달이 조용히 떠 있었다.

무릴로는 달을 좋아했다. 냉담하게 떠 있는 달을 바라보면 자신에게 닥친 골치 아픈 모든 일이 하찮게 느껴졌다. 높은 곳에서 내려다보면서도 태양처럼 거만하지 않은 점도 마음에 들었다.

그런 생각을 하며 밤하늘을 바라보고 있자니 더 좋은 가루를 흡입하고 싶어졌다. 혼합물이 잔뜩 섞인 가루여도 이렇게 기분이 좋은데, 제대로 된 것을 흡입하면 훨씬 기분 좋을 것이 분명하다. 저 달빛을 온전히 받아들이기 위해서라도 지금은 자신이 챙겨온 가루를 꺼내와야 할 때다.

그렇게 마음먹고 자신의 방으로 향하던 중, 바로 옆 저장실에 푸자의 모습이 보였다. 그녀의 젖과 배는 볼록하게 부풀어 있고 목에는 굵은 사슬이 걸려 있다.

연회가 시작되기 전, 시우베라에게 방으로 쫓겨났을 텐데 이런 곳에서 뭘 하는 걸까. 저장실 문의 창에 얼굴을 가까이 대자, 등을 곧게 펴고 수조를 들여다보는 푸자의 모습이 보였다.

"남편한테 들키면 눈알 뽑힐걸?"

무릴로가 문을 열자, 푸자는 이쪽을 돌아보며 민망한 듯 손으로 배를 가렸다. 마침 그 주변에서 대파만 계속 먹은 여자의 숙변 같은 냄새가 풍겼다.

푸자의 배 속에는 시우베라의 아이가 들어 있다. 알도 연맹의 법률에 따라 자궁에서 축축한 아이가 나올 때까지 푸자는 사슬에 묶여 시우베라의 명령에 복종해야 한다. 지금까지의 모습을 보아하니 그녀는 순순히 지침을 따르는 것 같지만, 그렇다고 그 성격이 어디 갈까. 가슴속에 끓어오르는 분노를 담고 있다는 점은 분명해 보였다.

이건 두 번 다시 오지 않을 기회다. 자궁이 비면 다음은 내 아이를 낳아줄지도 모른다. 무릴로는 속으로 그렇게 바라고 있었다.

"좀 궁금한 게 있어서."

푸자가 수조로 시선을 돌렸다. 어제 발굴한 모틸리언의 작은 손목이 가라앉아 있었다.

"이거, 지하 2체(약 8미터)에 묻혀 있었잖아."

무릴로는 고개를 끄덕였다. '체'는 알도 연맹이 제정한 단위 중 하나다. 대단한 분들은 이런 식의 규정을 잔뜩 만듦으로써 시민들에게 연맹에 대한 소속감을 심어줄 수 있다고 믿는 듯했다.

"왜 그런 곳에 손목만 묻혀 있었을까?"

그 화석을 가리키며 말했다. 라다부다부 시의 학교를 졸업한 엘리트인 푸자가 왜 그런 말을 하는지 이해할 수 없었다.

"화석이라는 게 원래 그런 거 아니야?"

예를 들어 내일 아침 무릴로가 곰에게 습격당해 죽는다고 하자. 그 시체가 화석이 될 가능성은 극히 낮다. 대부분의 동물 사체는 다른 동물에게 먹히거나 썩어서 흙으로 돌아가기 때문이다.

하지만 드물게 무언가의 이유로 땅에 묻히는 사체가 있고, 그 뼈에 오랜 시간에 걸쳐 광물이 스며들면 성분이 치환되면서 화석이 된다. 따라서 화석이 땅에 묻혀 있는 것은 당연하며, 온몸이 완전히 갖추어지지 않는 것도 지극히 흔한 일이다.

더구나 모틸리언에게는 다른 동물과는 다른 사정도 있었다. 그들에게는 매장 문화가 있었다. 우리처럼 그들 중 많은 수는 시체를 태운 후에 땅에 묻었다고 한다.

이 경우에는 당연히 화석이 만들어질 가능성이 없다. 무릴로 일행이 발견한 모틸리언 화석은 무언가 불행한 사정으로 길거리에서 죽었거나, 혹은 우리 조상의 공격으로 목숨을 잃고 동료들이 장례를 치러줄 수 없었던 자들이라는 말이 된다. 결국 다른 동물과 마찬가지로 모틸리언이 팔다리가 다 달린 멀쩡한 상태로 화석이 될 가능성은 극히 낮을 수밖에 없다.

"그건 맞지만. 그래도 이것 좀 봐봐."

푸자는 수조를 회전하여 손목뼈가 잘린 부분을 무릴로에게 보였다.

"여기, 너무 깔끔하게 잘린 것 같지 않아? 자연적으로 분해됐다면 절단면이 이렇게 매끈할 수 없지 않을까?"

수조를 들여다보았다. 손목 뿌리 부근에서 0.1과(약 2센티미터) 정도 되는 곳에서 팔의 뼈가 잘렸다. 절단면은 매끈했고, 동물에게 물리거나 미생물에 의해 분해된 것처럼은 보이지 않았다.

"이 녀석은 이유가 있어서 손목이 잘렸다는 거야?"

모틸리언에게 손목을 잘라내는 풍습이 있었다는 이야기는 들어본 적 없었다.

"그뿐만이 아니야. 학교에서 배웠겠지만, 동물 사체가 화석이 되려면 일단 땅속에 묻혀야 해. 가장 흔한 경우는 바다나 호수 바닥에 가라앉은 사체가 퇴적물에 파묻히는 케이스지. 하지만 우리가 이 주변에서 발견한 화석은 쥐, 고양이, 바퀴벌레 등 전부 육지 생물이었어. 그러니까 이 지역은 계속 육지였다는 말이야. 그렇다면 이런 방법으로 손목이 화석이 되었다고 보기는 어려워.

다른 예로는 화산재가 쌓이거나 동굴에 떨어져 사체가 매몰되는 경우도 있지만, 이 주변은 사방을 둘러봐도 산 하나 없는 평지니까 이런 가능성도 현실적이지 않아."

"그 말은 곧······."

"이 손목은 의도적으로 매장된 게 분명하다는 거야. 모틸리언이 무언가의 이유로 손목을 절단하고 그것을 숨기려고 했던 거 아닐까?"

갑자기 체온이 뚝 떨어지는 느낌이 들었다.

3만 년 전, 이 외계 생명체에게 도대체 무슨 일이 있었던 걸까.

"나, 좀 더 조사해보고 싶어."

푸자는 그 손목을 가만히 쳐다보며 말했다.

2

뭔가 좀 나와라.

땅을 파면서 간절히 바란 것은 몇 년 만이었다.

손목이 묻혀 있던 지하 2체(약 8미터)까지 굴착관을 삽입한 뒤, 보조관을 수평으로 뻗었다. 반경 1체(약 4미터) 범위를 샅샅이 뒤져보았지만, 육파계는 전혀 반응하지 않았다.

"더 깊은 곳도 조사해봐."

조종석 스피커에서 푸자의 목소리가 울려 퍼졌다.

무릴로에게는 그야말로 아무래도 좋은 일을 두고 푸자가 지나칠 정도로 관심을 보인 것은 이번이 처음이 아니었다. 네그로 채석장에서 처음 만났을 때부터 푸자는 동물이 있으면 끝없이 관찰했고, 기계가 있으면 연료를 넣어서 움직여 보려 했고, 화석이 있으면 가지고 돌아가 연대와 성분을 분석했다. 듣자니 푸자는 몇 년 전까지 라다부다부 시의 학교에서 모틸리언 문화에 관해 공부했다고 했다. 그때는 그저 연구 재료를 모으는 것으로 생각했지만, 나중에 그녀가 밧줄을 허리에 감고 지하 호수로 잠수하는 것을 목격하고는 지나칠 정도로 호기심이 왕성한 것일 뿐이라고 생각을 바꿨다.

상식적인 사람이라면 푸자가 하는 일에 함께하려 들지 않는다. 거꾸로 말하면, 그녀와 더 깊은 관계를 맺을 기회는 언제든 열려 있다는 뜻이기도 하다.

무릴로는 창밖의 푸자를 향해 고개를 끄덕인 후, 레버를 조종해 굴착관 끝을 더욱 깊숙이 밀어 넣었다. 지하 2.5체, 3체를 지나, 3.5체를 넘어섰을 때 육파계가 튀어 올랐다.

"나왔다!"

마이크를 붙잡고 외치자, 창밖의 푸자가 펄쩍 뛰었다.

"손목이 묻혀 있던 곳을 다시 한번 파보고 싶어."

상륙 9일째 아침. 무릴로가 그렇게 제안하자, 시우베라는 뱃속에서 벌레가 부화한 것 같은 떨떠름한 표정을 지었다. 돈을 벌기 위해 포스타 섬에 온 것이기에 전혀 돈이 되지 않는 조사에 동의하기는 어려웠으리라.

하지만 푸자가 "구두쇠 영감"이라고 욕하자 시우베라는 순순히 재굴착을 허락했다. 이미 대량의 화석을 손에 넣은 것도 있지만, 무엇보다 싸구려 황분을 과다 흡입한 탓에 머리가 무거워서 푸자와 다투는 것이 귀찮았기 때문일 것이다.

무릴로는 지하 4체(약 16미터) 지점에서 목표물을 채취하고 조심스럽게 레버를 당겼다. 굴착관 끝이 지상으로 나오자, 천공기가 자동으로 간이 세척을 시작했다. 육파나 광파鑛波를 방출하지 않는 부분을 3차원 플라스마 커터로 제거하는 방식으로, 복잡하지 않은 구조라면 이를 통해 목표물을 꺼낼 수 있다.

세척이 끝나기를 기다려 문을 열고 트레이를 꺼냈다. 가느다란 뼈 두 개가 나란히 놓여 있었다. 한쪽에 관절이 있고, 거기에서 뼈가 연결되어 있었다. 반대쪽은 둘 다 평평하게 잘려나간 상태였다.

"팔이다. 팔뼈야."

수조 속 손목과 비교해보니 절단면 형태가 꽤 비슷했다.

"핸디의 뼈네."

푸자도 들뜬 목소리로 말했다. 뼈의 주인에게 이름을 붙인 듯했지만, 유래는 알 수 없었다.

"모틸리언의 팔은 길잖아. 아직 더 있을 것 같은데."

새로운 발견에 흥미가 생긴 듯, 시우베라도 침을 튀기며 말했다. 이를 본 푸자는 "변덕쟁이 영감"이라며 한숨을 내쉬었다.

무릴로는 다시 천공기 조종석으로 돌아가 같은 곳에 굴착관을 찔러넣었다. 조금 전의 지하 4체까지 매끄럽게 도착한 후, 더 깊이 파내기 시작했다.

생각보다 빨리 육파계가 반응했다. 조금 전보다 수치가 컸다. 육파가 최대치를 찍은 지하 4.5체(약 18미터) 지점에서 목표물을 채취했다.

굴착관을 끌어올리려는 순간, 옆의 광파계가 반응 중인 것을 깨달았다. 무슨 금속이라도 파낸 걸까? 하지만 그런 것 치고는 수치가 작았다. 보조관을 한 바퀴 돌리자, 수평으로 0.5체(약 2미터) 떨어진 곳에 작은 금속 조각 두 개가 묻혀 있었다. 혹시나 하는 마음에 채취한 후에 굴착관을 끌어올렸다.

세척이 끝나자마자 문을 열었다.

"오오!"

푸자의 목에 걸린 사슬이 짤랑짤랑 소리를 냈다.

"본체가 등장했군."

거기에 있던 것은 한쪽 팔이 절반 잘린 모틸리언의 전신 골격이었다.

상당히 왜소했지만, 체형으로 보아 아이는 아니다. 비정상적으로 큰 두개골엔 깊은 구멍이 세 개. 입은 위협하듯 크게 벌어져 있다. 가늘고 긴 팔은 마치 낙지를 연상케 했다.

"왼쪽 팔이 잘린 걸 빼면 딱히 외상은 없어 보이네."

손목과 마찬가지로 팔의 절단면은 매끈했다.

"아니."

시우베라가 잘리지 않은 쪽 손목을 가리켰다. 손가락과 팔 사이, 작은 뼈들이 모여 있는 곳에 0.2과(약 4센티미터) 정도의 금이 가 있었다.

"뼈가 부러졌어. 살아 있을 때 부러진 건지, 사후에 땅속에 묻혔을 때 부러진 건지는 모르겠지만."

"살아 있을 때라면 뭔가에 손이 낀 건가?"

"넘어지면서 부딪혔겠지. 눈알이 많은 탓에 어지러웠던 거 아니야?"

시우베라의 농담에 푸자가 "푸핫" 하고 웃음을 터뜨렸다.

그녀에게 조금 더 멋진 모습을 보여주고 싶었다. 뭐라도 더 없을까 하고 주변을 둘러보던 무릴로는 세척기 바닥에 금속 조각 두 개가 떨어져 있는 것을 발견했다.

"이건……."

꺼내 보니 둘 다 0.1과(약 2센티미터) 정도의 황동 원반이었다. 시체 근처에서 금속 조각 두 개를 채취한 것이 떠올랐다. 형태는 같았고, 둘 다 중앙 부근에 구멍이 두 개 뚫려 있었다. 이는 무릴로 일행의 조상이 입던 옷의 장식품과 비슷했다. 다만 한쪽에만 원을 좌우로 쪼개듯 큰 금이 생겨 있었다.

"뭔지 알겠어? 시체의 0.5체 정도 옆에서 주운 건데."

무릴로가 물었다. 푸자는 그것을 손에 들고 앞과 뒤를 두 번씩 살폈다.

"모틸리언의 옷에 다는 부속품이네."

자신들과 모틸리언의 문화에 비슷한 점이 많다는 사실은 알고 있었지만, 그들은 이런 장식품까지 몸에 걸쳤던 것인가.

"왜 한가운데에 금이 생겼을까."

"글쎄. 모르겠네."

푸자가 원반을 태양에 비추며 바라보았다. 무릴로는 없는 지혜를 짜냈다.

"스스로 손목이나 팔을 잘라내는 녀석은 없어. 이 녀석은 동료 모틸리언에게 살해당한 거겠지."

푸자의 목에서 꿀꺽, 하는 소리가 울렸다. "그럼 왜 손목과 팔이 잘린 건데?"

"동료들의 복수 아닐까? 모틸리언은 우리만큼이나 높은 지능을 지녔어. 그렇다면 그들 중에도 아무렇지도 않게 동료를 배신하는 시우베라 같은 나쁜 놈이 있을 수 있잖아.

핸디는 그야말로 그런 녀석이었어. 핸디에게 배신당한 모틸리언은 이 녀석을 잡아서 살아 있는 채로 몸을 조각내려 했어. 하지만 의지가 약했던 핸디는 팔을 두 번 잘리고는 금세 죽어버린 거야."

"지하 깊숙이 묻은 이유는?"

"살해한 녀석이 시체를 숨기려고 한 거겠지."

"모틸리언이 묻은 것치고는 너무 깊지 않아? 가장 얕은 곳에 있던 손목조차도 지하 2체(약 8미터)에 있었잖아."

"포스타 섬은 지진이 잦아. 바다가 육지로 변할 정도의 지각 변동은 없었더라도 단층이 움직여서 땅에 균열이 생기는 일은 흔했을 거야. 핸디를 죽인 모틸리언은 운 좋게 숲에서 균열을 발견한 거지. 그리고 거기에 시체를 던져 넣은 거야."

즉흥적으로 지어낸 것치고는 꽤 괜찮은 추리였다. 의외로 이것이 정답일지도 모른다.

"그렇다면 시체는 같은 곳에 묻혀 있어야지. 손목과 아래팔, 전신이 다른 깊이에 있던 건 어째선데?"

시우베라가 가루 냄새가 나는 침을 튀기며 말했다.

"그건…… 손목과 아래팔이 물에 떠올랐기 때문이야."

즉흥적으로 내뱉은 가설이 어째선지 점점 확신으로 바뀌고 있었다.

"핸디가 버려진 며칠 후에 폭우가 쏟아졌어. 땅이 갈라진 균열에도 물이 고여 가벼운 팔과 손목은 떠오른 거야. 그래서 수위가 높아지면서 지표에 가까워졌고, 팔은 지하 4체, 손목은 지하 2체 깊이에서 나무뿌리나 흙더미에 걸렸겠지. 그리고 수십 년, 수백 년에 걸쳐 흙이 쌓여 균열이 메워진 결과, 하나의 시체가 서로 다른 세 곳의 깊이로 흩어지게 된 거야."

무릴로는 어느새 침을 튀기며 열변을 토하고 있었다.

"야, 임신부. 뭔가 반박 좀 해봐."

시우베라가 푸자를 노려보며 사슬을 흔들었다.

"모틸리언은 우리와 비슷한 지능을 지니고 있었고 비슷한 공동체를 형성했어. 어떤 일을 계기로 동료에게 원한을 품고 그 몸을 조각냈을 가능성이 없다고는 할 수 없어. 하지만 그 시체를 균열에 버렸을 것 같지는 않아."

푸자는 시원스레 답했다.

"왜지?"

"그보다 시체를 버리기 더 좋은 장소가 바로 옆에 있었기 때문이야."

뭐야 그게.

"바다를 말하는 거야? 여기에서 9천 체(약 36킬로미터)나 떨어져 있는데?"

"아니, 어제 우리가 모틸리언의 화석을 발견한 함몰지 말이야."

순간 무릴로의 뇌는 황분 덩어리를 한꺼번에 흡입한 것처럼 멈춰버렸다.

"거기에는 모틸리언 시체 열한 구가 묻혀 있었어. 자연 현상으로 그렇게 많은 시체가 한곳에 모였다고는 보기 어려워. 모틸리언을 멸망시킨 우리 조상이 시체를 한데 묻었다는 이야기도 들어본 적 없고 말이야. 그 시체는 모두 다른 모틸리언의 손에 묻힌 거라고 봐야겠지. 핸디를 죽인 모틸리언도 시체를 숨기려고 했다면 그곳에 시체를 섞어 묻지 않았을까?"

"그자는 그 함몰지에 모틸리언이 묻혀 있는 걸 몰랐겠지."

"모틸리언 킬러가 두 팀이 있고, 우연히 가까운 곳에 시체를 묻었다? 그런 우연이 있을 수 있을까?"

"실제로 시체가 묻혀 있었잖아. 그런 말도 안 되는 우연이 일어난 거야."

"좋아. 그럼 백 보 양보해서 핸디를 죽인 모틸리언이 시체를 균열에 버렸다고 가정해보자. 비가 고여 시체가 떠올랐다면 그 모틸리언은 구멍을 메우지 않았다는 말이 되겠지. 반복해서 말하지만 모틸리언은 우리와 비슷한 지능을 지니고 있었어. 그런데 시체를 균열에 버려두고 그 구멍을 메우지도 않고 방치했다는 거야?"

그 장면을 상상하니 무릴로는 자신이 매우 어리석게 느껴졌다.

"……아주 큰 균열이라서 메우는 게 불가능했던 거겠지."

"그렇다면 비가 내려도 물이 고일 리 없어."

침이 목으로 넘어가서 무릴로는 콜록콜록 기침했다. 그것을 본 시우베라가 기쁜 듯 손의 관절을 꺾었다.

"푸자 말이 맞아. 무릴로의 뇌는 모틸리언 수준이야. 지능은 있지만 지성이 없어."

"교미밖에 할 줄 모르는 씨돼지에게 그런 말 듣고 싶지 않아."

"육갑 좀 떨지 마. 아무래도 난 핸디에게 무슨 일이 일어났는지 알아낸 거 같아."

시우베라는 사슬을 잡아당겨 푸자를 눈앞에 서게 했다. 푸자는 크게 기대하지 않는 표정으로 말을 계속하라는 듯 재촉했다. "어떻게 된 건데?"

"우선 정리해보자. 이 모틸리언의 시체에는 세 가지 수수께끼가 있어. 첫째, 왜 이렇게 깊숙이 묻혀 있었는가. 둘째, 왜 손목과 팔이 절단되었는가. 셋째, 왜 각각의 부위가 서로 다른 깊이에 묻혀 있었는가."

"당연한 걸 말하면서 똑똑한 척하는 건 바보들의 특징이지."

"이 멍청이가 저지른 가장 큰 실수는 핸디가 다른 모틸리언에게 살해당해 팔이 절단당했다고 믿은 거야. 그래서는 다른 시체들과 다른 장소에 묻혀 있는 거나 깊이가 제각각인 걸 설명할 수 없지.

핸디는 왜 죽었을까. 만약 이 녀석을 죽인 녀석이 있다면 그건 모틸리언도 우리 조상도 아닌 이 지구야. 3만 년 전, 여기에는 분명 균열이 있었을 거야. 핸디는 숲을 거닐다가 풀과 나무에 가려진 그 구멍에 떨어졌어. 그리고 불행히도 그 깊은 땅속에서 죽음을 맞이했지."

"말이 안 되잖아. 핸디는 손목과 팔이 잘려 있었는데?"

"물론 자신의 뼈를 가방에 넣고 산책하다가 떨어진 건 아니야. 손목과 팔이 잘린 건 핸디가 구멍에 떨어진 뒤에 벌어진 일이야."

"두더지가 갉아먹은 거라면 단면이 이렇게 깨끗할 리 없어. 설마 균열 아래에 우연히 날붙이라도 떨어져 있었다는 말이야?"

"넌 근본적인 부분을 착각한 거야."

시우베라의 목소리가 날카롭게 변했다.

"넌 핸디가 팔이 잘린 후 석화되었다고 생각하지? 그래서 그런 말도 안 되는 추리만 하는 거겠지. 사실 핸디는 석화된 후에 잘린 거야."

"하아." 푸자의 입에서 한숨이 새어 나왔다. "구체적으로 어떻게 된 건데?"

"핸디의 손목과 팔을 자른 건 모틸리언이 아니야. 그렇게 만든 건 역시 이 지구였어.

아마 이 주변에 활단층이 있었을 거야. 균열에 떨어진 핸디의 뼈가 수천 년에 걸쳐 석화된 후, 이곳이 진원지인 지진이 일어났어. 단층이 크게 움직였고 그로 인해 생긴 지면의 뒤틀림이 핸디를 직격했어. 화석은 부러졌고 가벼운 조각인 손목과 아래팔이 지표면 가까이 밀려 올라왔지. 뼈의 절단면이 평평했던 건 그것이 부러졌을 때 이미 단단한 돌이 되어 있었기 때문이야.

지진이 처음 발생했을 때는 지표에도 물결처럼 뒤틀린 흔적이 있었겠지. 하지만 수만 년에 걸쳐 그 뒤틀림이 평탄해진 결과, 핸디가 평평한 땅에 묻혀 있었다는 착각을 불러일으킨 거야."

무릴로는 곧장 반박하려 했지만, 마땅한 반론이 떠오르지 않았다. 앞서 언급된 세 가지 의문을 나름대로 설명할 수 있는 가설이었다. 모든 것을 지구 탓으로 돌리는 것은 비겁한 느낌도 들었지만, 모틸리언이 멸망한 후 3만 년 동안 지구는 지각 변동을 계속해왔으니 그런 불행한 화석이 있더라도 이상하지 않다.

그렇게 생각한 순간.

"흥미로운 추리이긴 한데, 핸디가 우연히 균열로 떨어졌다는 건 이상해."

푸자의 생각은 다른 듯했다.

"모틸리언도 구멍에 빠질 수 있잖아."

"그거야 그렇지만. 하지만 내가 신경 쓰인 건 이거야."

푸자는 조금 전의 금속 원반, 모틸리언의 옷 부속품을 들어 보였다.

"핸디가 구멍에 빠져 죽었다면 이 원반이 설명되지 않아."

"왜지?" 시우베라는 사슬을 휘둘러 푸자의 배를 때렸다. "모틸리언이 숲속에서 그 원반이 달린 옷을 입고 있었다고 해서 뭐가 이상한데?"

푸자는 어이없다는 듯 고개를 절레절레 흔들었다.

"문제는 두 원반이 핸디로부터 0.5체(약 2미터) 떨어진 곳에 묻혀 있었다는 점이야. 핸디의 뼈가 석화된 시점에 옷 대부분을 구성하던 천은 미생물에 의해 분해되었을 거야. 당연히 두 개의 원반도 뿔뿔이 흩어졌겠지. 그 후, 지각 변동으로 인해 원반이 이동했다 하더라도 몸의 서로 다른 부위에 붙어 있던 두 개의 원반이 우연히 같은 곳에 모일 수는 없어."

"뭐, 그렇겠네."

"그런데 두 원반은 같은 곳에 있었어. 왜일까? 원반은 지각 변동으로 인해 이동한 게 아니야. 핸디가 죽은 시점에 이미 핸디와 떨어진 곳에 있었어. 쉽게 말하자면 핸디는 구멍 바닥에서 옷을 벗은 상태였어."

"분명 그 말대로야." 시우베라는 과장되게 팔을 벌리고는 "그런데 하나 묻자." 짜증스러운 말투로 말을 이었다. "그래서 뭐가 어쨌다는 건데?"

"다음 문제는 핸디가 언제 그 옷을 벗었는지야. 균열에 빠지기 전에 벗었는지, 떨어진 후에 벗었는지. 답은 둘 중 하나야.

다만 후자는 현실적으로 불가능해. 핸디가 묻힌 건 지하 4.5체(약 18미터) 깊이의 구멍 바닥이었어. 그런 곳에 떨어지면 몸이 약한 모틸리언은 분명 즉사할 거야. 그렇다면 핸디가 거기에서 옷을 벗었을 리 없지."

"그럼 빠지기 전에 벗었겠네."

푸자는 자신만만한 미소를 지으며 화석이 놓인 트레이를 내려다보았다.

"시체가 석화된 후에 손목과 팔이 잘렸다는 시우베라의 추리가 맞다면, 핸디가 균열에 떨어졌을 때 뼈대에 생긴 손상은 이 손목의 금 하나뿐이었다는 말이 돼." 푸자는 그렇게 말하며 핸디의 오른 손목을 가리켰다. "4.5체(약 18미터) 깊이의 균열에 떨어졌다는 사실을 생각하면 이건 너무 적어. 원래라면 뼈가 여기저기 부러지고 금이 갔어야 해. 그럼 왜 핸디의 뼈가 이렇게 멀쩡한 걸까? 그건 그가 이 숲에 왔던 게 추운 겨울이었기 때문이야."

"뭐라고?"

시우베라는 눈을 동그랗게 굴리고는 푸자를 쏘아보았다.

"우리와 마찬가지로 모틸리언은 체온 조절 및 피부 보호를 위해 옷을 입었어. 핸디의 뼈가 거의 손상되지 않은 이유는 그날 날씨가 매우 추워 옷을 여러 겹 껴입고 있었기 때문이야. 그 옷 덕분에 균열 바닥에 떨어졌을 때도 거의 다치지 않은 거지."

"조금 전에 한 말과 앞뒤가 안 맞지 않아?"

무릴로가 반박했다.

"그래. 이 점은 앞서서 '단추'에 기반한 추리, 즉 핸디는 구멍에 떨어지기 전에 옷을 벗었다는 것과 모순돼. 억지로 설명을 붙이자면, 핸디는 겉옷 하나를 벗었지만 그 아래에 여러 겹의 옷을 입고 있었다고 할 수 있겠지. 하지만 매섭게 추운 겨울, 게다가 나무 때문에 햇빛이 닿지 않는 숲속에서 핸디가 옷을 벗을 이유는 없을 것 같아. 그가 우연히 균열에 떨어진 거라면 이 점을 설명할 필요가 있어."

시우베라는 투덜거리며 몸을 조금씩 흔들더니, 이내 "알게 뭐야!"라며 핸디의 광대뼈를 때렸다.

"참고로 무릴로의 추리―다른 모틸리언이 핸디를 죽이고 시체를 균열에 버렸다―를 따르면, 이 의문을 설명할 수 있어. 모틸리언이 시체를 옮길 때 그 무게를 줄이기 위해 옷을 한 겹 벗겼을 가능성은 충분히 있으니까. 하지만 그 경우에는 또 다른 의문에 부딪히게 돼."

정작 중요한 정답은 푸자도 모르는 듯했다. 화석을 내려다보며 그렇게 말한 후 그녀는 입을 꾹 다물었다.

"너, 그런 것 좀 그만해."

바람이 한번 불어온 틈에 시우베라가 사슬을 당기며 소리쳤다. 무언가 트집을 잡지 않으면 직성이 풀리지 않는 것처럼 보였다.

"네가 모틸리언의 문화를 배웠다고 해서 우리가 모르는 말을 설명도 없이 막 쓰지 마."

"무슨 말이야?"

푸자가 귀찮은 듯 고개를 들었다. 시우베라는 물어뜯을 기세로 외쳤다.

"조금 전에 말한 단추란 게 대체 뭔데!"

잠시 침묵이 흐른 후 푸자는 "흐음" 하며 천공기를 돌아보았다.

"모틸리언의 옷 부속품이야. 뼈와 함께 묻혀 있던 이거."

금속 원반을 손에 들었다.

"언뜻 보기엔 단순한 장식품처럼 보이지만, 실은 중요한 역할이 있어. 옷 한쪽에 이 단추를 꿰매고 반대편 구멍에 끼우는 거야. 그러면 천이 맞물려서 벌어지지 않겠지?"

시우베라는 딱히 관심은 없는 모양이다.

"우리보다 더 오래전부터 이 행성에 살았으면서 꽤 원시적인 옷을 입고 있었군."

시우베라는 더듬이로 원반을 집고는 스물네 개의 다리 관절을 맞물려 접으며 입에서 끈적한 점액 한 방울을 튀겼다.

◆

 죽음이 눈앞에 다가오면 사람은 누구나 자신의 삶을 되돌아보게 된다.
 가족과 친구들에게 둘러싸여 풍요롭고 충실한 나날을 보냈다고 만족하는 사람도 있으리라. 하지만 대부분은 바라던 대로 살지 못한 것을 후회하고 보잘것없는 인생이었다고 한탄하지 않을까.
 그럼에도 불구하고 시간을 들여 죽음을 받아들이고 차분하게 마지막 순간을 맞이하는 자도 있다. 또한 아직 무언가를 할 수 있으리라 믿으며 우왕좌왕하며 엉뚱한 행동을 하는 자도 있다.
 오야 마히토는 후자였다. 그리고 자신이 그런 사람이라는 사실도 인지하고 있었다.
 2127년 11월 18일, 일본 표준시 오전 7시 12분. 오야 마히토가 새로 산 재킷의 단추를 잠그고 아내와 딸과 자신 몫의 커피를 컵에 따르려던 그때, 도시 곳곳에서 비명이 터져나왔다.
 괴물이 인류를 공격하기 시작한 것이다.
 괴물은 몸길이가 7, 8미터 정도로, 눈이 하나 달린 절지동물 같은 모습을 하고 있었다. 그들은 사람들이 저항할 틈도 주지 않고 차분히 살육을 이어갔다. 언제 어디에서 무엇을 위해 왔는지 알 수 있는 것은 하나도 없었다.

어느새 도시는 텅 비어버렸다. 흩어진 시체는 야생동물의 먹이가 되었고, 텅 빈 도시는 풀과 나무로 뒤덮였다. TV도 스마트폰도 쓸모없는 물건이 되었고, 세상은 동물들의 것이 되었다.

"너무 운이 좋은 것도 문제네."

몇 번을 그렇게 중얼거렸을까. 괴물이 출현한 지 7개월, 오야 마히토와 두 가족이 살아남은 건 그들이 똑똑해서도, 재빨리 도망쳐서도 아니었다. 그저 운이 좋았던 것뿐이었다. 사람이 모기를 죽이긴 쉽지만, 침대 주변을 날아다니는 모기를 빠짐없이 눌러 죽이기는 어렵다. 그들 역시 우연히 괴물의 눈에 띄지 않아 목숨을 건진 것뿐이었다.

그처럼 운 좋게 살아남은 학자들, 그중에서도 쉽게 포기하지 않고 우왕좌왕하면서 죽는 것을 택한 자들은 다양한 통신 수단을 통해 서로 연락을 주고받으며 수십 명 규모의 네트워크를 구축했다. 그들은 의견을 교환하며 각자 가능한 방식으로 괴물을 조사했다. 칭화 대학교 유전자공학 연구자 차오 신웨이는 사람의 시체에서 괴물의 체액을 채취해 DNA 분석을 시도했다. 와이즈먼 과학연구소의 주임연구원 닥터 Y는 전 세계에서 촬영한 괴물 영상을 통해 그 행동에서 규칙성을 찾으려 했다. 오사카 대학교 언어학자 이타에 도모미는 괴물이 내는 소리를 녹음해 언어를 해독하려 했다. 연구 도중 연락이 끊기는 사람도 많았지만, 그들은 포기하지 않고 연구를 이어갔다.

학자들의 관심을 끈 문제 중 하나는 괴물들이 어떻게 자신들이라는 먹잇감을 찾아내는지였다.

그들은 찾기 쉽지 않은 곳에 숨어 있던 동료들이 괴물에게 살해당하는 것을 종종 목격했다. 밤의 어둠 속에 섞여 있어도, 지하실에 숨어 있어도, 혹은 빗속에서 소리를 내지 않고 숨을 죽이고 있어도 괴물들은 일정한 거리―대략 10미터 이내에 있는 사람을 확실히 처치할 수 있었다. 괴물은 인류에게는 없는 미지의 기관을 통해 인간을 감지하는 것이 아닐까. 학자들은 그렇게 추측했다.

이 수수께끼를 풀어낸 것은 두 명의 스웨덴인이었다.

방사선 기술자 요한 하디는 생존자들을 조사하던 중, 괴물들이 출현하기 직전인 11월 18일 새벽, 많은 시민이 메스꺼움과 권태감을 느꼈다는 사실을 알게 되었다. 더 자세한 조사를 진행하면서 그들의 증상이 원자력 발전소에서 임계사고로 인해 피폭된 작업원의 초기 증상과 비슷하다는 사실을 깨달았다. 요한은 유럽 각지의 방사선 측정기 데이터를 수집, 분석한 끝에, 괴물이 나타나기 직전인 오전 6시 6분, 약 2초 동안 미량의 전리방사선이 지상에 쏟아졌다는 사실을 밝혀냈다.

이 발견을 바탕으로 소립자 물리학자인 로이 칼슨은 자신의 몸에 붙어 있던 방사성 물질을 채취했다. 분석 결과, 이 물질이 미지의 원자 구조를 지니고 있으며, 인류의 근육 단백질에 강하게 흡착되는 성질을 가지고 있다는 사실을 밝혀냈다.

사람이 특정 화학물질을 냄새로 감지할 수 있듯 괴물들은 방사선을 감지할 수 있는 것으로 여겨졌다. 그들은 지구에 착륙하기 전, 방사성 비를 뿌림으로써 인간에게 표식을 남긴 것이다.

학자들은 크게 흥분했다.

이 방사성 물질을 육체에서 제거하면 괴물의 추적을 피할 수 있지 않을까. 나아가 이 물질로 괴물들을 유인한 후 고농도의 방사선을 쏘아 DNA를 파괴하면 그들을 죽일 수 있지 않을까. 그런 망상에 가까운 계획이 등장하자 평소 냉철하던 연구자들마저 열광했다.

오야 마히토는 언제부터인가 네트워크와 거리를 두었다.

그는 고고학자였다. 종이 멸종하는 것은 슬픈 일이지만, 그것은 수억 년 동안 반복된 자연의 섭리이기도 하다. 가령 멸종한다 해도 그 종이 열등했음을 의미하지는 않는다. 그렇다면 허세를 부리거나 비굴해지지 말고, 인간은 인간답게 이 시대를 끝까지 살아내면 되는 것 아닐까. 그는 그렇게 생각했다.

하지만 그런 그에게도 죽기 전에 반드시 하고 싶은 일이 있었다.

"먹을 걸 구해올게."

6월 말이 다가오던 어느 비 오는 날. 오야 마히토는 아내와 딸에게 그렇게 거짓말하고 은신처인 창고를 떠났다.

자동차의 충전 케이블을 뽑고 운전석에 올라탔다. 부적처럼 여기는 앵무조개 화석을 대시보드 위에 올려놓고 전원 스위치를 눌렀다.

가속페달을 밟은 순간, 타이어가 움푹 팬 곳을 지나며 차체가 튕겨 올랐다. 물이 튀면 괴물이 소리를 듣고 반응할지 모른다. 순간적으로 숨을 삼켰지만, 다행히 물이 튀지는 않았다. 지하에 거대한 빗물 저장소가 매립되어 있기에 이 주변은 그다지 빗물이 고이지 않는다.

식은땀을 흘리며 주차장을 빠져나왔다. 미리 정해둔 대로 가무호쿠 시의 남쪽 숲으로 향했다. 도중에 괴물을 만나면 그걸로 끝장이지만, 이번에도 행운의 신은 그의 편을 들어주었다.

자신이 하려는 일이 다른 사람들에게 받아들여지지 않을 것이라는 사실은 알고 있었다. 모든 것을 포기한 것은 아니다. 그는 그저 자기 나름대로 인생을 끝까지 살아가려 했다.

빗방울이 나뭇잎을 때리는 소리에 귀를 기울이며 오야 마히토는 숲속에 깊은 구멍을 팠다.

3

3만 년 전, 핸디에게 무슨 일이 일어났을까.

온몸의 뼈를 파헤친 이상, 그 수수께끼를 풀지 못하면 마음이 편치 않다. 푸자, 무릴로, 시우베라 세 마리는 새로운 단서를 찾기로 했다.

푸자는 기지의 컴퓨터를 켜서 알도 연맹의 모틸리언 문화 아카이브에 접속했다. 연맹 소속 연구자들이 각지에서 수집한 정보를 시민에게 제공하는 시스템으로, 데이터 총량은 6,500정䭾에 달했다.

지난 150년 동안 모틸리언 문화 연구는 비약적으로 발전했다. 알도 연맹의 통치로 정치적 상황이 안정된 점, 모틸리언이 사용하던 프로그래밍 언어의 해독이 진행된 점 등 여러 요인이 있지만, 가장 큰 이유는 모틸리언이 멸종한 이후 많은 시간이 흘러 그들에 대한 혐오감이 옅어진 덕분일 것이다.

29,976년 전, 알도네에서 47.5광년 떨어진 항성계의 암석 행성에서 지능을 가진 생명체가 발견되었을 때, 조상들은 전례 없는 공포에 빠졌다. 모틸리언이라는 이름이 붙은 지적 생명체가 그 암석 행성 곳곳에 번식하고 있으며 자신들 못지않은 문명을 이룩한 것을 알게 되자, 많은 알도들은 미래의 충돌을 피할 수 없다고 생각했다. 학자들은 조사를

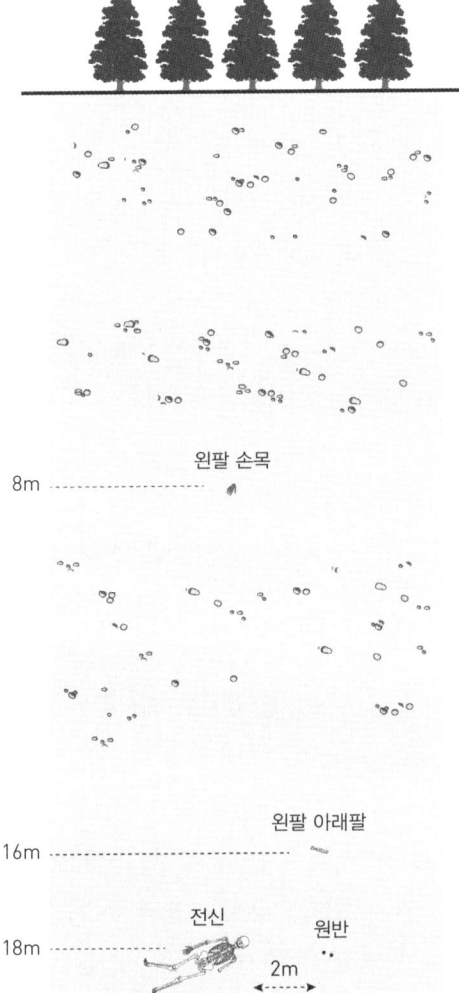

모털리인의 손목

계속하자고 호소했지만, 권력자들은 예방적 조치로서 모틸리언을 멸종시키기로 결의했다.

먼 행성에 보내진 병사들에게 고향인 알도네로 귀환할 수단은 마련되지 않았다. 권력자들에게 그들은 병사가 아니라 무기일 뿐이었다. 임무를 마친 병사들은 200년쯤 후에 사라질 것으로 예상되었지만, 그들은 의도치 않게 환경에 적응하고 번식을 거듭하여 어느새 모틸리언을 대체하는 행성의 새로운 지배종이 되었다.

모틸리언의 육체는 연약해서 알도의 공격에 전혀 저항하지 못했다고 한다. 그럼에도 병사들은 모틸리언을 흉악한 외계 생명체라고 믿었다. 불과 몇백 년 전까지만 해도 그 생각이 후손들에게 면면히 이어져 내려온 것이다.

"이 주변에서 모틸리언이 사라진 사건을 찾아보자."

푸자는 더듬이를 이용해 컴퓨터의 디스플레이를 닦고 모틸리언이 제작한 포스타 섬의 지도 데이터를 열었다. 무릴로 일행이 있는 곳은 3만 년 전, 가무호쿠라는 도시의 외곽이었던 듯했다. 당시부터 울창한 숲이었던 듯, 가장 가까운 마을에서 18킬로미터―약 4,500체 정도 떨어져 있었다.

푸자는 계속해서 '신문'이나 '잡지'라 불리는 모틸리언의 기록을 자동 번역한 데이터베이스를 열었다. '가무호쿠', '실종'으로 검색하자 77건의 '기사'가 검색되었다. 그중 중복된 것을 걸러내고 실종자의 행방이 밝혀진 것이나 시체가 발견된 것을 제외하자 해결되지 않은 실종사건이 여섯 건 있었다.

그중 다섯 개의 사건은 명백하게 뿌리가 같았다. 지금으로부터 29,962년 전, 그들의 달력으로는 2093년, 가무호쿠 시에 살던 모틸리언 열두 마리가 연이어 사라졌다. 가무호쿠 시에서는 당시 폐기물 처리시설 건설을 둘러싼 주민들 간의 대립이 있었고, 실종된 사람들은 전부 그 시설 건립을 추진하던 자들이었다. 함몰지에 묻혀 있던 열한 구의 시체는 그들이라고 봐도 틀림없으리라.

남은 실종사건은 하나였다. 2126년 가을, 산나물을 채취하러 간 노인이 그대로 모습을 감춘 사건이었다.

"사진은 없어? 몸 크기가 같다면 이 녀석이 핸디겠지."

시우베라가 머더보드에 점액을 묻히기 직전, 푸자가 그의 머리 껍질을 밀어냈다.

그 남자의 이름, '아라마타 무네오'로 재차 검색해보니 세 건의 기사가 나왔다. 실종 직후의 신문 기사에 따르면 아라마타는 히로사키 대학교라는 학교를 졸업한 후, 스포츠용품 제조업체에 취직했다. 50년 근무한 후, 취미인 궁도를 즐기며 여유로운 노후를 보냈다고 한다.

2122년에 히로사키 대학교 동창회가 발행한 '회보'에는 아라마타 무네오의 인터뷰가 실려 있었다. '미래를 개척하는 졸업생들'이라는 기사로, 한 페이지에 세 건의 인터뷰가 나란히 실려 있었다. 오른쪽이 고고학자인 오야 마히토, 가운데가 국회의원인 야마오 유코, 왼쪽이 궁도가인 아라마타 무네오였다.

"나름대로 미적 감각이 있는 사진이네."

인터뷰 끝에는 각각의 사진이 실려 있었다. 아라마타 무네오는 꾸밈없는 옷을 입고 오른손으로 활을 당기고 있었다.

"이 녀석은 핸디가 아니군."

시우베라가 목소리를 일그러뜨렸다. 아라마타 무네오는 뒤에 있는 모틸리언보다 키가 한 사이즈는 커, 작은 핸디와는 체형이 확연히 달랐다.

"이 사진은 전혀 미적 감각이 없네."

푸자는 더듬이를 축 늘어뜨리며 던지듯 중얼거리며 오른쪽의 고고학자 사진을 가리켰다. 모틸리언 남녀가 나란히 앉아 있고, 그 앞의 테이블에는 본 적 없는 요리가 놓여 있었다.

"잠깐만." 시우베라가 아래턱을 삐걱거렸다. "이 녀석 아니야?"라며 사진 속 남자를 가리켰다.

그 남자, 고고학자인 오야 마히토는 아이처럼 몸이 작고, 말라비틀어진 나무껍질처럼 손발이 가느다랬다. 확실히 체격은 핸디와 비슷했다.

그뿐만이 아니었다. 남자의 옷은 양쪽에 가느다란 통이 달려 있었는데, 오른쪽 통에서는 팔이 나와 있었다. 하지만 왼쪽 통에서는 아무것도 나와 있지 않았다.

"형태가 같잖아."

인터뷰를 훑어보았다. '약력'란에 현재는 가무호쿠 시의 시설에 근무 중이라고 적혀 있었다.

틀림없다. 지하 4.5체(약 18미터)에 묻혀 있던 것은 이 녀석이다.

하지만……

"이 녀석이 핸디라면 핸디에게는 처음부터 팔이 없었다는 말이 되는데."

그렇다면 무릴로 일행의 추리는 근본적으로 틀렸다는 말이 된다.

"그럼 같이 묻혀 있던 손목과 아래팔은 도대체 뭐지?"

◆

과학은 과거로 가는 타임머신

고고학자 오야 마히토

―고고학에 관심을 가지게 된 계기는 무엇인가요?

저는 외계인이 분명 지구에 와 있다고 믿었어요. 빨간 문어 같은 생물들요. 그 정도로 오컬트적인 생각에 빠져 있던 아이였습니다.

하지만 나이가 들수록 현실은 그렇게 자극적이지 않다는 사실을 알게 되었죠. 학교에 UFO가 공격해오는 일도 없고, 유령이나 쓰치노코(일본에 서식한다고 전해지는 뱀처럼 생긴 환상 속 생물—옮긴이)도 찾아볼 수 없었어요. 그러던 중 유일하게 미지의 비밀이 잠들어 있다고 느낀 것이 바로 이 분야였죠. 이집트의 피라미드에서 나스카의 지상화까지, 고고학은 아직도 풀리지 않은 것이 많았으니까요.

―지금은 어떤 일을 하시나요?

이래저래 거의 20년 가까이 유적 조사를 해왔습니다. 예를 들어 여러분이 들판에 집을 짓는다고 생각해보세요. 땅을 정비하다 보면 의외로 자주 유적이 발견됩니다. 그런 경우, 지자체에서 우리에게 연락하죠.

우리는 현장에 가서 우선 땅의 퇴적물을 조사해 유적의 연대를 특정합니다. 그런 이후에 집터나 매장품을 파내어 과학적으로 분석하고 그 결과를 기록하죠.

무엇이 나올지 파보기 전에는 알 수 없어요. 발견된 것의 수나 크기에 따라 작업량도 크게 달라지죠. 작년에 가무호쿠 시에서 거대한 빗물 저장소를 지하에 묻는 공사가 있었습니다. 이때는 네 개의 유적이 발견되었고, 휴일도 반납하고 현장을 뛰어다녀야 했습니다.

―어떤 때 가장 큰 보람을 느끼시나요?

생각지도 못한 발견을 했을 때입니다. 퇴적물 분석을 통해 땅의 예상치 못한 역사가 밝혀지기도 하고, 매장품의 CT 촬영을 통해 의외의 부품이나 장식이 발견되기도 합니다. 과학은 마치 타임머신처럼 시간의 벽을 뛰어넘는 거죠.

그리고 직업과 사회의 연결고리를 느낄 때도 보람을 느낍니다. 유적지 견학이나 고고학 세미나 같은 것도 하고 있고, 최근에는 화석 거래를 둘러싼 규칙을 만드는 데에도 조금씩 로비 활동을 벌이고 있습니다.

―문화재 조사가 전문이던 오야 씨가 화석에 관심을 가지게 된 계기는 무엇인가요?

보시다시피 저는 팔이 하나밖에 없습니다. 서른네 살 때, 크루징을 하다가 사고를 당했습니다. 엉킨 로프를 푸는 도중에 보트가 급발진하면서 팔꿈치가 잘리고 말았죠. 한쪽 팔로는 세밀한 수작업을 할 수 없어서 유적지 조사에는 거의 도움이 되지 못했습니다. 이전에는 해외 조사를 나가기도 했는데, 사고 후에는 바다가 무서워져서 일본을 떠나지 못하게 되었습니다. 이루 말할 수 없을 정도로 크게 낙담했죠. 일을 그만둘까 생각한 적도 한두 번이 아니었어요.

그러던 중, 집 근처 절벽에서 앵무조개 화석을 발견했습니다. 소용돌이 바깥쪽 3분의 1 정도밖에 안 되는 아주 작은 조각입니다만. 이 화석은 수만 년 동안 불완전한 모습으로 누군가에게 발견되기를 기다렸던 게 아닐까. 그렇게 생각하니 팔이 반 토막 난 것쯤은 아무것도 아닌 것처럼 느껴졌어요. 과장된 표현이 아니라, 저는 그 작은 돌멩이 하나에 구원을 받았습니다.

―2121년에 제시한 정책이 큰 화제를 모았습니다.

겨우 수만 년 동안 지구에서 번영한 것에 불과한 인류가 선조들의 유체인 화석을 함부로 파헤쳐서 유실시켜서는 안 됩니다. 거래 규제는 화석을 지키기 위한 중요한 첫걸음이라고 생각합니다.

―올해 현 의회에서는 화석 거래를 규제하는 조례안을 통과시켰습니다. 이 과정에는 부인의 역할도 컸다고 들었습니다만.

아내인 오치 하마요는 현의회 의원으로, 20년 이상 고집스러운 아저씨들과 싸워왔습니다. '그린그린 가무호쿠'라는 NPO에서 오랫동안 환경보호 활동을 해왔기에 제 제안에도 바로 관심을 가져주었죠.

저는 오랫동안 그녀를 저 자신을 비추는 거울처럼 여겨왔습니다. 하지만 이번 일을 통해 그녀가 저보다 훨씬 더 인내심이 강하다는 사실을 알게 되었어요. 만약 아내의 끈질긴 노력이 없었다면 그 아저씨들이 돌보다 무거운 허리를 일으킬 일은 결코 없었을 겁니다.

오야 마히토
2070년 10월 22일, 이와테 현 이치노세키 시 출생. 2097년,

히로사키 대학원 인문사회학과 고고학 전공 박사과정 수료. 2101년부터 가무호쿠 시립 고고학 자료관에서 근무. 2118년부터 조사 그룹 총괄 주간.

*

그 요리는 무릴로로서는 도저히 이해할 수 없는 미적 감각으로 꾸며져 있었다.

음식이라고는 믿기지 않는 새하얀 원통형에 설탕을 굳혀 만든 것 같은 고양이와 의수가 놓여 있었다. 고양이 꼬리 옆에는 줄무늬 막대기가 꽂혀 있고, 끝에는 놀랍게도 불이 붙어 있었다. 접시에는 나무 진액 같은 색 소스로 글자가 적혀 있었다.

"이게 뭐야. 암호인가?"

"그냥 알파벳이야. 로마자로 '오야 마히토'라고 적혀 있어."

사진 아래에는 '아내 하마요 씨와 작년 생일 파티에서'라고 적혀 있었다. 왼쪽의 궁도가는 도장에서 활을 쏘는 사진, 가운데의 국회의원은 주먹을 쥔 포스터 사진인데 왜 고고학자만 이상한 파티 사진을 실은 걸까.

그곳은 잔디 광장 같은 곳이었다. 뒤로 목조 가옥이 보이는 것을 보면 오야 마히토의 자택 정원인 듯했다. 지붕 위에는 오른쪽이 이지러진 달이 떠 있었다. 제대로 부풀지 못한 참외 같은 어중간한 달이었다.

요리가 놓인 테이블 뒤에는 모틸리언 두 마리가 심플한 의자에 나란히 앉아 있었다. 오른쪽이 오야 마히토. 왼쪽에 반만 찍힌 것이 오치 하마요였다.

모틸리언은 아무리 봐도 기분 나쁘게 생겼다. 비정상적으로 부푼 머리나 지나치게 가느다란 팔도 그렇지만, 무엇보다 체모 없는 매끈한 피부가 그대로 드러난 점이 불쾌했다. 그런데도 머리 위에만 털이 덥수룩하게 자라 있는 것을 보면 정말이지 웃기지 좀 말라는 말이 나오게 된다.

"모틸리언에게는 태어난 날을 축하하는 풍습이 있었어. 이건 오야 마히토가 태어난 날을 축하하는 파티겠지. 테이블의 요리는 생일 케이크야."

오야 마히토는 오치 하마요 쪽으로 몸을 기울인 채 입술 양 끝이 올라가 있었다. 아내의 어깨에 얹어진 오른팔에 비해 왼팔은 절반 정도로 길이가 짧았다. 원통 모양의 천이 축 늘어져 있었다.

"기껏해야 팔이 두 개밖에 없는데 그중 하나가 없어졌으니 정말 불편했겠네."

"오른팔이 남은 게 다행이었겠어. 그들 대부분이 오른손잡이였다고 하니까."

옷 중앙에는 예의 단추라는 것이 나란히 달려 있었지만,

이것은 묻혀 있던 것과 재질이 달라 보였고, 표면이 훨씬 매끄러웠다.

"응?" 푸자가 디스플레이에 눈을 가까이 가져가며 말했다. "이상하네. 이 옷, 여성용이야."

모틸리언의 옷은 남녀별로 만듦새가 달라서, 남자 옷은 오른쪽에, 여자 옷은 왼쪽에 단추가 달려 있다고 한다. 분명 오야 마히토의 옷은 왼쪽에 단추가 달려 있었다.

"오야 마히토가 여자였어?"

"아니. 코밑과 턱에 털이 자란 걸 보면 남자일 거야. 아마도 가족의 옷을 잘못 입은 게 아닐까?"

오치 하마요의 옷에는 단추가 하나도 없었지만, 그건 그녀가 무성無性이기 때문이 아니라 "원래 그런 옷일 뿐"이라고 했다.

"이거, 인터뷰에 나온 앵무조개 화석 아닐까?"

시우베라가 더듬이로 디스플레이를 두드렸다. 사진 오른쪽 아래, 이상한 요리를 올려놓은 테이블 끝에 작은 상자가 놓여 있었다. 상단이 투명해서 안에 돌이 들어 있는 것이 보였다. '저는 돌멩이 하나에 구원받았습니다'라는 문구의 그 돌이다.

"항상 돌멩이를 가지고 다닌 거야? 미친 거 아닌가?"

그 논리대로라면 알도의 부자들도 대부분 미쳤다는 말이 된다. 그런 생각을 하고 있을 때.

모틸리언의 손목

"앗!"

갑자기 푸자가 디스플레이에서 눈을 떼며 방귀를 두 번 뀌었다.

"뭔데?"

시우베라의 말도 들리지 않는 듯했다. 푸자는 제2관절에서 제12관절까지를 쭉 뻗은 뒤, 천천히 머리 껍질을 들어 올렸다.

"왜 그래, 아이가 곧 나올 것 같아?"

"사고로 팔을 잃은 오야 마히토는 화석에 홀렸고, 그로 인해 비정상적인 집착을 보였어. 그게 모든 것의 원인이었어."

천장을 스칠 정도로 들어 올린 머리 껍질 좌우에서 똑, 하고 점액이 떨어졌다.

"핸디가 지하 4.5체에 묻혀 있던 이유를 알아냈어."

4

"내가 시우베라의 추리, 그 지구 범인설에 반론했을 때 한 말을 기억해봐. 핸디의 옷에 대해 우리가 알 수 있는 건 두 가지였어."

푸자는 그렇게 말하며 두 개의 더듬이를 쭉 뻗었다.

"하나는 핸디가 단추가 달린 옷을 벗고 있었다는 것. 이건 두 개의 단추가 동시에 몸에서 떨어진 곳에 묻혀 있던 점을 통해 알 수 있어. 또 하나는 핸디가 두꺼운 옷을 입고 있었다는 것. 이건 골격에 거의 손상이 없었다는 점에서 알 수 있지.

이 두 가지는 얼핏 모순된 것처럼 보여. 체온이 떨어지는 걸 막고자 두꺼운 옷을 입었을 텐데, 기온이 더욱 낮은 숲속에서 옷을 벗고 있었다는 건 논리적이지 않아. 핸디에게는 대체 무슨 일이 있었던 걸까? 바로 여기서 발상의 전환이 필요해."

푸자는 무릴로와 시우베라를 바라보며 말했다.

"모틸리언이 옷을 입는 이유는 체온 조절 외에 하나가 더 있어. 몸의 표면을 보호하기 위해서야. 범인은 먼저 구멍 바닥에 두꺼운 옷을 몇 개 떨어뜨린 후, 거기에 마찬가지로 두꺼운 옷을 입힌 핸디의 시체를 던져 넣었어. 그렇게 최대한 상처를 입히지 않고 시체를 땅속에 묻으려고 한 거야."

"두 번이나 방귀를 뀔 만큼 엄청난 발견 같지는 않은데."

시우베라가 사슬을 당겨 푸자의 머리 껍질을 흔들었다.

"천만에. 이건 실로 기괴한 일이야. 시체를 땅속에 묻으려는 자는 보통 시체에 상처가 생기지 않도록 신경 쓰지 않아. 범죄를 숨기려는 목적이라면 시체를 보호하는 건 오히려 역효과야. 핸디를 묻은 범인의 동기는 단순한 모틸리언 살해와는 근본적으로 달랐다는 말이 돼."

푸자는 도발하듯 시우베라를 향해 점액을 떨어뜨렸다.

"우리가 아는 모틸리언 중에 그런 이상한 짓을 할 이유가 있던 놈이 한 마리 있어. 화석에 심취한 고고학자, 그 이름하여 오야 마히토야."

"오야 마히토는 핸디가 아니었다는 거야?"

"그렇다는 말이 되지." 푸자는 더듬이를 위아래로 흔들며 말했다. "오야 마히토는 불완전한 모습으로 살아야 했던 자신을 불완전한 것이 당연시되는 화석에 겹쳐 보았던 거야. 그는 화석 거래 규제를 의회에 요구하며 무분별한 발굴이나 유실을 막으려 했어. 그럼으로써 상실감을 덮으려 했던 거야. 화석을 지킴으로써 자신의 마음도 지키려 한 거지. 그 시도는 결실을 맺었지만, 결국 기껏해야 보상심리 정도밖에 되지 못했어. 그의 상실감은 사라지지 않았거든."

"도대체 무슨 얘길 하고 싶은 건데?"

"오야 마히토는 이렇게 생각했어. 화석 보존 활동으로도 마음이 채워지지 않은 건, 그것이 불완전한 것을 그 이상으로 불완전해지지 않게 하기 위한 대처에 불과했기 때문이야. 상실감을 덮으려면 자신의 손으로 완전한 것을 만드는 수밖에 없어. 그런 생각 끝에 그는 스스로 전혀 손상되지 않은 완전한 화석, 그것도 자신과 같은 모틸리언의 화석을 만들어야겠다고 결심하게 된 거야."

"그렇군." 무릴로가 멍하니 중얼거렸다. "오야 마히토는 신을 흉내 내려고 한 거네."

푸자는 다시 더듬이를 흔들고는 말을 이었다.

"물론 모틸리언에게는 화석을 만들어내는 기술이 없어. 그들의 짧은 수명으로는 결과를 지켜볼 수도 없지. 그럼에도 오야 마히토는 자신이 할 수 있는 최고의 방법을 시도한 거야.

2093년, 가모호쿠에서는 폐기물 처리 시설 건설을 지지하는 주민이 연이어 사라지는 사건이 벌어졌어. 실종된 모틸리언은 열두 마리였다는 것 같지만, 함몰지에서 발견된 시체는 열한 구뿐이었어. 오야 마히토는 이 함몰지에서 시체를 하나 파냈겠지. 그 시체야말로 우리 핸디의 정체야.

화석을 만들 때 가장 중요한 건 시체를 지하 깊숙이, 그것도 약간의 지형 변화로는 절대 지표면으로 나오지 않는 곳에 묻는 거야. 강한 압력에 노출된 채 긴 세월에 걸쳐 광물이 스며들면 뼈의 성분이 치환되고 화석이 되지. 회보의 인터뷰에 따르면 모틸리언은 유적지를 조사할 때 우선 구덩이를 파고 그 장소의 퇴적물을 조사한다고 해. 오야 마히토는 기술자는 아니었지만, 20년 가까이 유적 조사에 참여하면서 기계로 깊은 구멍을 파는 기술을 익혔을 거야."

그 땅의 퇴적물을 분석함으로써 그곳이 거쳐온 역사를 알 수 있다. 과학은 타임머신처럼 시간의 벽을 뛰어넘는다.

"오야 마히토는 홀로 발굴 현장을 방문해서 4.5체(약 18미터)의 구멍을 파고 그곳에 시체를 던져 넣었어. 이때 그는 시체가 손상되지 않게끔 세심한 주의를 기울였어. 먼저 쿠션 역할을 할 옷을 던져놓고 시체에도 두꺼운 옷을 입힌 거지. 완충재를 빙글빙글 감아주면 완벽했겠지만, 그의 목표는 어디까지나 완전한 화석을 만드는 거야. 모틸리언이 몸에 두르기에 부자연스러운 건 사용할 마음이 들지 않았겠지."

아니, 그래도, 라는 의문이 떠올랐다.

"그렇게 고생해서 핸디를 묻었는데 왜 손목과 팔이 잘린 건데?"

"오야 마히토가 구멍을 메운 바로 그 자리에서 불행히도 다른 작업자가 퇴적물을 발굴하려 한 거 아닐까? 그 녀석은 파이프를 땅에 꽂아 흙을 끌어내고, 일부를 채취한 후 다시 원래 장소로 돌려놨겠지. 이때, 핸디의 손목과 팔이 절단되어 지표 쪽으로 끌어올려진 거야."

무릴로는 태어나서 처음으로 모틸리언에게 동정심을 느꼈다. 그게 사실이라면, 오야 마히토는 운이 너무 나빴다.

"그는 당연히 자신이 시체를 묻은 장소를 기억하고 있었을 거야. 시체가 흩어졌을 가능성이 매우 크다는 사실을 깨닫고 신에게 벌을 받은 것처럼 느꼈겠지."

절단된 부위가 오야 마히토가 사고로 잃은 것과 같은 왼쪽 팔이었다는 점도 무언가 숙명처럼 느껴졌다. 달님만 받들며 살아온 무릴로조차 포스타 섬에 산다는 신의 기운을 느끼지 않을 수 없었다.

"핸디가 그 후에도 지하에서 계속해서 잠든 채 불완전하나마 화석이 된 건 그에게 있어 유일한 구원이 아니었을까."

5

숙소를 나서자, 하늘이 연한 구리색으로 물들어 있었다.

세 마리는 내일 아침 포스타 섬을 떠날 예정이었다. 그때까지 해안으로 돌아가 화석과 장비를 배에 실어야 한다. 시우베라의 지휘 아래, 그와 푸자가 숙소를 해체하고 무릴로가 수조를 사륜차로 옮기기로 했다.

무릴로는 낙담한 상태였다. 아침부터 평소와 다르게 수수께끼 풀이에 몰두했지만, 푸자가 답을 찾아내면서 갑자기 정신이 번쩍 든 것이다.

푸자에게 좋은 모습을 보여주려고 포스타 섬까지 왔는데, 결국 원하던 화석을 발견한 것은 푸자뿐이었다.

기묘한 시체의 수수께끼를 풀어 허풍선이 남자와는 다르다는 점을 보여주고 싶었지만, 무릴로의 추리는 푸자에게 가볍게 무시당했고, 결국 수수께끼를 푼 것도 푸자 자신이었다.

귀찮은 생각은 하지 말고 푸자가 자고 있을 때 정자를 쑤셔 넣으면 된다. 그런 생각이 머리를 스쳤다. 하지만 그러면 시우베라와 똑같은 놈이 된다. 아셀지아로 돌아가면 머리를 식히고 약방에서 작전을 다시 짜는 수밖에 없다.

그런 졸렬한 생각을 한 탓일까. 수조를 짐칸에 올리고 사륜차에서 내리려던 순간, 꼬리 껍질이 수조에 부딪혔다. 수조가 넘어지고 보존액이 쏟아졌다. 몇 개의 화석이 짐칸에 흩어지며 육파가 주변으로 퍼져나갔다.

육파계 정도로 민감하지는 않지만, 알도는 육파를 감지할 수 있다. 시우베라에게 들키면 골치 아프다. 재빨리 수조를 일으켜 세우고 화석을 던져 넣었다.

덮개를 덮으려다 문득 수조 바닥에 눈길이 멈췄다. 작은 금속 조각 두 개가 가라앉아 있었다. 핸디 근처에 묻혀 있던 그 단추인지 뭔지였다. 잘 보니 금속 시계도 손목에 감겨 있었다.

"시우베라. 덤으로 꺼낸 단추와 시계는 어떻게 할 거야?"

무릴로가 목소리를 높여 물었다.

"필요 없어. 버려."

숙소 그림자에서 푸자의 엉덩이를 더듬던 시우베라가 퉁명스레 대답했다. 튀어나온 더듬이에서 점액이 떨어지고 있었다.

무릴로는 보존액에 더듬이를 찔러넣고 금속 고리를 부러뜨려 화석에서 시계를 벗겼다. 꺼내 보니 문자판에 어마어마하게 세밀한 눈금이 줄지어 있었다. 모텔리언의 과할 정도의 바지런함이 느껴져서 그것을 보는 것만으로도 정신이 아찔해질 지경이었다.

"응?"

이어서 단추를 꺼내려다가 표면의 감촉에서 이상한 느낌을 받았다. 보니까 한쪽 단추에만 두 개의 구멍을 가로지르듯 금이 생겨 있었다. 깜빡 잊고 있었지만, 이 단추는 깨져 있었다.

갑자기 많은 양의 혈액이 뇌 속으로 흘러드는 것을 느꼈다. 피부 껍질 안이 뜨거워지고 관절 이음새에서 삐걱거리는 소리가 새어 나왔다. 툭, 바닥에 떨어진 것은 보존액이 아니라 무릴로의 점액이었다.

"어이, 성병 환자들아. 컴퓨터 좀 빌릴게."

제2관절의 다리로 수조를 들어 올린 후 답을 기다리지 않고 반쯤 해체한 숙소로 들어갔다. 모틸리언 문화 아카이브에 접속해서 '옷', '단추'로 검색했다.

역시 그렇다. 자신이 생각한 대로였다.

"너, 말단 주제에 뭘 농땡이 부리는 거야?"

일을 마친 듯한 시우베라가 방으로 들어오자마자 무릴로의 등 돌기를 잡았다. 습한 다리에서 대파인지 생굴인지의 냄새가 풍겼다.

"푸자의 추리는 틀렸어."

무릴로는 꼬리 껍질을 말아 시우베라의 더듬이를 잡고 디스플레이 앞으로 머리 껍질을 끌어당겼다.

"오야 마히토는 신의 흉내를 낸 게 아니야. 신이 되려고 한 거지."

 사슬에 끌려 숙소로 온 푸자는 당나귀에게 가래침을 맞은 듯한 얼빠진 표정을 지었다.

 "푸자의 추리는 좋았어. 핸디가 묻힌 건 완전한 화석을 만들기 위해서였다. 그렇게 생각하면 몇 가지 이해할 수 없는 상황을 설명할 수 있지. 시체가 땅속 깊숙이 묻혀 있던 것, 골격에 거의 손상이 없었던 것, 왼팔이 잘린 것, 그것이 서로 다른 깊이에 묻혀 있던 것, 심지어 단추 두 개가 함께 묻혀 있던 것도 설명이 되니까 대단하지. 하지만 안타깝게도 하나 놓친 게 있어."

 무릴로는 푸자의 눈앞에 단추를 들어 보였다. 푸자는 "흐음" 하고 단추를 바라보다가 "응?" 하고 아래턱을 비틀었다.

 "보시다시피 이 단추는 가운데에 금이 가 있어. 황동은 그렇게 쉽게 깨지지 않아. 이 단추에 금이 간 이유는 구멍 바닥에 떨어졌을 때 강한 충격을 받았기 때문일 거야."

 푸자는 더듬이를 위아래로 흔들었다. "뭐, 그렇겠지."

 "하지만 모틸리언의 옷은 천 조각을 이어 붙여 만든 거야. 그런 가벼운 옷을 구멍에 떨어뜨린다 해도 금속이 깨질 정도의 충격은 발생하지 않아."

 "그렇겠지."

 "그렇다고 해서 핸디가 이 옷을 입고 있던 건 아니야. 두 단추가 함께 몸에서 떨어진 곳에 묻혀 있었다는 점을 보면 푸자가 추리한 대로겠지. 그럼 왜 단추가 깨졌을까? 범인은 우선 이 단추가 달린 옷을 구멍에 떨어뜨린 후, 거기에 시체를 던져넣었어. 그 시체가 구멍 바닥에 떨어졌을 때, 이미 떨어져 있던 단추와 충돌하면서 금이 생긴 거야."

"그래서 그게 어쨌는데?"

시우베라가 들개처럼 짖었다. 디스플레이의 불빛이 눈알을 반짝였다.

"이상하지 않아? 만약 핸디가 두꺼운 옷을 입었다고 해도 단추가 깨질 정도의 힘이 가해졌다면 적어도 충돌한 부위만큼은 드러나 있었어야 해. 당연히 그 부위의 뼈도 무사했을 리 없어. 하지만 다친 곳은 한 군데, 오른쪽 손목뿐이야."

앗, 하고 푸자가 점액을 튕겼다.

"단추에 관해 몇 가지 확인해보자. 이건 옷을 몸에 고정하기 위한 부품이야. 아무 데나 막 붙이는 게 아니지. 대충 살펴보니까 어떤 옷이든 단추의 위치는 대강 정해져 있다는 걸 알 수 있었어."

무릴로는 디스플레이에 잡지 기사를 펼쳤다. 메기처럼 수염이 난 남자가 두꺼운 옷을 입고 담배를 물고 있었다. 헤드라인에는 '30년대풍 레트로 스타일이 대세'라고 적혀 있었다.

"상반신의 옷을 고정하는 목에서 배까지 이어지는 부분.

팔을 감싸는 통 모양의 천을 고정하는 손목 부분. 하반신을 감싸는 천을 고정하는 허리 부분. 그리고 주머니 같은 수납 공간의 덮개에 달린 것도 있었던 것 같아. 단추 위치는 대체로 이 네 곳 중 하나였어."

무릴로는 선생님이 된 기분으로 메기남이 입은 옷의 단추를 순서대로 가리켰다.

"더 나아가 단추의 개수도 그 위치에 따라 거의 정해져 있던 것 같아. 상반신 옷을 고정하는 단추가 가장 많아서 성인용은 보통 다섯 개 이상. 손목 부분은 두 개 아니면 네 개. 모틸리언의 팔은 두 개니까 2의 배수가 되지. 허리 부분은 하나. 주머니는 보통 하나야.

그럼 지하에 묻혀 있던 단추는 옷의 어디에 붙어 있었을까. 핸디 근처에서 발견된 단추는 두 개였어. 상반신의 옷을 고정하기에는 부족하고 허리나 주머니에 쓰기엔 너무 많아. 즉, 이 단추는 손목에 달린 단추였다는 말이 돼."

"그렇구나." 푸자의 목소리에 점액이 튕기는 소리가 섞였다. "핸디의 뼈와 이 옷은 정확히 같은 곳에 금이 생겼다는 말이네."

"그 말이 맞아. 즉, 몸과 옷의 정확히 같은 지점에 강한 힘이 가해진 거야. 그 이유는 하나밖에 없어. 핸디는 구멍에 떨어졌을 때 단추 달린 옷을 입고 있었어. 이건 사실이야."

"아니, 그건 이상하잖아." 시우베라는 각막이 찢어질 듯 눈알을 부라렸다. "두 개의 단추는 핸디에서 0.5체(약 2미터) 떨어진 곳에 묻혀 있었어. 옷의 천이 미생물에 의해 분해되어 시체와 단추가 떨어지는 일은 있을 수 있지만, 두 단추가 우연히 같은 곳으로 이동할 가능성은 희박해. 그러니까 이 옷은 핸디가 숨을 거두었을 때 이미 몸에서 떨어져 있었던 거지. 즉, 핸디는 옷을 입고 있지 않았어. 그렇지 않아?"

"그 말도 맞아. 핸디는 구멍에 떨어질 때 이 옷을 입고 있었어. 하지만 숨을 거두었을 때는 그 옷을 벗고 있었지. 이 두 가지가 다 맞다면, 생각할 수 있는 가능성은 하나뿐이야. 핸디는 지하 4.5체(약 18미터)에서 옷을 벗은 거야."

세 마리의 눈은 어느새 수조에 고정되어 있었다.

"핸디가 4.5체의 높이에서 떨어졌는데도 살아남았단 말이야?"

시우베라의 턱이 마찰하며 끼익, 하는 불쾌한 소리를 냈다.

"핸디는 고양이가 아니야. 미리 구멍 바닥까지 내려갈 도구를 준비했겠지. 도르래로 밧줄을 내려서 그 밧줄로 몸을 묶었거나, 매달아놓은 상자에 올라타거나 해서 조심스레 구멍 아래로 내려갔을 거야. 스스로는 도구를 회수할 수 없으니까 다른 협력자가 있었다는 말이 돼. 왼팔이 없는 핸디의 정체는 당연히 오야 마히토. 협력자의 정체는 모르겠지만, 아내인 오치 하마요일 가능성이 크지 않을까?"

"그런 도구까지 썼는데 왜 단추와 뼈가 부러진 건데?"

"오야 마히토가 예상한 것보다 구멍이 더 깊었겠지. 이들은 3.5체⁽약 14미터⁾ 정도의 구멍을 팠다고 생각했지만, 실제로는 1체⁽약 4미터⁾ 정도 더 깊었어. 지하에는 여기저기 지하수가 만든 빈 공간이 있으니까 파놓은 구멍이 불행히도 그 공간과 이어진 걸지도 몰라.

밧줄이 부족해진 오야 마히토는 어쩔 수 없이 그 높이에서 몸을 던졌어. 결과적으로 즉사는 면했지만, 오른 손목뼈가 부러졌고 같은 부위의 단추에도 금이 간 거야."

"왜 그렇게 귀찮은 짓을 한 건데? 화석에 홀려서 뇌가 녹아버린 거야?"

"그 말이 맞지만 그것뿐만은 아니야. 오야 마히토에게는 원래 왼팔이 없었으니 묻혀 있던 손목과 팔은 다른 사람의 것이야. 이 녀석은 타인의 손목과 팔을 준비해서 지하로 숨어든 거야. 만약 그가 지하 바닥에서 마치 손목과 팔이 연결된 듯한 자세로 죽는다면 어떻게 될까. 그 상태에서 광물이 스며들어 석화되면 단면이 이어져서 하나의 화석이 될 가능성이 생겨."

푸자는 자신의 사지가 잘려 나간 표정으로 아아, 하고 피부 껍질을 떨었다.

"오야 마히토는 화석이 되어 본래 모습을 되찾으려고 한 거구나."

무릴로는 더듬이를 말아 두 마리 앞에 단추를 보였다.

"구멍 바닥에서 단추가 달린 옷을 벗은 건 화석에 이상한 걸 덧붙이고 싶지 않았기 때문이야. 자신을 이상적인 모습으로 바꾸기 위해 오야 마히토는 가능한 모든 방법을 동원했지.

하지만 신은 그의 편이 되어주지 않았어. 손목과 팔이 분리된 건 아주 평범한 자연 현상—지진이나 지하수의 흐름 같은 것들이 반복된 결과겠지. 원하던 대로 돌로 변할 수는 있었지만, 과거의 몸을 되찾는다는 꿈은 이루어지지 않았어."

혹시 질문 있어? 하고 묻듯이 무릴로는 제2관절의 다리를 펼쳤다.

푸자는 아무 말 없이 머리 껍질을 들어 올리고 더듬이를 수조에 담갔다. 손목과 아래팔을 들어 올려 핸디의 위팔에 연결했다.

그 순간, 입을 벌린 두개골이 마치 미소를 짓는 것처럼 보였다.

6

검게 그을린 달이 테이블을 비추었다.

무릴로는 심히 우울한 기분으로 약방과 환각의 세계를 오갔다.

고속 수송선으로 아셀지아로 돌아온 지 243일이 지났다. 그다음 날, 시우베라는 중고상들을 모아 경매를 진행했고,

모든 화석을 팔아 924기琫를 호주머니에 챙겼다. 무릴로의 몫은 적었지만, 그래도 당분간 고급 황분을 계속 흡입해도 남을 정도의 금액이었다.

그런데 왜 이런 변두리 약방에서 약에 취해 있는가 하면, 그건 푸자 때문이었다. 최근까지 시우베라의 사슬에 묶여 있던 여자가 이번에는 시립병원 원장의 아이를 임신했다는 이야기를 단골 시장에서 들었다. 시우베라의 아이를 낳은 지 얼마 지나지도 않았는데 이 얼마나 음탕한 원숭이인가. 그런 여자는 결국 돈과 색기가 넘치는 남자를 좋아하는 것이다. 이럴 거면 포스타 섬까지 왜 갔는지 알 수 없었다.

무릴로는 불평을 터뜨리며 창밖의 달을 올려다보았다. 이번만은 달님의 고귀함으로도 심사가 뒤틀린 마음을 가라앉힐 수 없을 것 같았다. 더듬이 끝에 붙은 황분을 핥으며 무릴로는 자신을 환각의 세계로 몰아넣었다.

얼마나 시간이 흘렀을까.
"일어나. 이봐, 일어나라고."
머리 위에서 떨어진 익숙한 목소리를 들어도 그것이 현실이라고 생각할 수 없었다.
"할 이야기가 있어. 일어나라니까."
"시끄러워. 음탕한 원숭이야. 자궁에 토란 쑤셔 넣어버린다!"

"뭐라고?"

테이블 너머의 알도가 방귀를 두 번 뀌었다. 무의식적으로 머리 껍질을 들었다. 눈앞에 푸자가 있었다. 아무래도 진짜로 보였다.

"왜 네가 여기 있어? 병원장과 잘 지내는 거 아니었어?"

사슬은 감겨 있지 않았다. 무릴로의 꼬리 껍질 안이 뜨겁게 달아올랐다.

"그런 헛소문 믿지 마." 푸자는 꼬리 껍질을 끌어당기며 엉덩이 구멍을 크게 벌렸다. "시우베라가 거짓말을 퍼뜨린 거야."

"왜?"

"그 자식, 나한테 아무 말 없이 아이를 팔려고 했어. 열 받아서 병원을 뒤집어엎었지. 그랬더니 그 자식이 나한테 화를 냈어."

무릴로는 기가 막혔다. 그런 욕심쟁이는 아무리 돈을 벌어도 부족한 모양이다.

"그건 아무래도 좋아. 이리 좀 와봐."

푸자는 꼬리 껍질을 말아 무릴로의 머리 껍질을 잡고는 약방 처마 끝으로 질질 끌고 나갔다.

"저 달 좀 봐. 뭔가 생각나는 거 없어?"

제2관절의 다리를 펼치고 눈알을 위로 향했다. 남쪽 하늘에 떠 있는 달은 오른쪽이 반쯤 이지러진 어중간한 형태였다.

모틸리언의 손목

"핸디의 두개골인가?"

표면이 그을린 듯한 형태가 두개골에 뚫려 있는 세 개의 구멍—두 개의 눈구멍과 콧구멍처럼 보였다.

"오야 마히토의 생일 파티 말이야. 그 사진의 지붕 위에도 저런 달이 떠 있었잖아."

오야 마히토. 그 이름을 듣는 것도 243일 만이었다. 사진 속 달은 분명 부풀다 만 참외처럼 매우 어중간한 형태를 하고 있었다.

"나, 그 사진에서 하나 신경 쓰였던 게 있어. 그 오야 마히토라는 녀석, 단추가 왼쪽에 달린 여자 셔츠를 입고 있었잖아.

물론 남자가 여자 옷을 입는다고 맞아 죽는 건 아니야. 실제로 그런 모털리언도 있었을 거야. 하지만 오야 마히토는 왼팔이 없었어. 오른팔만으로 옷을 입어야 했는데 굳이 왼쪽에 단추가 달린 잠그기 힘든 옷을 골랐을까? 물론 실수로 아내 옷을 입었을 리도 없고 말이야."

"그런 말을 해도 말이야. 실제로 여자 옷을 입고 있었잖아."

"그게 아니야. 오야 마히토는 단추가 오른쪽에 달린 남자 옷을 입고 있었어. 하지만 사진이 좌우 반전되어 있어서 여자 옷을 입은 것처럼 보인 게 아닐까?"

뇌의 저림이 사라졌다.

그 사진은 반전된 것이었단 말인가.

"회보에는 히로사키 대학교 졸업생 인터뷰가 세 개 나란히 실려 있었지. 각각의 기사 끝에는 인터뷰 대상자의 사진이 있었어. 왼쪽이 궁도가, 가운데가 의원, 오른쪽이 고고학자인 오야 마히토. 그 사진 속에서 궁도가와 의원이 좌우 어느 쪽을 바라보고 있었는지 기억나?"

"기억날 리 없잖아."

"나도야. 그래도 추측할 수는 있어. 궁도가는 사진 속에서 과녁을 향해 활을 당기고 있었어. 동물은 활을 쏠 때 보통 주로 쓰는 손이 아닌 쪽 손으로 활의 몸통을 잡고 주로 쓰는 손으로 활줄을 당겨. 모틸리언은 대부분 오른손잡이니까 몸의 오른쪽에서 사진을 찍지 않으면 얼굴이나 활이 보이지 않지. 따라서 궁도가는 오른쪽을 향하고 있었을 거야.

의원의 사진은 어떤가 하면, 이건 포스터를 그대로 찍은 것이었어. 이런 포스터는 보통 보는 사람과 눈을 마주치게 만들어져 있지. 그러니 이 의원은 정면을 바라보고 있었을 거야.

그럼 어떻게 될까. 잡지 왼쪽의 궁도가가 오른쪽을, 가운데의 의원이 정면을 바라보고 있다면, 균형을 잡기 위해 오른쪽의 고고학자가 왼쪽을 바라보는 장면이 좋겠지. 모틸리언 정도로 미적 감각을 지닌 동물이라면 그렇게 생각해서 사진을 반전시켰을 가능성도 충분히 있지 않을까?"

푸자는 자신의 생각이 앞서 나가는 것을 억제하듯 제2관절의 다리로 머리 껍질을 붙잡았다.

"하지만 확신은 없었어. 오야 마히토가 그저 변덕으로 여자 옷을 입었을 가능성도 없지는 않으니까.

하지만 아까 깨달았어. 그 사진이 좌우 반전되었는지 아닌지 확인할 방법이 있다는 걸."

무릴로는 급하게 머리를 짜냈지만, 푸자가 무엇을 말하려는지 이해할 수 없었다.

"3만 년 전 사진이잖아? 조사해본들 아무것도 남아 있지 않아."

"하지만 어떤 것에 주목하면 사진의 방향이 맞는지 쉽게 알 수 있어." 푸자는 하늘을 올려다보았다. "그건 바로 달이야."

무릴로는 방귀를 뀔 뻔했다.

"그 사진에는 오른쪽이 이지러진 달이 찍혀 있었어. 그날의 진짜 달의 모양을 알면 사진이 반전되었는지 확인할 수 있어."

"3만 년이나 지났는데?"

"3만 년이든 100만 년이든 달의 움직임은 변하지 않아. 날짜만 알면 모양도 알 수 있지. 오야 마히토의 생일은 10월 22일. 회보가 발행된 것이 서력 2122년. 사진에 '작년 생일 파티에서'라는 설명이 있었으니 그 사진은 2121년 10월 22일에 찍힌 거야.

정확히 말하자면 사실 달이 차고 이지러지는 주기는 매년

0.000000002162일씩 길어지고 있어. 지금의 달은 평균 29.53065일마다 보름달로 돌아오지만, 3만 년 전의 달은 평균 29.53059일마다 보름달로 돌아왔어. 사진이 찍힌 시점과 오늘까지의 시간에서 이 날짜를 빼면 당시의 달이 어떤 모양이었는지 알 수 있어. 프로그램을 짜서 계산해봤더니 이날의 포스타 섬에서는 왼쪽이 이지러진 달이 떠 있었다는 사실을 알게 됐어."

사진은 반전되어 있었다.

그것은 사실이었다.

"조금 더 정확히 말하자면 사진을 찍은 곳이 포스타 섬이 아니라 남반구의 어딘가였을 가능성도 있어. 남반구에서는 이날 오른쪽이 이지러진 달이 떠올랐을 거야. 하지만 오야 마히토는 보트에서 사고를 당한 이후, 바다가 무서워져서 섬을 떠나지 못했지. 포스타 섬에서 육로로 남반구로 가는 루트는 없어. 따라서 그 사진이 남반구에서 찍혔을 가능성은 없어. ……그래서 이제 본론으로 들어가는데."

푸자는 무릴로에게 피부 껍질을 가까이 붙였다.

"그 사진이 반전되었다면, 오야 마히토가 화석이 되어 완전한 몸을 되찾으려고 했다는 무릴로의 추리는 성립하지 않아."

무릴로는 관절 하나만큼 뒤로 물러나서 등의 돌기를 숨겼다. "왜지?"

"그 사진 속 오야 마히토는 왼팔이 절반밖에 없었어. 아니, 그렇게 보였지. 하지만 사진이 반전되었다면 실제로 반만 있었던 팔은 오른팔이라는 말이 돼."

무릴로는 방귀를 뀌었다.

"우리가 발견한 핸디에게는 왼팔이 없었어. 즉, 오야 마히토는 핸디가 아니야."

"그렇구나."

"그러면 처음의 의문이 다시 떠오르지. 핸디는 도대체 누구였을까?" 푸자의 눈알이 부풀어 올랐다. "결론부터 말하자면 녀석의 정체는 오야 마히토의 아내, 오치 하마요인 것 같아."

응? 하고 분명하지 않은 목소리가 새어 나왔다.

"어떻게 그걸 알 수 있는데?"

그 사진에 오치 하마요의 몸이 절반만 찍혀 있던 것은 무릴로도 기억하고 있었다. 얼핏 오른팔이 화각에서 잘린 것처럼 보였지만, 좌우가 반전되어 있다면 잘린 것은 왼팔이 된다. 하지만 사진에 나오지 않았다고 해서 그 부위가 없었다는 뜻은 아니다.

"중요한 걸 잊고 있지 않아?" 푸자는 기쁜 듯 다리를 파닥거렸다. "생일 케이크 접시에는 알파벳으로 이렇게 적혀 있었어."

더듬이를 내려 발밑의 흙에 글자를 썼다. ……'OYAMAHI

TO'

"하지만 사진은 반전되어 있었어. 그럼 실제로는 이렇게 쓰여 있었다는 말이 돼."

좌우를 뒤집어 같은 글자를 썼다. 'OTIHAMAYO'

"이건 오치 하마요라고 읽어. 좌우 반전된 탓에 오야 마히토라고 보였지만, 그 파티에서 진짜로 축하받은 사람은 그녀였던 거야."

인터뷰 중 아내 오치 하마요에 관한 이야기가 나오자 오야 마히토는 이렇게 말했다.

"저는 오랫동안 그녀를 저 자신을 비추는 거울처럼 여겨왔습니다."

문자를 반전시켜 상대의 이름이 된다면 그야말로 '비추는 거울'일 것이다.

"그렇게 되면 사진은 오야 마히토의 생일인 2121년 10월 22일에 찍힌 것이 아니라는 말이 돼. 오치 하마요의 생일이 언제인지 알 수 없는 이상, 사진이 찍힌 날짜를 알아낼 수는 없어. 하지만 오야 마히토의 생일에 찍힌 게 아니라는 점은 분명하니까 지금까지의 추리가 흔들리지는 않아.

그런데 그 케이크에는 의수를 형상화한 설탕 과자가 있었어. 당연히 그날의 주인공과 관련된 모티프였을 거야. 오치 하마요는 의수를 사용하고 있었어. 결국 그녀는 한쪽 팔이 없었던 거야. 오른팔은 사진에 찍혀 있었으니 그녀에게 없었던 건 왼팔임이 확실해."

오야 마히토에게는 오른팔이 없고, 오치 하마요에게는 왼팔이 없었다. 이것 역시 '비추는 거울'이다.

"오치 하마요는 왼팔이 없었어. 핸디도 왼팔이 없었지. 그런데도 그녀가 핸디라고 못 믿겠어?"

"믿어." 무릴로는 다리를 오그라뜨렸다. "하지만 그 여자는 왜 구멍에 들어갔지? 역시 팔이 붙은 화석이 되고 싶었던 건가?"

"무릴로의 추리가 어느 정도는 맞았어. 뼈와 옷의 같은 부분에 손상이 있었던 점, 두 단추가 함께 묻혀 있었다는 점에서 오치 하마요가 구멍에 떨어진 후에 옷을 벗었다. 즉, 산 채로 구멍 바닥으로 들어갔다는 사실을 끌어낼 수 있지. 하지만 그녀의 목적은 화석이 되어 팔을 붙이는 게 아니었어."

"왜 그렇게 생각하는데?"

"처음에 발견된 손목에 시계가 감겨 있었던 거 기억하지? 그 시계, 문자판이 손등을 향하고 있었어. 그건 남자 모틸리언이 손목시계를 차는 방식이야."

단추를 반대로 달기도 하고 시계를 거꾸로 차기도 하고, 모틸리언은 성별에 의미를 부여하고 싶어하는 동물이었던 듯하다.

"오치 하마요는 여자야. 그녀가 화석이 되어 완전한 몸을 되찾으려 했다면, 보통과는 반대로 감겨 있던 시계를 그대로 두진 않았을 거야."

"그렇군."

"즉, 그 손목과 팔은 오치 하마요가 직접 준비한 게 아니야. 그렇다고 구멍을 판 곳에 우연히 손목과 팔이 묻혀 있을 리도 없지. 그녀는 거기에 그 손목과 팔이 묻혀 있다는 사실을 알고 일부러 같은 곳에 자신의 몸을 묻은 거야."

구름이 달을 가려 거리는 어둠에 잠겼다. 푸자의 눈알만이 약방의 조명을 반사하고 있었다.

"잘 생각해봐. 처음 발견된 손목은 지하 2체(약 8미터)에 있었어. 다음으로 발견된 아래팔은 지하 4체(약 16미터)에 있었지. 그때는 마치 누군가가 우리를 땅속으로 유인하는 것 같았잖아?

하지만 마지막으로 발견된 전신 골격은 지하 4.5체(약 18미터)에 있었어. 아래팔과 불과 0.5체(약 2미터) 정도밖에 떨어져 있지 않았지. 간격이 갑자기 좁아진 거야.

그때는 아래팔과 전신이 같은 모틸리언의 것이라고 생각했으니 그 간격이 달라진 것에 대해 크게 신경 쓰지 않았어. 하지만 사실 팔이 없는 전신 골격만이 오치 하마요의 것이고, 손목과 아래팔은 다른 모틸리언의 것이었지. 그렇다면 그 아래에는 손목에 시계를 찬 모틸리언의 위팔을 포함한 다른 부위가 그 너머까지 같은 간격으로 묻혀 있었던 게 아닐까?"

땅이 크게 흔들리는 느낌이 들었다. 열한 구의 시체를 발견한 그날처럼.

그렇다면 오치 하마요의 시체는…….

"지하 4.5체에 묻혀 있던 팔이 없는 시체는 그보다 더 아래를 파내지 못하게 하기 위해 나중에 묻힌 더미Dummy였던 거야."

포스타 섬으로 향할 때, 시우베라는 고속 수송선에 고래를 실었다. 해상에서 금속 파동 센서에 걸렸을 때 철을 삼킨 고래를 공무원들에게 발견하게 함으로써 더 이상 수색하지 않도록 한 대비책이었다.

오치 하마요의 시체는 그 고래와 마찬가지로 더 이상 그곳을 탐색하지 않도록 하기 위한 미끼였던 것이다.

"처음에 시계를 손목에 감은 모틸리언의 시체를 묻은 녀석을 편의상 '범인'이라고 하자. '범인'은 어딘가에서 온전한 모틸리언 시체를 손에 넣었어. 아마 함몰지에 묻혀 있던 폐기물 처리 시설 건립 추진파의 시체 한 구를 파온 거겠지. '범인'은 그 시체를 산산조각 내서 약 2체(약 8미터) 간격으로 조각을 묻었어. 이건 지하 끝 어딘가로 우리 알도를 유인하기 위한 미끼야. 우리가 육파를 감지할 수 있는 간격으로 미끼를 묻어서 그 너머 어딘가로 우리를 유인하려 했던 거야."

하지만, 하고 푸자는 점액을 들이켜며 말했다.

"'범인'의 계략을 알게 된 오치 하마요는 화석에 이끌린 알도가 그 장소로 찾아오는 걸 막으려 했어. 하지만 그녀는 결국 모틸리언이야. 알도처럼 육파를 감지할 수 없어. 지하에 묻힌 시체 조각을 찾지 못하면 그것을 파낼 수도 없지.

그래서 그녀는 하나의 계책을 생각해냈어. 아마 그녀는 '범인'이 시체를 묻는 장면을 지켜봤을 거야. 덕분에 가장 지표면에 가까운 두 곳에 묻힌 것이 왼쪽 손목과 아래팔이라는 사실을 알고 있었어. 거기에서 조금 더 구멍을 파서 왼팔이 없는 시체를 묻음으로써 그보다 더 아래에는 시체가 묻혀 있지 않다고 알도가 믿게 할 수 있다. 그녀는 그렇게 생각했을 거야."

알도가 그곳에 다가가게 할 수 없다. 그 일념으로 그녀는 지혜를 짜내었으리라.

"다만 먼저 시체를 묻은 '범인'보다 오치 하마요는 더 강한 윤리관을 가지고 있었어. 타인의 시체를 절단해서 땅속에 묻으면 '범인'이나 알도들과 같은 수준까지 품위가 떨어지게 되지. 그녀는 그것을 견딜 수 없었어.

그래서 그녀는 다른 모틸리언에게 협력을 부탁해 스스로 구멍 바닥으로 내려가서 팔이 반밖에 없는 자신의 시체를 거기 묻은 거야."

그녀는 몸을 던져 무언가를 지키려고 했다.

지하 끝에 숨겨진 무언가를.

"그 아래에는 도대체 뭐가 있는 걸까?"

무심코 중얼거렸다.

거기에는 무언가가 있다.

아니, 분명.

누군가가 있다.

조각낸 시체를 미끼로 알도를 지하로 유도하려 한 '범인'. 그 녀석은 오치 하마요와 친했고, 지하에 숨겨진 모틸리언의 비밀을 알도에게 알려주려 할 정도로 자기 종족을 증오했다. '범인'의 정체는 오야 마히토일 것이다.

이 남자는 모틸리언에 대한 애정이 다해버렸다. 지구의 선인들을 존경하지 않고 화석을 함부로 파헤쳐 유실시키는 동족들을 경멸했다. 그는 스스로의 손으로 땅 밑으로 도망친 동료들에게 마지막 일격을 가하려고 한 것은 아닐까.

하지만 이 남자의 어두운 계략을 아내인 오치 하마요는 간파했다. 남편보다 고귀하고 인내심이 강했던 그녀는 조금이라도 미래에 대한 희망을 남기고자 자신의 목숨을 대가로 남편의 계획을 좌절시키려고 했으리라. 지하로 향하는 그녀에게 손을 빌려준 사람은 아마 이 두 사람의 자식이었을지도 모른다.

알도가 모틸리언을 멸망시킨 뒤―적어도 모틸리언들이 지표면에서 사라진 뒤로 이미 3만 년이 지났다. 수명이 짧은 그들에게는 엄청난 시간이다. 과도한 기대는 금물이다.

하지만 만약 그들이 지하 깊은 곳에서 생명을 이어가고 있다면······.

"푸자. 한 번 더 포스타 섬에 가보지 않을래?"

그녀의 관심을 끌고 싶었던 것은 아니다. 그저 순수한 마음을 입에 담은 것뿐이었다.

푸자는 입에서 흘러나온 점액을 핥아 목구멍으로 넘기고는 크게 기침하여 다시 점액을 토해내며 말했다. "빠, 빨리." 그러고는 참을 수 없다는 듯 무릴로에게 뛰어들었다. "고래를 사러 가자."

◆

운전석에서 내려 은신처인 창고로 돌아가려던 그때, 빠각 하고 거대한 알이 깨지는 듯한 소리가 들렸다.

소리가 난 쪽을 돌아보자 핏기가 가셨다. 고고학 자료관 지붕에 괴물이 달라붙어 있었다. 큰 눈알이 이쪽을 보고 있었다. 더듬이를 뻗은 채 턱을 좌우로 열었다. 점액이 천천히 떨어졌다.

"젠장."

오야 마히토는 운전석으로 돌아가 왼손으로 전원 버튼을 눌렀다. 커다란 물체가 떨어지는 소리에 이어서 정신 나간 경주마가 내는 듯한 발소리가 쫓아왔다. 저 괴물을 이곳에 불러들일 수는 없다. 창고까지 5미터도 안 되기에 안에서 잠들어 있는 아내와 딸이 발견될 것이다. 떨리는 손으로 변속 레버를 당기고 가속페달을 밟았다.

오래된 현수막이 걸린 울타리를 넘어뜨리며 도로로 돌진했다. 보닛이 열려 앞이 보이지 않았다. 차체가 공중으로 떠올랐다. 좌석이 창고 지붕보다 높아졌다고 생각한 순간, 1초도 안 되어 도로로 떨어졌다. 몸이 시트에 달라붙고 그 직후 앞유리창이 깨지며 아스팔트 위로 굴렀다. 피로 물든 왼팔에 더듬이가 감기고 몇 초 후에 괴물의 머리가 나타났다.

오야 마히토는 생각보다 차분했다. 괴물이 창고 안에 있는 두 사람을 발견한 것 같지는 않았다. 자신의 부주의로 가족이 목숨을 잃는 끔찍한 상황만은 피할 수 있었던 듯했다.

하지만 두 사람이 발견되는 것도 시간문제이리라. 자신은 죽는다. 가족도 죽는다. 인류에게 도망칠 곳은 없다.

하지만 그게 어쨌다는 건가. 지구의 역사에서 하나의 장이 끝나고 다음 장이 시작된다. 그것뿐이다.

유일하게 바라는 것이 있다면 그것은 괴물들도 지구의 선조에 대한 공경심을 표해주었으면 한다는 점이었다.

새로운 지배자가 된 그들도 언젠가 자신들과 같은 과오를 범할지 모른다. 즉, 눈앞의 욕망을 채우기 위해 지하 깊숙이 잠든 화석을 파헤치고 유실시키고 파괴할지도 모른다.

만에 하나 그런 날이 올 가능성이 있다면 평온하게 잠에 빠져들 수 없다.

그래서 오야 마히토는 구멍을 팠다.

그건 거대하지만 단순한 장치였다.

수천 년 후, 혹은 수만 년 후, 저 괴물들이 인간의 화석을 파헤치기 위해 이 도시로 오게 된다면.

그들은 '냄새'에 의존해 우리의 화석을 찾을 것이다. 하지만 이 땅에서 화석을 찾기란 쉽지 않다. 특별한 사정이 없는 한 일본인의 시체는 화장되었고, 괴물에게 죽임당한 자들은 지표면에 방치되어 있기에 석화될 가능성은 거의 없다.

그들은 섬을 돌아다니다가 이윽고 지하에 묻힌 손목을 발견할 것이다. 기뻐하며 손목을 파내고, 더 깊은 곳에도 화석이 묻혀 있다는 사실을 알게 된다. 아래팔, 위팔, 어깨뼈, 갈비뼈…… 그쯤에서 위화감을 느낄 수도 있겠지만, 욕망에 사로잡힌 그들은 더욱 깊은 곳으로 파고들 것이다.

결국 그 괴물들은 그때까지 맡아본 적 없는 강렬한 '냄새'를 맡게 될 것이다. 지하 120미터에서는 매립된 갱도를 만날 테지만, 거기까지 도달해도 그들은 발걸음을 멈추지 않을 것이다. 침을 흘리며 땅을 파고 들어가 지하 350미터에서 점토에 뒤덮인 거대한 금속 용기를 발견할 것이다.

그것이 무엇인지 그들에게 알려주는 것은 무엇 하나 없다. 설계 단계에서는 지상에 경고 안내판을 설치해야 한다는 의견도 있었지만, 아무것도 남기지 않는 것이 미래의 안전을 보장하는 가장 좋은 방법이라는 결론에 이르렀다고 한다.

덮개를 열었을 때 그들은 자신들의 과오를 깨닫게 될 것이다. 몇천 년, 몇 만 년이 지나도 상관없다. 마치 타임머신처럼 과학의 힘은 시간의 벽을 뛰어넘기 때문이다.

자신이 한 일이 좋은 일이라고는 생각하지 않는다. 오랫동안 환경보호 활동에 참여한 아내가 들으면 분명 반대할 것이다. 저승이 있다면 기꺼이 벌을 받을 생각이다.

괴물이 더듬이를 뻗어 오야 마히토를 들어 올렸다. 거기서 잠시 눈알과 턱이 정지했다. 잡힌 인간의 팔이 절반밖에 없다는 사실을 깨달았으리라. 괴물은 꼬리를 한번 휘둘러 오야 마히토의 왼팔을 잘라냈다. 벌레를 가지고 노는 것처럼 몸을 흔들며 입에서 바삭바삭 마른 소리를 냈다. 잠시 즐기듯 사지를 흔들었지만, 갑자기 아무래도 좋다는 생각이 들었는지 턱을 닫고 오야 마히토의 목에 더듬이를 휘둘렀다.

오야 마히토의 머리는 아스팔트를 몇 미터 구른 후 펜스에 부딪히며 멈췄다. 현수막의 모서리가 피로 물들었다.

괴물은 얼마간 거기에 나란히 적힌 낯선 글자들을 바라보았다.

'방사성 폐기물 최종 처리장과 함께 밝은 미래를 만들자!'

괴물은 곧바로 머리를 들고 다음 포획물을 찾아 달려 나갔다.

천사와 괴물

I 카니발

1

괴물이 이쪽으로 손을 뻗었다.

불그죽죽한 피부, 흰자위 없는 눈, 불꽃처럼 거꾸로 솟아오른 머리카락, 귀는 뾰족하고 등 뒤에는 박쥐 같은 날개가 돋아나 있다. 크게 벌린 입에서는 가시 같은 이빨이 보이고, 유난히 큰 어금니에서 침방울이 떨어지려 한다.

그것은 틀림없는 괴물이었다.

"괜찮아." 거대한 간판을 보고 한 발짝도 움직이지 못하는 나를 본 누나는 당황하지 않고 허리를 숙인 채 말했다. "작년에 노먼 씨가 영화관에 데려가줬잖아? 그때 본 흡혈귀랑 똑같아. 여기 있는 건 전부 만들어낸 거야."

누나는 티롤리언해트 챙을 들어 올리며 똑바로 나와 눈을 마주쳤다.

우리는 폴리 해변에서 열리는 '세계 끝의 카니발'에 방문해 있었다.

카니발이라고 해도 화려한 수레와 음악대가 거리를 행진하는 것은 아니다. '세계 끝의 카니발'은 기괴한 행사다. 몇 년에 한 번씩 아파트나 창고 벽에 전단지를 붙여 개최를 알린다. 날짜가 다가오면 바닷가 공터에 갑자기 수많은 노점과 텐트가 등장한다. 관람차와 회전목마도 있다. 이 모든 것을 컬러풀한 전구와 삼각형 깃발로 장식한다. 레몬 워터와 팝콘 냄새에 이끌려 게이트를 넘어서면 그곳에는 별세계가 펼쳐진다. 아침부터 밤까지 피에로가 오르간을 연주하고, 호객하는 아저씨들이 아낌없이 장난감을 나눠준다. 거기에는 아이들이 가슴 설레고 어른들이 눈살을 찌푸릴 만한 물건들이 가득했다.

열 살인 나도 물론 예외는 아니었다. 우선 레몬 워터를 손에 들고 행사장을 한 바퀴 돈 후 관람차 꼭대기에서 마을을 내려다볼까. 범퍼카로 드리프트도 해보고 싶고 '니콜라스 파버의 열 가지 불가사의'라는 것도 뭔가 재밌어 보이는데…… 하며 가슴이 두근거렸다.

하지만 누나가 가장 먼저 향한 곳은 관람차 뒤편이었다. 거기에는 인적이 드문 어둠 속에 으스스한 괴물 간판을 내건 검은색 텐트가 있었다.

"뭐가 나오든 걱정할 거 없어. 전부 진짜가 아니니까."

누나는 그렇게 말했지만, 만들어낸 것이든 아니든 괴물은 괴물이다. 나는 별로 내키지 않았지만, 누나는 그곳에 가야만 하는 이유가 있는 듯했다. 내가 마지못해 고개를 끄덕이자 누나는 내 머리를 쓰다듬은 후 그 텐트, '앨프 로크웰의 놀라운 세계의 진실 박물관'으로 향했다.

"귀여운 애들이 왔네."

역의 매표소 같은 작은 창문을 통해 남자가 얼굴을 내밀었다. 뭉툭한 콧날 아래에는 마른 물고기의 꼬리지느러미 같은 콧수염이 달려 있었다. 쭈글쭈글한 파나마모자 아래로 백발이 섞인 긴 머리가 삐져나왔다. 머리 위 패널에는 '어서 오세요'라고 적혀 있었지만, 환영한다는 느낌은 딱히 들지 않았다.

"잠깐 기다려."

남자는 곧장 텐트 안으로 들어가려는 누나의 팔을 붙잡고 작은 창문 아래의 패널을 가리켰다. 새빨간 고딕체로 '단돈 25센트'라고 적혀 있었다.

"비싸다고 생각했다면 착각이야. 우리 쇼는 팝콘보다 배부르고 저쪽에 있는 '작은 영혼의 집'보다 자극적이거든. 왜냐하면 너희는 동전 하나로 이 세상의 진실을 알 수 있기 때문이지."

"과장이 심하네요." 누나가 한쪽 눈썹을 치켜세웠다. "뭐죠? 세상의 진실이란 게."

"완벽한 건 없다는 거야. 나나 너희가 그런 것처럼 말이지." 객객, 하고 이상한 소리로 기침한 남자는 파나마모자를 벗어 내밀었다. "어쨌든 이건 놓쳐선 안 돼. 분명 친구들에게도 자랑할 수 있을 거야."

남자의 말을 믿은 것 같지는 않지만 누나는 지갑에서 동전 두 개를 꺼내서 남자의 모자에 던져 넣었다. 남자는 "고마워"라며 모자를 집어넣고 '곧 돌아옵니다'라고 적힌 팻말을 창가에 놓았다.

"자, 그럼 다시 한번 소개하지. 나는 너희를 미지의 세계로 안내할 이 쇼의 해설자란다."

남자는 부스 옆문으로 몸을 내밀었다. 지팡이를 들어 텐트 입구 커튼을 젖혔다.

"그런데 꼬마야. 이 세상에서 가장 강한 사람이 누구일 거 같니?"

답할 시간도 주지 않았다.

"삼손? 헤라클레스? 클라크 켄트? 이 커튼 너머에 그 답이 있다. 헤비급 챔피언도 이 녀석 앞에선 갓난아기나 다름없지. 남미 푸에고섬에서 발견된 경이로운 거인. 야간족의 왕, 킹 그렉을 소개하마!"

어서 들어가라고 어깨를 떠밀려 누나와 커튼 안으로 들어섰다.

그곳은 검은 천으로 둘러싸인 작은 방이었다. 조명은 알전구 하나뿐. 눈이 어둠에 익숙해지자 눈앞에 쇠창살이 보이기 시작했다. 그 너머에는 건초가 쌓여 있었다. 마치 마구간이나 동물원처럼.

그 남자, 킹 그렉은 쇠창살 너머에 앉아 있었다. 건초더미에 기대어 책을 읽는 중이었다. 머리는 묶어서 틀어 올리고 상체는 벌거벗은 채 허리에 삼베를 둘렀다. 쇠창살에 걸린 법랑 간판에는 '킹 그렉, 세계 최강의 거인'이라고 적혀 있었다.

"어이, 그렉. 네가 나설 차례야."

해설자 남자가 쇠창살 앞에서 속삭였다. 그러더니 쇠창살 사이로 지팡이를 집어넣어 그렉의 허벅지를 찔렀다. 그렉은 그제야 고개를 들고 누나와 나를 바라보았다. 그는 서둘러 책을 덮고 쇠창살을 잡은 채 몸을 일으켰다. 양손을 들어 올리더니 "크어어!" 하며 두툼한 잇몸을 보였다.

"왜 그래, 그렉. 모처럼 귀여운 손님들이 왔는데 기분이 별로 안 좋아 보이는군."

해설자 남자가 유쾌한 목소리를 냈다. 방금의 행동은 못 본 척하기로 한 모양이다.

"나는 야간족의 왕. 모든 세상의 왕. 왕 중의 왕이다. 어리석은 백인들아, 엎드려라. 크어어!"

그렉은 덩치가 컸다. 거인이라는 이름에 걸맞게 키가 교회당의 십자가 정도쯤은 되어 보였다. 세계 최강인지는 몰라도 동네의 술주정뱅이 정도는 주먹 한 방에 쓰러뜨릴 수 있을 것 같았다.

"진정해. 그런 말을 하면 손님이 겁을 먹잖아."

해설자 남자가 주머니에서 양철 물통을 꺼내 쇠창살 사이로 집어넣었다. 럼주의 달콤한 냄새가 코를 찔렀다. 그렉은 물통을 낚아채서 입구를 물었다. 그대로 천장을 올려다보았지만 아무리 기다려도 술이 흘러나오지 않았다. 그렉은 물통을 바닥에 내팽개치고 해설자 남자에게 달려들었다.

"크어어!"

주먹이 허공을 갈랐다. 쇠창살이 그렉의 어깨에 걸려 팔이 닿지 않았다. 해설자 남자가 과장되게 이마의 땀을 닦았다.

"크어어!"

그렉은 쇠창살을 노려보고는 가로 방향으로 붙어 있던 쇠막대를 양손으로 움켜쥐고 힘껏 들어 올렸다. 쇠막대는 금세 떨어졌다.

"크어어!"

양손으로 쇠막대를 쥐고 흐음, 하고 콧김을 날렸다. 쇠막대가 점점 휘어졌다. 이건 대단하다. 클라크 켄트는 몰라도 렉스 루터 정도의 완력은 있을 것 같다.

"이 녀석은 위험해. 다음으로 넘어가자."

해설자 남자가 어깨를 두드리자 누나가 커튼을 젖혔다. 나도 뒤를 따랐다.

"자, 그럼. 덩치 큰 남자를 보고 식은땀을 흘린 후에는 아름다운 미녀에게 치유받을 차례지! 하지만 '세계의 진실 박물관'의 미녀는 평범하지 않아."

그곳은 새빨간 천으로 둘러싸인 극장의 무대 뒤편 같은 방이었다.

"그리스도께서 말씀하셨지. 가장 작은 자가 가장 위대하다고. 다음으로 너희를 기다리는 건 가장 작고 아름다운 여신. 미스 리틀 실비다!"

남자가 자신만만하게 커튼을 걷었다.

그곳은 마치 서양의 궁전 같은 화려한 방이었다. 향로에서 달콤한 향을 풍기는 건 에센셜 오일이리라. 테이블과 안락의자, 큰 화장대에 침대까지 온갖 물건이 꽃과 풀을 형상화한 금장식으로 덮여 있었다. ……다만 그 모든 것이 작았다. 마치 조금 큰 인형의 집처럼.

그중 하나, 작은 의자에 앉은 작은 여자가 작은 찻잔에 홍차를 따르고 있었다.

"제 아지트에 오신 걸 환영합니다. 전 실비라고 해요."

어린아이 같은 목소리였다. 키도 열 살인 나보다 작았다. 하지만 얼굴의 주름은 고아원 원장보다 깊었다. 아이가 늙어 보이게 분장한 것인가 싶었지만, 처진 피부는 가짜로 보이지 않았다. 마치 목을 바꿔 단 비스크 인형 같았다. 침대

옆의 법랑 간판에는 '미스 리틀 실비, 아름다운 요정'이라고 적혀 있었다.

"다과회를 하기에는 너무 늦은 시간일까요?" 황동 손목시계를 한번 쳐다보고는 "괜찮으시면 차 한잔 어떠세요?"라고 말하며 잔 두 개를 내밀었다.

해설자 남자도 눈길로 재촉하기에 우리는 잔을 받았다. 물론 그것도 작았다. 한 모금 마시자 잔은 금방 비어버렸다.

"어라, 죄송해요. 젊은 손님에게는 부족했던 것 같네요." 실비가 찻주전자 뚜껑을 열었다. 하얀 바닥이 보였다. "곤란하네." 작은 네일팁이 달린 손가락을 볼에 대더니 "그래, 맞다"라고 손뼉을 쳤다. "실례인 줄은 알지만, 춤이라도 한번 보여 드릴까요?"

무슨 뜻인지 알 수 없었지만, "어떠세요?"라고 미소를 짓기에 거절할 수도 없었다. 나와 누나가 끄덕이자, 실비는 의자에서 일어나 허리를 꼿꼿이 세운 후 양손을 허리에 가져다 댔다.

해설자 남자가 레코드에 바늘을 올려놓았다. 바이올린과 피아노 선율이 어우러진 춤곡이 흘러나왔다.

실비는 리듬에 맞춰서 스텝을 밟았다. 하늘을 올려다보거나 양손을 펼치면서 닭처럼 좌우로 왔다 갔다 했다. 마지막으로 발끝으로 빙글 돌고는 스커트를 펼쳐 보였다.

"고마워요, 미스 리틀 실비."

해설자 남자가 박수를 보냈다. 나와 누나도 따라 했다. 남자는 만족스러운 듯 고개를 끄덕이고는 다음 커튼을 걷었다.

"자, 이제 우리 '세계의 진실 박물관'이 가짜가 아닌 진짜 '세계의 진실'을 모은 훌륭한 쇼라는 걸 잘 알았겠지? 평소의 쇼는 여기까지지만, 나는 너희가 마음에 들어. 오늘 하루만 특별한 방에 둘을 초대하고 싶구나."

하지만, 하고 남자는 목소리를 낮췄다.

"공짜로 갈 수 있는 곳은 아니야. 여긴 선택받은 자만이 들어갈 수 있는 특별한 방이지. 이게 단돈 10센트. 놓치면 손해다."

거짓말이라는 것은 나조차 알 수 있었다. 분명 모든 손님에게 같은 말을 할 것이다.

하지만 우리에게 선택권이 있는가 하면, 안타깝게도 답은 '아니오'였다. 이곳은 어둡고 좁은 텐트 안이다. 천 너머에는 정체를 알 수 없는 '세계의 진실'들이 숨을 죽이고 있다. 10센트를 아꼈다가 무슨 일을 당할지 모른다.

누나도 같은 생각을 한 듯했다. 가방에서 지갑을 꺼내 귀찮다는 듯이 동전 두 개를 꺼냈다.

"훌륭해. 너희는 사우스캐롤라이나에서도 가장 똑똑한 아이들이구나. 내가 예상했던 것만큼이나." 남자는 동전을 주머니에 집어넣으며 눈알을 좌우로 굴렸다. "너희는 남매니?"

누나는 담담하게 "네, 그런데요"라고 답했다.

"역시! 너희는 끈끈한 유대감으로 묶여 있어. 너희 애정은 누구도 따라올 수 없다……고 말하고 싶지만." 남자는 뽐내듯 손가락을 흔들었다. "여기에는 너희보다 훨씬 끈끈한 자매가 있지. 일심동체라는 말은 그녀들을 위한 말이다. 왜냐하면 그녀들은 말 그대로 하나이기 때문이지!"

지팡이로 커튼을 걷었다.

그곳은 공원이었다. 물론 진짜는 아니다. 텐트를 지지하는 쇠막대에 밧줄 두 개가 매달려 있고, 그 끝에 널빤지가 묶여 있었다. 임시로 만든 그네였다. 거기에 금발 소녀가 두 명…….

"앗?"

나는 눈을 의심했다.

소녀의 얼굴은 확실히 두 개다. 하지만 몸은 하나뿐이다. 몸을 바짝 붙이고 있는 줄 알았지만, 라일락색 셔츠 원피스에서 뻗어 나온 다리는 두 개뿐. 발밑의 법랑 간판에는 '캐시&메건, 사랑의 자매'라고 적혀 있었다.

"안녕!"

오른쪽 소녀가 오른손을 흔들었다.

"안녕!"

왼쪽 소녀가 왼손을 흔들었다.

호박색 눈동자, 얇은 입술, 통통하게 부풀어 오른뺨에 Y자 모양의 보조개. 두 사람은 똑같은 얼굴이었다.

"오늘 '세계의 진실 박물관'에 와줘서 고마워."

"우리가 세 번째 '세계의 진실'."

"언니인 캐시."

"동생인 메건."

나와 누나는 얼굴을 마주 보았고, "저는 홀리이고, 이쪽은 동생인 월트예요"라고 누나가 정리해서 대답했다.

"홀리와 월트."

"멋진 이름이야."

"우린 너희가 마음에 들어."

"그래서 우리 마음을 전하고 싶어서."

"편지를 썼어."

캐시가 오른쪽 주머니에서, 메건이 왼쪽 주머니에서 하늘색 봉투를 꺼냈다. 둘 다 편지지가 들어 있는 듯 종이가 살짝 부풀어 있었다. 덮개는 풀로 봉해진 상태였다.

"친구들에게 놀림받지는 않을까 걱정된다고?"

"들키지 않으면 괜찮아."

"집에 돌아가면 보물상자에 넣어둬."

"잃어버리면 안 돼."

둘은 동시에 봉투를 내밀었다. 두 사람의 움직임은 딱 맞아떨어졌다. 마치 거울에 반사된 것 같았다.

"고마워요."

누나가 양손으로 캐시의 봉투를 받아들었다. 나는 한 손으로 메건의 봉투를 받아 곧바로 주머니에 찔러넣었다.

"또 만나."

"또 만나."

두 사람이 손을 흔들었다. 해설자 남자에게 어깨를 떠밀려 두꺼운 커튼을 걷었다.

그곳은 텐트 밖이었다. 어느샌가 입구 옆으로 돌아온 듯했다. 해가 뉘엿뉘엿 지고 투광기가 '세계 끝의 카니발'의 게이트를 비추고 있었다.

"이상, '앨프 로크웰의 놀라운 세계의 진실 박물관'이었습니다!" 갑자기 애교를 잃어버린 남자가 모자를 펄럭이며 말했다. "또 보고 싶으면 내일 또 와라. 친구들도 데려오면 좋고. 그럼 잘 가거라."

그가 빙글 발꿈치를 돌리고 '단돈 25센트'라고 적힌 부스로 돌아가려고 할 때였다.

"이 쇼의 오너인 앨프 로크웰 씨가 아저씨예요?"

누나가 남자를 불러 세웠다. 방금까지와는 다른 심지가 담긴 목소리였다.

"난 그냥 해설만 하는 사람이야." 남자는 귀찮은 듯 목덜미를 긁적이며 "갑자기 뭔데? 감동했다고 인사라도 하려고?"라고 말하고는 패널 뒤에서 위스키병을 꺼냈다.

"저를 고용해주셨으면 해서요."

남자는 잭잭, 하고 기침을 했다. 웃는 건지 화를 내는 건지 알 수 없었다.

"공교롭게도 우리 쇼는 전부 진짜배기야. 너 같은 평범한 꼬마는 필요 없어." 위스키병의 라벨을 보고는 문득 누나에게 시선을 되돌렸다. "설마 알코올의존증 해설자 자리를 빼앗을 셈은 아니겠지?"

"아니요. 해설자 역할이 아니라 쇼에 나가고 싶어서요."

누나는 그렇게 말하고 티롤리언해트를 벗었다.

남자의 젝, 소리가 멈췄다.

산사태가 일어난 것처럼 누나의 머리는 오른쪽 절반이 무너져 있었다.

2

창문으로 불빛이 새어 나오는 트레일러 뒷문을 열었다.

물엿이라도 바른 것처럼 짧은 머리를 넘겨 고정한 남자가 테이블 건너편에서 동전을 세고 있었다. 커피와 향수 냄새. 라디오에서는 시나트라의 쓸쓸한 목소리가 흘러나왔다. 어린이를 위해 만들어진 가짜 세계에서 외설적인 현실 세계로 되돌려진 것만 같았다.

"삼촌, 손님 왔어."

테이블 아래에서 목소리가 들렸다. 양귀비 모양 브로치를 단 소녀가 남자의 바지를 잡아당겼다. 초롱초롱한 눈은 누나의 머리에 고정되어 있었다.

"괴짜 남매인가."

삼촌이라 불린 남자가 고개를 들었다.

그 노쇠한 남자, '세계의 진실 박물관'의 오너인 앨프 로크웰은 25센트짜리 동전을 헝겊 주머니에 담아 "모두에게 나눠주렴"이라며 소녀에게 건넸다. 소녀는 마음이 여기에 없는 듯한 표정으로 고개를 끄덕이고는 목제 장난감—고양이와 쥐로 보였다—을 바닥에 내려놓고 방을 나갔다.

"우리 쇼는 재밌었나?"

앨프는 코안경을 벗고 가죽 의자에 몸을 기댔다.

"재밌었어요." 누나는 약간 머뭇거린 후에 다만, 이라고 말을 이었다. "솔직히 말하면 조금 놀랐지만요. 더 무서운 걸 보여줄 줄 알았거든요."

커피잔이 날아오지는 않을까 불안했지만, 앨프는 "그거 영광이군"이라며 누런 이를 보였다.

"닭의 목을 씹어먹는 짐승 인간이나 포르말린에 절인 파충류 인간을 보고 싶다면 '니콜라스 파버의 열 가지 불가사의'에 가면 돼. 우리는 '세계의 진실 박물관'이야. 우리 쇼의 주인공들은 전부 진짜지."

덜컹, 하고 뒷문에서 소리가 났다. 누군가가 귀를 기울이고 있는 듯했다. 앨프는 흥, 하고 콧방귀를 뀌고는 라디오 다이얼을 돌렸다. 시나트라의 목소리가 커졌다.

"어디서 왔지?"

앨프가 묻자,

"찰스턴요." 누나가 답했다. "저희는 교회의 고아원에서 살고 있어요."

"나이는?"

"전 열두 살이에요. 동생은 열 살이고요."

"이름은?"

"전 홀리 올······."

"퍼스트 네임이면 충분해." 앨프가 누나의 말을 가로막았다. "아무리 동료라 해도 풀네임은 밝히지 않는 게 이곳 규칙이야."

앨프는 창밖으로 눈을 돌리고는 "속내를 밝히기 어려운 사람도 많으니까"라고 덧붙였다. 누나는 헛기침을 한번 하고는 다시 말했다.

"전 홀리. 동생은 월트예요."

"고아원에서 산다면 부모님은 돌아가셨나?"

"아버지는 트럭 운전사였는데 파업 중에 경찰관에게 맞아 죽었어요. 어머니는 2년 전, 저희를 복지 사무소 앞에 놓고 떠났죠."

"잠깐." 앨프가 손가락을 들었다. "그 고아원이 있는 찰스턴의 교회라는 게 우드브리지 커뮤니티 교회는 아니겠지?"

"맞아요."

누나는 침을 꿀꺽 삼키고는 솔직히 답했다.

"저희는 하루에 세 번 노먼 S. 제닝스 목사와 함께 주님께 기도를 드리고 있어요."

"설마 넌……."

"'천사의 아이'입니다."

앨프는 의자에 기댄 채 마침내 누나의 머리를 바라보았다.

"그것도 노먼한테 당한 건가?"

"아니요. 이 **움푹** 파인 자국은 더 어렸을 때, 아파트 발코니에서 자동차 보닛 위로 떨어졌을 때 생긴 거예요."

"노먼은 그것을 이용한 게로군." 앨프는 좌우 멜빵을 잡아당기더니 그 상태로 손을 멈췄다. "그 목사는 '천사의 아이'를 꽤 아끼지 않나? 너희도 교회의 쥐새끼들처럼 배를 곯지는 않을 텐데. 그런데 왜 이런 더러운 곳에 온 거지?"

"동생을 지키고 싶어서요." 누나는 망설임 없이 답했다. "노먼은 예전에 불의의 사고로 '천사의 아이'를 잃은 적이 있어요. 그는 같은 일이 일어나지는 않을까 걱정하고 있죠. 만일의 사태에 대비해 '천사의 아이'를 한 명이라도 더 확보하고 싶어해요. 거기에 딱 맞는 게 제 동생인 월트예요."

"좋은 일 아닌가?"

"하지만 월트는 '천사의 아이'의 조건에 맞지 않아요. 동생은 아프지도 않고 다치지도 않았거든요. 봄날의 벼룩처럼 건강하고 활기 넘쳐요."

흐음, 하고 앨프는 천장을 올려다보았다.

"이대로 고아원에 살면 월트가 무슨 일을 당할지 몰라요."

누나는 내 허리에 팔을 감았다. 그 손바닥에 땀이 맺혀 있었다.

"우리 쪽에서 밥을 먹으려면 그에 걸맞은 일을 해야 해. 너는 당연히 쇼에 나와야 하고."

"그럴 생각이에요."

"쇼에 출연한다는 건 호기심 가득한 대중의 먹잇감이 된다는 거야. 그들의 말, 표정, 동작 하나하나가 자동차 보닛보다 더 큰 상처를 주겠지."

"각오한 일이에요."

앨프는 좌우의 멜빵에서 동시에 손을 뗐다.

"'세계 끝의 카니발'은 사흘 후에 폴리 해변을 떠날 거야. 해안을 따라 북상해서 반년에 걸쳐 노퍽으로 향할 예정이지. 우리 '세계의 진실 박물관'도 동행할 거고."

수첩에 눈을 돌리고는 말을 이었다.

"15일까지 마음이 바뀌지 않으면 다시 오도록 해."

누나는 "아아" 하며 감격한 목소리로 나를 꼭 안았다. "고맙습니다."

"앞으로 보기 힘들 테니 고아원 친구들의 얼굴을 잘 기억해두는 게 좋을 거야. 다만 절대 들키지 않도록 조심하고."

앨프는 시가를 입에 물고 오일 라이터로 불을 붙였다. 창밖을 바라보며 천천히 연기를 내뿜었다.

누나는 다시 한번 "고맙습니다"라고 말하고 앨프에게서 등을 돌렸다. 나를 바라보며 문손잡이를 잡았다.

그 움직임이 우뚝 멈췄다.

눈을 크게 뜨고 어금니를 삐걱거렸다. 손잡이를 잡은 손가락이 빨개졌다. 마치 전선을 건드린 것처럼.

"죄송해요." 누나는 쥐어짜듯 말했다. 재떨이로 뻗은 앨프의 손이 멈췄다. "이런 말을 해서는 안 된다는 건 알고 있어요. 하지만 꼭 해야 할 말이 있어요."

"뭐지?"

앨프는 무표정인 채 재떨이를 끌어당겼다.

"머지않은 미래, '세계의 진실 박물관'에 재앙이 찾아옵니다."

재를 떨어뜨리려던 앨프의 손가락이 멈췄다.

"그 재앙은……."

"그만." 앨프의 목소리는 차갑게 식어 있었다. 30초 전과는 전혀 다른 사람 같았다. "뭐 하자는 짓거리지?"

"제가 '천사의 아이'인지는 알 수 없어요. 그래도 때때로 이상한 광경이 보이거든요." 누나의 가슴이 위아래로 크게 들썩거렸다. "보일 리가 없는 미래의 광경이요."

"말했잖아. 우리 쇼는 전부 진실이라고. 거짓말로 손님을 속여 돈을 벌고 싶다면 '니콜라스 파버의 열 가지 불가사의'

에나 가 봐."

"이것도 진실이에요!"

누나가 외쳤다. 주먹에 혈관이 도드라져 있었다.

앨프는 시가를 재떨이에 눌러 끄고는 "씨발"이라고 반복해 뇌까리며 방을 가로질러 문고리를 잡았다.

"아까 저기에 여자애가 있었지?" 턱으로 테이블 아래를 가리켰다. "그녀의 모친은 이 세상에서 가장 훌륭한 사람이었어. 총명하고 아름답고 언제나 사랑을 잃지 않던 사람이 단 하나의 실수로 모든 걸 잃었지. 점쟁이의 예언을 믿은 거야."

거기서 말을 한번 끊고는 한층 더 크게 "씨발"이라고 내뱉었다. 치즈를 커피로 녹인 것 같은 냄새가 났다.

"그녀는 시가 한 개비의 가치도 없는 땅에 모든 재산을 쏟아부었어. 두 달 후, 점쟁이는 사라지고 목도 제대로 가누지 못하는 아기와 막대한 빚만 남았지. 직장, 친구, 저축, 집, 모든 걸 잃은 그녀가 우윳값을 벌기 위해 찾아간 곳은 애슈빌의 매춘 업소였어. 프릭쇼Freak Show 입장료보다 싼 가격에 몸을 팔아댄 끝에 그녀는 넝마 조각처럼 망가졌고, 결국 권총으로 자신의 머리를 쐈지."

집게손가락으로 관자놀이를 쏘는 시늉을 했다. 침이 얼굴에 튀었다.

"나는 오컬트를 증오해. 그중에서도 용서할 수 없는 게 예언이야. 미래를 볼 수 있다느니 하는 자들은 모두 전기의자에 앉혀야 한다고 믿지."

누나가 반 발짝 물러섰다. 발꿈치가 벽에 부딪혔다.

"네 선택지는 두 개야. 지금 말한 걸 전부 취소하고 두 번 다시 그런 바보 같은 말은 하지 않겠다고 맹세하거나, 고아원으로 돌아가서 여기가 아닌 다른 곳을 찾거나."

앨프는 나를 한번 본 후 누나에게 시선을 되돌렸다.

누나는 몇 번이고 숨을 들이마신 후, 꿀꺽 침을 삼키고는 헐떡이듯 말했다.

"진짜로…… 보인단 말이에요."

앨프는 문을 열었다.

"썩 꺼져."

3

카니발 행사장은 어둠에 잠기고 뒤편 숙소로 불빛이 옮겨 가고 있었다.

유령 분장을 하고 스티커를 나눠주던'작은 영혼의 집'의 호객꾼이 지친 손놀림으로 눈가의 분장을 닦아냈다. 노점에서 소시지를 굽던 라틴계 남자들이 서로의 가슴팍을 붙잡고 고함을 질러댔다. "다음에도 이런 짓을 하면 혀를 뽑아 프릭 쇼의 구경거리로 만들어버리겠어!"

누나의 재촉에 트레일러 뒤편 계단을 내려갔다. 머리에 박힌 칼을 뽑는 유령 뒤를 지나가는데 누가 속삭이는 소리가 들렸다.

목소리가 들린 쪽을 돌아보았다. 트레일러 바닥 아래에서 무언가가 움직였다. 쥐는 아니다. 발판 사이를 들여다보니 어둠 속에서 여섯 개의 눈동자가 이쪽을 보고 있었다.

"어머, 안녕."

"다시 만나서 반가워."

'사랑의 자매' 캐시와 메건이 동시에 말했다. 옆에 웅크리고 있는 사람은 '아름다운 요정' 미스 리틀 실비였다. 트레일러 밑으로 숨어들어 누나와 앨프의 대화를 엿들었던 모양이다.

"가자, 월트."

누나가 내 손을 당겼다. 내가 아쉬운 마음에 세 사람에게 손을 흔들려고 하는데 트레일러 바닥에서 기어 나오며 실비가 물었다.

"네가 앨프에게 한 말, 사실이야?"

쇼에서 춤추던 때와는 전혀 다른 사람처럼 날카로운 목소리였다.

"머지않은 미래, '세계의 진실 박물관'에 재앙이 찾아온다는 말."

누나는 실비를 무시하고 떠나려고 했지만, 몇 걸음 못 가 발을 멈춘 후 세 사람을 돌아보았다.

"사실이에요. 믿어주실진 모르겠지만……."

"싫어!" 메건이 소리쳤다. 귀를 막고 고개를 붕붕 흔들었다. "듣고 싶지 않아."

"왜?" 캐시가 의아한 표정으로 동생을 바라보았다. "나는 알고 싶어. 어차피 안 좋은 일이 일어날 거라면 빨리 알아두는 편이 좋잖아."

"보름 후에 배탈이 나서 화장실에서 나오지 못하게 된다는 말을 들으면 어떡해. 그날까지 계속 우유 맛을 신경 쓰면서 지내야 하잖아."

"그날은 기저귀를 차고 있으면 되지."

"반년 후에 죽는다고 하면?"

"묘비에 새길 명언이라도 생각해볼까?"

"싫어. 캐시 언니가 죽으면 나도 그냥 넘어갈 수는 없으니까."

누나는 눈가를 문지르며 한숨을 내쉬었다. 그러다 무언가 생각난 듯, 가방에서 하늘색 봉투를 꺼냈다. 한 시간 전, '사랑의 자매'에게서 받은 편지였다.

"이 봉투와 편지지, 아직 있어요?"

누나가 봉투를 내밀었다. 캐시와 메건은 의아한 표정으로 서로의 얼굴을 마주 보았다.

"있긴 한데."

"줄까?"

둘은 카니발 텐트로 향해 양철 상자를 들고 돌아왔다. 상자 안에는 봉투, 편지지, 볼펜, 그리고 봉투를 봉할 풀이 들어 있었다.

누나는 편지지와 봉투를 하나씩 꺼내 방금까지 유령이 분장을 지우던 화장대 위에 올려놓았다. 금세 짧게 무어라고 쓰고 편지지를 반으로 접었다. 봉투에 넣고 풀로 봉했다.

"제가 본 미래의 풍경에 포함된 걸 여기에 적었어요. 안을 볼지 말지는 여러분에게 맡길게요. 모두와 상의해서 제가 무엇을 봤는지 알아야 한다는 결론에 도달하면 그때 이 봉투를 열어주세요."

캐시와 메건에게 봉투를 내밀었다. 두 사람이 동시에 손을 뻗는데 "잠깐만" 하고 실비가 제지했다.

"풍경에 포함된 것이 뭐야? 좀 전까지는 미래가 보인다고 호언장담하더니 완전히 다른 이야기잖아. 점쟁이처럼 어떻게든 해석 가능한 모호한 말로 속이려는 거 아니야?"

작은 몸으로 누나를 몰아붙였다. 오너와 마찬가지로 그녀도 예언이나 점괘를 싫어하는 듯했다.

"미래가 보인다는 건 사실이에요. 하지만 뭐든 자유롭게 보이는 건 아니에요. 미래 풍경은 대부분 초점이 맞지 않는 카메라처럼 흐릿해요. 여기에는 그중에서 특히 선명하게 보이는 걸 적었어요."

실비는 "어머나, 대단하네"라고 조롱하듯 눈썹을 올렸다.

이 행동이 화를 불러일으킨 모양이었다. 누나는 편지지 한 장을 더 꺼내서는 다시 짧은 글을 적었다. 편지지를 접고 봉투에 밀어 넣었다.

"여기에는 사람의 이름을 적었어요. '세계의 진실 박물관'에 재앙을 불러올 사람의 구체적인 이름이죠."

풀로 봉하고 실비의 손에 억지로 끼워 넣었다.

"이런 것까지 쓴 건 처음이에요. 전 바보가 아니거든요. 재앙이 되는 사람을 지목하면 그것이 또 새로운 재앙을 불러올 수도 있으니까요."

"그럼 왜……"

"당신이 절 사기꾼 취급했기 때문이에요. 언젠가 이 봉투를 열었을 때, 제가 진짜 미래를 봤다는 사실을 당신도 알 수 있겠죠."

실비는 소름 끼친다는 표정으로 봉투로 시선을 떨어뜨렸다. 캐시와 메건은 "볼까?", "보지 말까?" 하고 속삭였다.

"여러분이 무사하기를 기원할게요."

누나가 내 손을 당겼다.

이번에는 아무도 우리를 불러 세우지 않았다.

4

부들 잎처럼 흔들리는 바다가 뒤로 흘러간다.

'폴리 해변에 카니발이 찾아온다!' 거대한 간판이 나타나더니 금세 사라졌다.

나는 버스 창문에 뺨을 대고 있었다. 버스는 찰스턴을 향해 171번 주도를 북상하는 중이었다. 승객은 열 명 남짓. 나와 누나 외에는 모두 수산물 가공공장의 직원들이었다.

누나는 줄곧 입을 다물고 있었다. 피곤해서 잠이 든 줄 알았지만, 유리에 비친 눈은 가늘게 뜨여 있었다. 꽉 다문 앞니가 거친 감정을 억누르고 있는 것처럼 보였다.

"나, 가끔 생각해." 앞 좌석에서 탁한 목소리가 들려왔다. "내가 공장에 등유를 뿌리고 불을 붙이면 메이슨 녀석, 도대체 어떤 표정을 지을까?"

"너 괜찮은 거야?" 옆자리 남자의 목소리는 총명해 보이는 바리톤이었다. "많이 지친 거 같은데."

"괜찮지 않아. 나는 시체야. 주 6일 노동의 시체. 나는 아내와 아들을 위해 지금껏 땀을 흘려왔어. 하지만 아내는 메이슨과 붙어먹고 있었지. 아들이 누구 핏줄인지도 모르겠어. 그래도 나는 메이슨 밑에서 숭어 아가미를 계속 떼어내야만 하지."

"넌 대단한 녀석이야." 바리톤 음역의 남자가 어깨를 두드렸다. 탁한 목소리 남자의 머리에서 비듬이 떨어졌다. "좋은 걸 알려줄게. 어느 물리학자에 의하면 이 세계에는 온갖 가능성이 동시에 존재한대."

"뭐?"

"넌 오늘 돼지고기 샌드위치에 바비큐 소스를 뿌렸잖아. 하지만 이 세상에는 아보카도 소스를 뿌린 너도 동시에 존재하는 거야."

"오로라 소스는?"

"그것도 있지. 어쨌든 모든 네가 있어."

"유령 같은 건가?"

"그래, 유령 무리지."

"요즘 학자들, 다들 좀 지친 거 아니야?"

"그럴지도 몰라." 바리톤 남자가 가볍게 웃었다. "내가 말하고 싶은 건 이 세계 어딘가에는 공장에 불을 지른 너도 존재한다는 거야."

"정말?"

"위대한 학자가 그렇게 말했어. 그 세상의 메이슨은 통구이가 되어서 지금쯤 숭어를 먹다 지친 까마귀의 좋은 입가심이 되었을 거야."

"그건 걸작이네." 시트가 삐걱거렸다. "잠깐만. 그럼 내가 엄청난 미남이고, 금발의 바보 같은 여자들을 매일 밤 바꿔치기하는 세상도 있다는 말이야?"

"그런 너도…… 있겠지."

조잡한 웃음소리가 이어졌다.

누나가 헛기침을 했다. 두 남자가 돌아보았다가 곧장 얼굴을 돌렸다. 서로의 어깨를 툭툭 건드렸다.

"그러고 보니." 누나가 내 귓가에 대고 말했다. "아까 받은 편지, 아직 가지고 있어?" '사랑의 자매'에게 받은 편지를 말하는 듯했다. "노먼 씨에게 들키면 안 돼. 오늘은 소피의 집에서 놀고 온다고 거짓말했으니까."

주머니에 손을 넣었다. 구겨진 봉투가 들어 있었다.

"나도 그 정도는 알아."

사실은 완전히 잊고 있었다. 내 말투가 거슬렸던 걸까. 누나가 "하아" 하고 한숨을 내쉬었다.

"나한테 화풀이하지 마. 쓸데없는 말을 해서 전부 망친 건 누나잖아."

나도 불쑥 화가 났다. 누나가 "뭐야, 너"라며 허리를 들썩인 그때.

몸이 옆으로 쏠렸다. 버스가 커브를 돌았다. 어깨가 창문에 부딪혀 손가락에서 봉투가 떨어졌다.

"그것 봐. 말하자마자."

누나가 샌들로 밟으려고 했지만 늦었다. 봉투는 바닥을 미끄러졌다. 앞 좌석 아래를 들여다보니 두 공장 직원의 다리 사이에서 봉투가 왔다 갔다 하고 있었다.

"음?" 탁한 목소리 남자의 고개가 갸웃거렸다. "이거, 아가씨 건가?" 봉투를 주워 이쪽을 돌아봤다. "어?"

남자의 눈이 커졌다. 거기에 이끌려 나도 누나 쪽을 바라봤다. 티롤리언해트가 기울어져 머리의 움푹 파인 부분이 드러나 있었다.

"괴, 괴, 괴물이다!"

남자가 일어나더니 곧장 주저앉았다. 다른 승객들도 이쪽을 돌아봤다. "뭐야", "뭔데?", "머리가 움푹 파였어", "죽은 거야?", "살아 있어", "움직이잖아", "괴물이다", "카니발에서 탈출한 건가?" 남자들은 목을 빼고 주변 남자를 밀치며 누나 머리의 움푹 파인 부분을 보려고 했다.

"무슨 일이야?" 소동을 눈치챘는지 운전기사도 뒤를 돌아보았다. "벌레라도 나왔어?", "아니야", "인간이야", "머리가 움푹 파인 인간이야", "뇌가 없는 인간이라고?", "아니야", "머리가 반쯤 없어", "먹다 만 도넛처럼"이라며 남자들의 말이 소용돌이쳤다.

"이봐 운전기사! 앞을 봐!"

누군가가 소리쳤다. 앞유리를 보자, 뷰익 범퍼가 눈앞으로 다가오고 있었다.

"들이받는다!"

후미등이 차 안을 비췄다.

충격.

앞유리가 깨지면서 총알처럼 날아왔다.

누나가 나를 감싸 안았다. 몸이 튀어 올라 머리부터 천장에 부딪혔다. 밤하늘이 빙글빙글 돌고 그때마다 천장과 바닥에 부딪혔다. 피투성이가 된 남자가 좌우로 날았다.

갑자기 천장이 찢어지면서 우리는 버스 밖으로 튕겨 나왔다. 덤불 속을 몇 번 구른 후, 코에 흙이 들어가 심하게 재채기를 하고 나서야 비로소 세상이 멈췄다.

"까, 깜짝 놀랐네."

멀리서 철이 휘어지는 소리가 들렸지만 나와 누나가 있는 주변은 놀라울 정도로 조용했다. 눈에 들어온 것은 달과 몇 개의 별뿐.

"이제 괜찮아."

누나의 팔을 풀려고 했지만 누나는 꼼짝도 하지 않았다. 흙을 밀고 몸을 미끄러뜨려 누나의 품 안에서 빠져나왔다. 손에 묻은 흙을 털어내며 돌아보았다.

"어?"

누나의 머리가 반이 되어 있었다.

원래부터 산사태라도 난 것처럼 오른쪽이 파여 있었지만, 남아 있던 곳까지 납작하게 뭉개져 평평해진 상태였다. 뚜껑을 벗긴 냄비 같았다. 귀 위쪽 갈라진 틈새를 바라보자 뇌가 있던 곳에 흙과 마른 풀이 들어가서 마치 피로 끓인 리소토처럼 보였다.

"누나?"

괜찮아. 머리가 없어졌다고 해서 죽을 리는 없으니까. 누나는 '천사의 아이'잖아.

그렇게 믿으며 몇 번이고 누나의 어깨를 흔들었지만, 눈이 이상한 쪽으로 향하고 이가 덜그럭덜그럭 마른 소리를 낼 뿐이었다.

나흘 후.

우드브리지 커뮤니티 교회의 교회당에서 누나의 장례식이 열렸다.

"우리는 주님의 모습을 볼 수 없습니다."

아이리스와 꽈리로 장식된 관을 앞에 두고 노먼 S. 제닝스 목사는 과하게 떨리는 목소리로 말했다.

"주님의 보이지 않는 손은 때때로 우리를 고난의 풍랑으로 이끄십니다. '천사의 아이' 홀리 올슨은 하늘나라로 부름을 받았습니다. 그런데도 우리는 주님께 그 의미를 물을 수 없습니다."

코를 훌쩍이는 소리. 언제나 내 수프에 로마네스코 브로콜리의 딱딱한 부분을 넣어주는 고아원 원장이 내 옆에서 연신 눈가를 훔쳤다.

"그래도 이곳은 어둠은 아닙니다. 홀리는 우리에게 많은 희망을 남겨주었습니다. 그중 가장 큰 희망은 동생인 월트입니다."

신자들이 일제히 나를 바라보았다. 고아원 원장이 내 손을 잡았다.

"홀리는 작은 몸을 던져 재앙으로부터 동생을 지켰습니다. 그에게는 분명 누나와 같은 힘이 있습니다. 월트에게도 분명 '천사의 아이'의 자질이 깃들어 있을 것입니다."

노먼이 나를 안았다. 우레와 같은 박수 소리. 손가락을 입에 가져다 대고 휘파람을 부는 사람까지 있었다.

200여 명의 참석자가 어슴푸레한 수준으로밖에 기억나지 않는 찬송가를 부른 후, 장례식장 직원들이 나타나 관을 리무진으로 옮겼다. 참석자들은 일제히 택시를 타고 애플턴 거리의 공동묘지로 향했다.

일행이 모두 언덕 위에 모이자 남자들이 이미 파둔 구멍에 관을 넣었다. 삽으로 흙을 뿌려 관을 묻었다. 일이 끝나자 참석자들은 "자, 끝났네", "이제 회식이다"라고 웃으며 택시로 돌아갔다.

나는 혼자가 되었다.

비가 내리기 시작하더니 금세 폭우가 쏟아졌다. 실크 우산을 쓴 고아원 원장이 몇 번이고 나를 데리러 왔지만, 나는 무덤 앞에서 꼼짝도 하지 않았다.

밤이 되었다.

젖어서 무거워진 셔츠가 체온을 앗아갔다. 팔다리의 감각이 흐릿해지고 묘비에 새겨진 '홀리 올슨'이라는 글자가 희미해진 그때.

"그러다 감기 걸려."

아이 목소리가 들렸다.

낯설다. 하지만 어딘가에서 들어본 적 있다.

돌아보자, "네가 죽어도 그 목사는 다른 '천사의 아이'를 찾을 뿐이야"라고 말하며 소녀가 망가진 박쥐우산을 내밀었다. 아니, 소녀가 아니다. 목소리도 체형도 아이 같지만, 얼굴은 훨씬 더 나이 들었다.

"왜 당신이……."

"〈뉴스&쿠리어〉에 사고 기사가 실려 있었어."

'아름다운 요정' 미스 리틀 실비는 발끝으로 서서 내 머리에 우산을 씌워주려고 했다. 얼굴이 젖고 금발 머리가 이마에 달라붙어 있었다.

"누나 일은 참 마음 아프게 됐다."

수척한 남자, '세계의 진실 박물관'의 오너 앨프 로크웰이 그 우산을 받아 내 머리 위에 씌웠다.

"전에 한 말을 취소할 생각은 없다. 누나에게 미래를 볼 힘은 없었어. 한 시간 후의 자신에게 닥쳐올 재앙을 알아채지 못한 게 그 증거지."

"그럼 왜……."

"하지만 그녀의 용기는 진짜였어. 고아원의 따뜻한 침대를 버리고 프릭쇼에 자신을 팔아넘기는 건 보통 아이는 흉내 낼 수 없는 일이야. 하물며 동생을 위해 그렇게 했지."

"이제 와서 그런 말이 무슨 소용이 있죠?"

나는 우산을 치워버렸다. 잔디밭 위로 우산이 굴러갔다. 앨프는 그것을 눈으로 좇으며 말했다.

"해설자 노릇을 하던 라울이 튀었어."

뭐라고?

"쇼 도중에 추가 요금을 받지 않던가? 나한테 말도 없이 용돈을 챙겼던 거야. 트레일러로 불러서 따져 물었더니 녀석은 '괴물 새끼들'이라고 욕을 퍼붓고 도망쳐버렸지."

젖은 뺨에 작은 보조개가 떠올랐다.

"월트. 우리랑 같이 일하지 않을래?"

II 프릭스

1

비명소리에 잠에서 깼다.

침대에서 뛰어내렸다. 종잇조각 같은 담요가 바닥으로 떨어졌다.

"오지 마!"

아이 같은 날카로운 목소리. 하지만 억양은 어른스럽다. 실비의 목소리다.

서둘러 침실을 나섰다.

그 순간, 내가 어디에 있는지 알 수 없었다.

'세계의 진실 박물관' 일행은 보통 트레일러의 2층 침대에서 잠을 잔다. 하지만 5일 전에 텐트를 설치한 '도슨&졸라의 야단법석 서커스'에서는 이례적으로 사이드쇼 관계자에게까지 잠자리가 준비되어 있었다. 우리가 묵고 있는 곳은 공연장 뒤편의 작은 숙소로, 10여 년 전에 폐업한 스트립 극장을 개조한 곳이었다.

눈꺼풀을 문질렀다. 심호흡을 한번 했다. 실비의 침실은 두 칸 옆이다. 복도를 달려 문에 달린 작은 창문을 들여다보았다.

실비의 작은 몸 위에 밤색 괴물이 올라타 있었다. '도슨&졸라의 야단법석 서커스'의 동물쇼에 출연하는 인기 캐릭터, 긴팔원숭이 블루였다.

"오지 말라고 했잖아!"

실비가 X자를 그리듯 아웃도어 나이프를 휘둘렀다. 블루는 어렵지 않게 그것을 피하고는 커다란 발로 실비의 목을 눌렀다. 실비의 팔에서 칼이 떨어졌다. 블루는 몸을 쭉 내밀어 그것을 집어 들었다.

위험해.

문을 열고 침실로 뛰어들었다. 정신없이 블루의 손바닥을 움켜쥐고 칼을 떨어뜨렸다. "하악!" 블루가 새까만 눈동자로 이쪽을 바라보고는 잇몸을 드러냈다. 나는 가슴을 떠밀려 바닥에 엉덩방아를 찧었다.

"가까이 오지 마! 부탁이야……."

실비는 복도를 기어가려고 했다. 그 등 뒤로 블루가 달려들었다. 실비의 나이트캡을 던져버리고 손톱이 자란 손가락으로 머리카락을 움켜쥐었다. 또다시 비명소리…….

"하지 마!"

문이 벽에 부딪히는 소리.

그렉이 블루를 껴안았다. 굵은 팔로 목을 졸라 억지로 실비에게서 떼어냈다. "하악!" 블루는 빙글 몸을 돌려 그렉에게서 벗어나더니 천장의 전구에 매달려 그네를 타듯 창밖으로 튕겨 날아갔다.

"두 번 다시 오지 마!"

실비는 재빨리 창문을 닫고는 자물쇠를 걸었다.

그로부터 5분 정도 창문을 지켜봤지만, 블루는 돌아오지 않았다. 동물쇼 텐트로 돌아간 모양이었다.

"둘 다 고마워."

나와 그렉에게 고맙다는 인사를 하고 실비는 벽으로 시선을 돌렸다. 스트립 극장이었던 무렵의 잔재인 듯, 침실 벽은 한 면이 온통 거울로 되어 있었다. 그 거울을 들여다보며 실비는 하아, 하고 어깨를 떨궜다.

"완전 괴물이 다 됐네."

실비의 얼굴은 붉게 긁힌 자국으로 가득했다. 마치 십여 마리의 지렁이가 기어다니는 것처럼.

실비가 긴팔원숭이에게 습격당한 것은 처음이 아니었다. 블루는 사흘 전에도 숙소로 숨어들어 욕실에서 실비의 가슴을 물어뜯었다. 블루를 보낸 것은 동물쇼 조련사들이다. 서커스 단원들은 종종 사이드쇼를 얕잡아봤고, 우울함을 달래기 위한 도구로 삼는 경우도 적지 않았다. 이번 동물쇼 조련사들은 실비가 얼마나 오래 버틸지 내기하는 것을 쇼가 열리는 동안의 재밋거리로 삼은 듯했다.

"한심해. 어른인데 자기 몸도 못 지키고."

실비는 네일팁 끝으로 뺨의 상처를 쓰다듬으며 하아, 하고 한숨을 내쉬었다.

"쓸데없는 소리 하지 마." 그렉이 실비의 어깨를 두드렸다. "우리가 몇 번이든 도와줄게."

그것은 내가 해야 할 대사였다.

2년 전. 앨프 로크웰, 그리고 '세계의 진실 박물관'의 단원들이 망상에 사로잡힌 목사에게서 나를 구해주었다. 이제는 은혜를 갚을 때다.

몇 번이든 도울 것이다.

나는 가슴에 맹세했다.

아무것도 모른 채 이 숙소를 방문했다고 해도 식당에 들어서면 이곳이 과거 스트립 극장이었다는 사실을 한눈에 알 수 있다. 방 한가운데에 원형 무대가 놓여 있고 천장에는 녹슨 미러볼이 매달려 있기 때문이다. 그곳은 과거 메인홀이었다.

"다음에도 같은 일이 벌어지면 긴팔원숭이를 죽일 거라고

천사와 괴물

경고해주세요."

오전 8시가 조금 지난 시각. 꿀이 든 땅콩버터를 베이글에 바르며 그렉이 말했다.

"들으셨어요?"

버터나이프로 테이블을 두드렸다.

"그래. 아침 회의 때 도슨에게 말해두겠네."

앨프가 간신히 고개를 들고 무뚝뚝하게 말하고는 손님이 놓고 간 2주 전의 〈새터데이 이브닝 포스트〉로 눈을 돌렸다.

단원이 습격당하고 심지어 얼굴에 상처를 입었는데도 앨프의 반응은 너무 무덤덤했다. 2년 전 누나와 대면했을 때의 영민함은 온데간데없이 사라졌다.

무엇이 앨프에게서 남성성을 빼앗아 갔는가 하면, 그건 이 나라, 혹은 그곳에 사는 사람들의 의식 변화라고 할 수 있다.

지난 2년간, 프릭쇼에 대한 비난 여론이 급격히 거세지고 있었다. 예전에도 몇몇 주에서 프릭쇼를 금지했지만, 규제는 형식적일 뿐 실제로 단속이 이뤄지는 일은 드물었다. 하지만 최근에는 서커스 전단지에 'freaks'라는 단어만 보여도 주 정부나 보안관 사무소에 항의 전화가 빗발쳤고, 시민의 눈치를 살피는 보안관들이 때때로 공연장을 찾게 되었다.

아무리 관객을 끌어모으는 실적이 있더라도 이런 식이라면 카니발이나 서커스 운영자로서는 프릭쇼를 부르기 힘들어진다. 실제로 '앨프 로크웰의 놀라운 세계의 진실 박물관'

의 공연 일수는 반토막이 났고, 매출도 하락세를 면치 못했다. 그런데도 '니콜라스 파버의 열 가지 불가사의'처럼 가짜로 가득 찬 쇼는 변함없이 인기를 끌고 있으니 오너인 앨프가 얼굴을 찌푸린 채 한숨을 내쉬는 것도 무리는 아니었다.

"저기 말이야." 메건이 캐시의 어깨를 두드렸다. "월트의 누나가 2년 전에 예언한 재앙이 이 긴팔원숭이에 관한 건 아니겠지?"

콜록, 하고 캐시가 기침했다. 우유가 기도에 들어간 모양이다.

"이건 재앙이라기보다 그냥 공격이잖아."

컵에 물을 따르면서 말했다.

"실비에게는 충분히 재앙이지."

"그럼 '재앙을 불러오는 자'는?"

"서커스의 조련사."

"'재앙의 풍경에 포함된 것'은?"

"원숭이의 꼬리 같은 거?"

긴팔원숭이에게 꼬리는 없지만…… 지금 그게 중요한 것은 아니다.

이 자매는 올해로 열 살이다. 언제 봐도 소란스럽지만 식사 중에는 한층 바빠 보인다. 그녀들은 머리가 둘이지만 쓸 수 있는 손이 두 개밖에 없다. 그래서 캐시는 왼손, 메건은 오른손으로 식사를 입으로 가져간다. 마치 양손으로 먹이를 먹는 원숭이처럼.

아니다. 이 설명은 옳지 않다.

자칫 잊기 쉽지만 캐시와 메건이 둘로 나뉘는 부분은 허리 바로 위다. 그녀들은 '목이 두 개 있는 여자'가 아니라 '상반신이 두 개 있는 여자'인 것이다. 그래서 다리는 두 개지만 팔은 네 개다. 그럴 마음만 먹으면 각각 양손으로 식사를 할 수도 있다.

과거 버밍엄에서 양부모와 살던 시절, 두 사람은 상반신에 각각 좋아하는 상의를 입고 다녔다고 한다. 하지만 못된 의붓형제를 피해 '세계의 진실 박물관'에 들어온 후부터는 몸에 딱 맞는 셔츠 원피스를 입어 몸의 실루엣을 감추게 되었다. 이는 실비의 훈수였다고 한다. 몸의 구조를 알기 어려운 '상반신이 두 개 있는 여자'보다 '목이 두 개 있는 여자' 쪽이 손님에게 더 잘 먹힌다는 이유였다. 과연 실비가 할 법한 생각이다.

"저기, 월트." 메건이 내 어깨를 두드렸다. "누나의 봉투, 아직 가지고 있어?"

나의 누나 홀리가 2년 전에 예언을 봉한 그 봉투 말인가.

"물론이지."

버릴 리가 없다. 그것은 누나의 유일한 유품이다. 처음 해설자 역을 맡은 날 밤, 실비에게 받았다. 절대로 잃어버리지 않고자 지금도 가방 바닥에 넣어 보관 중이다.

"혹시 열어봤어?"

"아니."

열어보려고 생각한 적은 몇 번 있었다. 가장자리에 봉투칼을 가져다 댄 적도 있다. 그럼에도 나는 아직 그 봉투를 열지 못했다.

미래를 볼 수는 없다. '천사의 아이' 같은 것도 존재하지 않는다. 그날의 누나는 일이 너무 잘 풀린 나머지 자기도 모르게 달뜬 상태였으리라. 그래서인지 부탁받지도 않은 예언을 선보이게 된 것이다.

머리로는 그렇게 정리했지만, 마음 한구석으로는 누나를 믿고 싶은 마음이 있었던 것도 사실이다. 누나는 나를 지켜주었다. 그런 누나가 거짓말쟁이라고는 역시 생각하고 싶지 않았다.

결국 나는 봉투를 열면 누나가 건 마법이 풀릴까 봐 두려웠던 것이다.

"그럼 지금부터 서로 답해보자."

캐시와 메건이 눈을 반짝였다.

"'재앙을 불러오는 자'는 조련사인가?"

"'재앙의 풍경에 포함된 것'은 원숭이의 꼬리인가?"

"그 외의 다른 것인가?"

쿵.

실비가 거칠게 컵을 내려놓았다. 얼굴에는 습격의 증거인

붉게 긁힌 자국이 줄지어 있었다.

"바보 같은 소리 하지 마."

캐시와 메건이 눈을 깜빡였다. 동그란 눈동자가 네 개.

"우리는 '세계의 진실 박물관' 단원이잖아. 예언이란 건 전부 거짓말이야. 이 세상에 마법은 존재하지 않아. 쓸데없는 소리 그만해."

실비가 원군을 구하듯 앨프를 바라보았다. 앨프는 순간 고개를 들었다가 곧장 잡지로 눈을 돌렸다. 실비는 다시 한번 컵을 세게 테이블에 내려놓았다.

오너가 활력을 잃은 지금, '세계의 진실 박물관'을 지탱하는 것은 다름 아닌 실비였다. 키는 고작 46인치(약 117센티미터)에 불과하지만, '세계의 진실 박물관'에 대한 사랑은 다른 누구보다 크다.

일행에 합류하기 전, 실비는 앤더슨 다리 밑에서 행인들의 신발을 닦아주며 일당을 벌었다고 한다. 잠자리와 식사, 나아가 동료까지 제공해준 이 일에 대한 고마움이 컸을 것이다. 그래서인지 요즘 앨프가 보이는 무기력함에 짜증을 감추지 못하는 모습이었다.

"저기, 예언이 뭐야?"

옆의 소녀가 끼어들었다. 실비는 빙글 눈동자를 굴리고는 답했다.

"**허풍**을 뜻해."

"마법은?"

"사기야."

소녀는 흐음, 하고 미러볼을 올려다보고는 윗입술에 묻은 우유를 핥았다.

이 소녀는 엠마. 올해 여름에 여섯 살이 되는 앨프의 조카다. 한 살 때 어머니가 자살하고 앨프에게 왔으니 이래저래 5년째 '세계의 진실 박물관'과 함께하고 있다는 말이 된다. 지난 2년 동안 키가 훌쩍 자라 실비보다 베이글 하나만큼 커졌지만, 평소의 모습은 변함없었다. 언제나 세 살배기가 가지고 놀 법한 장난감만 가지고 논다. 카니발에서는 대개 호객꾼이 싸구려 장난감을 나눠주니까 새로운 장난감을 구하기 어렵지 않다. 지금도 접시 옆에 개구리 장난감이 쪼그리고 앉아 있었다.

"아이에게 거짓말은 하지 마."

그렉은 가벼운 어조로 실비에게 주의를 주고는 등을 둥글게 만 채로 엠마에게 시선을 맞췄다.

"알겠니? 예언이란 앞으로 일어날 일을 맞히는 신비한 말을 뜻해."

엠마는 코 밑을 긁었다.

"마법은?"

"이 세상의 것이라고는 생각할 수 없는 신기한 술법이야. 예언도 그중 하나지."

마치 사전을 읽는 것처럼 유창하게 풀어 설명했다.

2년 전, 나와 누나가 '세계의 진실 박물관'을 찾아왔을 때, 해설자인 라울은 이 거대한 남자를 '남미 푸에고 섬에서 발견된 야간족의 왕'이라고 소개했다.

처음부터 끝까지 틀렸다. 그렉은 칠레의 항구도시 아리카에서 태어났다. 아버지는 실력 있는 사업가였고 그렉은 일상생활에 불편함 없이 자랐다. 덕분에 빼어난 체격을 갖게 되었지만 그의 관심은 사회운동에 있었다. 샌디에이고의 대학교에서 법학을 공부했고 한때는 법률사무소에 취직할 생각이었다고 한다. 하지만 당시 칠레 정권의 농업 정책을 비판한 일로 경찰에 찍혀 미국으로 망명했다. 여러 직장을 전전한 끝에 이 '세계의 진실 박물관'에 오게 되었다.

"이 세상의 것이라고는 생각할 수 없는 신기한 술법." 엠마는 그렉의 말을 몇 번이고 곱씹은 끝에 "예를 들면?"이라고 물었다.

"예를 들면……. 그래." 그렉은 테이블을 둘러보고는 개구리 장난감을 손에 들었다. "이 개구리는 어른일까?"

붉은색 수지로 만든 장난감이다. 길이는 새끼손가락의 절반 정도. 엠마는 흐음, 하고 몸을 비틀다가 답했다.

"작으니까 새끼 개구리!"

"오케이. 그럼 내가 마법으로 이 개구리를 어른으로 바꿔 볼게."

그렉은 빈 그릇을 손에 들고 주전자의 물을 가득 담았다.

"우선 생명의 물방울을 넣는 거야."

등나무 바구니에 담긴 달걀을 꺼내 테이블 모서리에 부딪혀 금을 냈다. 빠직, 껍질을 벗겨서 베이글 접시에 내용물을 담았다. 그러고는 숟가락으로 흰자를 떠서 그릇의 물에 넣었다.

"다음으로는 개구리를 넣을게."

그릇에 개구리를 담갔다. 첨벙.

"마지막으로 마법의 주문을 외우는 거야. 개굴개굴푸푸."

엠마도 따라 했다. 개굴개굴푸푸.

"이제 끝이야. 개구리는 점점 커질 거야!"

엠마는 의자에 올라 그릇을 들여다보았다.

"안 커지는데?"

고개를 갸웃거렸다.

"아니, 미안. 이 마법은 시간이 좀 걸려. 밤에 다시 한번 확인해볼래?"

그렉이 당황한 표정으로 덧붙였다. 엠마는 "응?" 하며 입술을 내밀었다.

이 마법은 물론 사기다. 교회에서 예배를 도울 때 나도 같은 장난감을 받은 적이 있다. 이 수지는 흡수성이 높아서 물에 담가두면 저절로 커진다. 저 정도 크기라면 대여섯 시간만 지나면 눈에 띄게 커지리라.

"역시 마법은 사기 맞네." 실비도 신경 쓰인 모양이었다. 엠마에게 들리지 않도록 낮은 목소리로 말했다. "개구리의 새끼는 올챙이잖아?"

2

서커스장은 비에 잠겨 있었다.

대형 텐트의 빨간색과 하얀색 줄무늬가 부옇게 흐려져 있었다. 동물을 실어 나른 트럭의 바퀴 자국에 빗물이 고여 투광기 불빛을 반사했다.

"'세계의 진실 박물관'에 오신 걸 환영합니다."

지루함을 달래기 위해 언제 나타날지 모르는 손님에게 인사말을 건넸다.

"단돈 25센트로 끔찍하고도 아름다운 이 세계의 진실을 알 수 있습니다!"

이런 비를 맞으며 굳이 공을 타는 원숭이나 공중그네를 건너는 아저씨를 보러 오는 사람은 없다. 관람차는 아침부터 한 바퀴도 돌지 않았고 회전목마는 캔버스로 덮여 있다. 팝콘 판매장의 피에로는 이미 테킬라 병을 절반 비운 상태였다.

'세계의 진실 박물관'이 서커스장 구석에 텐트를 친 지 오늘로 6일째. 햇볕이 비춘 것은 첫날 아침뿐, 그 뒤로는 계속 비가 내렸다. 아열대 지역인 사우스캐롤라이나에서는 1년 내내 비가 내린다. 특히 여름에는 비가 많이 내려서 열흘 이상 그치지 않을 때도 있다. 텐트 안에서 대기하는 동료들을 위해서라도 손님을 불러들이고 싶었지만, 이렇게 비구름에 휩싸여서는 별 도리가 없다.

'세계의 진실 박물관'의 매상은 최악으로 떨어졌다. 그럼에도 앨프가 간판을 내리지 않는 것은 단원 대부분의 다음 행선지가 없다는 사실을 알고 있기 때문일 것이다. 그렇지만 이대로 가다가는 언젠가는 운영이 불가능해지리라는 사실은 불 보듯 뻔했다.

최근 2년간, 나는 누나의 예언을 신경 쓰지 않는 척하면서도 정체를 알 수 없는 재앙에 대한 경계를 늦추지 않았다.

그날 누나의 뇌가 엉망진창이 된 것을 목격했을 때처럼 끔찍한 일은 두 번 다시 겪고 싶지 않다. 재앙이 찾아온다면 최대한 빨리 그 싹을 잘라내 동료들을 지켜내겠다. 나는 그렇게 다짐하며 '세계의 진실 박물관'을 둘러싼 온갖 것을 주시해왔다.

하지만 이대로라면 재앙이 닥치기도 전에 '세계의 진실 박물관'이 먼저 무너질 것 같았다. 아니, 이 이러지도 저러지도 못하는 상태야말로 누나가 본 미래가 아니었을까…….

당장이라도 봉투를 열어 재앙의 정체를 알게 되면 이런 애매한 일로 고민할 필요가 없다. 하지만 만약 봉투에 엉뚱한 것이 적혀 있다면? 나는 변함없이 누나에게 감사하는 마음을 계속 간직할 수 있을까…….

양손으로 앞머리를 쓸어올렸다. 지금 내가 할 수 있는 것은 눈앞의 일을 해내는 것뿐이다. 두 눈을 비비고 헛기침을 한번 했다.

"'세계의 진실 박물관'에 오신 걸……."

"어딜 그런 무례한 말을!"

옆 텐트에서 고함소리가 울려 퍼졌다. 팝콘 판매장의 피에로가 고개를 들더니 곧장 경마 신문으로 눈을 돌렸다.

옆은 '세계의 진실 박물관'처럼 사이드쇼를 하는 텐트였다. 간판에 따르면 '천리안의 남자 싱이 단돈 25센트로 당신의 고민을 해결해드립니다'라고 적혀 있었다. 그쪽도 당연히 한산한 줄 알았는데, 손님이 있는 모양이었다.

나는 '세계의 진실 박물관' 부스에서 고개를 내밀어 옆 텐트를 들여다보았다. 검은 외투를 입은 남자가 작은 창 앞에 앉아 있었다. 마치 성당의 고해소처럼 보였다.

"무례했나요? 실례했습니다. 하지만 허풍쟁이보다는 무례한 사람이 낫지 않습니까?"

외투를 입은 남자가 떠들어댔다. 표정은 보이지 않지만 쇼를 우습게 여기고 있다는 사실은 알 수 있었다. 서커스에는 이런 손님이 드물지 않았다.

"제 고민은 두 형이 시도 때도 없이 돈을 꾸러 오는 겁니다. 우리 아파트는 보안관 사무소가 가까워서 창녀를 볼 일은 없습니다."

 창문 너머의 남자…… 터번을 두른 '천리안의 남자'가 뭐라 대꾸하려 할 때였다.

 "정말로 제 머릿속을 읽은 거 맞나요?" 외투의 남자가 끼어들었다. "당신은 제가 고민을 적은 종이를 태우는 척했지만, 그건 가짜입니다. 손 밑에서 몰래 종이를 바꿔치기해서 다른 종이를 태웠겠죠. 그리고 몰래 제가 쓴 걸 읽고 제 머릿속을 꿰뚫어 본 척을 한 겁니다."

 '천리안의 남자'가 이를 갈았다.

 "글씨가 엉망이라 죄송합니다. 덕분에 당신은 형제Brothers를 매춘부Brothels로 잘못 읽은 것 같네요."

 '천리안의 남자'가 일어났다. "나를 함정에 빠뜨렸군." 손가락으로 텐트 밖을 가리키며 말했다. "꺼져버려."

 "그러지 말라고 해도 그럴 겁니다. 허풍선이와 쓸데없는 대화를 나누는 취미는 없으니까요."

 남자가 허리를 일으켰다. 외투의 주름을 펴고 고급스러워 보이는 실크 우산을 손에 든 그때.

 "어라?"

 심장이 터질 것 같았다.

 고개를 뒤로 뺐다. 부스 창문에 커튼을 쳤다.

 "거기 있는 건 혹시……."

 발소리가 다가왔다. '세계의 진실 박물관' 텐트로 달음박

질하려는 내 어깨를 남자가 붙잡았다.

"이게 도대체 무슨 일이람." 나를 억지로 돌리며, "**진짜**가 여기 있었잖아."

우드브리지 커뮤니티 교회의 목사, 노먼 S. 제닝스가 입술로만 웃었다.

"주님, 인도하심에 감사드립니다. 드디어 만났구나, 월트 올슨."

3

월스트리트에서 주가가 폭락하고 세계 곳곳에 실업자가 넘쳐나던 그 시절.

찰스턴의 북쪽, 쿠퍼 강에 면한 조선소 터에 우드브리지 커뮤니티 교회가 조용히 문을 열었다.

노먼 목사는 남을 돌보기 좋아하는 남자였다. 허리케인이 마을에 닥치면 교회당을 개방하고, 불황이 퍼지면 실업자에게 일자리를 알선했다. 고아 양육에도 힘을 쏟았는데 교회에 딸린 고아원에서는 항상 스무 명 남짓한 아이들에게 식사와 잠자리를 제공했다.

그 아이 중에 첫 번째 '천사의 아이' 토비 포이가 있었다.

토비는 수줍음이 많고 조용해서 손이 많이 가지 않는 아이였다고 한다. 하지만 노스 찰스턴의 초등학교에 다니기 시작했을 무렵부터 변화가 찾아왔다. 갑자기 의식을 잃거나 경련을 일으키고 알아들을 수 없는 말을 내뱉게 된 것이다. 노먼은 사우스캐롤라이나 의과대학 병원에서 보름에 걸친 정밀검사를 받게 했지만 증상의 원인을 찾지 못했다.

그러던 어느 날, 노먼은 심야 순찰 중 잔뜩 흥분한 토비를 만나게 된다. 그때 노먼은 토비가 내뱉는 말에 아이가 들었을 리 없는 단어나 지식이 포함된 사실을 깨달았다.

노먼은 토비의 말을 전부 기록하고 그 의미를 분석했다. 그 결과, 놀라운 결론에 도달한다. 아무래도 토비는 앞으로 일어날 일을 볼 수 있는 것 같다고.

토비가 "이리 오지 마!"라고 외치고 식당을 뛰쳐나간 어느 날 밤, 유기견이 고아원에 숨어들어 원장의 정강이를 물었다. "냄새나", "역겨워"라고 구토하며 벌떡 일어난 이틀 후, 같은 방에 있던 소년이 프렌치 치킨을 먹고 탈이 나서 침대에 토사물 더미를 만들어냈다. 숨을 헐떡이며 "뜨거워", "눈부셔"라고 반복한 2주 후에는 벽난로 불이 카펫에 옮겨붙어 고아원 절반이 불에 탔다.

노먼의 확신은 날이 갈수록 깊어졌다. 토비는 평범한 아이가 아니다. 주님이 미래에 경종을 울리는 역할을 부여한 '천사의 아이'다. 그렇게 믿었다.

토비에 대한 소문은 서서히 퍼져나갔다. 〈뉴스&쿠리어〉가 토비의 예언을 상세히 다룬 것이 결정적인 계기가 되어

복음주의자들을 중심으로 많은 사람이 우드브리지 커뮤니티 교회로 걸음하게 되었다. 이전에는 하품하며 노먼의 설교를 듣던 찰스턴의 주민들도 토비가 서툴게 성경을 읽는 것만으로 눈물을 흘리며 의자에서 무너져 내렸다. 여름 감기에 걸린 토비가 제단에서 재채기를 하자 엄청난 위문금이 교회로 날아들었다.

하지만 소동은 갑자기 끝을 맺었다.

토비가 목욕 중에 발작을 일으켜 사망한 것이다.

노먼은 곧장 고아원 직원을 모아 같은 힘을 가진 아이를 찾으라고 지시했다. 직원들은 아이들의 대화에 귀를 기울이고 노트 구석의 낙서까지 꼼꼼히 살폈지만 두 번째 '천사의 아이'는 찾지 못했다.

그러던 어느 날, 복지 사무소 직원에 이끌려 몇 명의 아이들이 고아원 견학을 왔다. 그중에 유독 눈길을 끈 것이 머리가 반쯤 없는 소녀, 홀리 올슨이었다.

홀리는 네 살 때 장난감 낙하산을 잡으려다가 2층 발코니에서 떨어져 자동차 보닛에 머리를 부딪혔다. 두개골 오른쪽 절반이 함몰되고 전두엽에서 측두엽까지의 조직이 으깬 감자처럼 변했지만, 어쩐 일인지 생명에는 지장이 없었다. 홀리는 나흘 만에 의식을 되찾고 한 달 후에는 병원에서 퇴원했다.

노먼은 홀리를 고아원으로 맞이했다. 동생인 월트…… 다시 말해 나와 함께.

홀리는 곧 미래를 보게 되었다. 연이어 두 번째 '천사의 아이'가 나타나자 신자들 사이에서 회의적인 목소리도 나왔지만 홀리는 아랑곳하지 않고 자동차 사고, 주택 붕괴, 학교의 식중독, 수산물 가공공장의 화재, 심지어 메뚜기 피해에 군의회의 비리까지 다양한 재앙을 예언했다.

"주님은 불우한 자에게 사랑을 주시는 분입니다. 토비와 마찬가지로 홀리에게도 특별한 힘을 부여받을 소질이 있었던 거겠죠."

노먼에게서 빈티지 포도주라도 선물 받았던 걸까. 〈뉴스&쿠리어〉는 때때로 그런 노먼의 주장까지 기사화했다. 신자들은 물론 보안관이나 군의회 직원까지 홀리의 말에 일희일비하게 되었다.

하지만 비극은 반복된다.

2년 전 초여름, 171번 주도를 달리던 버스가 승용차를 들이받아 전복되는 사고가 발생했다. 이 버스에 홀리도 타고 있었고, 불탄 차체에서 20미터 떨어진 덤불 속에서 머리가 납작하게 눌려 죽은 채로 발견되었다.

이 무렵의 노먼에게서는 예전의 자상한 목사의 모습을 더는 찾아볼 수 없었다.

그는 당연히 세 번째 '천사의 아이'를 찾았으리라. 원래 계획은 틀림없이 홀리의 동생, 즉 나였을 것이다.

하지만 노먼의 계획은 무산되었다.

사고 나흘 뒤, 애플턴 거리의 묘지에 홀리의 관을 묻은 몇 시간 후에 내가 홀연히 사라져버렸기 때문이다.

"단장님과는 마음이 잘 맞을 것 같습니다."

소름 끼치는 간사스러운 목소리였다.

"저는 신을 섬기는 사람입니다. 신은 그야말로 '놀라운 세계의 진실' 그 자체니까 말입니다."

'도슨&졸라의 야단법석 서커스'의 대형 텐트 뒤편, 비가 고여 늪처럼 변한 공터 구석에 '세계의 진실 박물관'의 트레일러가 줄지어 있다. 그중 하나, 오너인 앨프가 작업실로 쓰는 트레일러 바닥 아래에서 나는 오너와 목사의 대화에 귀를 기울였다.

"프릭쇼와 고아원, 얼핏 보면 전혀 다른 것 같지만 우리가 하는 일은 같습니다. 둘 다 불우한 사람에게 자리를 마련해주는 것이니까요."

트레일러 바닥의 어둠에는 분명 축복받은 것 같다고는 빈말로도 하기 힘든 사람들, 그렉, 실비, 캐시와 메건, 그리고 엠마를 포함한 다섯 명이 나와 함께 숨을 죽이고 있었다.

"당신과는 맞지 않을 것 같소." 앨프의 답은 무뚝뚝했다. "나는 장사를 하는 사람일 뿐이오. 자선 활동에는 관심 없소이다."

"좋습니다. 그럼 장사 이야기를 해보죠." 외투가 바닥을 스치는 소리. "여기에서 해설자 일을 하는 소년을 제게 넘겨줄 수 없나요?"

모두의 시선이 나를 향했다. 나는 쓴웃음을 지을 수밖에 없었다.

"물론 대가는 지불하겠습니다. 200달러, 아니 250달러로 어떤가요?"

가슴이 불쾌하게 쿵쿵거렸다.

'세계의 진실 박물관'은 그야말로 다 죽어가는 중이다. 지금처럼 손님이 없으면 단원에게 수당을 지급하지 못하게 되는 것도 시간문제이리라. 하지만 노먼이 말한 금액을 손에 넣으면 몇 년 정도는 걱정 없이 운영을 계속할 수 있다.

"어떻습니까? 매력적인 거래 아닌가요?"

손바닥에 땀이 맺혔다.

엠마가 무언가 말하려는 것을 실비가 입에 손가락을 대며 제지했다.

"목사님은 우리 간판이 잘 보이지 않나 보구려."

앨프의 말투는 전혀 달라지지 않았다.

"우리가 손님에게 보여주는 건 '세계의 진실'이라오. 나는 오컬트를 증오하지. 그중에서도 가장 혐오스러운 건 미래를 볼 수 있다고 떠드는 뻔뻔한 자들이고."

문득 엠마를 보았다가 곧장 눈을 돌렸다. 그녀의 어머니는 점쟁이를 믿었다가 엄청난 빚을 지고 딸을 홀로 남긴 채 자살했다고 한다.

"당신 같은 멍청한 인간에게 동료를 팔 생각은 없소."

나도 모르게 가슴을 쓸어내렸다. 그렉이 기쁜 듯 내 어깨를 두드렸다.

"어이가 없네요. 단장님은 '천사의 아이'를 '천리안의 남자'의 동료로 착각하고 있는 것 같습니다. 홀리는 진정으로 미래를 봤고, 동생인 월트에게도 분명 같은 소질이 있을 겁니다. 제가 보기에 '놀라운 세계의 진실'이야말로 그들을 뜻합니다."

"아직도 안 끝났소?"

얼어붙을 듯한 목소리였다.

의자를 끄는 소리. 발소리가 트레일러 출구를 향했다.

"예언을 싫어하는 당신에게 날벼락 같은 예언을 하나 선물하죠."

그대로 문이 열리는가 싶었지만 노먼이 뻔한 대사를 내뱉었다.

"당신은 곧 '천사의 아이'의 힘을 알게 될 겁니다."

오후 쇼가 끝난 서커스의 대형 텐트는 술집으로 변신한다.

"뭔가 안 좋은 예감이 들어." 흑맥주 거품으로 콧수염을 만든 그렉이 소음에 지지 않으려 목소리를 높였다.

광대, 마술사, 곡예사, 악기 연주자, 그리고 뭔지 알 수 없는 화려한 분장을 한 여자들이 떠드는 소리에 텐트 안은 전쟁터를 방불케 할 만큼 소란스러웠다.

"앨프가 월트를 팔지는 않을 것 같지만. 그래도 뭔가 좋지 않은 일이 일어날 것 같은 느낌이 들어."

"그거 예언이야?" 실비가 의아한 듯 눈을 가늘게 떴다. "당신도 '천사의 아이' 오디션에 참가해보는 게 어때?"

"덩치 큰 아저씨는 예선 탈락이야."

그렉이 어깨를 으쓱하며 문득 깨달았다는 듯 나를 보았다.

"정말로 월트의 누나는 미래를 볼 수 있었어?"

"그건." 대답이 궁했다. "저도 몰라요. 교회에서 점 같은 걸 친 적은 있지만, 저는 관여할 수 없었거든요."

물론 속임수였겠지만, 누나를 믿고 싶은 마음도 조금은 있었다.

"당연히 사기겠지."

실비는 쌀쌀맞게 말했다.

"사실이라면 CIA가 가만두지 않았을 거야."

그렉도 얌전하게 고개를 끄덕였다. 뭐라고 대답해야 할지 몰라 가렵지도 않은 뺨을 긁은 그때, 누가 내 바지를 잡아당겼다.

"이것 좀 봐봐."

벤치에 올라온 것은 엠마였다. 오른손에 무언가를 쥐고 있었다. 평소라면 목욕을 마치고 잠자리에 들 준비를 할 시간이지만 희귀한 벌레라도 발견한 걸까.

"짠, 어른이 됐어!"

손바닥을 펼쳤다.

개구리가 이쪽을 보고 있었다. 붉은 수지로 만든 장난감 개구리다. 그렉이 오늘 아침, 개굴개굴푸푸라고 마법을 건 바로 그 녀석이었다.

"엄청나지? 그게 바로 마법의 힘이란다."

그렉이 가슴을 쭉 폈다. 분명 아침에는 새끼손가락의 절반 정도 크기였지만 지금은 물을 먹어 엄지손가락 정도로 커져 있었다.

"나, 마법사가 될 거야!" 엠마는 테이블을 두드렸다. "그럼 나도 '세계의 진실 박물관'에 나갈 수 있을까?" 그러더니 갑자기 얼굴을 찡그렸다. "하지만 쇼에 나가려면 불 어쩌고가 되어야 하지?"

뭐야 그게.

"아까 목사 아저씨가 말했잖아. 불, 불이……."

"불우한 사람?"

실비가 내뱉었다.

"그거!" 엠마가 손뼉을 쳤다. "그거 무슨 뜻이야?"

"태어날 때부터 어쩔 도리가 없는 사람을 말해."

엠마는 고개를 갸웃거렸다. 불우한 사람, 불우한 사람, 이라고 중얼거리고는 진지한 얼굴로 물었다.

"실비는 다시 태어나면 다른 사람들처럼 되고 싶어?"

"당연하지. 이런 몸으로 좋을 리가 없으니까."

실비는 상그리아를 홀짝였다. 얼굴의 혈류량이 늘어난 탓인지 파운데이션 속 긁힌 상처가 도드라졌다. 오늘 아침 긴팔원숭이에게 습격당해 생긴 그 상처다.

"그렉은? 다른 사람들과 똑같아지고 싶어?"

화살은 덩치 큰 남자에게 향했다. 그렉의 얼굴은 마법사에서 평소의 얼굴로 돌아왔다.

"나는 이대로여도 좋아. 이 몸 덕에 어설픈 불량배들에게 당할 일도 없고, 높은 곳에 있는 물건도 꺼내기 쉬우니까."

"역시 나는 안 되겠네."

엠마는 잠시 생각한 후 자신의 몸을 내려다보며 작은 어깨를 더욱 움츠렸다.

"나한테 좋은 아이디어가 있어." 그렉이 윗입술의 거품을 핥았다. "어제 아이 다리를 주웠거든."

뭐라고?

"대형 텐트 건너편 쓰레기장에 쇠막대를 찾으러 갔어. 쇼에서 쓰는 거 말이야."

양손으로 막대기를 접는 시늉을 했다.

'세계 최강의 거인' 킹 그렉의 쇼는 이런 식이다. 손님이 방에 들어오면 그렉이 쇠창살 안에서 불쾌한 듯 으르렁거린다. 해설자가 럼주를 주지만 물통을 뒤집어도 내용물이 나오지 않는다. 화가 난 그렉은 쇠창살을 잡고 쇠막대를 뜯어낸다. 그리고 그것을 구부려서 인간을 초월한 괴력을 과시한다…….

이것은 물론 대본에 따른 연기다. 하지만 그가 쇠막대를 구부리는 것은 사실이다. 다섯 번쯤 하면 부러지기 때문에 그렉은 정기적으로 쓰레기장이나 고철 창고를 돌아다니며 쇠막대를 모은다.

"서커스의 쓰레기장은 마네킹으로 가득 차 있었어. 옷이 타거나 칼이 박힌 걸 보면 탈출쇼에서 사용한 것 아닐까? 그런데 그런 마네킹 더미 속에 아이 다리가 하나 있더라."

"뭐야 그게. 괴담이야?"

실비가 그렉을 노려보았다.

"사실은 마네킹이야. 이것도 마술쇼 장치로 사용한 것 같아. 사람이 상자에 들어가서 구멍으로 손과 발을 내밀고, 그 상자를 부수면 그 안에 있는 사람 몸도 부서지는 그런 쇼 있잖아?"

그래서 말이야, 라며 그렉이 몸을 내밀었다.

"이 아이 다리를 쓰면 엠마도 쇼에 나갈 수 있을 거야."

엠마의 하반신을 보며 말을 이었다.

"마네킹 다리에 펌프스를 신겨 실제 발과 나란히 놓는 거야. '스위티 엠마, 세 발 달린 소녀'. 어때?"

실비가 그렉의 허벅지를 걷어찼다.

"우리는 '세계의 진실 박물관'이야. 우리 쇼는 전부 진실이어야 해."

"그건 그렇지만." 그렉이 목을 움츠렸다. "엠마의 꿈을 이뤄주기 위해서라면 다리 하나쯤 괜찮잖아?"

"당신, 앨프가 한 말 못 들었어? 그런 사기에 손을 대면 허풍쟁이 목사에게도 할 말이 없어지잖아."

"저기." 엠마가 그렉의 셔츠 소매를 잡아당겼다. "스위티 엠마가 누구야? 나, 엠마 로즈인데."

그렉은 쉿, 하고 입술에 손가락을 댔다.

"쇼에서는 진짜 이름을 쓰면 안 돼."

"왜?"

"그건……."

"이런 곳에 출입하는 사람은 믿을 수 없으니까." 실비가 텐트를 둘러보았다.

"엠마도 나쁜 사람에게 이름이 알려지는 건 싫지?"

엠마는 흐음, 하고 고개를 갸웃거렸다.

"그 말대로라면 나와 월트도 믿을 수 없는 사람이라는 말이 되는데."

그렉이 입술을 삐죽 내밀었다.

"그 말이 맞아. 당신이 말하는 건 하나도 믿을 수 없어."

실비가 잇몸을 드러냈다.

"이봐, 꼬마 여자가 덩치 남자와 싸우고 있어!"

괴상하고 커다란 목소리가 울려 퍼졌다. 스테이지를 보자 중무장 보병 갑옷을 입은 동물쇼 조련사들이 이쪽을 가리키며 웃고 있었다.

"당신이 말하는 건 하나도 믿을 수 없어!"

남자가 코맹맹이 소리로 실비를 따라 했다. 옆의 남자가 배를 움켜잡았다.

"젠장. 같잖은 것들이."

그렉이 일어서려는 것을 "하지 마"라고 실비가 말렸다. 조금 전까지의 기세는 어디 갔는지 목소리도 마치 다른 사람처럼 가라앉아 있었다. 손목시계를 보고 "딱 좋은 시간이네. 이제 가자"라고 말하며 벤치에서 내려왔다.

그렉은 한숨을 내쉬며 실비 뒤를 쫓았다. 나와 엠마도 뒤따랐다.

우리는 딴 곳으로 새지 않고 곧장 숙소로 돌아왔다. 9시가 조금 지난 시각. 앨프의 작업장 트레이너에는 아직 불이 켜져 있었지만, 야근이 아니라 술을 마시며 식사하는 중이리라.

숙소 문을 열려는 순간 실비가 손을 멈췄다. 유리에 비친 얼굴을 들여다보고는 "하아" 하고 뺨의 상처를 쓰다듬었다. 그대로 눈두덩이를 누르며 말했다.

"누구 수면제 가진 사람 없어?"

"없어." 그렉이 고개를 저었다. "분명 구급상자에 있었던 것 같은데."

"그래?"

실비가 문을 열었다.

"역시 뭔가 안 좋은 예감이 들어."

그렉이 작은 등 뒤를 따라가며 다시 한번 곱씹듯 말했다.

4

비명소리에 잠에서 깼다.

침대에서 뛰어내렸다. 종잇조각 같은 담요가 바닥으로 떨어졌다.

오전 7시가 조금 넘은 시각. 또 긴팔원숭이인가. 동물쇼 녀석들이 실비에게 원숭이를 보낸 건가…….

"거기 누구 있나?"

울려 퍼진 것은 연배가 있는 거친 목소리였다. 실비가 아니다. 앨프다. 쿵, 쿵, 하고 문 두드리는 소리가 이어졌다.

침실을 나서자 그렉이 옆 방에서 동시에 얼굴을 내밀었다. 고갯짓으로 인사한 후 소리가 들린 쪽으로 향했다. 복도 모서리를 돌자 욕실 문 앞에 앨프가 우뚝 서 있었다.

"자네들인가."

앨프가 돌아보며 발밑을 가리켰다.

문과 바닥 사이 좁은 틈으로 빨간 물이 흘러나와 있었다.

문 앞에 깔린 깔개가 붉게 물들었고, 바닥에는 빨간색과 밤색 줄무늬가 그려져 있었다. 복도와 평행하게 깔린 판자 틈새로 빨간 물이 흘러 들어간 듯했다.

"이건…… 피?"

물로 희석한 피처럼 보였다.

"불러도 대답이 없어." 앨프가 손잡이를 비틀었다. "게다가 자물쇠도 걸려 있고."

나도 손잡이를 돌려봤지만 문은 열리지 않았다. 깔개는 거의 말라 있었다. 빨간 물이 넘치고 나서 꽤 시간이 지난 듯했다.

불길한 예감이 부풀어 올랐다. 설마 실비는 이 안에서…….

"부숴야겠네요."

그렉이 단호히 말했다.

이 숙소는 '도슨&졸라의 야단법석 서커스'가 빌린 곳이다. 하지만 허가를 받으러 갈 여유는 없다. 앨프가 끄덕이는 것을 보고 그렉은 두 사람을 뒤로 물러서게 했다.

"갑니다."

도움닫기를 한 후 문에 몸을 부딪혔다. 두 번, 세 번. 그렉의 얼굴은 점점 붉어졌지만 참나무 문은 꿈쩍도 하지 않았다.

"걸쇠 부근을 노리는 게 낫지 않겠나?"

앨프가 딱딱한 목소리를 낸 순간 캐시와 메건이 모습을 드러냈다.

"무슨 일이야?"

"무슨 일이야?"

둘은 바닥의 줄무늬를 보더니 벽에 머리를 부딪혔다.

"꺄악!"

"꺄악!"

"이쯤인가요?"

그렉은 가운 소매를 걷어 올리고는 손잡이 몇 인치 위에 팔꿈치를 꽂아 넣었다. 빠각. 일직선으로 금이 생겼다. 같은 곳을 두 번, 세 번 때리자 몇 개의 금이 교차하며 나무판이 크게 찢어졌다.

그렉이 굵은 팔을 밀어 넣었다. 딸각. 자물쇠가 풀리는 소리. 팔을 빼고 손잡이를 돌렸다. 비릿한 냄새가 코를 찔렀다.

가장 먼저 욕실로 달려든 것은 캐시와 메건이었다. 욕조를 보니 빨간 물이 흘러넘쳐 괴물이 피를 토한 것 같은 흔적이 생겨 있었다. 두 사람은 발이 더러워지는 것도 아랑곳하지 않고 빨갛게 물든 바닥을 달렸다.

욕조의 가장자리에 손을 대더니 무언가를 내려다보았다.

"안 돼."

"안 돼."

그렉이 뒤를 쫓았고, 나와 앨프가 뒤따랐다.

"아아……."

욕조 가장자리에 기대듯 작은 몸이 빨간 물에 가라앉아

있었다. 캐시와 메건이 어깨를 흔들어도 꿈쩍도 하지 않았다. 젖은 머리카락이 눈꺼풀과 코에 달라붙어 있지만 그것을 치우려고도 하지 않았다.

숨을 멈추고 몸을 살펴보았다.

엠마의 가슴에 칼이 꽂혀 있었다.

III 어떤 세계의 진실

1

뭔가 이상하다.

나는 눈을 비비고 욕조를 바라보았다.

그렇다.

물이 너무 빨갛다.

엠마는 알몸이었다. 가운과 속옷은 벽 앞에 놓여 있었다. 욕조 물에는 몇 개의 장난감—고무 오리 몇 마리와 뒤집힌 플라스틱 양동이가 떠 있었다. 목욕을 하며 장난감 친구들과 놀다가 습격을 받은 듯했다.

문제는 피다. 칼은 가슴에 꽂힌 채였다. 얼핏 보기에 다른 상처는 보이지 않았다. 그런데 욕조의 물은 바닥이 보이지 않을 정도로 새빨갰다. 여기저기 더 찔리지 않았다면 물이 이렇게 빨갛게 물들지는 않았을 텐데.

"블루야." 그렉이 목소리를 높였다. "그 원숭이가 엠마를 죽였어!"

거기에도 의문은 있었다.

분명 긴팔원숭이는 두 번이나 실비를 공격했다. 어제 조련사들의 모습만 봐도 녀석들이 다시 블루를 보냈다고 충분히 생각할 수 있다.

하지만 엠마는 칼로 단번에 심장을 찔린 상태였다. 긴팔원숭이의 재주라고 하면 공을 타거나 물구나무를 서서 막대기 위를 걷는 정도다. 녀석이 사람의 심장에 칼을 꽂아 넣는 재주를 선보일 수 있을까?

"제길. 어디로 간 거야?"

그렉이 욕실을 돌아다녔다. 욕조와 벽의 틈새를 살펴보고 화장대 아래의 수납장도 열었다. 원숭이는커녕 벌레 한 마리도 보이지 않았다.

"저기, 실비는?" 캐시가 불쑥 소리쳤다. "실비는 어딨어? 설마 그녀도……."

"저기 봐!"

메건이 창문을 가리켰다. 커튼 틈새로 빨간 무언가가 보였다. 앨프가 창문으로 다가가 커튼을 걷었다.

밖에는 '세계의 진실 박물관'의 트럭과 트레일러가 줄지어 서 있었다. 그중 하나, 텐트와 소품을 운반하는 트럭의 적재함에 피가 고여 있었다. 누군가 찔린 것일까. 사람의 모습은 보이지 않는데, 어딘가에 숨어 있는 걸까.

앨프가 창문 손잡이를 잡고 밀었지만 창문은 꿈쩍도 하지 않았다. 자물쇠를 풀고 다시 한번 밀었다. 이번에는 창문이 열렸다. 고개를 내밀어 트럭의 적재함 안을 들여다보았다.

"누군가 있다."

그렇게 말하고는 비틀거리며 창문에서 멀어졌다. 그대로 욕실을 나와 복도로 향했다. 식당을 가로질러 현관을 통해 바깥으로 나섰다. 단원들도 뒤를 이었다.

"실비!"

"실비!"

가장 먼저 트럭으로 달려간 것은 이번에도 캐시와 메건이었다. 적재함을 들여다보고는 멍한 표정으로 서로를 바라보며 외쳤다.

"앗!"

"앗!"

앨프과 그렉에 이어 나도 적재함을 들여다봤다. 적재함의 문짝 바로 앞…… 그러니까 욕실 창문에서는 보이지 않던 곳에 긴팔원숭이가 쓰러져 있었다.

위협적으로 입을 벌리고 있지만 손톱이 날아오거나 하지는 않았다. 좌우 뺨, 목, 오른쪽 팔뚝, 왼쪽 가슴, 하복부, 오른쪽 허벅지, 그 밖에도 여기저기에 상처가 벌어져 있었다.

눈은 하얗게 탁해졌고 밤색이었던 털은 검붉게 물들어 있었다.

"다들 무슨 일이야?"

뒤에서 목소리가 들렸다.

달콤한 향기가 코를 자극했다. 이것은…… '세계의 진실 박물관'의 '아름다운 요정'의 방에서 맡았던 익숙한 에센셜 오일 냄새다.

"실비!"

"살아 있었어!"

캐시와 메건이 실비를 껴안았다. 나도 가슴을 쓸어내렸다.

"뭔데 그래?"

실비는 두 사람의 손을 뿌리치고는 귀찮다는 듯 눈꺼풀을 문질렀다. 올리브색 나이트캡과 나이트가운은 어린이용이리라. 평소 늘 착용하던 황동 손목시계도 차지 않아서인지 더욱 어린아이처럼 보였다. 캐시와 메건을 상대하며 크게 하품하는 모습을 보고 어젯밤에 수면제가 있냐고 우리에게 물었던 것이 떠올랐다. 공교롭게도 아무도 가지고 있지 않았지만 친절한 그렉이 "구급상자에 있었던 것 같은데"라고 답했다. 지금까지 깨지 못한 것은 그게 이유이리라.

"침착하게 들어줘."

앨프가 경위를 설명했다. 나는 그사이에도 다시 한번 트럭 적재함을 관찰했다.

죽은 것은 블루가 틀림없어 보였다. 발끝에는 피로 범벅된 칼이 떨어져 있었다. 이것이 흉기다. 칼에 찔린 건 엠마와 같지만, 엠마가 가슴을 단번에 찔린 것과는 달리 블루는 보이는 범위에서만 열 군데 이상 찔린 상태였다.

피 웅덩이는 크지 않았다. 아니, 꽤 작은 느낌이었다. 인간보다 몸이 작다고는 해도 이렇게 많이 찔렸다면 피가 더 많이 나오지 않았을까.

엠마와 블루, 두 살인 현장 모두 피의 양이 이상하게 느껴졌다.

"그게 도대체 무슨 말이야."

돌아보니 얼굴이 새파랗게 질린 실비가 창문으로 욕실을 들여다보고 있었다.

"욕실 문과 창문은 둘 다 잠겨 있었다. 문은 그렉이 부술 때까지, 창문은 앨프가 자물쇠를 풀 때까지 열리지 않았다. 그런데 모두가 욕실에 들어갔을 때 엠마 말고 다른 사람은 없었다. 그렇게 이해하면 되는 거야?"

실비는 떨림을 억누르려는 듯 양손을 겨드랑이에 끼웠다. 네일팁이 딸깍딸깍 소리를 냈다.

아아.

그 말대로다.

지금 피의 양이 중요한 것이 아니다. 엠마가 살해당한 현장은 근본적으로 이상하다.

"그럼 엠마를 죽인 범인은 어떻게 욕실에서 빠져나온 거야?"

아이 같은 실비의 목소리가 한층 더 높아졌다.

2

죽음은 서커스의 이웃이다. 그리고 역병의 신이기도 하다.

단 하나의 죽음으로 공연이 중단되고 수백 명의 생계가 위협받는다. 그래서 서커스 단장은 이 성가신 이웃에게 세심한 주의를 기울인다.

앨프가 '도슨&졸라의 야단법석 서커스'의 단장 크리스 도슨과 알튼 졸라에게 사건을 보고한 것은 이날 오전 8시가 조금 넘은 시각이었다. 두 사람은 사건의 모든 책임이 '세계의 진실 박물관'에 있음을 앨프에게 인정하게 한 후, 후원사 경영진과 공연장 토지주에게 한 차례 보고하고 나서 오후 4시가 넘어서야 보안관 사무소에 연락을 취했다.

잠을 설친 링컨 같은 얼굴의 보안관이 현장에 도착했을 때, 엠마의 피부는 투실투실 부풀어 있었고 커다란 파리들이 소리를 내며 그 주변을 날아다니고 있었다.

엠마는 아웃도어 나이프에 찔려서 심장이 멎어 죽었다. 욕조에 몸을 담그고 있던 중 공격을 받아 그대로 사망에 이른 것으로 추정된다.

가장 먼저 의심받은 것은 실비였다. 엠마의 가슴에 꽂혀 있던 아웃도어 나이프에 실비의 지문이 묻어 있었기 때문이다.

보안관 조사에서 실비는 이 칼을 어제 아침까지 가지고 다녔다고 인정했다. 나흘 전 밤, 욕실에서 긴팔원숭이에게 습격당한 실비는 '세계의 진실 박물관'의 짐 속에서 자신을 보호할 만한 물건을 찾았다. 그리고 이 아웃도어 나이프를 발견해 나이트가운 주머니에 숨겨두었다고 한다.

어제 아침, 실비는 또다시 긴팔원숭이의 습격을 받았다. 준비했던 칼은 전혀 소용이 없었고, 오히려 원숭이에게 빼앗겨 실비를 더욱 큰 궁지로 몰아넣었다. 이 정도 대책으로는 소용이 없다는 것을 깨달은 실비는 칼을 '세계의 진실 박물관' 트럭에 되돌려놓았다고 한다.

점차 정보가 모이면서 이것이 그렇게 단순한 사건이 아니라는 점을 깨달았을 것이다. 보안관은 '세계의 진실 박물관' 단원들을 차례로 불러 지난밤의 행동을 물었다.

어제 우드브리지 커뮤니티 교회의 노먼 목사가 서커스 공연장에 나타난 것은 오후 5시가 넘어서였다. 노먼은 앨프가 일하는 트레일러로 들어가 나를 팔아달라고 요구했다. 앨프는 이를 거절하고 잠시 사무를 본 후, 혼자 술을 곁들여 저녁 식사를 하고 오후 10시쯤 숙소로 돌아갔다고 한다.

앨프가 트레일러에서 노먼과 대화를 나눌 때, 다른 단원들—나, 그렉, 실비, 캐시와 메건, 그리고 엠마를 포함한 여섯 명은 트레일러 밑에서 둘의 대화를 엿들었다.

노먼이 트레일러를 떠나자 나, 그렉, 실비 세 사람은 서커스의 대형 텐트로 향했다. 오후 공연이 끝나면 이 텐트는 단원들의 술자리 장소가 된다. 셋이서 실없는 이야기를 나누다가 도중에 엠마가 합류했지만, 동물쇼 조련사들이 끼어들어 우리는 도망치듯 텐트를 빠져나왔다. 이때가 오후 9시가 넘은 시각이다. 숙소로 돌아온 우리는 각자의 침실에서 잠자리에 들었다.

얼마 후, 저녁 식사를 마친 앨프가 트레일러에서 숙소로 올 때 엠마와 마주쳤다고 한다.

앨프와 엠마의 침실은 나란히 붙어 있다. 앨프가 방에 들어가려는데 마침 옆방에서 엠마가 나왔다. 엠마는 장난감이 담긴 양동이를 손에 들고 있었다. 친구들과의 목욕 시간에 들뜬 모습의 엠마에게 앨프는 "너무 늦게까지 놀지는 말렴"이라고 말을 걸었다.

생전의 엠마가 목격된 것은 이때가 마지막이다. 이후 욕실에 가서 장난감 친구들과 놀던 중 범인의 습격을 받은 것으로 추정된다.

문제가 된 것은 역시 문이 잠겨 있었다는 사실이었다.

서커스나 카니발에는 많은 사람이 드나든다. 정체를 알 수 없는 자, 남에게 말할 수 없는 과거를 가진 자도 적지 않다. 앨프는 엠마의 응석을 전부 받아주었지만 신변의 위험과 관련된 일에는 시키는 말을 잘 들어야 한다고 반복했다. 함부로 공연장 밖에 나가지 말 것, 모르는 사람은 따라가지 말 것, 그리고 혼자 있을 때는 반드시 문을 잠글 것, 특히 욕실이나 화장실에서는 각별히 조심할 것.

엠마는 욕실에 들어가자마자 곧장 문을 잠갔을 것이다. 설령 누군가가 왔다고 해도 옷도 입지 않고 문을 열었을 리가 없다. 하지만 엠마는 욕조 안에서 살해당했다. 범인은 어떻게 욕실에 들어갔을까? 생각할 수 있는 가능성은 하나뿐이다. 범인은 엠마가 오기 전부터 욕실 어딘가—아마도 화장대 아래의 수납장에 숨어 있었을 것이다.

엠마가 방을 나오기 직전, 앨프는 자신의 침실로 향하며 무심코 단원들의 방문을 들여다보았다고 한다. 이 문에는 작은 창문이 있어 안이 훤히 들여다보인다. 나, 그렉, 실비, 캐시와 메건의 방을 들여다보았지만 다섯 명 모두 이미 침대에 누워 있었다고 증언했다.

"오너는 조카를 사랑했다. 그런 조카를 죽인 범인을 감싸지는 않겠지. 그렇다면 단원 중에 범인은 없다는 말이 된다." 보안관의 목소리가 커졌다. "그렇다면 역시 원숭이인가?"

그 원숭이—트럭 적재함에서 발견된 긴팔원숭이 블루는 몸을 열두 군데 찔려서 실혈사했다. 적재함에 떨어져 있던 칼은 숙소에 비치된 테이블 나이프로, 손잡이에는 단원의 지문이 다수 찍혀 있었다.

긴팔원숭이의 오른쪽 손바닥에는 선 모양의 부종이 생겨 있었다. 처음에는 원인을 알 수 없어 누가 블루의 손을 묶었던 것이 아니냐는 의견도 나왔지만, 나중에 화상 자국으로 밝혀졌다. 지붕 위의 전선에 긁힌 자국이 발견되었기에 전선을 건드려 감전된 흔적이라는 결론이 내려졌다.

"동물쇼 조련사가 어젯밤 '세계의 진실 박물관'의 숙소에서 난쟁이를 공격하라고 블루에게 명령했다고 가정해보도록 하지."

보안관은 숙소에 모인 사람들에게 큰 소리로 말했다.

"하지만 블루는 결국 원숭이일 뿐이다. 블루는 두 가지 실수를 저질렀다. 하나는 난쟁이가 아니라 진짜 아이를 공격한 것. 다른 하나는 명령을 수행한 후 지붕 위의 전선을 건드린 것이다. 블루는 감전되어 의식을 잃었다. 그리고 트럭 적재함에 쓰러져 있는 중에 칼에 찔렸지."

실제로 조련사들은 이날 블루에게 실비를 공격하라고 명령한 사실은 인정했다. 하지만 칼을 쓰는 법은 가르친 적 없고, 더욱이 심장을 찌르는 짓은 불가능하다며 연루 가능성을 부인했다.

이 주장이 맞는지는 차치하고, 설령 보안관이 말하는 대로의 일이 일어났다고 해도 역시 수수께끼는 남는다.

자물쇠다.

욕실의 창문과 문은 둘 다 잠겨 있었다. 사람이든 원숭이든 엠마를 죽인 범인은 어떻게 욕실을 빠져나왔을까?

아무리 생각해도 '범인이 마법을 부렸다'라는, 실비에게 한 방 얻어맞을 것 같은 가설밖에 떠오르지 않았다.

그날 밤.

처음 엠마를 만났을 때를 떠올리며 지정된 빈방에서 시간을 보내는데, 보안관 조수가 내 이름을 불렀다. 물어볼 것이 있다고 했다.

보안관 일행은 식당을 사무실 대용으로 사용하고 있었다. 내가 문을 열자 보안관은 마피아들이나 피울 법한 두툼한 시가를 피우면서 만년필로 조서에 무언가를 끼적였다.

"너는…… 음. 해설자 꼬맹이군." 보안관은 턱수염을 잡아당기더니 곧장 놓으며 말했다. "네 가방에서 이상한 물건이 나왔다."

쌓여 있는 서류에서 두 개의 봉투를 꺼냈다. 둘 다 하늘색으로, 앞면에 작은 스티커가 붙어 있었다. 2년 전, 누나가 예언을 적은 그 봉투다.

"보낸 사람은 없다. 꽤 바랬지만, 여전히 풀로 봉해진 채야. 이건 뭐지? 보내지 못한 러브레터인가?"

보안관이 시가를 내밀었다. 재가 봉투에 떨어지며 푸슈슉 소리를 내며 탄 자국을 남겼다. 상대를 화나게 해서 속내를 털어놓게 하려는 속셈일까, 아니면 단순히 무신경한 걸까.

"왜 그래? 말 못 하겠나?"

나는 봉투를 낚아채고 싶은 충동을 참으며 솔직하게 사정을 털어놓았다. 2년 전에 죽은 누나가 우드브리지 커뮤니티 교회의 '천사의 아이'였다는 점. 사고로 목숨을 잃기 직전에 '세계의 진실 박물관'의 미래를 보았다—적어도 그렇게 말했다—는 점. 그리고 그 내용을 편지지에 적어 봉투에 봉했다는 점.

"그렇군. 그래서 목사가 굳이 너를 데려가려고 한 거군."

보안관은 벌레 사체라도 잡는 듯한 손놀림으로 봉투를 집어 들었다.

두 개의 봉투에는 둘 다 불길한 그림이 그려진 스티커가 붙어 있다. '세계 끝의 카니발'의 쇼 중 하나인 '작은 영혼의 집' 호객꾼이 나눠준 것이다.

두 봉투는 같은 제품이라 그대로는 구분되지 않는다. 그래서 그렉이 기지를 발휘해 라벨 대신 스티커를 붙인 것이다. '재앙의 풍경에 포함된 것' 봉투에는 깨진 묘비 스티커, '재앙을 불러오는 자' 봉투에는 침대 시트를 뒤집어쓴 유령 스티커가 붙어 있었다.

"예언이 유일한 유품이라. 마치 드라마 같군."

보안관은 갑자기 고개를 들더니 말했다.

"좋은 생각이 떠올랐다."

봉투를 서류 더미에 다시 내려놓고는 나가라는 듯 시가를 흔들었다.

3

다음 날.

시리얼과 우유뿐인 아침을 목구멍에 밀어 넣는데 보안관 조수가 우리를 다시 식당으로 호출했다.

"이번 사건은 너무 수수께끼투성이다. 이 세상의 이치로는 설명할 수 없지. 그래서 전문가의 협조를 구하게 되었다."

보안관은 과장되게 헛기침하더니 늙은 목사의 어깨에 손을 얹었다.

"도대체 어쩔 셈이오?"

앨프가 목소리를 높였다. 나도 같은 기분이었다.

"이분은 오랜 자선 활동과 함께 세상의 이치로는 설명할 수 없는 기괴한 현상을 연구해왔다. 세속과 신비, 현실과 초현실, 두 세계에 정통하신 분이지. 이번 사건 수사에 이보다 더 적합한 사람은 없다."

그 남자, 우드브리지 커뮤니티 교회의 노먼 목사는 '세계의 진실 박물관' 일동을 둘러보며 겸허한 표정으로 가슴에 손을 얹었다.

"엊그제 오너를 찾아왔을 때만 해도 이런 일이 벌어질 줄은 몰랐습니다. 하지만 이것도 주님이 인도하신 거겠죠. 보안관님의 기대에 부응할 수 있도록 최선을 다해보겠습니다."

그로부터 세 시간 반, 노먼과 보안관은 식당에 틀어박혔다.

이때 사건에 대해 충분한 설명을 들었으리라. 12시 전에 식당을 나온 노먼은 당당하게 허리를 펴고 단원들의 침실로 발걸음을 옮겼다.

"그렇군. 과거 스트립 극장이었던 무렵, 이곳은 댄서들의 대기실이었나 보네."

누구라도 한눈에 알 수 있는 말을 하며 의기양양하게 방에 들어섰다. 30여 분 동안 여섯 개의 방을 둘러본 후 곧장 현장인 욕실로 향했다.

"흐음. 이곳은 끔찍한 곳이네. 죽은 자의 신음이 소용돌이치는 것 같아."

안내를 맡은 보안관 조수를 밖에 세워둔 채 욕조를 앞에 두고 성호를 그었다. 손으로 코와 입을 가린 채 빨간 물을 들여다본 후, 갑자기 이쪽을 바라보았다.

"마치 무대 배우가 된 기분이야. 그렇게 뚫어지게 쳐다보면 차분하게 생각할 수가 없잖아."

화장대로 다가와 수납장 문을 열었다. 갑자기 들어온 빛에 나는 눈을 가늘게 떴다.

"엿보기인가? 앞날이 걱정되네. 역시 교회에서의 가르침이 부족했던 것 같군."

먼지가 쌓인 수납장을 들여다보고는 "거참"이라 말하며

뒤통수를 쓰다듬었다.

"도대체 무슨 짓을 하려는 거죠?"

나는 수납장 안에서 노먼을 노려보며 물었다.

"아무것도. 그저 오랜 친구의 기대에 부응하려고 하는 것뿐이야."

"당신 같은 사람이 아무 이유 없이 귀찮은 일에 끼어들 리 없어요."

"도대체 나를 얼마나 탐욕스러운 인간으로 보는 거지?" 노먼은 어깨를 으쓱했다. "괜찮아. 그렇게 나를 믿지 못하겠으면 이 방에 조금 더 있어도 돼. 그리고 동료들에게 보고해. 십자가를 목에 건 셜록 홈스는 열심히 현장을 살폈을 뿐, 수상한 낌새는 보이지 않았다고 말이야."

문 쪽으로 돌아서더니 천천히 허리를 굽혔다.

이 남자를 따라다니는 것은 짜증이 나지만 지금은 이상한 짓을 못 하게끔 감시하는 것이 최우선이다. 나는 수납장에서 기어 나와 뒤에서 노먼의 시선을 따랐다.

그렉이 부순 문은 지금도 그대로였다. 손잡이 근처에 찢긴 흔적이 겹쳐져 있고, 작은 구멍이 뚫려 있었다.

문 주변에는 다양한 물건이 있었다. 수건을 넣은 등나무 바구니, 몬스테라 화분, 막대기 형태의 온습도계, 마시다 만 위스키병은 실비가 가지고 온 것이리라. 거기에 작은 나뭇조각, 즉 문짝 파편이 떨어져 있었다.

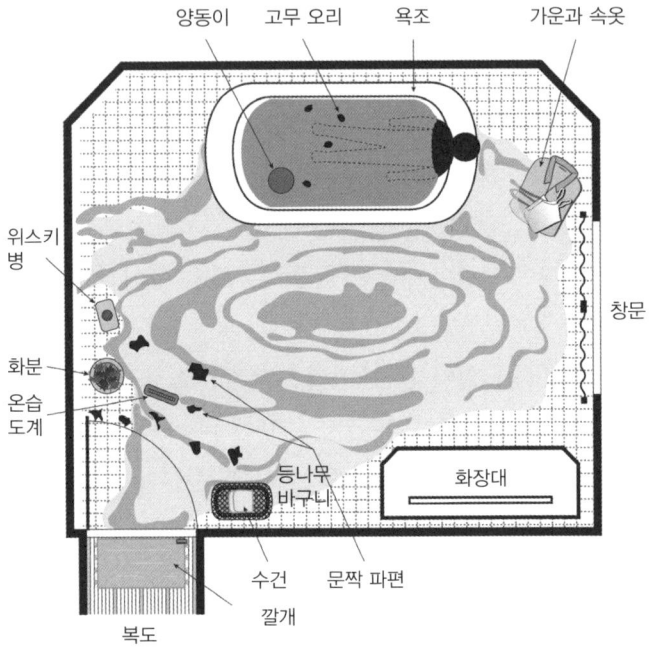

노먼은 하나하나 훑듯이 바라보고는 턱을 괸 채 말했다.

"피가 묻은 것과 묻지 않은 것이 있군."

확실히 등나무 바구니와 화분, 위스키병은 바닥이 빨갛게 오염된 것에 비해 온습도계와 문짝 파편에는 피가 묻어 있지 않은 듯했다.

하지만.

"그거야 당연하죠."

둘의 차이는 바닥에 놓인 타이밍이다. 피가 섞인 물이 흘렀을 때 거기에 있던 물건과 바닥이 마른 후 그렉이 문을 부술 때 바닥에 떨어진 물건은 당연히 얼룩이 다르게 생길 수밖에 없다.

등나무 바구니와 화분은 '세계의 진실 박물관' 일행이 이 숙소에 온 엿새 전부터 거기에 있었다. 위스키병도 2, 3일 전부터 놓여 있었다. 그렇기에 그저께 밤, 욕조에서 피가 섞인 물이 흘러넘쳤을 때 바닥이 붉게 물들었으리라.

한편 온습도계와 문짝 파편이 바닥에 떨어진 것은 어제 아침 그렉이 문을 부쉈을 때다. 온습도계는 문 한가운데에 있는 알루미늄 고리에 걸려 있었기에 그렉이 몸을 부딪혔을 때 튕겨 나갔을 것이다.

앨프가 이상 징후를 발견하고 우리가 달려갔을 때는 이미 엠마가 공격을 당한 지 상당한 시간이 지나 있었다. 엠마가 욕실로 향한 것은 전날 오후 10시경. 그렉이 문을 부순 것은 이튿날 오전 7시가 넘어서였으니 그사이에 대략 아홉 시간이 지났다는 말이 된다. 바닥에 넘친 물은 그사이에 거의 말랐으리라. 문 앞의 깔개도 내가 손잡이를 돌렸을 때는 거의 말라 있었다.

"그 말이 맞겠지." 노먼은 고무장갑을 끼며 "다만 신경 쓰이는 게 하나 있어." 허리를 굽히고 온습도계 밑에 손을 넣었다. 잡아당기듯 집게손가락을 움직여서 "이거야." 허리를 펴고 손바닥을 열었다. 작은 장난감이 놓여 있었다.

천사와 괴물

그것은 나무로 만든 고양이였다. 단순한 모양으로, 작은 귀가 달린 머리와 둥근 몸통이 있을 뿐. 그래도 확실히 고양이라는 것을 알 수 있으니 신기한 일이다.

엠마가 이 고양이와 노는 모습을 본 적이 있다. 이것은 분명 겁쟁이 고양이다. 엉덩이에 자석이 박혀 있어 파트너인 쥐가 쫓아오면 고양이인데도 불구하고 도망치는 녀석이다.

"엠마 양이 가져온 친구 중 하나겠네."

노먼은 손바닥을 얼굴 높이로 들어 올리고는 말했다.

"그저께보다 더 앞서 떨어져 있었을 가능성도 있지만, 어느 쪽이든 엠마 양이 살해당했을 때는 이미 바닥을 굴러다니고 있었겠지. 하지만 봐. 이 장난감에는 피가 묻어 있지 않아."

노먼은 집게손가락으로 고양이를 뒤집어 보여주었다. 확실히 피가 묻어 있지 않았다. 약간의 얼룩도 찾아볼 수 없었다. 설마 사건 이후에 누군가가 가지고 왔을 것 같지는 않은데, 이게 어찌 된 일일까.

노먼은 뿌루퉁한 표정으로 고양이를 이리저리 뜯어본 후 화장대 위에 손수건을 깔고 그곳에 고양이를 놓았다.

"이것만으로는 알 수 없네. 여기서는 탐정 역할답게 범행 과정을 추적해봐야겠어."

손을 비비며 욕실을 둘러보고는 말을 이었다.

"그저께 오후 10시쯤. 엠마 양은 장난감이 담긴 양동이를 들고 욕실을 찾아왔어. 그녀는 욕조에 물을 채우고 오리 친구와 함께 논 것으로 보여."

그럴싸한 표정으로 욕조를 들여다본다. 욕조는 스테인리스 재질의 1인용이다. 엠마의 시체는 보안관 조수의 손에 의해 옮겨졌지만, 고무 오리나 플라스틱 양동이는 물 위에 그대로 떠 있는 상태였다.

"그때 갑자기 범인이 습격했지. 다만 엠마 양은 항상 문을 잠갔고 목욕 중에 사람을 들이지도 않았어. 범인은 미리 욕실 안, 아마 저기에 숨어 있었겠지."

노먼은 내가 숨어 있던 화장대 아래의 수납장을 한번 훑어보고 다시 욕조로 시선을 돌렸다.

"범인은 준비해온 아웃도어 나이프를 엠마 양의 가슴에 찔러넣었어. 엠마 양은 필사적으로 저항했을 거야. 이때 피가 섞인 물이 바닥으로 흘러넘쳤겠지."

시선은 바닥에서 문으로 향했다. 빨간 물이 흐른 흔적이 문밖까지 이어져 있었다.

"그리고 범인은……." 목소리가 멈췄다. "어떻게 사라졌을까."

몇 번 시선을 왕복한 후, 욕조 옆으로 눈길을 돌렸다.

"이제 와서 하는 말이지만, 여섯 살짜리 아이에게 이 욕조는 너무 깊지 않나?"

주머니에서 줄자를 꺼내 욕조 벽에 늘어뜨렸다. 욕조 자체의 높이는 28인치(약 71.1센티미터). 수면에서 바닥까지의 깊이는 18인치(약 45.7센티미터)였다. 물론 지금은 엠마의 시체가 옮겨졌기에 그 부피만큼 수위가 낮아진 셈이다.

노먼은 수첩에 수치를 적고는 나를 바라보며 말했다.

"역시 아이가 들어가기에는 너무 깊은 것 같은데."

사정을 설명하라는 뜻인 듯했다. 그냥 무시할까도 생각했지만, 너무 유치하게 굴어도 어쩔 수 없다는 생각에 솔직하게 대답했다.

"바닥에 나무판이 깔려 있거든요."

노먼의 말이 맞다. 엠마는 물론이고, 난쟁이인 실비나 샴쌍둥이인 캐시와 메건에게도 이 욕조는 너무 깊다. 그래서 숙소에 도착한 둘째 날 밤, 그렉이 낡은 무대 세트에서 널빤지를 잘라 욕조 바닥에 깔아주었다. 그렉 자신에게는 비좁겠지만 동료의 안전을 위해서는 어쩔 수 없었을 것이다.

"그렇군. 가난한 사람의 지혜네."

노먼은 일일이 밉살맞게 대꾸하며 욕조 안에 줄자를 늘어뜨렸다. 24인치(약 61센티미터)까지 들어가자 테이프가 멈췄다. 이것이 널빤지로 바닥을 높인 후의 욕조 깊이다. 수면에서 바닥의 널빤지까지의 깊이는 14인치(약 35.6센티미터)였다.

"어라."

노먼이 좌우로 줄자를 움직였다. 끝에 무언가가 닿은 듯했다. 몇 번 같은 동작을 반복한 후, 셔츠 소매를 걷어 올리고 물에 팔을 집어넣었다.

"이건……." 물에서 손을 꺼냈다. 작은 장난감을 쥔 채였다. "거북이군."

그건 수지로 만든 거북이었다. 그저께 그렉이 선보인 마법—새끼 개구리를 하루 만에 어른으로 만드는—에서 사용한 것과 같은, 물을 빨아들이면 부푸는 장난감이다. 이 거북도 꽤 커진 상태였다.

"엠마 양에게는 친구가 많았나 보군."

거북에게 눈을 돌리고는 "응?" 하고 젖은 배를 쓰다듬었다. 자세히 보니 거북의 배가 완전히 찢겨 있었다. 진짜 거북이었다면 내장이 전부 쏟아져나왔을 것이다.

"흉기인 칼이 꽂혔던 거 아닌가요?"

생각이 입 밖으로 흘러나왔다.

"그렇군." 노먼은 줄자의 테이프를 펼쳐서 배의 갈라진 틈새에 넣었다. "1.2인치(약 3센티미터)." 나를 보더니 "보안관에게 들은 칼날 폭과 같아."

정답이었다.

범인은 필사적으로 저항하는 엠마를 죽이고자 여러 번 칼을 휘둘렀을 것이다. 그중 한 번이 거북의 배에 꽂혔으리라.

노먼은 화장대 위 손수건에 거북을 올려놓고 다시 물속에 팔을 넣었다. 천천히 팔을 움직여 욕조 바닥을 휘저었다. 불가사리, 게, 문어, 해마 등 오른쪽에서 왼쪽으로 여기저기에 여러 장난감이 가라앉아 있었지만 상처가 있는 것은 거북뿐이었다.

노먼은 물에서 팔을 꺼내 수건으로 닦았다. 내가 장난감 찾기는 그쯤이면 되지 않았냐고 비아냥거리려고 했을 때, 노먼이 다시 욕조에 얼굴을 가까이 가져갔다.

"어라."

욕조 왼쪽 끝, 가장자리에서 3인치(약 7.6센티미터) 정도 떨어진 곳에 작은 구멍이 뚫려 있었다. 수도꼭지를 열어두어도 물이 넘치지 않도록 가장자리 약간 아래쪽에 뚫려 있는 물 넘침 방지 구멍이다. 노먼은 허리를 굽혀 거기에 손가락을 넣었다. 몇 번인가 손가락을 바꾸더니, "오!" 하며 허리를 펴고 손바닥을 벌렸다. 아니나 다를까, 장난감이 있었다.

"이건 전함이네."

노란색 플라스틱으로 만든 새끼손가락만 한 배였다. 물에 뜨도록 속이 비어 있다는 사실을 알 수 있었다. 구조는 고무 오리와 같지만, 오리의 부리 대신 작은 대포가 달려 있었다.

"전함 케이트 로즈호예요." 나는 엠마가 포격 명령을 내리는 것을 들은 적이 있었다. "케이트 로즈는 엠마의 엄마 이름이고요."

점쟁이를 믿었다가 엄청난 빚을 지고 딸을 남겨둔 채 자살한 여성이다.

"이건…… 매우 아끼던 물건이겠네."

노먼은 그럴싸하게 눈썹을 깔고 전함을 바라보았다. 갑자기 눈을 번뜩이더니 대포를 들어 올렸다. 뒤에서 들여다보니 대포와 갑판 사이가 새빨갛게 물들어 있었다. 물에 희석된 피와는 색의 농도가 달랐다. 상처에서 나온 피가 그대로 묻은 듯했다.

"흥미롭군."

정말로?

그럴듯한 단서를 모으며 탐정 기분을 즐기려는 거 아니고?

"엠마의 장난감이 그렇게 중요한가요?"

내가 빈정대자 노먼이 답했다.

"엠마 양은 친구들을 사랑했어. 그들도 엠마 양을 사랑했겠지. 여기 보게. 슬픔의 목소리가 들리지 않나? 장난감의 목소리에 귀를 기울이는 것이야말로 진실을 아는 지름길이지."

그런 소리는 들리지 않는다. 노인병 아니야?

노먼은 잠시 화장대에 놓인 장난감을 바라보더니 갑자기 목소리를 높였다.

"아, 이럴 수가. 역시 주님은 계시는군. 그리고 믿는 자를 구원하시지."

"이번엔 뭔데요?"

내가 한숨을 내쉬며 말하자 노먼은 가슴의 십자가를 잡고 이마에 가져다 댔다.

"뭐인 것 같아? 수수께끼가 풀렸다."

교회당 제단에 섰을 때와 같은 자신감 넘치는 몸짓이었다.

4

"먼저 여러분의 머릿속에 가장 먼저 떠올랐을 의문부터 답해드리죠." 노먼은 우스꽝스러운 몸짓을 하며 말을 꺼냈다. "왜 딱딱한 표정으로 성서를 읽는 것밖에 할 줄 모르는 목사가 살인사건 수사라는 비전문적인 일을 맡았을까?"

노먼은 녹슨 미러볼을 등지고 일행을 둘러보았다. '세계의 진실 박물관' 일동—앨프, 그렉, 실비, 캐시와 메건, 나, 그리고 보안관과 두 명의 조수까지 아홉 명이 무대를 둘러싸고 있었다. 과거 이곳이 스트립 극장이었던 시절에는 매일 밤 이런 광경이 펼쳐졌을 것이다.

"저는 이치를 아는 목사입니다. '천리안의 사나이'처럼 말만 번지르르하게 늘어놓는 사기꾼이 아니죠. 현장의 단서를 바탕으로 논리적으로 범인을 찾아낼 겁니다."

다만, 하고 손바닥을 가슴에 댔다.

"제가 주님을 섬기는 사람인 것도 사실입니다. 제가 보안관님의 의뢰를 받아들인 이유 중 하나는 그것이 신앙인으로서의 사명이라고 생각했기 때문입니다."

젠체하듯 크게 숨을 들이마시고는 말을 이었다.

"저는 이 사건의 범인을 찾아내어 '천사의 아이' 홀리 올슨의 힘을 증명하고자 합니다."

1초 후, 모든 시선이 나를 향했다.

누나의 힘을 증명한다고? 도대체 무슨 소리지?

"홀리 올슨은 2년 전, 여러분께 두 가지 예언을 남겼습니다. 바로 이것입니다."

노면은 주머니에서 두 개의 봉투를 꺼냈다.

"'세계의 진실 박물관'에 재앙이 닥칠 것을 깨달은 홀리는 '재앙의 풍경에 포함된 것'과 '재앙을 불러오는 자', 두 개의 예언을 적었습니다.

보안관에게 사건 개요를 듣고 저는 확신했습니다. 이 사건이야말로 홀리가 예언한 재앙이라고요. '재앙의 풍경에 포함된 것'이란 엠마 양이 살해된 현장에 있던 것을 말하겠죠. 그리고 '재앙을 불러오는 자'란 엠마 양을 죽인 범인일 테고요.

이 두 가지 예언 중 중요한 건 말할 필요도 없이 후자, 엠마 양을 죽인 범인 쪽입니다."

유령 스티커가 붙은 봉투를 들었다.

"'세계의 진실 박물관'의 가장 실력 있는 해설자이자 홀리의 동생이기도 한 월트 군은 누나의 유품인 봉투를 개봉하지 않고 지금까지 보관했습니다. 보안관님도 개봉하지 않았죠. 물론 저도요. 이 안에 누구의 이름이 적혀 있는지 아는 사람은 하늘나라에 있는 홀리뿐입니다."

앨프가 "이리 줘보쇼" 하고 손을 내밀었다. 노먼이 봉투 두 개를 건넸다.

"저는 지금부터 논리적 추론을 통해 엠마 양을 죽인 범인을 밝혀낼 겁니다. 그 후에 봉투를 열고 편지를 꺼내봅시다. 거기에 범인의 이름이 올바르게 적혀 있다면 홀리는 2년 전에 이미 이 사건의 진상을 간파했다는 뜻이 됩니다. 그렇다면 예언을 싫어하는 앨프 씨도 그녀의 힘을 인정해주시겠죠."

앨프는 두 개의 봉투 겉면을 살피고 옆의 그렉에게 넘겼다. 실비, 캐시, 메건을 거쳐 나에게 봉투가 돌아왔다.

나는 봉투를 구석구석 관찰했다. 둘 다 풀로 봉인된 상태였다. 뜯었다가 다시 붙인 흔적도 없었다. 종이는 두꺼워서 창문에 대고 햇빛에 비춰도 속이 보이지 않는다. 주름과 모서리의 접힌 자국, 살짝 흘러나온 풀의 흔적 등도 낯익었기에 가짜라는 의심은 들지 않았다.

"괜찮으신가요?"

노먼은 내 손에서 봉투 두 개를 받아들고 옆의 테이블에 놓았다.

"우선 '재앙의 풍경에 포함된 것'부터 맞혀봅시다. 이쪽은 재앙이 찾아온 시점에 이미 정답이 정해져 있으니까요.

'재앙의 풍경'이란 현장인 욕실을 의미하므로 '풍경에 포함된 것'으로 생각할 수 있는 것은 욕조, 피, 장난감, 칼 등일 테죠. 한 발짝 물러서서 바라보면 화분, 온습도계, 위스키병 등도 '풍경'에 포함될 수 있을지 모릅니다. 하지만 하나로 좁히자면 엠마 양의 온몸을 뒤덮고 있던 것, 즉 피가 아닐까 합니다. 바로 확인해보죠."

노먼은 주머니에서 봉투칼을 꺼내 묘비 스티커가 붙은 봉투 덮개 사이에 꽂았다. 칼을 옆으로 잡아당겨 풀을 뜯어냈다.

2년간 열리지 않았던 봉투가 투둑 하고 싱겁게 열렸다.

"정답은……." 덮개를 열고 반으로 접힌 편지지를 꺼냈다. 그것을 펼치고 외마디 감탄사와 함께 눈썹을 치켜들었다. "물……입니다."

숨을 삼켰다.

욕실 광경이 떠올랐다. 엠마의 시체는 빨간 물속에 가라앉아 있었다. '재앙의 풍경에 포함된 것'으로 이 이상 어울리는 것은 없다.

그렇게 생각했지만.

"시답잖네. 전혀 놀랄 일이 아니야." 실비는 '그렇죠?'라고 묻듯 앨프에게 미소를 지었다.

"어떻게든 해석할 수 있는 모호한 말로 무언가를 알아맞힌 것처럼 속이는 거야. 사기꾼의 전형적인 수법이지."

"물은 충분히 구체적이지 않나?"

보안관이 목사의 편을 들었다.

"진심으로 하는 말이야?" 실비는 목소리를 높였다. "우리 생활은 물에 둘러싸여 있어. 아열대인 사우스캐롤라이나는

1년 내내 비가 와. 습지나 호수도 많지. 2년 전, 월트의 누나가 찾아왔던 '세계 끝의 카니발' 공연장은 폴리 해변이었어. '세계의 진실 박물관'에서 일하고 싶다고 말한 그녀에게 앨프는 앞으로 해안을 따라 북상할 예정이라고 밝혔고 말이야. 서커스에 온 아이들은 대개 레몬 워터를 사 마시고 공연자들은 틈만 나면 독한 술을 마시지. 사방이 물, 물, 물로 가득 차 있어. 우리에게 어떤 재앙이 닥치더라도 그걸 물과 연관 짓는 건 쉬운 일 아닐까?"

"좋습니다."

노먼은 아이를 달래듯 손을 위아래로 흔들었다.

"무슨 말인지 잘 알겠습니다. 저는 이 예언이 사기라고는 생각하지 않지만, 더 논쟁을 벌여봐야 입씨름에 그치겠죠. 다음으로 넘어갑시다."

편지지를 반으로 접어 테이블에 내려놓았다. 그러고는 다른 봉투를 집어 들고 유령 스티커를 가리켰다.

"이 편지지에는 '재앙을 불러오는 자'가 적혀 있습니다. 이번에는 사람의 이름이니 속임수는 통하지 않겠죠.

하지만 이 봉투를 열기 전에 우선 제가 찾아낸 사건의 진상을 말씀드리겠습니다."

주머니에 손을 넣고 무언가를 감싼 손수건을 꺼냈다.

"어제 현장인 욕실을 조사할 때 저는 장난감 몇 개를 발견했습니다. 그중 하나, 문 앞에 떨어져 있던 작은 장난감이 저에게 엠마 양을 죽인 범인을 가르쳐주었죠. 바로 이겁니다."

손수건을 펼치고 나무 장난감을 꺼냈다. 캐시와 메건이 펄쩍 뛰어올랐다. "고양이야!", "겁쟁이 고양이야!"

"이건 나무로 만든 고양이로, 엉덩이 부근에 자석을 박아 넣은 장난감입니다. 건방진 쥐와 세트로 구성되어 있어서 쥐가 쫓아가면 고양이임에도 도망치는 장난감이죠.

욕실 문 주변에는 다양한 물건이 있었습니다. 수건이 담긴 등나무 바구니, 몬스테라 화분, 위스키병, 온습도계, 그리고 그렉 씨가 부순 문짝 파편. 이 고양이도 그런 물건들과 함께 굴러다니고 있었습니다."

"엠마는 욕실에 장난감을 가지고 갔소. 그중에 겁쟁이 고양이가 있더라도 이상하지는 않은데."

앨프가 무뚝뚝하게 말했다. 노먼은 살짝 고개를 끄덕였다.

"말씀하신 대로입니다. 문제는 이 고양이 자체가 아닙니다. 문 주변의 물건을 관찰하는 동안 저는 그것들을 둘로 나눌 수 있다는 사실을 깨달았죠. 피가 묻은 것과 묻지 않은 것입니다. 등나무 바구니, 화분, 위스키병은 밑바닥 언저리에 피가 묻어 있었지만, 온습도계와 문짝 파편에는 묻어 있지 않았죠.

이 두 가지는 엠마 양이 살해당했을 때 거기에 놓여 있었는가 아닌가로 구별할 수 있습니다. 등나무 바구니, 화분, 위스키병은 원래부터 바닥에 놓여 있었지만, 온습도계와 문짝 파편은 그렉 씨가 문을 부쉈을 때 바닥에 떨어진 겁니다. 엠마 양이 욕실에 간 게 오후 10시쯤이었죠. 그렉 씨가 문을 부순 건 다음 날 오전 7시가 넘어서였으니 그 시점에는 피가 다 말랐겠죠. 그래서 그곳에 물건이 떨어져도 얼룩이 묻지 않았을 겁니다."

그렇다면, 하고 말하며 고양이를 들어 올렸다.

"이 고양이는 어떤가요? 보시다시피 어디에도 피가 묻지 않았습니다. 엠마 양이 공격을 받아 욕조에서 피가 섞인 물이 흘러넘쳤을 때, 이 고양이는 아직 바닥에 떨어지지 않은 상태였다는 뜻이 됩니다.

그렇다면 피가 마른 후 누군가가 현장에 이 고양이를 두고 간 걸까요? 하지만 굳이 이런 장난감을 바닥에 놓고 갈 이유는 없죠. 그렇다면 온습도계나 문짝 파편과 마찬가지로 이 장난감도 그렉 씨가 문을 부쉈을 때 바닥에 떨어진 걸까요? 하지만 보시다시피 머리와 몸통이 전부인 단순한 모양새니까 온습도계처럼 문의 후크에 걸 수도 없습니다. 접착제 같은 걸 붙인 흔적도 없고요."

"그럼 도대체 뭔데?"

그렉이 입술을 삐죽였다.

노먼은 고양이를 뒤집어 엉덩이를 이쪽으로 향했다.

"이 고양이의 엉덩이에는 자석이 박혀 있습니다. 엠마 양이 공격을 받아 욕조에서 물이 넘쳤을 때 이 장난감은 어떤 금속에 달라붙어 있었어요. 덕분에 핏물을 뒤집어쓰지 않을 수 있었던 겁니다."

그렇구나.

나는 무심코 무릎을 쳤다. 하지만.

"그 주변에 자석이 붙을 만한 물건은 없었어. 문은 참나무로 되어 있고, 후크도 알루미늄이라 자석이 붙지 않을 거야."

실비가 곧장 반박했다.

"말씀하신 대로입니다. 하지만 엠마 양이 살해당했을 때는 분명 거기에 자석이 붙을 만한 금속이 있었습니다. 그런데 사건 후 제가 조사했을 때는 사라진 채였죠. 그렇다면 여러분이 욕실로 들이닥친 후, 범인이 몰래 그것을 숨겼다는 말이 됩니다."

그렉이 숨을 가쁘게 몰아쉬었다. "그것이 대체 뭔데?"

"엠마 양은 잠긴 욕실에서 살해당했죠. 하지만 거기에 범인의 모습은 없었습니다. 그렇다면 범인은 어떤 공작을 통해 밖에서 문이나 창문을 잠갔거나 혹은 그렇게 보이게 했다는 말이 됩니다. 문 근처에 있던 그것은 이 공작에 사용된 물건이었겠죠.

그것이 무엇인가. 그것은 자석이 붙는 금속으로 만들어졌고 '세계의 진실 박물관' 여러분이 쉽게 손에 넣을 수 있는 물건이었을 겁니다. 저는 조서에 적힌 여러분의 소지품을 하나하나 떠올려봤습니다. 그리고 쇼에 사용하던 소품 중에

이 공작에 딱 맞는 금속 물건이 있던 것을 깨달았습니다."

노먼은 무대 뒤로 손을 뻗어 쇠막대를 꺼내며 말했다.

"이겁니다."

그것은 그렉이 쇼에서 사용하던 물건이었다. 술이 없는 것에 화가 난 척하며 쇠창살에서 떼어내어 양손으로 구부리는 바로 그것이다. 당사자인 그렉은 무슨 말을 들은 것인지 알 수 없다는 표정으로 모든 사람의 얼굴을 둘러보며 미친 듯 눈을 깜빡였다.

"욕실 문과 복도에 관해 몇 가지 확인해둘 것이 있습니다. 욕실 문은 꽉 막혀 있지 않았죠. 피가 섞인 물이 흘러나온 것만 보아도 알 수 있듯, 문 아래에는 작은 틈이 있었습니다. 또 복도 바닥에는 바닥과 평행하게 직사각형 판자가 깔려 있고, 이 판자 사이에도 작은 틈이 있었습니다. 그리고 문 앞에는 깔개가 깔려 있었죠."

우리가 욕실 앞에 모였을 때, 문 앞 바닥에 빨간색과 밤색 줄무늬가 생겨 있었다. 욕실에서 흘러나온 빨간 물이 판자 틈새로 흘러 들어갔기 때문이다.

"범인이 한 일을 정리해보죠. 엠마 양을 죽인 범인이 가장 먼저 한 일은 욕조에서 피가 섞인 물을 흘려보내 문 바깥까지 빨간 자국을 남기는 일이었습니다. 이 이유는 나중에 말하겠지만, 어쨌든 곧장 문에 공작을 해서 바닥에 흔적을 남겨서는 안 됩니다. 잠시 창문을 열어 바닥의 물이 건조되기를 기다린 후 다음 작업에 들어갔겠죠.

 범인은 미리 L자 형태로 구부린 쇠막대를 준비했습니다. 이 쇠막대를 문 밑으로 통과시켜 복도로 내보냈죠. 이때 욕실 쪽에서는 쇠막대와 바닥이 수직을 이루도록, 복도 쪽에서는 평행이 되도록 합니다. 그리고 쇠막대를 당겨 문을 닫습니다. 여기서 중요한 건 문 아래에서 나온 쇠막대를 바닥 판자의 틈새에 끼우는 것이죠. 마무리로 깔개를 깔아 쇠막대를 감춥니다. 이것으로 공작은 끝납니다.

 이렇게 해두면 손잡이를 돌려도 문이 열리지 않습니다. 무언가 걸려서 움직이지 않는다는 느낌만 손에 전해지죠. 문을 열려고 하는 사람은 잠겨 있다고 생각하게 되는 겁니다."

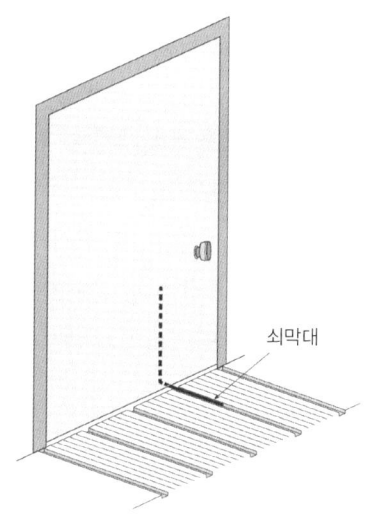

캐시가 "응?" 하고 입술을 내밀었고 메건이 "왜?"라며 머리를 긁적였다. 나도 같은 기분이었다.

"밖으로 나올 때는 여닫을 수 있었잖아요. 왜 안으로 들어갈 수는 없는 거죠?"

"판자 사이에 끼움으로써 쇠막대의 방향이 고정되기 때문입니다. 문은 경첩을 중심으로 호를 그리듯 움직이지 않나요? 쇠막대가 마루판에 끼워져 있지 않으면 누가 문을 90도 열면 쇠막대도 다른 방향으로 90도 움직입니다. 하지만 쇠막대는 마루판에 끼워져 각도가 고정된 상태죠. 이 때문에 호를 그리듯 움직일 수 없습니다. 따라서 쇠막대는 그곳에 고정되고, 쇠막대로 고정된 문도 움직이지 않게 되는 것이죠."

질문이 나올 것을 예상했으리라. 노면의 대답은 거침이 없었다.

"다만 이 공작에는 한 가지 문제가 있습니다. 문을 부수고 욕실로 들어간 시점에 아무 조치도 취하지 않으면 바로 쇠막대의 존재를 들킨다는 점입니다. 여기 계신 분 중에 문에 끼인 쇠막대를 보신 분 계신가요? 없으시죠? 왜냐하면 문이 부서지자마자 범인이 재빨리 숨겼기 때문입니다."

"어떻게?"

실비가 목소리를 높였다.

"간단합니다. 수직으로 서 있던 쇠막대를 옆으로 90도 쓰러뜨린 겁니다."

노먼은 봉투칼을 세우더니 옆으로 쓰러뜨렸다.

"범인은 욕조에서 피가 섞인 물을 흘려 문밖까지 흔적을 남겼습니다. 그렇게 함으로써 이변을 깨달은 단원들이 문앞에 모이도록 유도한 거죠.

다만 지나가던 단원이 금방 위화감을 느낄 정도로 문 아래를 빨갛게 물들이기에는 엠마 양의 시신에서 흘러나온 피만으론 부족할 것 같았죠. 무언가 좋은 방법이 없을까 생각하던 중 전선을 건드려 기절한 긴팔원숭이를 발견한 거겠죠. 그래서 그 원숭이의 온몸을 찔러 용기에 피를 모아 그것

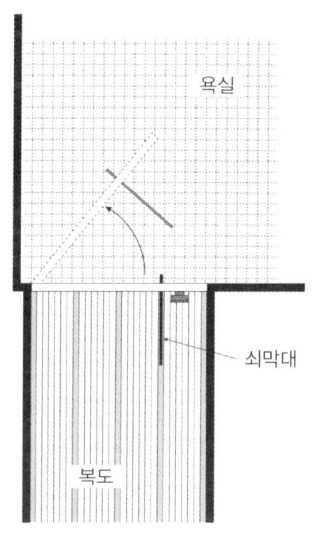

을 욕조에 부었습니다."

 욕조의 물은 엠마가 가슴을 한 군데만 찔렸음에도 바닥이 보이지 않을 정도로 새빨갰다. 반면 트럭 적재함의 피 웅덩이는 긴팔원숭이가 전신을 열두 군데 찔렸음에도 묘할 정도로 작았다. 범인이 긴팔원숭이의 피를 욕조에 부었다면 두 가지 불가사의한 상황을 설명할 수 있다.

"실제로 몇 시간 후 범인의 계획대로 문 앞에 단원들이 모였습니다. 누가 욕실 안에서 피를 흘리고 있다. 하지만 문이 열리지 않는다. 문을 부술 수밖에 없다. 이렇게 되면 단원 중 누가 그 역할을 맡게 될지는 명백하겠죠."

 모두의 시선이 그렉에게 향했다.

"범인은 문을 부수고 나서 자물쇠를 푸는 척하며 문의 찢긴 틈으로 팔을 집어넣어 쇠막대를 옆으로 밀어 쓰러뜨렸습니다. 그리고는 다시 자물쇠를 딸깍딸깍 소리 내며 푸는 시늉을 한 후, 팔을 빼고 문을 열었습니다.

 바닥에 딱 붙이면 쇠막대가 쉽게 눈에 들어오지는 않죠. 더군다나 단원들의 눈은 욕조에 있는 엠마 양에게 집중될 테니 문 아래의 쇠막대가 눈에 띌 가능성은 거의 없습니다. 만에 하나 누가 단서가 될 만한 것을 찾아 주변을 살피더라도 그때는 욕조의 오리나 거북이 적당히 눈속임이 되어줄 겁니다."

 참고로, 라며 겁쟁이 고양이를 손에 들고 말을 이었다.

"쇠막대에 붙어 있던 이 아이가 바닥에 떨어진 것도 이때입니다. 이미 물이 말라 있었기에 핏자국이 묻지 않았죠.

나머지는 단원 여러분이 욕실을 떠나기를 기다렸다가 쇠막대를 뽑아 자신의 방에 던져 넣으면 그만입니다. 여러분이 계속 욕실에 머무르면 곤란하겠지만, 여기서도 범인은 긴팔원숭이를 이용했습니다. 창문 커튼 틈새로 보이는 부근, 즉 밖에 세워진 트럭 적재함에 작은 피 웅덩이를 만들어둔 거죠. 다만 사체가 욕실에서 보이지 않도록 적재함 문짝 뒤에 숨겨두었죠. 이렇게 다른 피해자가 있을지도 모른다는 착각을 불러일으켜 단원들이 밖으로 나가도록 유도한 겁니다."

노인이 말을 끊었다.

그렉은 연신 큰 손바닥으로 얼굴의 땀을 닦았다. 혼자 한여름의 텐트 안에 있는 것 같았다.

"그럼 그런 일을 할 수 있는 건 누굴까요? L자 모양으로 구부러진 쇠막대를 준비할 수 있는 사람. 문을 부수고 자물쇠를 푸는 시늉을 할 수 있는 사람. 그리고 방에 쇠막대가 굴러다녀도 쇼의 소품이라고 변명할 수 있는 사람. 그건 물론 그렉 씨, 당신입니다."

굽은 손가락이 그렉을 가리켰다.

그렉은 무언가 말하려는 듯 입을 열었지만 아무리 기다려도 말이 나오지 않았다.

천사와 괴물

"그렉에게는 알리바이가 있어."

보다 못하겠다는 듯 실비가 지원 사격을 했다.

"엠마는 앨프 삼촌의 말을 잘 지켰어. 욕실 문은 반드시 잠가두었고 누가 찾아와도 문을 열지 않았지. 그런 엠마가 욕조에서 살해당한 이상, 범인은 엠마가 오기 전부터 욕실에 숨어 있었다는 말이 돼. 하지만 엠마가 욕실로 향하기 직전, 앨프는 우리 방을 들여다봤어. 그렉은 물론 우리 모두 침대에 누워 있었어."

"그게 진짜 그렉 씨였다면 분명 엠마 양을 죽일 수는 없었겠죠. 하지만 앨프 씨는 문에 달린 작은 창문을 가만히 들여다본 게 아닙니다. 복도를 걸으면서 우연히 그 모습을 본 것뿐이죠.

누군가가 방 앞을 지나갈 때를 대비해서 그렉 씨는 자신을 대신할 가짜를 준비해두었겠죠. 방법은 얼마든지 있지만, '도슨&졸라의 야단법석 서커스'에서는 마네킹을 탈출쇼에 사용했다고 하더군요. 이 마네킹 하나를 쓰레기장에서 가져오는 게 가장 빠르겠죠. 그리고 자신의 가운을 입혀 침대에 눕히고 담요를 덮었습니다."

"그건 이상한데."

앨프가 내뱉듯 말했다.

"그렉은 몸집이 거대한 남자요. 그의 침대에 평범한 크기의 마네킹이 놓여 있다면 지나가면서 봤다 해도 위화감이 느껴졌겠지. 그렇다고 탈출쇼에 그렇게 큰 마네킹이 쓰였을 리 없잖소."

"네. 단장님이 본 건 평범한 크기의 마네킹입니다." 노먼은 담담하게 대답했다. "다만 그렉 씨는 그것을 난쟁이용 침대에 눕혀둔 겁니다."

실비가 입을 떡 벌리고 소리 없는 목소리를 냈다. 내 침대?

"'세계의 진실 박물관'의 쇼 중 하나, '아름다운 요정' 미스 리틀 실비의 방에는 마치 인형의 집처럼 작은 크기의 가구와 집기가 갖춰져 있었습니다. 그렉 씨는 쇼가 끝난 후 텐트에 몰래 들어가 이 방에서 침대를 가져온 겁니다. 일반 침대를 옮기는 건 매우 어렵지만, 덩치가 큰 그렉 씨가 난쟁이용 침대를 옮기는 일은 그리 어렵지 않았겠죠.

그렇게 방으로 가져온 침대를 문의 작은 창문을 통해 보이는 곳에 놓고 장식용 시트를 덮은 후 거기에 마네킹을 눕힙니다. 그러면 복도를 지나가던 사람에게는 침대에서 팔다리가 튀어나올 정도로 커다란 사람, 즉 그렉 씨가 누워 있는 것처럼 보이게 됩니다.

이때 사용한 마네킹과 침대는 엠마 양을 죽이고 네다섯 시간 정도 지난 후에 원래 있던 곳에 돌려놓았겠죠. 만에 하나 중간에 방을 비웠다는 사실을 들키더라도 그 정도로 시간 차이가 나면 목욕 중인 엠마 양을 공격했다는 의심을 살 일은 없으니까요."

천사와 괴물

"바보 같네." 실비가 엄지손가락의 네일팁을 긁적였다. "그렉은 항상 엠마를 귀여워했어. 그런 사람이 엠마를 죽일 리 없어."

"그렇지?" 하고 그렉을 바라보았다. 그렉은 목젖을 위아래로 꿀렁이며 "저, 저는……" 하며 말끝을 흐렸다.

"설마, 이게 사실이란 말이야?"

앨프의 목소리는 비명에 가까웠다.

"제가."

커다란 무릎이 바닥에 떨어졌다.

"제가 했습니다."

"웃기지 마!" 실비가 손가락을 내밀었다. "당신이 엠마를 죽일 이유가 없잖아!"

그렉은 시선을 피하고자 고개를 숙였다.

"그날 밤, 서커스의 대형 텐트에서 술을 마셨잖아. 그때 엠마가 한 말을 용서할 수 없었어."

술자리의 기억이 되살아났다.

개구리 장난감을 들고 텐트로 뛰어든 엠마는 마법사가 되고 싶다고, 그렇게 하면 쇼에 출연할 수 있지 않겠냐고 천진난만하게 말했다. 그로부터 노먼이 입에 담은 '불우한 사람'이라는 말로 화제가 옮겨갔다. 그 의미를 알게 된 엠마는 실비와 그렉에게 이렇게 물었다.

"다시 태어나면 다른 사람들처럼 되고 싶어?"

생각해보면 그 말은 엠마와 단원들 사이에 분명한 선을 긋는 말이었다. 자신은 평범한 사람이지만 너희는 그렇지 않다, 프릭쇼에 출연하는 것 말고는 살아갈 방법이 없는 비참한 괴물들이다, 라고.

순진무구한 소녀의 입에서 나온 그 말이 그렉의 가슴을 도려내고 어두운 불길을 지폈다는 것인가.

"아무리 그렇다 해도 왜 이렇게 손이 많이 가는 짓을 한 건가?"

쇠막대를 한번 훑어보고 앨프가 물었다.

"그건……." 그렉은 손으로 얼굴을 가렸다. "어차피 하는 거라면 엠마의 소원을 들어주려고 그런 겁니다."

어?

"잠긴 방에서 아이의 시신이 발견된다. 누군가에게 살해당한 게 분명한데 범인을 찾을 수 없다. 그렇다면 그것은 이 세상에 없는 유령이나 악마의 소행이 되겠죠."

그렉이 손을 내렸다. 입가에 누런 앞니가 보였다.

"'스위티 엠마, 유령에게 살해당한 소녀'. 이거라면 '니콜라스 파버의 열 가지 불가사의'의 포르말린 코너에 놓일 수 있지 않을까 생각했습니다."

오한이 들었다.

지금 이게 현실 맞나? 눈앞의 덩치 큰 남자는 정말로 그 그렉인가? 꿈이라면 좋겠지만, 아무리 눈을 깜빡여도 침실

천장은 보이지 않았다.

보안관이 두 조수에게 눈짓했다. 두 사람은 맹수에게 접근하듯 천천히 그렉에게 다가가 굵은 팔을 뒤로 돌렸다. 딸각. 수갑이 채워졌다.

"자, 여러분." 노먼은 마음을 전환하듯 크게 어깨를 돌렸다. "잊지 않으셨죠? 또 하나 확인할 것이 있습니다."

아, 그렇다.

"지금 제가 선보인 건 그저 추론입니다. 단서를 모아 논리를 구성하고 진실을 도출한다. 약간의 지혜와 이성이 있으면 누구나 할 수 있는 일입니다. 하지만 2년 전, 이미 이 사건의 범인이 예언되어 있었다면 어떨까요?"

쇠막대를 내려놓고 테이블의 봉투를 집어 들었다.

"그걸 할 수 있는 건 오직 한 사람. '천사의 아이' 홀리 올슨뿐입니다."

유령 스티커에 시선이 모였다.

말도 안 돼.

2년 후 사건의 범인을 맞히다니 그럴 리 없다.

"열어봅시다."

덮개에 봉투칼을 꽂고 당겼다. 풀이 뜯기는 소리.

노먼의 손가락은 미세하게 떨리고 있었다. 사실은 불안한 걸까. 혹은 필사적으로 흥분을 억누르고 있는 걸까.

덮개를 열고 반으로 접힌 편지지를 꺼냈다.

양손으로 천천히 그것을 열었다.

"아아."

노면은 현기증이라도 난 듯 비틀거렸다. 편지지를 떨어뜨리고 발밑으로 주저앉았다.

"괜찮습니까?"

보안관이 달려와 얼굴을 들여다봤다. 노면은 아무 답도 하지 않았다.

"도대체 뭐요?"

앨프가 무대에 올라 두 개의 편지지를 주웠다. 첫 번째를 펼쳤다. ······'물'.

"누나 글씨가 맞아?"

실비가 속삭였다.

오른쪽으로 살짝 올라가는 알파벳. 거칠지만 어딘지 부드러움이 느껴지는 필체. 틀림없다. 누나의 글씨다.

내가 끄덕이는 것을 보고 앨프가 두 번째 편지지를 펼쳤다. 같은 글씨체였다.

거기에는······.

'킹 그렉'이라고 적혀 있었다.

Ⅳ 천사의 아이

1

넋을 잃은 눈, 일거수일투족을 놓치지 않으려 애쓰는 눈, 의심스러운 듯 가늘게 뜬 눈, 여러 개의 눈이 이쪽을 향했다.

나는 눈꺼풀을 감았다.

천천히 숨을 내쉬었다. 가슴의 십자가를 잡고 신에게 기도하듯 눈을 감고…… 강단 아래를 바라보았다. 불에 그을린 종이가 떨어져 있었다. 아까 양초로 태우는 시늉을 하고 다른 종이로 바꿔치기한 것이다. 난잡한 글씨를 유심히 살폈다. '매춘부의 빚Brothel's Debt'? 아니다. '형제의 빚Brother's Debt'이다.

"이분은 인간관계로 고민하고 계십니다. 아무래도 가족…… 형제에 관한 문제인 것 같습니다."

무대 아래의 남자가 허어, 하고 정강이를 부딪힌 듯 신음했다. 60대 중반, 이탈리아계. 얼굴도 셔츠도 주름투성이지만 몸은 탄탄하다. 3년 전, 전복된 버스에 타고 있던 수산물 가공공장 직원들도 이런 모습이었다. 다른 점이 있다면 목이 검게 그을린 것 정도일까. 그러면 농부? 하지만 고무 재질의 신발에는 흙이 묻어 있지 않다. 그렇다면······.

"당신은 단단한 마음을 가지고 있습니다. 세상이 아무리 험해도 당신의 마음은 흔들리지 않습니다. 당신은 매일 배를 타고 바다에 나가지 않습니까?"

남자가 벤치에 엉덩방아를 찧었다.

빙고.

"그런 당신의 마음이 지금은 거친 바다처럼 어지럽습니다. 당신의 형제는 당신에게 숨기고 있는 일이 있었습니다. 돈에 관한 것이겠죠. 당신은 어느 날 우연히 그것을 깨닫게 되었군요."

남자는 머리를 감싸안았다. 흐윽, 하고 울음을 억누르는 소리가 이어졌다. "누구야?", "그레이엄이야", "하트포드 거리에 사는 사람" 하며 속삭이는 목소리가 들렸다.

여기까지 오면 이제부터는 대본의 정해진 한 페이지를 읽는 것과 마찬가지다. 고민이 참가자 자신에 관한 것이라면 자율과 자제를, 사회에 대한 불만이라면 그보다 더 큰 주님의 사랑을, 그리고 친구나 가족에 대한 불만이라면 그들에 대한 관용을 설파하면 된다.

"조용히 해주세요. 방탕은 부끄러운 일이지만 그것을 심판하는 건 우리가 아닙니다. 주님입니다. 당신이 할 일은 두 가지입니다. 분노와 슬픔을 주님에게 맡기는 것입니다. 그리고 형제를 용서하는 것입니다."

나는 무대 옆 계단을 내려가 그 남자에게 향했다.

"저도 잘못을 저지른 일이 있습니다. 제 사명을 거스르고 여행을 떠난 적이 있습니다. 그곳에서 추악한 괴물들과 잠자리를 같이하고 가난한 자들에게서 빼앗은 돈으로 입에 풀칠을 했습니다."

이 빠진 할머니가 오, 하고 얼굴을 가렸다.

"그런 저에게 손을 내밀어주신 분이 바로 노먼 목사님이십니다."

제단 옆에서 노먼이 갸륵하다는 듯한 미소를 지었다.

"주님은 보이지 않는 손으로 우리를 이끄십니다. 물론 그것은 훌륭한 일이지만, 목사님은 그야말로 자신의 손으로 제 손을 잡고 주님께 인도해주셨습니다."

나는 허리를 굽히고 남자의 손을 쥐어 올렸다.

"괜찮습니다. 같이 앞으로 걸어갑시다."

교회당은 박수로 가득 찼다.

우리는 여행 중이다.

도시를 순회하며 집회를 연다. 신문광고를 보고 찾아온 사람들에게 주님의 가르침을 설파하고 마지막에 '천사의 아이'가 정해진 재주를 선보이며 헌금을 걷는다. 노인을 위한 서커스 같은 것이다. 이번 순례는 노먼이 반년에 걸쳐 계획한 것으로, 가장 큰 목적은 세 번째 '천사의 아이'를 선보이는 것. 그리고 우드브리지 커뮤니티 교회의 부활을 알리는 것이었다.

조지타운의 세인트 제임스 교회에서 열린 집회가 환호성과 함께 막을 내리자, 노먼은 그날의 헌금을 은행에 맡기고 프런트 거리의 지중해식 레스토랑에 시의회 의원과 식사를 하러 갔다.

나는 레드삭스 캡을 깊숙이 눌러쓰고 홀로 521호 국도변 모텔로 향했다. '천사의 아이'에게는 자유가 없다. 식당에서 프렌치프라이를 먹거나 노점에서 만화책을 살 수도 없다. 무대가 다를 뿐, 하는 일은 '천리안의 사나이'와 다를 바 없음에도 말이다.

인적이 드문 뒷골목 길을 내려가다 보니 낯익은 전단지가 눈에 들어왔다. 라스푸틴을 옆으로 늘린 듯한 얼굴이 아파트 벽을 가득 채우고 있었다. '세계 끝의 카니발'이 워터프런트 공원에 와 있는 듯했다.

열 달 전까지 나는 '앨프 로크웰의 놀라운 세계의 진실 박물관' 단원이었다.

운명이 꼬이기 시작한 것은 그 비 오던 날, 노먼이 '도슨&졸라의 야단법석 서커스' 공연장에 나타난 이후부터라고 할 수 있으리라.

노먼은 그날 나를 팔라고 앨프에게 요청했다. 오컬트를 싫어하고, 그중에 특히 예언이나 점괘를 증오하던 앨프는 당연히 이 제안을 거절했다. 하지만 그날 밤 엠마가 누군가에게 살해당했다. 보안관의 요청으로 현장에 나타난 노먼은 독자적인 수사를 통해 범인을 찾아냈고, 나아가 '천사의 아이'가 그것을 꿰뚫어 보고 있었다는 사실까지 밝혀냈다.

신념을 정면으로 부정당한 앨프로서는 더는 노먼의 요구를 거부할 기력이 없었다. 그는 노먼의 요구대로 그가 제시하는 값에 나를 팔기로 동의했다.

모텔에 체크인하고 곰팡내 나는 방에서 모자를 벗었다.

노먼이 건넨 트렁크 케이스를 바닥에 던지고 환기를 위해 창가로 향한 그 순간. 캐비닛이 쓰러지는 듯한 요란한 소리가 들렸다.

돌아보자 서류와 소품이 바닥에 흩어져 있었다. 트렁크 잠금장치가 제대로 닫혀 있지 않았던 모양이었다.

"젠장."

계약서, 수표, 수첩, 시가…… 손에 닿는 것부터 트렁크에 던져 넣었다. 그대로 뚜껑을 닫으려다가 문득 손이 멈췄다.

서류 뭉치 속에 낯익은 봉투가 있었다. 잡아당기자 모서리에 묘비 스티커가 붙어 있었다. 역시 그렇다.

봉투 덮개를 열고 편지지를 꺼냈다. 오른쪽으로 올라가는 글씨로 '물'이라고 적혀 있었다.

트렁크 케이스를 뒤지자 금세 같은 봉투를 발견할 수 있었다. 이쪽은 유령 스티커가 붙어 있었다. 편지지에는 같은 글씨로 '킹 그렉'이라고 적혀 있었다.

누나는 정말로 미래를 본 걸까. 예언에 속임수가 있었던 것은 아닐까. 지난 열 달 동안 수없이 그런 상상에 사로잡혀 생각을 거듭했다.

우선 머리에 떠오른 것은 노먼이 우리 앞에서 연 그 봉투가 과연 진짜였나, 하는 의문이었다.

이런 속임수의 이면에는 종종 '바꿔치기'라는 수법이 있다. '천리안의 사나이'가 그 좋은 예일 것이다. 그가 고민이 적힌 종이를 가짜와 바꿔치기한 것처럼 노먼도 가짜 봉투를 준비해서 진짜와 바꿔치기한 것은 아닐까. 그럴 수 있다면 어떤 예언이든 조작할 수 있다.

하지만 나는 그간 누나의 유품인 두 봉투를 몇 번이고 눈에 담았다. 종이의 주름, 모서리의 접힌 자국, 덮개에서 흘러나온 풀. 그날 검사한 봉투도, 지금 눈앞에 있는 봉투도 틀림없이 진짜다. 덮개의 풀을 떼어낸 흔적도 없었고, 꺼낸 편지지에 적힌 글씨도 누나의 것이었다.

그렇다면, 하고 각도를 바꿔 생각해본다. 누나는 두 번째

'천사의 아이'로서 이미 여기저기에서 예언을 선보인 적 있었다. 그렇다면 다른 장소에서도 같은 식으로 예언을 봉투에 넣은 적이 있고, 그 봉투를 노먼이 가지고 있던 것은 아닐까. 노먼이 여러 봉투를 보관하고 있었다면 그중에서 '세계의 진실 박물관'에 대한 예언으로 적당해 보이는 것을 고를 수 있었을 것이다.

이것이 사실이라면 필적 문제는 해결되지만, 안타깝게도 그뿐이다. 봉투의 주름이나 접힌 자국이 똑같은 것에 대해서는 설명할 수 없다. 애초에 누나가 예언을 적은 편지지는 '세계의 진실 박물관'을 방문한 날, 캐시와 메건에게 받은 것이다. 만에 하나 과거에 같은 편지지를 쓴 적이 있더라도 '킹 그렉'이 다른 예언에 등장했다고는 생각하기 어렵다.

그 예언은 진짜였다. 이것은 엄연한 사실이다.

그렇다면, 노먼이 그 내용을 알고 있었던 것은 아닐까?

누나와 노먼은 일종의 공생관계였다. 노먼은 '천사의 아이'를 홍보하며 교회의 인지도를 높였고, 누나는 그 대가로 의식주를 해결했다. 두 사람은 이인삼각으로 '천사의 아이'라는 퍼포먼스를 선보였던 셈이다. 그렇다면 누나가 노먼에게 예언의 내용을 일일이 보고했을 가능성도 충분히 생각할 수 있다.

하지만 나와 누나가 카니발을 방문한 것은 그날이 처음이었다. 누나가 전에 혼자서 갔을 가능성이 없다고 단정할 수 없지만, 단원들의 반응을 보면 적어도 '세계의 진실 박물관'

에 들어간 것은 그때가 처음이었다. 그렇다면 당연히 그때까지는 단원들의 이름도 몰랐다는 말이 된다.

그리고 그날, 누나는 교회로 돌아가지 못하고 세상을 떠났다. 171번 주도에서 교통사고가 나 머리가 납작하게 눌려 죽었기 때문이다.

즉, 누나는 '재앙을 불러오는 자'의 예언 내용을 미리 알려줄 수도, 나중에 보고할 수도 없었다는 말이다. 그렇다면 노먼은 예언의 내용을 몰랐다고 생각할 수밖에 없다.

실패다.

아무리 머리를 쥐어짜도 속임수는 찾을 수 없다. 역시 예언은 진짜였을까. 누나에게는 미래의 풍경이 보였던 걸까.

편지지를 봉투에 넣고 트렁크에 도로 꽂아 넣었다. 이번에야말로 트렁크 뚜껑을 닫으려던 그 순간.

뇌 속 깊은 곳에서 작은 불꽃이 튀었다.

무언가가 이상하다.

봉투를 꺼냈다. 전등 불빛에 대고 구석구석까지 유심히 살폈다. 이상한 부분은 없다. 하지만 무언가가 이상하다.

트렁크 케이스를 내려다보았다. 아직 무언가가 있다. 의식이 닿지 않는 곳에서 무언가가 위화감을 호소하고 있다.

계약서? 수표? 수첩?

아니다.

시가다.

온몸의 피가 뇌로 흘러 들어가는 듯한 느낌.

다시 한번 봉투를 바라보았다.

하나도 이상한 부분이 없는 것. 바로 그 점이 이상했다.

시신이 발견된 그날 밤. 나는 보안관의 호출을 받아 식당으로 갔다. 그곳에서 보안관은 두 개의 봉투를 보여주며 나를 추궁했다.

"이건 뭐지? 보내지 못한 러브레터인가?"

나는 짜증이 났다. 갑자기 불려가서 그런 시시한 말을 들었기 때문이기도 했지만, 그뿐만이 아니었다.

보안관은 그때 마피아들이나 피울 법한 두툼한 시가를 피우고 있었다. 그 남자는 무신경하게도 시가의 재를 봉투에 떨어뜨렸다. 덕분에 봉투에는 푸슈슉 소리를 내며 살짝 탄 자국이 생기고 말았다.

하지만 지금 내가 손에 든 봉투에는 탄 자국이 없다.

노먼이 범인을 찾아낸 것은 그다음 날이었다. 노먼은 자신의 추론을 선보이기 전에 우리에게 봉투를 검사하게 했다. 그때도 탄 자국은 없었다.

역시 이 봉투는 가짜였나. 아니, 그럴 리가 없다. 종이의 주름, 모서리의 접힌 자국, 덮개에서 흘러나온 풀, 편지지에 적힌 글씨. 모든 것이 이 봉투가 진짜라는 사실을 증명한다.

그렇다면…….

새로운 가능성이 떠올랐다.

이것이 진실이라면 노먼은 제정신이 아니다.

이것을 위해 도대체 얼마나 머리를 쥐어짰을까. 생각하는 것만으로 머리가 아플 지경이다.

하지만.

"……그렉."

그의 풀네임은 '그레고리 영'이라고 한다.

보름 전 유죄 평결이 보도되었을 때, 나는 어딘지 다른 세상의 사건을 접한 것 같은 느낌이 들었다. 서커스나 카니발에서는 동료 사이에서도 풀네임을 밝히지 않기 때문이다.

그는 지금 컬럼비아 교도소에서 오크라를 재배 중이다.

이대로는 안 된다.

얼마나 생각하면 진실에 도달할 수 있을까. 얼마나 지혜를 짜내면 녀석을 궁지에 몰아넣을 수 있을까. 상상하는 것만으로 현기증이 난다.

하지만 할 수밖에 없다. 끝까지 해내야만 한다.

나는 숨을 죽이고 편지지를 쥔 손에 힘을 주었다.

2

문이 열렸다.

어슴푸레한 달빛이 대리석 바닥을 비췄다.

"월트?"

노먼의 목소리가 어둠을 흔들었다.

오늘은 저녁부터 관공서의 토지정비과 직원과 포도주를 마셨을 것이다. 덕분에 음량 조절 밸브가 느슨해졌지만, 말투만은 분명했다. 발소리에도 흔들림이 없었다.

"무슨 일인데 그래? 갑자기 누나가 생각나서 외로워지기라도 한 거야?"

내 등을 본 모양이었다. 교회당의 중앙 통로를 걸으며 알랑대듯 말했다.

한 시간 전, 나는 "누나에 관해 할 이야기가 있다"라고 메모지에 적고 국도변 모텔을 나섰다.

어렵게 얻은 '천사의 아이'다. 불온한 신호를 무시할 수는 없었으리라. 과연 세인트 제임스 교회당에 나타난 노먼의 목소리에는 칭얼대는 아이를 달래는 것처럼 꾸며낸 상냥함과 참을 수 없는 짜증이 한데 섞여 있었다.

"그야 물론 외롭죠. 하지만 지금은 진실을 알게 된 기쁨이 더 큽니다."

발소리가 멈췄다.

"무슨 이야기야?"

"누나에게 미래를 보는 힘은 없었어요. 누나는 당신의 기대에 부응하고자 '천사의 아이'를 연기했을 뿐이었죠."

나는 벤치에서 일어나 노먼을 돌아보았다. 노먼은 순간 귀찮은 듯 눈살을 찌푸리더니 이내 사람 좋은 미소를 지었다.

"네 누나는 2년 후의 사건 범인을 미리 알아차렸어. 그녀의 힘은 진짜야."

"당신도 목사 자격이 없는 것 같네요. 주님을 섬기는 사람이 이 세상에 없는 유령의 힘을 빌렸으니까요."

꿀꺽. 노먼의 목이 움츠러들었다.

"누나가 한 일은 사흘 전 제가 이 교회당에서 한 일과 같아요." 종잇조각을 던졌다. '형제의 빚 Brother's Debt'. "시시한 속임수죠."

이어서 두 개의 봉투를 꺼냈다.

"엠마의 시체가 발견된 날 밤. 보안관이 저를 식당으로 불러내 제 가방에서 발견된 이 봉투에 관해 물었죠.

그 남자는 정말 무신경했어요. 저를 추궁하면서 제 소중한 봉투에 시가의 재를 떨어뜨렸으니까요. 덕분에 봉투에 탄 자국이 생겨버렸죠.

하지만 이틀 후. 당신이 우리를 모아 사건의 진상을 말했을 때, 당신은 자신의 추론을 선보이기 전에 우리에게 두 봉투를 검사하게 했어요. 그런데 신기하게도 그때는 어떤 봉투에도 탄 자국이 없었어요."

"그렇군." 노먼은 내 손에서 봉투를 낚아채 희미한 달빛에 비춰보았다. "그러니까 이렇게 말하고 싶은 거야?" 그러고는 뒷면을 뒤집었다. "홀리가 남긴 봉투를 내가 꽤 비슷한 가짜와 바꿔치기했다고?"

"아니요. 저는 누나가 남긴 봉투를 몇 번이고 봐서 잊을 리가 없어요. 그때 당신이 꺼낸 건 틀림없이 진짜 봉투였죠."

"그럼 아무것도 달라진 게 없잖아?"

"말도 안 돼요. 그럼 왜 탄 자국이 사라진 거죠? 봉투는 바뀌지 않았어요. 딱히 가공된 흔적도 없죠. 그런데 탄 자국만 사라졌어요. 이상하지 않나요?"

나는 봉투를 잡아챘다.

"이 불가사의한 현상을 설명할 방법은 단 하나뿐이에요. 유령이 탄 자국을 가린 거죠."

봉투의 모서리를 가리켰다.

"즉, 이 스티커가 탄 자국을 가린 거예요."

툭, 하고 스티커를 떼어냈다.

거기에는 작게 탄 자국이 있었다.

"이 스티커는 어느 봉투에 어떤 예언이 들어 있는지 알 수 있게끔 그렉이 라벨 대신 붙인 거예요. 그는 '재앙의 풍경에 포함된 것' 봉투에 묘비 스티커, '재앙을 불러오는 자' 봉투에 유령 스티커를 붙였죠.

보안관이 시가의 재를 떨어뜨렸을 때, 이 스티커는 아직 원래 위치에 붙어 있었어요. 그런데 이틀 후, 당신이 그 추론을 선보였을 때는 탄 자국에 겹치는 위치, 즉 이전과 다른 위치로 옮겨 붙여진 상태였어요.

그렇다면 왜 스티커의 위치가 바뀌었을까요. 그건 두 스티커의 위치가 완벽히 같지는 않았기 때문이죠."

천둥소리. 스테인드글라스가 빛나고 성 요한이 노면을 내려다봤다.

"당신은 두 개의 스티커를 바꿔 붙였어요. '재앙을 불러오는 자'의 봉투에 붙어 있던 유령 스티커를 '재앙의 풍경에 포함된 것' 봉투에, '재앙의 풍경에 포함된 것' 봉투에 붙어 있던 묘비 스티커를 '재앙을 불러오는 자' 봉투에 바꿔 붙인 거죠.

물론 그 사실을 우리가 알아채서는 안 되죠. 그러기 위해서는 각각의 스티커를 원래 봉투와 정확히 같은 위치에 다시 붙여야 했어요. 스티커는 라벨 대신 붙어 있었을 뿐이니 위치가 맞지 않았죠. 그것을 다시 붙이면 두 봉투의 스티커 위치가 조금씩 달라져요. 그 결과, 봉투에 생겨 있던 탄 자국이 스티커 아래로 숨겨지게 된 거예요."

나는 무대 옆 계단을 올라갔다.

"그날 당신이 한 일을 정리해보죠. 당신은 우리를 식당에 불러서 '천사의 아이'의 힘을 증명한다고 말하고는 우선 묘비 스티커가 붙은 봉투에 봉투칼을 넣었어요.

우리는 그 안에 있는 편지지에 '재앙의 풍경에 포함된 것'이 적혀 있다고 믿고 있었지만, 실제로 적혀 있던 것은 '재앙을 불러오는 자'의 이름이었죠."

봉투에서 그 편지지를 꺼냈다. '킹 그렉'. 누나의 힘찬 글씨.

"여기서 당신은 아카데미 남우주연상을 받을 만한 명연

기를 선보였어요. 당신은 눈앞의 편지지에 '재앙을 불러오는 자'의 이름이 적혀 있음에도 마치 '재앙의 풍경에 포함된 것'이 적혀 있는 것처럼 연기한 거예요.

그렇다면 어떻게 당신은 '재앙의 풍경에 포함된 것'의 답을 알고 있었을까. 여기에는 속임수도 트릭도 없어요. 애초에 누나에게 사기 치는 법을 가르쳐준 건 당신이니까 '재앙의 풍경에 포함된 것'으로 누나가 어떤 단어를 선택할지 이미 알고 있었겠죠. 이 교회당에서 제가 행한 쇼와 마찬가지로 미리 정답의 패턴이 정해져 있던 거 아닌가요? 그곳이 도시라면 '재앙의 풍경에 포함된 것'은 자동차. 산과 들이라면 '나무'. 해변이라면 '물'. 이런 식이겠죠. 당신은 그저 그 답을 떠올리면 되는 거였어요."

강단에 봉투를 놓고 다른 하나의 봉투를 손에 들었다.

"'재앙의 풍경에 포함된 것'을 확인한 당신은 '재앙을 불러오는 자', 즉 엠마를 죽인 범인 이야기로 넘어갔죠. 당신은 방금 본 '재앙을 불러오는 자'의 답을 바탕으로 그렉을 범인으로 만드는 추론을 선보였어요. 그렉이 쇠막대를 사용해 문이 잠긴 것처럼 보이게 했다는 그 추론이죠.

그런 후 당신은 유령 스티커가 붙은 봉투에 봉투칼을 넣어 편지지를 꺼냈어요. 우리는 거기에 '재앙을 불러오는 자'가 적혀 있다고 믿었지만, 실제로 적혀 있던 것은 '재앙의 풍경에 포함된 것'의 답이었던 거죠."

봉투에서 그 편지지를 꺼냈다. 적힌 글은 '물'.

"당신은 또다시 명연기를 선보였어요. 눈앞의 편지지에는 '재앙의 풍경에 포함된 것'이 적혀 있음에도 불구하고 마치 '재앙을 불러오는 자'의 이름이 적힌 것처럼 연기한 거예요.

그런 후에 현기증을 일으킨 척하며 두 장의 편지지를 떨어뜨렸죠. 우리가 편지를 주워보니 하나에는 '물', 다른 하나에는 '킹 그랙'이라고 적혀 있었어요. 스티커를 바꿔치기한 것을 모르는 우리는 처음으로 꺼낸 편지지에 '물', 다음으로 꺼낸 편지지에 '킹 그랙'이라고 적혀 있었다고 믿게 된 거죠."

나는 두 장의 편지지를 손에 들고 노먼의 코앞에 놓았다.

결국 이 예언의 속임수는 '천리안의 남자'의 재주와 마찬가지로 바꿔치기였다. 다만 노먼은 진짜 봉투를 가짜와 바꿔치기한 것이 아니라 진짜 봉투 두 개를 서로 바꿔치기한 것이다.

"아, 그렇군."

노먼은 훗, 하고 코웃음을 쳤다.

"감탄했어. 역시 2년간 수상쩍은 쇼에서 일한 보람이 있네. 덕분에 속임수에 관해 꽤 잘 알게 된 듯하군."

하지만 말이야, 하며 어이없다는 듯 웃었다.

"네가 말한 것이 네 누나가 '천사의 아이'였단 사실을 뒤집는 건 아니야. 봉투를 여는 순서가 어떻든 '킹 그랙'이 엠마를 죽인 사실에는 변함이 없어. 그리고 네 누나는 2년 전에 그것을 간파했지."

"아니에요." 편지지에 주름이 생겼다. "그렉은 엠마를 죽이지 않았어요."

"네가 그렇게 생각하고 싶은 마음은 이해해. 하지만 나는 직접 현장을 조사하고 거기서 찾은 단서를 바탕으로 논리적인 추론을 거쳤어. 그 결과, 그 덩치 큰 남자가 범인이라는 결론에 이르렀지."

"문제는 그 단서예요."

나도 모르게 웃음이 터져 나왔다. 노면의 뺨이 살짝 일그러졌다.

"저는 감탄했어요. 당신은 머리가 좋아요. 논리적인 사고력을 갖춘 데다 재치도 있죠. 사람을 끌어당기는 카리스마도 있고 연기까지 뛰어나요."

하지만, 하고 눈을 감았다.

"제가 무엇보다 감탄한 건 당신의 그 집념이었어요."

iii 어떤 세계의 진실

"이 편지지에는 '재앙을 불러오는 자'가 적혀 있습니다."

노면은 봉투를 들고 유령 스티커를 가리켰다.

"이번에는 사람의 이름이니 속임수는 통하지 않죠."

식당에는 앨프, 그렉, 실비, 캐시와 메건, 나, 그리고 보안관과 두 조수가 얼굴을 나란히 하고 있었다.

"하지만 이 봉투를 열기 전에 우선 제가 찾아낸 사건의 진상을 말씀드리겠습니다."

주머니에 손을 넣고 무언가를 감싼 손수건을 꺼냈다.

"어제 현장인 욕실을 조사할 때 저는 장난감 몇 개를 발견했습니다. 그중 하나, 욕조 바닥에 가라앉아 있던 작은 장난감이 저에게 엠마 양을 죽인 범인을 가르쳐주었죠. 바로 이겁니다."

손수건을 펼치고 빨간 장난감을 꺼냈다. 캐시와 메건이 펄쩍 뛰어올랐다. "거북이야!", "부풀어 오르는 거북이야!"

"이것은 흡수성이 높은 수지로 만들어진 장난감으로 물에 담그면 점점 커집니다. 그 외에도 불가사리, 게, 문어, 해마 등이 욕조 안에 가라앉아 있었습니다. 그런데."

노먼은 거북을 뒤집더니 껍질을 잡고 배를 이쪽으로 향하며 말했다.

"여기를 봐주세요."

크게 칼집이 생겨 있었다.

"마치 칼에 찔린 것 같은 칼집이 생겨 있죠? 폭은 1.2인치(약 3센티미터). 이것은 엠마의 가슴에 찔린 아웃도어 나이프의 칼날 폭과 정확히 같습니다. 범인은 엠마를 죽이려고 몇 번이고 칼을 휘둘렀죠. 그중 한 번이 이 거북의 배에 꽂혔을 겁니다."

"그게 어쨌단 말이오."

그 풍경을 떠올렸으리라. 앨프가 괴로운 듯 말했다.

"잘 생각해보세요. 제가 발견했을 때, 이 거북은 물을 빨아들여 커진 상태였습니다. 욕조 바닥에 가라앉아 있었으니 당연한 일이죠.

하지만 엠마 양이 공격당했을 때 이 거북은 어떤 상태였을까요? 이 장난감이 커지려면 대여섯 시간은 걸리는 듯하니 엠마 양이 욕조에 물을 채우고 거기에 들어간 시점에는 이보다 훨씬 작은 상태였을 것으로 추정됩니다.

그럼 그 상태에서 칼에 꽂히면 어떻게 될까요? 그 후, 욕조의 물을 빨아들여 몸이 커지면 배의 갈라진 틈새도 함께 커지겠죠. 그러면 물을 빨아들인 후의 배에는 칼날 폭보다도 큰 틈이 생겨야만 합니다. 적어도 이런 식으로 찢긴 틈과 칼날 폭이 정확히 같을 수는 없습니다."

두 손가락으로 거북을 잡아당겼다. 배의 갈라진 틈이 활짝 열렸다.

"그렇다면 엠마가 공격당했을 때 거북은 이미 커져 있었겠지."

앨프가 거북에게서 눈을 돌리며 말했다.

"저도 그렇게 생각합니다. 하지만 거북이 커지는 데는 시간이 걸리죠. 오후 10시쯤 욕실에 간 엠마 양이 다음 날 새벽까지 욕조에서 놀았을 것 같지는 않습니다. 따라서 거북은 왜 커진 상태였을까, 라는 새로운 의문이 생겨납니다."

"전에도 저 거북이랑 논 적 있지 않아?" 캐시가 여동생 귀에 속삭였다. "저 장난감은 한번 커지면 좀처럼 원래대로 돌아오지 않잖아. 일단 커진 상태로 유지되고 있던 게 아닐까?"

"그럴 가능성도 있습니다." 노먼이 캐시에게 미소를 지었다. "다만 사건이 발생한 날 아침, 그렉 씨는 엠마 양에게 마법을 선보였다고 하더군요."

그렉이 눈을 동그랗게 떴다.

"새끼 개구리에게 마법을 걸어 하루 만에 어른이 되게 하는 것이죠. 실제로는 이 거북과 같은 재질의 장난감을 물에 담근 것뿐이지만, 그것을 본 엠마 양은 매우 흥분한 나머지 장래에 마법사가 되겠다고 선언했다고 들었습니다.

만약 방금 캐시 양이 말한 것처럼 엠마 양이 전에도 거북을 부풀려본 적이 있었다면 그렉 씨의 마법 같은 속임수도 금방 눈치챘을 테죠. 하지만 엠마 양은 개구리가 커진 것에 진심으로 놀랐습니다. 그렇다면 역시 엠마 양은 이 장난감을 물에 담가본 적이 없다고 생각할 수밖에 없습니다."

캐시와 메건이 얼굴을 마주 보았다. "분명 그렇네", "그럼 무슨 뜻이지?"

"사실을 정리해보죠." 노먼은 취임식에 선 대통령처럼 손을 들어 올렸다. "칼이 거북의 배에 꽂힌 건 거북이 물을 빨아들여 커진 후였습니다. 하지만 엠마 양이 욕실에서 거북과 놀았던 건 그날이 처음이었죠. 여기에서 도출할 수 있는 결론은 하나뿐입니다. 칼이 이 거북의 배에 꽂힌 건 엠마 양이 욕조에 들어가고 거북이 부풀어 오르는 데 필요한 시간이 지난 후였다는 말이 됩니다."

아니, 그건 말도 안 돼, 라며 실비가 손을 흔들었다.

"조금 전에 본인이 말했잖아? 엠마가 다음 날 새벽까지 욕조에서 놀았을 리 없다고."

"네. 여섯 살짜리 소녀가 자신의 의지로 몇 시간이나 욕조에 몸을 담그고 있지는 않았을 겁니다. 아마 범인이 수면제를 먹여 엠마 양을 잠들게 한 것이겠죠."

갑작스러운 단어가 튀어나왔다.

나는 수면제를 먹어본 적 없지만, '세계의 진실 박물관'의 구급상자에는 수면제가 들어 있었다. 목욕 전에 먹어봐, 몸에 좋아, 라고 말해서 목욕 전에 약을 먹게 할 수도 있었을 것이다.

하지만.

"왜 그런 짓을?" 그렉이 팔뚝 털을 뽑으며 말했다. "죽이고 싶으면 빨리 죽이면 그뿐 아닌가?"

"범행 시각을 오인하게 하려는 것이었겠죠. 욕조에서 시신이 발견되면 누구의 눈에도 목욕 중에 공격을 당한 것처럼 보입니다. 실제로 엠마 양이 오후 10시쯤 욕실로 향하는 모습이 목격된 탓에 범행은 그 후 얼마 지나지 않아 벌어진 것으로 추정되었죠. 이 목격 증언이 없었다고 해도 범행은 엠마 양이 항상 목욕하는 시간대, 즉 그날 밤에 일어났다고 생각했을 겁니다. 하지만 실제로 범인이 엠마 양을 공격한 건 그보다 훨씬 나중이었습니다."

단원들의 멍한 얼굴을 돌아보며 노먼은 쓴웃음을 지었다.

"이건 매우 중요한 사실입니다. 왜냐하면 범인이 엠마 양에게 수면제를 먹이고 범행 시각을 오인하게 했다면, 이 사건의 가장 큰 수수께끼는 애초에 존재하지 않았던 것이 되기 때문입니다."

왜? 무슨 말이야? 여러 목소리가 겹쳐졌다.

"아침에 여러분이 이변을 깨닫고 모였을 때, 욕실 문은 잠겨 있었습니다. 하지만 문을 부수고 안에 들어가 보니 범인의 모습은 보이지 않았죠. 범인은 어떻게 욕실을 빠져나갔을까. 이 수수께끼가 여러분 앞을 가로막고 있었죠.

하지만 이때 엠마 양이 아직 살아 있었다면 어떨까요?"

숨을 삼키는 소리.

노먼이 천천히 고개를 끄덕였다.

"그렉 씨가 문을 부수고 자물쇠를 푼 순간, 범인은 누구보다 빨리 욕실로 뛰어들었습니다. 여러분의 눈에는 그녀⋯⋯ 아니, 그녀들은 욕조를 들여다보고 엠마 양의 상태를 확인하는 것처럼 보였겠죠. 하지만 바로 그 순간, 그녀들은 엠마 양의 가슴에 칼을 꽂고 있었습니다. 가슴에 안고 있던 거북을 미처 보지 못하고 배를 찢고 만 것도 이때였겠죠."

모두의 시선이 캐시와 메건에게 향했다. 두 사람은 멍하니 아무것도 없는 곳을 바라보고 있었다.

"그건 말도 안 되오." 앨프가 목소리를 높였다. "그때 우리는 욕실에 있는 인물의 안위만 생각하고 있었소. 캐시와 메건이 가장 빨리 욕조로 달려간 건 사실이지만, 다른 모두가 그 모습을 눈도 깜빡이지 않고 바라보고 있었지. 그 상황에서 엠마를 찌르다니, 그건 불가능하오."

"보통은 그렇겠죠. 하지만 캐시 양과 메건 양에게는 '보이지 않는 손'이 있습니다."

앗, 하고 실비가 비틀거렸다.

"처음 이곳에 왔을 때는 저도 그녀들을 '목이 두 개 있는 여자'라고 생각했습니다. 두 사람이 폭이 넉넉한 옷을 입어 몸의 실루엣을 가리고 있었기 때문이죠. 하지만 사실은 그렇지 않습니다. 둘이 나뉘는 부분은 목이 아니라 허리 위에 있습니다. 그녀들은 '목이 두 개 있는 여자'가 아니라 '상반신이 두 개 있는 여자'라고 하더군요.

물론 단원들은 캐시 양과 메건 양이 '상반신이 두 개 있는 여자'라는 사실을 알고 있겠죠. 하지만 평소의 두 사람이 '목이 두 개 있는 여자'처럼 생활하던 탓에 그 사실을 머릿속 한구석에 밀어 넣어버렸어요. 그래서 그녀들에게 또 다른 두 개의 손이 있다는 사실을 잊고 있었던 거죠."

앨프가 팔짱을 꽉 끼었다. 마치 있지도 않은 또 다른 손을 숨기듯.

"그건 그야말로 보이지 않는 손이었습니다. 두 사람은 욕조로 달려가 엠마 양의 상태를 확인하는 척하며 상반신을 숙였죠. 그리고 평소에는 사용하지 않는 손……, 캐시 양의 오른손 또는 메건 양의 왼손을 가운에서 꺼내 칼을 휘두른 겁니다."

등 뒤에서는 그 손이 보이지 않는다. 우리에게는 두 사람이 가만히 서 있는 것으로밖에 보이지 않았다.

"그건 이상해." 그렉이 머리를 감싸 쥐었다. "우리가 욕실의 이변을 알아차린 건 문 아래로 피가 섞인 물이 흘러나온 흔적이 있었기 때문이야. 그때 엠마가 아직 찔리지 않은 상태였다면 그 피는 도대체 뭐지?"

"물론 가짜입니다. 현장을 그럴듯하게 꾸밀 수 있는 좋은 방법은 없을까 고민하던 중, 전선을 만지고 기절한 긴팔원숭이를 발견했겠죠. 그래서 그 피를 이용한 겁니다.

원숭이의 몸 여기저기를 찔러 용기에 피를 모읍니다. 한동안 방치해서 피를 응고시키죠. 그리고 엠마 양보다 한발 앞서 욕실에 가서 욕조 바닥의 널빤지를 꺼내 응고된 피를 바닥에 문질러둡니다."

노먼은 베이글에 버터를 바르는 제스처를 취했다.

"그야말로 천연 입욕제라고 할 수 있겠네요. 엠마 양이 욕조에 온수를 부어도 당장은 변화가 일어나지 않습니다. 하지만 시간이 지날수록 널빤지 아래의 피가 녹아내려 욕조의 물은 새빨갛게 물들죠. 그러면 서서히 엠마 양이 피를 흘린 것으로밖에 생각할 수 없는 풍경이 만들어집니다."

욕조의 물은 엠마가 가슴을 한 군데만 찔렸음에도 불구하고 바닥이 보이지 않을 정도로 새빨갛게 물들어 있었다. 반면 트럭 적재함의 피 웅덩이는 긴팔원숭이가 전신을 열두 군데 찔렸음에도 불구하고 묘할 정도로 작았다. 긴팔원숭이의 피를 욕조의 물을 물들이는 데 사용했다면 두 가지 불가사의한 상황을 설명할 수 있다.

"왜 그 물이 바닥으로 넘친 거지?"

그렉이 물고 늘어졌지만, 노먼은 단칼에 잘라버렸다.

"엠마 양은 욕조 가득 물을 채웠습니다. 그런 데다 잠버릇이 그다지 좋지 않았죠. 그게 전부입니다."

"그럴 리가 없어. 그렇지?"

실비가 매달리듯 말했다.

"설마, 이게 사실이란 말이야?"

앨프의 목소리는 비명에 가까웠다. 캐시와 메건은 멍하니 선 채였다. 때때로 둘 중 한 명이 입을 열었지만, 우욱, 하고 구토를 참는 듯한 소리만 들렸다.

참지 못하겠다는 듯 보안관이 두 조수에게 시선을 보냈다.

두 사람은 캐시와 메건에게 다가갔다.

"실례하겠습니다."

원피스를 걷어 올리고 안쪽 팔을 밖으로 꺼냈다. 딸깍, 딸깍, 각 손목에 수갑이 채워졌다.

"자, 여러분." 노먼은 마음을 전환하듯 크게 어깨를 돌렸다. "잊지 않으셨죠? 또 하나 확인할 것이 있습니다."

아, 그렇다.

"지금 제가 선보인 건 그저 추론입니다. 단서를 모아 논리를 구성하고 진실을 도출한다. 약간의 지혜와 이성이 있으면 누구나 할 수 있는 일입니다. 하지만 2년 전, 이미 이 사건의 범인이 예언되어 있었다면 어떨까요?"

거북을 테이블에 내려놓고 옆에 있는 봉투를 집어 들었다.

"그걸 할 수 있는 건 오직 한 사람. '천사의 아이' 홀리 올슨뿐입니다."

유령 스티커에 시선이 모였다.

말도 안 돼.

2년 후 사건의 범인을 맞히다니 그럴 리 없다.

"열어봅시다."

덮개에 봉투칼을 꽂고 옆으로 당겼다. 풀이 뜯기는 소리. 덮개를 열고 반으로 접힌 편지지를 꺼냈다.

거기에는…….

iii 어떤 세계의 진실

"이 편지지에는 '재앙을 불러오는 자'가 적혀 있습니다."

노먼은 봉투를 들고 유령 스티커를 가리켰다.

"이번에는 사람의 이름이니 속임수는 통하지 않죠."

식당에는 앨프, 그렉, 실비, 캐시와 메건, 나, 그리고 보안관과 두 조수가 얼굴을 나란히 하고 있었다.

"그럼 이 봉투를 열기 전에 우선 제가 찾아낸 사건의 진상을 말씀드리겠습니다."

주머니에 손을 넣고 무언가를 감싼 손수건을 꺼냈다.

"어제 현장인 욕실을 조사할 때 장난감 몇 개를 발견했습니다. 그중 하나, 욕조 가장자리 구멍으로 들어간 작은 장난감이 저에게 엠마 양을 죽인 범인을 가르쳐주었죠. 바로 이겁니다."

손수건을 열고 플라스틱 장난감을 꺼냈다. 캐시와 메건이 펄쩍 뛰어올랐다. "전함이야!", "전함 케이트 로즈호야!"

"이건 플라스틱으로 만든 작은 배입니다. 속이 비어 있어 물에 띄워서 가지고 놀 수 있죠. 구조는 고무 오리와 같지만 작은 대포가 웅장한 군함임을 보여줍니다.

이 군함이 어찌 된 일인지 욕조 가장자리의 물 넘침 방지 구멍에 들어가 있었습니다."

캐시와 메건은 전함에 얼굴을 가까이 대고 "해난 사고야",

"케이트 로즈호 사건이야"라고 숙덕거렸다.

"제가 신경 쓰인 건 이 작은 전함이 어떻게 물 넘침 방지 구멍으로 들어갔을까 하는 것이었습니다."

주머니에서 수첩을 꺼내 펜을 끼운 페이지를 펼쳤다.

"이 구멍은 욕조 가장자리에서 3인치(약 7.6센티미터) 떨어진 곳에 있습니다. 욕조 깊이는 24인치(약 61센티미터), 그중 14인치(약 35.6센티미터) 부근까지 물이 차 있었기에 수면에서 물 넘침 방지 구멍까지는 7인치(약 17.8센티미터) 정도 떨어져 있다는 말이 됩니다. 엠마 양이 물속에 있었을 때는 그녀의 몸 부피만큼 수위가 올라갔을 테지만, 그럼에도 수면이 물 넘침 방지 구멍까지 닿을 수는 없을 테죠. 그렇다면 물에 떠 있던 전함이 구멍으로 들어가는 일도 없었을 겁니다."

단원들이 시선을 주고받았다. 다들 그다지 감이 잡히지 않는 듯했다.

"그 배가 사건 당일에 구멍에 들어갔다고는 단정할 수 없잖아. 이전에 들어간 것이 그대로 남아 있었을 수도 있지."

실비가 입술을 내밀었다.

"애초에 전함이 물에 떠 있다가 구멍으로 들어간 것이라고 단정할 수도 없어. 엠마가 장난삼아 집어넣었을 수도 있으니."

그렉도 뒤에서 거들었다.

"둘 다 불가능합니다." 노먼은 전함을 들어 올렸다. "왜냐하면, 보세요."

 오른손으로 전함 아랫부분을 잡고 왼손으로 대포를 들어올렸다. 대포와 갑판 사이에 피가 묻어 있었다. 욕조에 고여 있던 것과는 다른, 진한 피가.

"보시다시피 케이트 로즈호에는 피가 묻은 흔적이 있습니다. 실비 씨의 말대로 사건 전부터 구멍에 들어간 거라면 거기에 직접 피가 묻을 일은 없죠. 또한 피가 묻어 있는 이상, 전함이 구멍에 들어간 건 엠마 양이 찔린 후라는 말이 되니까 그렉 씨가 말한 것처럼 엠마 양이 전함을 구멍에 넣었을 리도 없습니다."

 그렇구나. 그 말대로다. 하지만.

"그럼 왜 구멍 속에?"

 실비가 목소리를 높였다.

"역시 수위 변화가 있었다고 생각할 수밖에 없습니다. 엠마 양이 살해당한 후의 어느 시점에 욕조의 수위가 물 넘침 방지 구멍보다 높아졌습니다. 그 결과, 물이 구멍에 흘러들어 케이트 로즈호도 구멍으로 들어간 겁니다.

 하지만 그렇게 되면 또 한 가지 의문이 생깁니다. 제가 욕실을 조사했을 때는 왜 그때보다 욕조 수위가 낮아져 있었을까요. 시신이 옮겨진 건 하나의 이유가 되겠지만, 왜 거기보다 더 수위가 낮아졌는가 하는 것이죠."

 천장을 올려다보고 싶었다. 앞으로 나아가는 것 같으면서도 같은 곳에서 발만 동동 구르는 느낌이 들었다.

"범인이 욕조의 물을 빼버렸다는 뜻이오?"

앨프가 던지듯 말했다. 그것이 답이라고 자신도 생각하지 않는 것 같았다.

"물론 아닙니다. 그런 일을 할 이유가 없을 뿐만 아니라, 현장 상황과도 일치하지 않죠. 제가 욕조 바닥을 뒤져보았을 때 거북, 불가사리, 게, 문어, 해마 등 다양한 동물 장난감이 가라앉아 있었습니다. 범인이 엠마 양을 죽인 후, 욕조 바닥 마개를 뽑았다면 이 동물들은 마개가 있는 쪽으로 모여들었겠죠. 하지만 실제로는 욕조 전체에 흩어져 있었습니다."

"그럼 뭐가 어찌 됐다는 거요."

앨프가 갈라진 목소리로 말했다.

"물을 빼지 않고 수위를 낮추는 방법은 하나뿐입니다." 노먼은 집게손가락을 세웠다. "보안관 조수가 시신을 꺼낸 것처럼 범인도 물속에 있던 무언가를 꺼냈죠. 그 결과, 무언가의 부피만큼 수위가 낮아진 겁니다."

뭐야, 그 무언가.

"엠마 양은 가슴 한군데만 찔렸을 뿐입니다. 더욱이 칼은 가슴에 찔린 채였지만 욕조의 물은 새빨갛게 물들어 있었죠. 반면 트럭 적재함에서 죽은 채 발견된 긴팔원숭이 블루는 온몸을 열두 군데나 찔렸음에도 작은 피 웅덩이만 남아 있었습니다.

 이건 명백히 이상합니다. 범인은 욕조에 가라앉힌 무언가를 숨기기 위해 긴팔원숭이의 피를 이용한 겁니다. 물을 탁하게 만들 좋은 방법은 없을까 고민하던 중, 전선을 만지고 기절한 블루를 발견한 거겠죠. 그래서 그 온몸을 찔러 용기에 피를 모아 그것을 욕조에 쏟아부은 겁니다."

"무언가가 뭐야?"

"나한테 묻지 마."

 메건이 캐시의 손을 잡고 묻자 캐시가 손을 떨쳐냈다.

"지금 제가 한 말을 다시 한번 잘 생각해보세요. 범인이 일부러 긴팔원숭이의 피로 욕조 물을 탁하게 만든 건 그렇게 하지 않으면 물속의 무언가가 발견될 우려가 있기 때문입니다. 뒤집어 말하면 단원 여러분이 욕실에 뛰어들었을 때, 그 무언가가 아직 물속에 있었다는 말이 됩니다."

 캐시와 메건이 동시에 숨을 삼켰다.

"여러분이 욕실에 뛰어들었을 때, 거기에 없으면 이상하지만 어째선지 보이지 않는 것이 있었죠. 그것이야말로 물속에 있었던 무언가의 정체입니다."

"설마······."

 앨프가 양손으로 앞머리를 쓸어올렸다. 노먼은 "네"라고 고개를 끄덕였다.

"물속에 숨어 있던 무언가는 바로 범인이었습니다."

현기증이 났다.

기억 속의 광경이 불길하게 변색되기 시작했다.

"범인은 잠겨 있는 욕실에서 어떻게 빠져나왔을까. 여러분 앞을 가로막고 있던 이 수수께끼는 전제부터 잘못된 상태였습니다. 여러분이 욕조에 기대어 있던 엠마 양의 시신을 바라보고 있을 때, 범인은 욕조 바닥에서 가만히 숨을 죽인 채 숨어 있었습니다."

"물고기도 아니잖아. 그렇게 물속에 있다가는 죽어버릴 텐데."

그렉이 자신의 목을 움켜쥐었다. 노먼은 "그 말대로입니다"라고 끄덕이고는 말했다.

"욕조에는 고무 오리 몇 마리와 거꾸로 뒤집힌 플라스틱 양동이가 떠 있었습니다. 엠마 양이 욕실에 장난감을 가지고 갈 때 가방 대신 썼던 물건이죠.

범인은 엠마 양과 마주 보는 자세로 욕조에 들어가 머리 근처에 뒤집힌 양동이를 띄워 놓았겠죠. 그리고 여러분이 뛰어드는 타이밍을 가늠해서 머리를 물에 담갔습니다. 그대로 최대한 몸을 움직이지 않은 채 때때로 양동이 안쪽에 얼굴을 내밀어 그 안의 공기를 마시며 버텼을 겁니다."

실비가 헉, 하고 숨을 들이쉬었다. 마치 물에 잠겨 있는 것처럼.

"그렇다고 해서 언제까지고 거기에 머물러 있을 수는 없습니다. 양동이 안의 공기로는 몇 분 정도밖에 버티지 못할 테고, 시간이 길어질수록 여러분이 욕조를 자세히 조사할 가능성도 커집니다.

범인은 이때도 긴팔원숭이를 이용했습니다. 창문 커튼 틈새에서 보이는 곳…… 그러니까 밖에 세워진 트럭 적재함에 작은 피 웅덩이를 남겨둔 겁니다. 다만 긴팔원숭이의 사체 그 자체는 보이지 않도록 적재함 문짝의 그늘에 숨겨두었죠. 그리하여 엠마 양 말고도 다른 피해자가 있는 것 아닐까 생각하게 하여 단원들이 밖으로 향하도록 꾸민 겁니다."

계획은 성공했다.

우리는 욕실을 나와 바깥으로 향했으니까.

"주변에 사람이 없는 걸 확인한 후 범인은 욕조에서 뛰어나와 욕실을 빠져나옵니다. 몸에서 물방울이 떨어지는 건 피할 수 없지만, 일단 바닥에 피가 섞인 물을 흘려두면 누군가가 깨달을 걱정은 없습니다. 그대로 자신의 방으로 뛰어들어 재빨리 몸을 닦습니다. 속옷과 가운을 입고 나이트캡을 머리에 쓰죠. 마지막으로 향수를 살짝 뿌린 후 단원들의 뒤를 쫓습니다. 그리고 한발 늦게 일어난 척하면서 여러분에게 말을 건넨 거죠."

그때, 마지막으로 찾아온 것은…….

다섯 명의 시선이 그녀에게 향했다.

"여기까지 오면 범인은 명백합니다. 애초에 욕조는 1인용이기에 여섯 살짜리 소녀가 들어가 있는 곳에 추가로 몸을 숨기는 건 평범한 어른에게는 불가능하죠. 하지만 '아름다운 요정' 미스 리틀 실비라면 다릅니다. 엠마 양보다 키가 작은 그녀라면 물속 빈 공간에 몸을 숨기는 것도 어렵지 않았겠죠."

한발 늦게 밖으로 나온 실비는 자꾸만 눈을 비비거나 하품을 참았다. 수면제 때문에 잠이 덜 깬 것인가 생각했지만, 그렇게 행동함으로써 여유가 없다는 사실을 감추려고 했던 걸까. 늘 차고 다니던 황동 손목시계를 차고 있지 않았던 것도 조금 전까지 물에 잠겨 있었다면 어쩔 수 없는 일이다.

"바보 같은 소리 하지 마. 실비에게는 알리바이가 있어."

그렉의 탁한 목소리에 정신을 차렸다.

"엠마는 앨프 삼촌의 말을 잘 지켰어. 욕실 문은 반드시 잠가두었고 누가 찾아와도 문을 열지 않았지. 그런 엠마가 욕조에서 살해당한 이상, 범인은 엠마가 오기 전부터 욕실에 숨어 있었다는 말이 돼. 하지만 엠마가 욕실로 향하기 직전, 앨프는 우리 방을 들여다봤어. 실비는 물론 우리 모두 침대에 누워 있었어."

"그게 진짜 실비 씨였다면 분명 엠마 양을 죽일 수는 없었겠죠. 하지만 앨프 씨는 문에 달린 작은 창문을 가만히 들여다본 게 아닙니다. 복도를 걸으면서 우연히 그 모습을 본 것뿐이죠.

누군가가 방 앞을 지나갈 때를 대비해서 실비 씨는 자신을 대신할 가짜를 준비해두었겠죠. 방법은 얼마든지 있지만, '도슨&졸라의 야단법석 서커스'에서는 마네킹을 탈출쇼 도구로 사용했다고 하더군요. 이 마네킹 하나를 쓰레기장에서 가져오는 게 가장 빠르겠죠. 그리고 자신의 가운을 입혀 침대에 눕히고 담요를 덮었습니다."

"그건 이상한데."

　앨프가 내뱉듯 말했다.

"실비는 난쟁이오. 그녀의 침대에 평범한 크기의 마네킹이 놓여 있다면 지나가면서 봤다고 해도 위화감이 느껴졌겠지. 그렇다고 아이가 탈출쇼에 나온 것은 한 번도 본 적이 없소."

"말씀하신 대로입니다. 다만 아이들이 어떤 쇼에도 출연하지 않는가 하면, 그렇지도 않은 듯합니다. 저는 어젯밤 대형 텐트 뒤에 있는 쓰레기장을 들여다봤습니다. 그러자 어른 마네킹에 뒤섞여 아이의 다리가 하나 굴러다니더군요. 분명 신체 절단 쇼에 사용하던 것이겠죠."

　사건 당일 밤, 서커스의 대형 텐트에서 있었던 일의 기억이 되살아났다. 그때 그렉은 엠마에게 '세 발 달린 소녀'를 해보는 것은 어떻겠느냐고 제안했다가 실비에게 격렬한 반발을 샀.

"농담 좀 그만하지." 앨프의 목소리가 뒤집혔다. "내가 그 다리를 보고 실비가 침대에서 자고 있다고 믿었다는 말이

오? 다리 한 짝만 보고?"

노먼은 아니요, 라고 미소 지으며 미러볼을 올려다보았다.

"이 숙소는 스트립 극장을 개조한 것이라고 하더군요. 듣고 보면 곳곳에 흔적이 남아 있습니다. 이 식당은 메인홀, 그리고 여러분의 침실은 댄서들의 대기실이었습니다. 어쨌든 벽면 하나가 온통 거울로 되어 있으니까요."

노먼은 스탠드업 코미디언처럼 무대 한가운데에서 양손을 펼쳤다.

"침대 위에 있던 건 분명 다리 하나였습니다. 다만 실비 씨는 침대를 벽에 붙여서 그 벽과 일직선이 되도록 다리를 눕혀 놓았죠. 다리는 엄지발가락이 바깥쪽을 향하도록 약간 기울여 놓습니다. 거기에 세로로 절반 접은 가운, 그리고 마찬가지로 절반 접은 담요를 겹쳐둡니다. 이렇게 하면 복도를 지나가는 사람에게는 다리가 두 개 나란히 있는 것처럼 보입니다. 아니, 더 정확히 말하면 작은 몸집의 실비 씨가 가볍게 다리를 벌린 채 자고 있는 것처럼 보이죠. 마네킹 다리는 시신이 발견된 후, 앨프 씨가 보안관 사무소에 연락하기 전에 쓰레기장에 돌려놓았겠죠."

믿고 싶지 않다.

하지만 실제로 문의 작은 창문을 들여다보는 것만으로는 그것이 마네킹 다리라고 간파하기 쉽지 않을 것이다.

"그럴 리가 없어. 그렇지?"

그렉이 매달리듯 말했다.

"설마, 이게 사실이란 말이야?"

앨프의 목소리는 비명에 가까웠다. 실비는 고개를 숙인 채였다. 헐떡거리듯 입을 열었지만, 가슴이 오르락내리락할 뿐 말이 나오지 않았다.

참지 못하겠다는 듯 보안관이 두 조수에게 시선을 보냈다. 두 사람은 거칠게 실비의 팔을 잡았다.

"실례하겠습니다."

딸깍, 손목에 수갑이 채워졌다.

"자, 여러분." 노먼은 마음을 전환하듯 크게 어깨를 돌렸다. "잊지 않으셨죠? 또 하나 확인할 것이 있습니다."

아, 그렇다.

"지금 제가 선보인 건 그저 추론입니다. 단서를 모아 논리를 구성하고 진실을 도출한다. 약간의 지혜와 이성이 있으면 누구나 할 수 있는 일입니다. 하지만 2년 전, 이미 이 사건의 범인이 예언되어 있었다면 어떨까요?"

전함 케이트 로즈호를 테이블에 내려놓고 옆에 있는 봉투를 집어 들었다.

"그걸 할 수 있는 건 오직 한 사람. '천사의 아이' 홀리 올슨뿐입니다."

유령 스티커에 시선이 모였다.

말도 안 돼.

2년 후 사건의 범인을 맞히다니 그럴 리 없다.

"열어봅시다."

덮개에 봉투칼을 꽂고 당겼다. 풀이 뜯기는 소리. 덮개를 열고 반으로 접힌 편지지를 꺼냈다.

거기에는······.

*

번개가 노먼을 비췄다.

하얗게 빛나는 노인의 얼굴은 마치 분을 칠한 피에로 같았다.

"당신은 머리가 좋아요. 논리적인 사고력을 갖추고 있고 머리 회전도 빠르죠. 하지만 무엇보다 집념이 강합니다. 누나의 예언을 진실로 만든 건 한마디로 그 집념이었어요."

나는 편지지를 집어 들었다.

"누나는 2년 전, '재앙을 불러오는 자'로 킹 그렉의 이름을 적었어요. 스티커를 바꿔치기해 다른 사람보다 먼저 그것을 본 당신은 손수건에서 겁쟁이 고양이를 꺼내 그것을 단서로 그렉을 범인으로 만드는 추론을 선보였죠.

하지만 이 장난감은 수사관이 발견한 게 아니에요. 당신이 문 앞에서 발견했다고 주장한 것에 불과하죠. 당신은 누나가 '재앙을 불러오는 자'로서 그렉의 이름을 적은 경우를 위해 이 단서를 준비해둔 거예요."

물론, 하고 편지지를 내렸다.

"그것만으로는 의미가 없죠. 당신은 그 밖에도 두 가지 단서를 더 준비해두었어요. 캐시와 메건의 이름이 적혀 있는 경우에 대비해 부풀어 오르는 거북을, 실비의 이름이 적혀 있는 경우를 위해 전함 케이트 로즈호를 준비했죠.

보안관에게 사건에 대한 설명을 듣고 엠마의 방을 방문했을 때, 이용할 수 있을 법한 장난감을 슬쩍한 거겠죠. 머릿속으로 짜놓은 시나리오에 맞춰 칼로 칼집을 내거나 피를 묻히거나 한 것도 이때예요. 그런 후에 욕실로 가서 마치 그곳에서 장난감을 발견한 것처럼 행동했죠. 그리하여 '재앙을 불러오는 자'의 편지지에 누구의 이름이 적혀 있더라도 그 사람을 범인으로 만드는 추론을 끌어낼 수 있도록 준비한 겁니다."

이 두 가지 추론은 그야말로 유령과 같았다.

노먼의 머릿속에 존재했던 것은 분명하다. 반론의 여지가 없도록 세밀한 부분까지 치밀하게 짜여 있던 것도 틀림없다. 하지만 거론되지는 않았다.

내가 생각한 두 가지 추론이 이 남자가 준비한 것과 같은지는 알 수 없다. 한 번도 공개된 적이 없으니 검증할 방법도 없다.

중요한 것은 설령 그렉이 아닌 다른 이름이 '재앙을 불러오는 자'로 적혀 있더라도 노먼은 그 사람을 범인으로 지목할 수 있었다는 점이다.

"'재앙을 불러오는 자'가 '세계의 진실 박물관' 단원이라고 단정할 수는 없지 않나? 만약 그 네 명 외의 이름이 적혀 있었다면 나는 어떻게 할 작정이었을까?"

노먼이 어깨를 으쓱했다. 여유를 가장하고 있지만, 목소리가 살짝 갈라져 있었다.

"누나가 이 예언을 적은 건 3년 전, 우리가 처음으로 '앨프 로크웰의 놀라운 세계의 진실 박물관'을 방문한 날이에요. 거기 있던 사람 중에서 누나가 이름을 알고 있던 건 쇼에서 소개받은 네 명과 오너인 앨프뿐이죠.

하지만 앨프는 '세계의 진실 박물관' 주인이니 그가 '재앙을 불러오는 자'라는 건 이상해요. 만약 앨프가 불행을 불러일으켰다면 그것은 실수나 사고이지, 재앙은 아니니까요. 따라서 '재앙을 불러오는 자'로서 이름이 적혀 있을 가능성이 있는 건 쇼에 출연했던 네 사람이라는 말이 돼요."

나는 무대에서 내려와서 노먼의 얼굴을 정면에서 바라보았다.

"이걸로 충분하지 않나요? 누나에게 미래를 보는 힘은 없었어요. 누나는 '천사의 아이'를 연기했을 뿐이에요."

노먼이 뒤로 물러섰다. 나는 더 바짝 다가갔다.

"'천사의 아이'는 마약이에요. 누나가 당신을 싫어한 건 확실하죠. 하지만 '천사의 아이'를 연기하는 걸 진심으로 싫어했는가 하면, 그렇지는 않을 거예요. 마음속 어딘가에서 미래를 보는 척하는 것에 대한 기쁨을 느끼고 있었겠죠. 앨프의 트레일러를 방문했을 때, 갑자기 '세계의 진실 박물관'의 미래가 보였다고 말을 꺼낸 건 그 기쁨을 손에서 내려놓기 아쉬웠기 때문일 거예요.

아니면 그냥 가벼운 마음으로 '이런 재주도 있어요' 하고 어필하고 싶었던 것일지도 모르죠. 하지만 그 한마디가 앨프의 역린을 건드리고 말았어요. 오컬트라고 단정한 앨프에게 누나도 불쑥 화가 났겠죠. 트레일러에서 쫓겨난 후, 캐시와 메건에게 편지지를 빌려 '재앙의 풍경에 포함된 것'과 '재앙을 불러오는 자'를 적었어요. 그것이 이 예언의 정체예요."

노먼의 코앞에 편지지를 들이밀었다.

"2년 후. 사고로 죽은 '천사의 아이'가 프릭쇼에 예언을 남겼다는 사실을 알게 된 당신은 그것을 이용하기로 마음먹었어요. 당신은 운 좋게도 오너의 조카가 살해당한 사건의 수사 현장에 들어와 보안관에게서 두 개의 봉투를 건네받았죠. 그리고 스티커를 바꿔치기하고 세 개의 단서를 만들어서 '천사의 아이'가 2년 후에 벌어질 사건의 진상을 파악한 것처럼 보이게 하는 데 성공한 거예요."

노먼의 발이 미끄러졌다. 몇 발짝 비틀거리더니 바닥에 엉덩방아를 찧었다. 마른 소리가 울려 퍼졌다. 그대로 한참을 고개를 숙였다.

"착각하지 마."

노먼이 갑자기 그렇게 말하며 고개를 들고는 머리카락이 없는 머리를 쓰다듬었다.

"나는 사람들을 구하고 있어."

그건…….

"잠꼬대 같은 소리네요."

노먼은 웃었다.

"거리를 봐. 돈 많은 자는 살찌고 가난한 자는 말라비틀어 졌지. 똑똑한 자는 칭송받고 우둔한 자는 계속 빼앗겨. 이것이 이 나라의 규칙이야. 이런 세상에서 제정신을 잃지 않고 살아가려면 기적이라도 믿는 수밖에 없어." 스테인드글라스가 빛났다. "설령 그것이 속임수라 해도 말이야."

노먼은 벤치 좌판을 잡고 천천히 몸을 일으켰다.

"네가 좋아하는 프릭쇼는 몇 년 안에 이 나라에서 사라질 거야. 왜인지 알아? 대중은 보기만 해도 끔찍한 '세계의 진실' 같은 건 바라지 않거든. 그런 건 〈뉴스&쿠리어〉를 펼치면 지겨울 정도로 많이 적혀 있어. 그들이 바라는 건 기분 좋은 속임수일 뿐이야."

"궤변이네요."

"그걸로 충분해." 주머니에서 리볼버를 꺼냈다. "나는 내 방식대로 할 거야." 총구가 이쪽을 향했다. 엄지손가락이 공이치기를 잡아당겼다.

"그만해!"

제단에서 그림자가 튀어나와 노먼을 덮쳤다. 총소리. 머리 위에서 석회 가루가 쏟아졌다.

"다들! 어서!"

실비가 노먼의 팔에 달라붙어 있었다. 캐시와 메건이 벤치에서 기어 나와 노먼의 다리에 매달렸다.

"이거 놔!"

노먼이 무릎을 올려 실비를 걷어찼다. 실비가 공처럼 굴러 제단에 머리를 부딪혔다. 노먼은 리볼버를 다시 들고 캐시와 메건에게 총구를 겨눴다.

"그 손 멈추시오!"

지르는 듯한 목소리.

노먼의 어깨가 들썩였다.

"총 내려요!"

교회당 문이 열리며 보안관이 자동 권총을 들고 서 있는 모습이 보였다.

"그건 내가 할 말이야."

노먼은 크게 심호흡하더니 캐시와 메건에게 총을 향한 채 말했다.

"이 녀석들이 죽는 걸 보고 싶지 않으면 이만 집으로 돌아가시지."

캐시와 메건이 떨면서 손을 들었다.

"이해가 안 가는군요." 보안관이 목소리를 굳혔다. "당신은 아직 아무도 죽이지 않았습니다. 현장에 장난감을 가지고 간 건 잘못이지만, 당신이 한 건 그것뿐이죠. 사법 방해로 기소될 것 같지도 않아요."

"위로하려는 건가?"

"지금이라면 돌이킬 수 있다고 말하는 것뿐입니다." 리볼버를 한 번 쳐다보고는 덧붙였다. "그런데 왜 그런 바보 같은 짓을 하는 겁니까?"

"그건." 노먼은 울며 웃는 듯한 표정을 지었다. "'천사의 아이'를 믿는 사람들이 있기 때문이야."

보안관이 작게 숨을 내쉬며 캐시와 메건에게 시선을 보냈다.

노먼이 의아한 표정으로 두 사람을 내려다보았다. 두 사람은 손을 높이 든 채 "멍청하긴"이라고 말하며 리볼버의 총신을 잡고 아래로 눌렀다. 총소리. 노먼이 몸을 움츠렸다. 바지 종아리 부근에 붉은 얼룩이 퍼졌다.

보안관이 달려와 노먼의 팔을 뒤로 비틀었다. 리볼버가 바닥을 굴렀다.

"노먼 시릴 제닝스. 2급 살인 미수 혐의로 현행범으로 체포합니다."

딸깍. 수갑이 채워졌다.

노먼은 이를 악물고 발버둥을 치며 캐시와 메건을 올려다보았다. "제길!" 셔츠 원피스에서 솟아난 보이지 않는 손을 노려보며 침을 쏟아냈다. "이 소름 끼치는 괴물들이!"

곧바로 실비가 노먼의 종아리를 걷어찼다. 상반신이 휘청거리며 강단에 부딪혀 다시 쓰러졌다. 실비가 두 번째 발차기를 하려고 발뒤꿈치를 든 그 순간.

"그러지 마."

커다란 손바닥이 실비의 어깨를 잡았다. 실비가 돌아보더니 눈을 동그랗게 떴다.

"분명 당신 말대로야."

그렉이 노먼을 내려다보고는 콧김을 내뿜었다.

"우리는 괴물이지."

하지만, 하고 어깨를 움츠렸다.

"당신도 이미 오래전부터 무서운 괴물이었어."

3

"어머, 당신. 혹시 그 유명한 그레고리 영 씨?"

실비는 빙긋 웃으며 새벽녘의 식당에서 큰 소리를 냈다.

"내 이름은 그레고리 영이 맞긴 한데." 그렉이 고개를 움츠렸다. "어떻게 내 풀네임을 알고 있는 거지?"

동료 사이라고 해도 풀네임을 밝히지 않는 것이 이 업계의 규칙이다.

"〈뉴스&쿠리어〉의 단신 기사에서 봤어. 바로 당신 이야기 기란 걸 알 수 있었지."

실비가 태연하게 대답했다. 그렉은 입을 오므리고는 중얼거렸다.

"치사하네. 본인은 절대 본명을 밝히지 않으면서."

언젠가 엠마가 이유를 묻자 실비가 이런 곳에 있는 사람은 아무도 믿을 수 없기 때문이라고 답했던 것이 떠올랐다.

"그런 건 뭐 아무래도 좋잖아. 당신, 수감자 아니야? 어떻게 탈옥했어? 역시 숟가락?"

벽을 긁어내는 시늉을 했다. 일곱 잔째 상그리아를 비운 실비의 얼굴은 라즈베리보다 더 붉게 달아올라 있었다.

"목소리 좀 낮춰."

그렉이 플로어를 둘러보았다. '세계 끝의 카니발' 공연장에서 간선도로를 사이에 두고 위치한 서해안풍 식당. 목 언저리에 아직 분칠이 남아 있는 남자 한 명이 카운터에서 코를 골고 있었지만 다른 손님은 보이지 않았다.

"지금은 가석방 중이야. 보안관이 수속을 밟아줬지만, 내일 오후에는 컬럼비아로 돌아가야 해."

그렉은 과장되게 어깨를 떨궜지만, 어딘지 동료들의 반응을 즐기는 것 같았다.

"다시 체포되는 거야?"

캐시가 속눈썹을 떨었다. 그렉은 "아냐, 아냐"라고 눈꼬리를 내렸다.

"법원이 평결 취소 절차를 밟고 있어. 판사가 서류에 서명하면 그레고리 영은 공식적으로 자유의 몸이 돼. 2, 3일만 참으면 돼."

캐시와 메건이 서로의 얼굴을 바라보았다. "평결 취소!", "다행이야!"

그렉은 두 사람과 하이파이브를 한 후, 실비를 다시 바라보았다.

"'세계의 진실 박물관'은 어떻게 됐어? 여전히 프릭쇼에 대한 시선이 곱지는 않은 것 같은데."

발가벗은 채로 거리를 걷다가 붙잡혔다는 곡예사 남자에게 들었다고 한다.

"그 허풍쟁이가 말한 대로야." 실비는 시나몬 냄새가 나는 숨을 내쉬었다. "이제 곧 이 나라에서 프릭쇼는 사라질 거야. 앨프는 요청이 있는 한 계속할 거라고 말하지만, 그래 봐야 앞으로 몇 년이겠지."

실비는 등을 움츠렸다. 작은 몸이 더 작아진 것 같았다.

"그런데 조지타운 다음은 어디로 가?"

"우드랜드 파크. '세계 끝의 카니발'을 따라 해안변을 북상해서 윌밍턴까지 갈 예정이야."

그렉은 몇 초 동안 눈동자를 굴리고는 접시 구석의 케첩에 눈을 떨어뜨린 채 말했다.

"내 의상이랑 도구는 잘 보관하고 있어?"

실비는 천천히 숨을 내쉬고는 카운터에 팔꿈치를 대고 작게 고개를 저었다.

"유감이지만 지금 '세계의 진실 박물관'에 그레고리 영 씨가 있을 곳은 없어."

"그런가."

그렉이 눈을 깔았다. 네온 간판이 지직, 하고 소리를 냈다.

"하지만."

실비는 양손으로 얼굴을 감쌌다.

"야간족의 왕, 킹 그렉의 옷과 소품이라면 전부 보관하고 있지."

그렉이 눈을 깜빡였다. 실비는 양손을 내리고 풋, 하고 침을 튀겼다.

"얼른 판사에게 서명받고 '세계의 진실 박물관'으로 돌아와."

캐시와 메건이 뛰어올랐다.

"그렉이!"

"돌아온다!"

그렉은 천장을 올려다보았다. "세상에. 다시 모두와 함께 여행을 떠날 수 있다니." 눈가를 닦으며 "약속할게. 앞으로의 여행은 분명 멋진 여정이 될 거야"라고 말했다.

"그거 예언이야?"

실비가 한쪽 눈썹을 치켜들었다.

"왠지 그런 느낌이 들었을 뿐이야."

그렉은 맥주를 들이켰다.

4

눈을 뜨니 트레일러 안이었다.

눈곱을 떼면서 몸을 일으켰다. 커튼 틈새로 아침 햇살이 비치고 있었다. 분과 머릿기름, 술 냄새가 뒤섞여 있었다. 도대체 언제 '세계의 진실 박물관' 트레일러로 온 것인지 기억이 분명하지 않았다.

옆 침대를 보니 캐시와 메건이 같은 쪽을 보며 잠들어 있었다. 머리 위에서는 그렉이 코를 고는 소리가 들렸다. 그 옆에는……

"실비?"

침대가 비어 있었다. 화장실에라도 간 걸까.

컨테이너를 나가려는데 문 앞에 놓인 봉투가 눈에 들어왔다.

낯익은 하늘색 봉투였다. 덮개는 풀로 봉해져 있지 않았다. 손에 들고 덮개를 열자 편지지 여러 장이 들어 있었다.

심장이 맹렬하게 뛰는 것을 느끼며 나는 그것을 꺼냈다.

*

동료들에게

여러분에게 전해야 할 말이 있습니다.

이런 세상에서 제정신을 잃지 않고 살아가려면 속임수에라도 매달릴 수밖에 없다.

노먼이 그렇게 말했을 때, 저는 머릿속 깊숙한 곳을 들여다보인 것 같은 느낌을 받았습니다.

지난 열 달 동안, 저는 현실에서 눈을 돌리고 마음 편한 거짓말에 매달려 어떻게든 정신을 유지해왔기 때문입니다.

하지만 속임수는 발각되었습니다. 홀리의 예언은 헛소리이고 노먼은 거짓말쟁이. 그리고 그렉은 역시 벌레 한 마리도 못 죽이는 남자였습니다.

더는 비밀을 간직할 수 없습니다.

그날 무슨 일이 있었는가. 여기에서 진실을 밝히려고 합니다.

술에 취해 방으로 돌아와 얕은 꿈과 딱딱한 침대 위를 오가고 있을 때 누군가가 방문을 두드렸습니다.

시각은 오전 2시 15분. 만약 수면제를 먹었다면 절대 깨어나지 못했겠죠. 이런 시각에 누구일까. 의아하게 생각하며 문을 열자 엠마가 복도에 서 있었습니다.

무슨 일이냐고 묻자 엠마는 안절부절못하는 표정으로 "같이 가줘"라고 말했습니다.

이유를 물어도 웃으며 얼버무릴 뿐. 도대체 무슨 일인지 알 수 없었지만 억지로 물어도 소용이 없다고 생각했습니다. 저는 머리를 가볍게 가다듬고 방을 나섰습니다.

엠마는 복도를 걸으려다가 갑자기 제 손에 눈길을 주고는 "시계, 벗어." 이번에는 그렇게 말했습니다.

이유를 물어도 "위험하니까"라는 말밖에 하지 않았습니다.

무슨 이유가 있겠지. 저는 깊게 생각하지 않고 손목시계를 풀어 가운 주머니에 넣었습니다. 엠마는 만족스러운 듯 끄덕이고는 서둘러 복도를 걷기 시작했습니다.

모퉁이를 돌아 향한 곳은 욕실이었습니다.

문을 연 순간, 저는 비명을 지를 뻔했습니다. 욕조에 빨간 물이 고여 있었기 때문입니다.

비릿한 냄새로 보아 물에 피가 섞여 있다는 사실을 알 수 있었습니다. 엠마의 상태를 보니 다친 것 같지는 않았습니다. 급히 욕조로 달려갔지만 누군가의 시신이 가라앉아 있는 것도 아니었습니다.

이건 도대체 무슨 일인가. 당황한 채 욕조를 들여다보는데 뒤에서 딸깍, 하고 문을 잠그는 소리가 들렸습니다. 황급히 뒤를 돌아본 저에게 엠마는 빙긋 웃었습니다. 그러고는 욕조로 달려와서 저를 힘껏 떠밀었습니다.

엠마는 여섯 살이었습니다. 평범한 어른이라면 엠마에게 떠밀린다고 해서 꿈쩍도 하지 않겠죠. 하지만 저는 그런 엠마보다도 작은 난쟁이입니다. 마치 아기처럼 버티지 못하고 욕조에 빠졌습니다.

저는 필사적으로 물에서 기어 나오려고 애썼습니다. 하지만 그때마다 엠마는 양손으로 제 몸을 밀었습니다.

이대로라면 죽는다.

엠마에게 살해당한다.

두려움에 머리가 새하얘진 그때, 손가락 끝이 칼에 닿았습니다.

저는 이 숙소에서 긴팔원숭이 블루에게 두 번 습격을 당했습니다. 다들 아시다시피 동물쇼 조련사들에게 괴롭힘을 당하고 있었죠. 저는 이 원숭이에게서 저 자신을 보호하기 위해 가운 주머니에 아웃도어 나이프를 숨겨두고 있었습니다.

나중에 보안관이 사정을 물었을 때, 별 도움이 되지 않는다는 것을 깨닫고 트럭에 되돌려 놨다고 답했습니다. 그건 거짓말입니다. 사실은 이때도 칼을 가지고 있었습니다.

저는 정신없이 그것을 잡고 엠마를 향해 찔렀습니다.

따뜻한 것이 손을 적셨습니다.

얼굴의 물을 닦고 앞을 보니 엠마가 가슴에 찔린 칼을 내려다보며 모르는 장난감을 발견한 것처럼 몇 번이고 눈을 깜빡였습니다.

그리고는 저를 쳐다보며 무언가를 말하려고 한 것 같습니다. 하지만 말이 형태로 바뀌기도 전에 엠마는 욕조에 빠졌습니다. 저도 물속으로 빨려 들어갈 뻔했지만, 어떻게든 엠마를 밀어내고 욕조에서 기어 나왔습니다.

저는 바닥을 굴렀습니다. 왜 엠마가 저를 죽이려고 했을까. 누군가의 사주인가. 누가, 왜? 무엇 하나 알 수 없었습니다. 마치 악몽을 꾸는 것 같았습니다.

그러다가 정말로 의식을 잃은 듯합니다. 문득 정신을 차리고 보니 창문 커튼 사이로 햇빛이 비치고 있었습니다. 황급히 몸을 일으켰을 때, 문을 두드리는 소리, 그리고 "거기 누구 있나?"라고 부르는 소리가 들렸습니다.

제가 필사적으로 물에서 기어 나오려고 한 탓이겠죠. 욕조의 빨간 물이 바닥으로 넘쳐 문 바깥까지 흘러 나간 상태였습니다. 앨프는 그 흔적을 발견한 듯했습니다.

저는 욕실을 둘러보았습니다.

상황은 절망적이었습니다.

잠긴 방에 아이 시신과 둘뿐. 시신의 가슴에 꽂힌 것은 제가 가지고 있던 칼. 게다가 저는 피투성이. 이 상태로 난 잘못하지 않았어, 엠마가 공격했어, 라고 주장해도 아무도 믿어주지 않겠죠.

저는 필사적으로 지혜를 짜냈습니다. 창문을 통해 밖으로 도망칠까. 피투성이가 된 채로 도망칠 수 있을 것 같지는 않았습니다. 화장대 수납장에 숨을까. 누군가가 열어 볼 게 뻔합니다. 칼로 어딘가를 찔러서 나 자신도 공격당한 척할까. 이건 조금 괜찮아 보였지만 범인은 어디 갔느냐고 물으면 아무 대답도 할 수 없습니다.

고민하는 사이 문 너머에서 월트와 그렉의 목소리가 들리기 시작했습니다. 더는 지체할 시간이 없었습니다. 저는 어딘가 숨을 곳이 없는지 생각했습니다. 그리고 눈에 들어온 것이 욕조였습니다.

물은 어째선지 새빨갛게 물들어 있었습니다. 물속이 훤히 들여다보이지는 않을 것 같았습니다. 엠마를 한쪽으로 기대게 하면 물속에 꽤 넓은 공간이 생깁니다. 보통의 어른은 힘들겠지만 저라면 몸을 숨길 수 있을 것 같았습니다. 엠마의 장난감과 함께 플라스틱 양동이를 띄워두면 몰래 숨을 쉴 수도 있겠죠. 스스로도 제정신이라고는 생각할 수 없었지만, 그렇기에 오히려 맹점이 되어 발견되지 않을 수도 있다는 막연한 기대도 있었습니다. 저는 옷을 벗고 욕조에 몸을 담갔습니다. 옷은 욕조 바닥의 널빤지 밑으로 밀어 넣었습니다.

엠마의 옷까지 벗긴 것은 만에 하나 제 피부가 물속에서 보였을 때, 엠마의 몸이라고 착각하지는 않을까 생각했기 때문입니다. 엠마의 옷은 목욕 전에 벗은 것처럼 보이도록 바닥에 놓았습니다. 피가 섞인 물에 흠뻑 젖어 있었지만, 바닥에 있으면 욕조에서 넘친 물이 스며든 것처럼 보이겠죠. 저를 떠밀었을 때 옷차림이 흐트러진 탓에 가운에는 칼이 찔리지 않은 것도 행운이었습니다.

트럭 적재함에 있는 피 웅덩이는 저도 눈치채지 못했습니다. 욕실에 달려온 사람들이 왜 그렇게 빨리 빠져나갔는지 저는 전혀 알 수 없었습니다. 거의 패닉에 빠질 뻔했지만, 어쨌든 범인으로 몰리는 것은 싫다는 일념으로 저는 제 방으로 달려갔습니다. 거기에서 몸을 닦고 여분의 가운에 팔을 끼우고 모두의 뒤를 따랐습니다. 피가 묻은 옷과 수건은 가방에 넣어서 나중에 '세계의 진실 박물관' 텐트 안…… 그렉의 방에 있는 건초 더미에 숨겼습니다.

그 후의 일은 다들 아는 대로입니다.

노먼이 우리를 불러 봉투를 연 그날부터 저는 그의 추론 어쩌고가 전부 헛소리라는 사실을 알고 있었습니다. 욕실에는 겁쟁이 고양이도, L자 모양으로 구부러진 쇠막대도 없었고, 애초에 엠마를 찌른 건 저입니다. 그 허풍쟁이가 어떻게 예언을 추론의 결론과 일치시켰는지는 모르지만, 뭔가 속임수가 있다고는 생각했습니다.

그렇습니다.

저는 그렉이 범인이 아니라는 사실을 알고 있었습니다. 하지만 그렉을 지키려고 하지 않았습니다. 저 자신이 가엾다며 동료를 버린 것입니다. 그렉이 범행을 인정한 것이 의아했지만, 그렇다고 제가 면죄부를 받을 수는 없습니다.

저는 이 이상 여러분과 여행을 계속할 자격이 없습니다.

창밖이 하얗게 밝아오기 시작했습니다.

남은 시간은 얼마 되지 않습니다.

마지막으로 왜 엠마가 저를 죽이려고 했는지, 제가 내린 답을 적어두려고 합니다.

그날 엠마의 행동은 도무지 이해할 수 없는 것뿐이었습니다. 왜 저를 욕조에 밀어 넣었는지. 왜 긴팔원숭이를 죽였는지. 왜 그 피를 욕조에 쏟아부었는지.

이런 수수께끼 중에서 얼핏 보기에는 큰 의미가 없어 보이지만 계속 머릿속에 남아 있던 것이 하나 있었습니다.

"시계, 벗어."

욕실로 가기 전, 엠마가 저에게 왜 그렇게 요청했는가 하는 점입니다.

단순히 생각하면 손목시계를 망가뜨리고 싶지 않았기 때문이었겠죠. 엠마는 제 황동 손목시계를 마음에 들어 했고 저에게서 그것을 빼앗으려고 했다. 하지만 제가 팔에 차고 있으면 망가질 우려가 있다. 그래서 미리 벗으라고 했다. 라는 것이죠.

사실 제가 이유를 묻자 "위험하니까"라고 엠마는 답했습니다.

그저 그것으로 모든 것을 설명할 수 있는 것은 아닙니다.

저는 엠마의 말에 따라 손목시계를 벗어 가운 주머니에 넣었습니다. 그것을 본 엠마는 만족스러운 듯 고개를 끄덕였습니다.

엠마는 이때, 저를 욕조에 빠뜨리기로 결심한 상태였을 겁니다. 제가 물에 빠지면 가운 주머니 속 손목시계도 같이 물에 잠깁니다. 손목시계는 당연히 멀쩡하지 못할 것입니다. 하지만 엠마는 제가 손목시계를 주머니에 넣는 것을 보고 만족스러운 표정을 지었습니다. 그러면 엠마가 손목시계를 벗게 한 것은 그것을 지키기 위해서는 아니었다는 말이 됩니다.

그렇다면 엠마는 왜 손목시계를 벗으라고 한 걸까요. 엠마는 무엇이 '위험하다'라고 느낀 것일까요. '위험한' 것은 엠마였나, 라고도 생각해봤습니다. 욕조에 떠밀린다면 보통은 저항하게 됩니다. 격렬하게 몸부림치며 손을 크게 휘두르겠죠. 그 손에 금속이 달려 있으면 떠미는 쪽이 부상을 당할 우려가 있습니다.

하지만 제 손에는 손목시계보다 훨씬 위험한 것이 있었습니다. 바로 네일팁입니다. 눈앞의 상대를 향해 손을 휘두른다면 손목의 시계가 상대에게 부딪힐 가능성보다 손가락의 네일팁이 상대를 긁을 가능성 쪽이 훨씬 큽니다. 하지만 엠마는 네일팁에 대해서는 아무 말도 하지 않았습니다. 분명 제 손을 바라봤음에도 불구하고 말이죠. 그렇다면 엠마는 자신의 안전을 위해 손목시계를 벗으라고 한 것은 아니었다는 말이 됩니다.

엠마는 왜 손목시계를 벗으라고 했을까. 시계를 착용한 채였다면 무엇이 위험했을까. 손목시계 그 자체는 아닙니다. 엠마도 아닙니다. 그렇다면…….

거기까지 생각하고 한 가지 가능성이 남아 있다는 사실을 깨달았습니다.

위험했던 것은 바로 저 아닐까, 하고요.

사건 몇 시간 전, 서커스의 텐트에서 술을 마실 때의 일입니다. 저, 월트, 그렉 세 사람이 대화를 나누던 곳에 엠마가 개구리 장난감을 손에 들고 뛰어들었습니다. 엠마는 마법사가 되고 싶다, 그렇게 되면 쇼에도 나갈 수 있다며 탄성을 질렀고, 그로부터 화제는 노먼이 한 말인 불우한 사람으로 넘어갔습니다. 그때 엠마는 우리에게 이렇게 물었습니다.

"다시 태어나면 다른 사람들처럼 되고 싶어?"

그렉의 대답은 "나는 이대로여도 좋아"였습니다.

하지만 제 대답은 달랐습니다.

"당연하지. 이런 몸으로 좋을 리가 없으니까."

기억은 더 거슬러 올라갑니다.

그날 아침, 식당에서 아침을 먹을 때의 일입니다. 제가 긴팔원숭이에게 공격당했다는 사실을 알게 된 캐시와 메건은 2년 전의 예언을 확인해보자고 말을 꺼냈습니다. 제가 말도 안 되는 소리 하지 말라고 두 사람을 혼냈더니, 엠마가 옆에서 이렇게 물었습니다.

"저기, 예언이 뭐야?"

"마법은?"

저는 무뚝뚝하게 답했지만, 자상한 그렉은 단어의 의미를 친절하게 설명하고 즉석에서 마법까지 선보였습니다.

네, 마법입니다.

접시에 물을 붓고, '생명의 물방울', 즉 달걀흰자를 넣습니다. 거기에 새끼 개구리를 넣고 마법의 주문—개굴개굴푸푸—을 읊습니다. 그러면 신기하게도 새끼 개구리가 하루 만에 어른이 됩니다.

두 가지 기억이 연결되면서 하나의 가설이 떠올랐습니다.

엠마는 저에게 이 마법을 걸려고 한 것은 아닐까?

엠마는 순진한 아이였습니다. 실비는 어른인데 아이 같은 몸을 가지고 있다. 사실은 평범한 몸이 되고 싶은 듯하다. 어떻게든 소원을 들어주고 싶다. 그래, 그 마법을 쓰면 실비를 어른의 몸으로 만들 수 있지 않을까…….

그렇게 생각했겠죠.

물론 개구리와 사람은 크기가 완전히 다릅니다. 접시 대신 욕조를 사용한다고 해도 문제는 '생명의 물방울'입니다. 냉장고의 달걀을 전부 써도 충분할지 알 수 없습니다. 어딘가에 '생명의 물방울'을 잔뜩 얻을 수 있는 곳은 없을까. 그렇게 생각하던 중 긴팔원숭이 블루가 의식을 잃고 쓰러져 있는 것을 발견했겠죠.

엠마는 욕조에 물을 채우고 거기에 원숭이의 피를 잔뜩 쏟아부었습니다. 그리고 저를 거기에 가라앉히고 마법의 주문을 외움으로써 저를 크게 만들어주려고 했습니다.

다시 이야기를 돌려보죠.

왜 엠마는 저에게 손목시계를 벗으라고 했을까요.

여기까지 오면 답은 뻔합니다.

손목시계를 찬 채로 몸이 부풀어 오르면 제 손목이 망가질 테니까요.

시곗줄이 파고들어 살이 뭉개질지, 혹은 손목만 마법이 걸리지 않고 원래 크기로 유지될지, 자세한 것은 알 수 없습니다. 어느 쪽이든 손목시계를 착용한 채 제 손목을 크게 만들 수는 없다고 생각했겠죠. 그래서 엠마는 저에게 손목시계를 벗으라고 했습니다.

참고로 네일팁은 접착제로 손톱에 붙인 것뿐이니 손가락이 부풀어 오르면 저절로 벗겨질 겁니다. 그대로 두어도 마법을 방해하지 않습니다.

엠마는 저에게 마법을 걸려고 했습니다.

그렇게 깨닫고 보니 또 하나 깨달은 것이 있습니다.

그렉은 왜 거짓 자백을 했을까.

노먼이 식당에서 추론을 선보인 그때, 그렉이 궁지에 몰렸던 것은 사실입니다. 가령 범행을 인정하지 않았다고 해도 노먼은 거짓 단서와 엉터리 추론을 근거로 그렉을 체포하게 했겠죠.

하지만 그렇다고 해도 어째서 그렉은 혐의를 인정했을까. 왜 노먼에게 반론하지 않고, 심지어는 황당한 동기까지 내세웠을까. 계속 궁금했습니다.

그렉, 당신은 엠마가 한 일을 알고 있었던 거군요. 이 마법의 창시자인 당신은 욕실에 쏟아진 피와 엠마의 시체를 보고 그곳에서 무슨 일이 벌어졌는지 짐작한 거겠죠.

내가 별생각 없이 선보인 마법이 결과적으로 엠마를 죽음으로 몰고 갔구나. 악의는 없었지만 내가 비극을 불러일으킨 것에는 변함이 없다……. 그렇게 생각한 당신은 노먼의 엉터리 추론을 받아들임으로써 스스로 속죄하려 한 것입니다.

이 세상에 마법은 없습니다. 예언도, 천리안도 모두 헛소리입니다.

하지만 제 소원을 들어주려 한 엠마의 마음은 진짜였습니다.

저는 어른입니다. 제가 한 일에 대한 책임은 제가 져야만 합니다.

7년 동안 여러분과 지내면서 행복했습니다.
감사합니다.
다들 안녕히 계시길.

                                                  행운을 빌며
                                      실비아 헤일리 콜먼

옮긴이 **구수영**

고려대학교 법학과를 졸업했으며, 현재 일본어 전문 번역가로 활동 중이다. 옮긴 책으로는 《엘리펀트 헤드》, 《명탐정의 제물―인민교회 살인사건》, 《명탐정의 창자》, 《인간의 얼굴은 먹기 힘들다》, 《그리고 아무도 죽지 않았다》, 《디스펠》, 《거울 나라》, 《쓰고 싶은 사람을 위한 미스터리 입문》 등이 있다.

나는 괴이 너는 괴물

1판 1쇄 인쇄 2025년 10월 13일
1판 1쇄 발행 2025년 10월 22일

지은이 시라이 도모유키
펴낸이 문준식
디자인 공중정원
제작 제이오

펴낸곳 내 친구의 서재
등록 2016년 6월 7일 제2020-000039호
주소 서울시 성북구 정릉로 305, 104-1109 우편번호 02719
전화 070-8800-0215 **팩스** 0505-099-0215
이메일 mytomobook@gmail.com **인스타그램** mytomobook

ISBN 979-11-91803-50-1 03830